SANS NOUVELLES DE TOI

JOY FIELDING

SANS NOUVELLES DE TOI

Traduit de l'anglais (Canada)
par Jean-Sébastien Luciani

Titre original
She's not There

© Éditions Michel Lafon, 2016, pour la traduction française.
© Éditions Michel Lafon Poche, 2019, pour la présente édition.
118, avenue Achille-Peretti – CS 70024
92521 Neuilly-sur-Seine Cedex
www.michel-lafon.com

À Hayden et Skylar

1

Aujourd'hui

Il était à peine huit heures du matin, et le téléphone sonnait déjà. Caroline reconnut la mélodie particulière à trois tons qui indiquait un appel longue distance, même avec la porte de la salle de bains fermée et la douche qui coulait. Elle choisit de l'ignorer, se disant que c'était soit un téléprospecteur, soit la presse. Les deux options étaient détestables, mais à choisir Caroline aurait préféré les téléprospecteurs. Ils n'en avaient qu'après votre argent. La presse voulait votre sang. Même après tout ce temps.

Quinze ans demain.

Elle plaça sa tête sous le jet d'eau chaude, laissant dégouliner la mousse de son shampoing sur ses yeux fermés. Ce n'était pas juste. Comment quinze ans de journées interminables et de nuits sans sommeil avaient-ils pu passer si vite ? Elle aurait pensé qu'au moins la curiosité du public à son égard se serait calmée à présent. Mais au contraire, cet intérêt avait augmenté à chaque anniversaire. Des journalistes appelaient pendant des semaines, certains d'aussi loin que du Japon ou d'Australie : À quoi ressemblait sa vie aujourd'hui ? Y avait-il de nouvelles pistes ? Un nouvel homme ? Un autre suicide, peut-être ? Entretenait-elle toujours l'espoir de revoir sa fille ? La police la considérait-elle toujours comme suspecte dans la disparition de son enfant ?

Sauf que Samantha ne serait plus une enfant aujourd'hui. Quand elle avait disparu de son landau sans laisser de traces dans un chic hôtel mexicain, pendant que, d'après la presse, « ses parents prenaient du bon temps pas très loin, dans un restaurant avec des amis », elle avait à peine deux ans. Elle en aurait dix-sept aujourd'hui.

En supposant qu'elle soit toujours en vie.

Alors, pour répondre à certaines de leurs questions, il n'y avait pas de nouvelles pistes, elle ne cesserait jamais d'espérer, elle ne se souciait plus de ce que la police pensait d'elle, et sa vie irait beaucoup mieux si les vautours de la presse la laissaient tranquille.

La tête penchée, l'eau coulant sur son nez et ses joues, Caroline leva le bras pour couper l'eau, soulagée que la sonnerie intrusive du téléphone ait cessé. Elle savait que ce répit était temporaire. Quiconque avait appelé appellerait de nouveau. Ils rappelaient toujours.

Elle s'avança sur le sol chauffé de sa salle de bains en marbre blanc veiné de gris puis s'enveloppa dans son peignoir en éponge blanche. De la paume, elle essuya la buée sur le miroir au-dessus du lavabo à double vasque. Une femme de quarante-six ans aux cheveux bruns mouillés et aux yeux verts fatigués la regardait. Loin de la « magnifique jeune femme réservée aux yeux hantés » que les journaux avaient décrite au moment de la disparition de Samantha. En réussissant à faire de « magnifique » et « réservée » des mots laids et accusateurs. Vers le cap des dix ans, « magnifique » était devenu « frappante », et « réservée » s'était changé en « distante ». Et l'an dernier, un journaliste l'avait réduite à une « femme entre deux âges toujours séduisante ». Sanctionnée d'un maigre compliment, mais sanctionnée quand même.

Peu importe, elle avait l'habitude.

Caroline s'essuya vigoureusement le cuir chevelu à l'aide d'une épaisse serviette blanche et regarda sa nouvelle coupe tomber mollement jusqu'à son menton. Le coiffeur avait promis que ça la rajeunirait, mais c'était compter sans la nature bornée de ses cheveux, si fins qu'ils refusaient de faire quoi que ce soit sinon pendre comme ça. Caroline prit une grande respiration, elle pariait que les coupures de presse du lendemain la décriraient probablement comme l'« autrefois très belle Caroline Shipley, mère de Samantha, la petite fille disparue ».

Cela comptait-il vraiment, ce à quoi elle ressemblait ? Aurait-elle été moins coupable – de négligence, d'être une mauvaise mère, de *meurtre* – au tribunal de l'opinion publique si elle avait été moins attirante qu'elle ne l'était à l'époque de la disparition de sa fille ? Elle avait été examinée sous toutes les coutures par la presse, de la forme de ses pommettes à la longueur de ses jupes, de l'éclat de ses cheveux, mi-longs à ce moment-là, à la brillance de son rouge à lèvres. Même la sincérité de ses larmes avait été mise en doute, un tabloïd avait écrit qu'à une des conférences de presse, son mascara était resté « curieusement intact ».

Son mari n'avait reçu qu'une minuscule part du vitriol qu'on lui avait jeté. Aussi charmant qu'il ait pu être, il y avait une banalité dans son physique sympathique qui lui évitait d'être dans le collimateur. Il était décrit comme un père qui avait « du mal à tenir le coup, accroché à sa fille aînée, Michelle, une enfant de cinq ans au visage d'ange », sa femme se tenant « raide comme un piquet derrière eux, distante et à l'écart ».

Et cela sans même parler du fait que c'était à l'initiative insistante de Hunter qu'ils étaient sortis ce soir-là, alors que la baby-sitter qu'ils avaient engagée leur avait fait faux bond. Sans même parler du fait qu'il avait quitté Mexico pour retourner à son cabinet juridique à San Diego à peine une semaine après la disparition de Samantha. Sans même parler de la fameuse goutte d'eau qui fait déborder le vase, la dernière trahison qui avait enterré leur mariage une fois pour toutes.

Sauf que ça aussi, c'était sa faute à elle.

« Tout est ma faute », dit Caroline à son reflet, sortant son sèche-cheveux du tiroir sous le lavabo pour le pointer sur sa tête comme une arme. Elle pressa le bouton *On* et s'envoya une rafale d'air chaud directement dans l'oreille.

La sonnerie retentit presque immédiatement. Il fallut une seconde à Caroline pour prendre conscience que c'était le téléphone. Une longue sonnerie, suivie de deux plus courtes, signalant un autre appel longue distance. « Laissez-moi tranquille ! », cria-t-elle en direction de sa chambre. Puis : « Et merde. » Elle arrêta le sèche-cheveux et se dirigea vers le combiné, l'attrapa sur la table de chevet à côté du lit king-size, prenant garde à ne pas trop regarder le journal du matin posé sur les draps défaits. « Allô. »

Un silence, suivi par la tonalité occupée.

Génial. Elle reposa le téléphone sur son socle, les yeux inexorablement attirés par la une du journal. Là, près de la redite annuelle de tous les faits horribles et des sous-entendus sordides imprimés ces quinze dernières années, la répétition de tous les détails salaces – Adultère ! Suicide ! –, se trouvait une grande photo de Samantha à l'âge de deux ans qui lui souriait, à côté du portrait de ce à quoi sa fille pourrait ressembler aujourd'hui, tracé par un dessinateur. Des dessins similaires avaient été publiés partout sur Internet ces deux dernières semaines. Caroline s'écroula sur son lit, ses longues jambes trop faibles pour la soutenir. Le téléphone sonna de nouveau et elle tendit le bras avant que la première sonnerie ne soit terminée. « S'il vous plaît. Laissez-moi tranquille », dit-elle.

« J'en déduis que tu as vu le journal de ce matin », dit la voix familière.

C'était la voix de Peggy Banack, directrice de l'hospice Marigold, un établissement de douze lits pour malades en fin de vie au cœur de San Diego. Peggy était sa meilleure amie depuis trente ans, et la seule qui lui restait depuis quinze.

« Difficile de passer à côté. »

Caroline lutta encore pour ne pas regarder la une.

« Ce trou du cul écrit la même chose tous les ans. Ça va ? »

Caroline haussa les épaules.

« Je crois. Où es-tu ? »

« Au boulot. »

Évidemment, pensa Caroline. Où aurait pu être Peggy à huit heures un lundi matin ?

« Écoute, je déteste t'embêter avec ça, dit Peggy, tout particulièrement maintenant… »

« Quoi ? »

« Je voulais savoir… Est-ce que Michelle est déjà partie ? »

« Michelle est chez son père. Elle passe beaucoup de temps là-bas depuis que le bébé… (Caroline prit une profonde inspiration pour se retenir de vomir.) Est-ce qu'elle était censée travailler ce matin ? »

« Elle est sûrement en route. »

Caroline hocha la tête et tapa le numéro de portable de Michelle dès qu'elle eut dit au revoir à Peggy. Même quelqu'un d'aussi borné et d'autodestructeur que sa fille n'était sûrement pas assez bête pour sécher les travaux d'intérêt général auxquels la cour l'avait condamnée.

« Salut, c'est Micki, disait la voix de sa fille dans un souffle à peine reconnaissable. Laissez un message. »

Pas même un « s'il vous plaît », pensa Caroline, irritée par le diminutif Micki, se demandant si c'était dans ce but que sa fille l'avait choisi. « Michelle, dit-elle en insistant, Peggy vient d'appeler. Il semblerait que tu sois en retard pour ton service. Où es-tu ? » Elle reposa le téléphone, prit une grande inspiration et appela la ligne fixe de Hunter, décidée à ne pas céder au pessimisme. Peut-être le réveil de sa fille était-il en panne. Peut-être son bus était-il en retard. Peut-être était-elle, à cet instant même, en train de passer la porte de l'hospice.

Ou peut-être avait-elle découché après être sortie faire la fête hier soir, suggéra sans qu'on lui demande rien la voix du réalisme. Peut-être qu'elle en avait repris un petit dernier plusieurs fois avant de prendre le volant, au mépris de sa récente condamnation pour conduite en état d'ivresse et de sa suspension de permis. Peut-être que la police l'avait interpellée, ruinant l'accord obtenu par son père avec le substitut du procureur, accord qui lui évitait la prison en échange de plusieurs centaines d'heures de travaux d'intérêt général. « Nom de Dieu, Michelle. Es-tu à ce point irresponsable ? » Caroline ne réalisa qu'en parlant que quelqu'un avait décroché.

« Caroline ? » demanda son ex-mari.

« Hunter, dit Caroline en réponse, son prénom vacillant sur sa langue. Comment vas-tu ? »

« Bien. Et toi ? »

« Je tiens le coup. »

« Tu as vu le journal ? »

« Oui. »

« C'est pas une période simple de l'année. »

Toujours aussi bon pour énoncer des évidences.

« Non. » *Même si tu as l'air de bien gérer ça*, pensa-t-elle. Une femme jeune, un fils de deux ans, une toute nouvelle petite fille pour remplacer celle qu'il avait perdue. « Michelle est là ? »

« Je crois qu'elle aide Diana avec la petite. »

Comme en réponse à un signal, des pleurs de bébé frénétiques se firent entendre à travers le combiné. Caroline ferma les yeux en s'efforçant de ne pas visualiser le dernier ajout à la famille de Hunter. « Peggy a appelé. Michelle est censée être à l'hospice. »

« Vraiment ? Je croyais qu'elle y allait cet après-midi. Attends une minute. Micki ! appela Hunter en criant. C'est sûrement un malentendu. »

« Sûrement », répéta Caroline sans conviction.

« Qu'as-tu pensé du dessin ? » demanda Hunter, la prenant par surprise.

Caroline sentit l'air se glacer dans ses poumons, ébahie que son ex-mari puisse rester si pragmatique, comme s'il parlait d'une œuvre abstraite et pas du portrait de leur fille disparue. « Je… C'est…, balbutia-t-elle, ses yeux allant de la photographie au dessin. Ils lui ont fait ta mâchoire. »

Hunter émit un son entre le rire et le soupir. « Amusant. Diana a dit la même chose. »

Mon Dieu, pensa Caroline.

Caroline entendit sa fille demander « Qu'est-ce qu'il y a ? » à son père.

« C'est ta mère, dit Hunter, sa voix s'éloignant alors

qu'il passait le téléphone à Michelle. Apparemment, tu devrais être à l'hospice. »

« J'y vais cet après-midi », dit Michelle à sa mère, sans aucune trace du ton soufflé qu'elle avait dans la voix sur son répondeur.

« Tu ne peux pas y aller quand tu le décides », dit Caroline.

« Ah bon ? C'est pas comme ça que ça marche ? »

« Michelle… »

« Du calme, m'man. J'ai échangé mon service avec celui d'une autre fille. »

« Eh bien, elle n'est pas venue. »

« Elle viendra. Ne t'inquiète pas. Autre chose ? »

« Tu devrais appeler Peggy pour la prévenir… »

« Merci, je vais le faire. »

« Michelle… »

« Ouais ? »

« Je me disais qu'on pourrait peut-être sortir dîner ce soir… »

« Pas possible. J'ai prévu des trucs avec mon amie Emma. »

« Emma ? répéta Caroline, en essayant de cacher sa déception. Je l'ai déjà rencontrée ? »

« Rien qu'une demi-douzaine de fois. »

« Vraiment ? Je ne me souviens… »

« C'est parce que tu ne te souviens jamais d'aucun de mes amis. »

« Ce n'est pas vrai. »

« Bien sûr que ça l'est. Allez, je dois y aller. On se parle plus tard. »

La ligne fut coupée, le téléphone encore dans la main de Caroline. Elle le laissa tomber sur le lit et le vit disparaître entre les draps blancs défaits. *Bon sang.* Michelle aurait-elle raison ? Sa fille avait toujours eu beaucoup d'amis, bien qu'aucun ne semblât rester dans les parages très longtemps, ce qui compliquait leur identification. Une raison de plus pour culpabiliser.

Elle vérifia l'heure, on s'approchait de huit heures et demie. Elle devait être au lycée dans moins d'une demi-heure. Elle se remit sur pied, déjà épuisée à l'idée de faire face à ses vingt-trois étudiants sans motivation, avachis, leurs yeux vitreux fixés sur elle, leur manque d'intérêt évident et sans équivoque pour le sujet.

Comment pouvaient-ils ne pas aimer les maths ? se demandait-elle. Il y avait dans les mathématiques quelque chose de glorieux, de pur, de vrai. Son père avait été professeur de mathématiques et lui avait transmis sa passion. C'était plus que résoudre des puzzles et trouver des solutions. Dans un monde irrationnel tellement plein d'ambiguïté, tellement fait de hasards, elle pouvait s'immerger dans l'exactitude des mathématiques pour trouver du réconfort dans le fait qu'il n'y avait là aucune place pour l'interprétation ou l'équivoque. Il y avait toujours une seule bonne réponse et sa justesse pouvait être prouvée. Un autre signe, aurait pu dire Michelle, et elle l'avait fait en de nombreuses occasions, que les mathématiques n'avaient rien de commun avec le monde réel.

Caroline retourna dans la salle de bains et finit de se sécher les cheveux. Puis elle enfila la jupe marine et le chemisier blanc en soie qu'elle avait préparés la veille.

« Tu n'as rien d'autre à te mettre ? » avait un jour demandé Michelle.

« Et toi ? » avait contré Caroline en pointant l'uniforme habituel de sa fille, un jean slim et un tee-shirt trop grand. Comme beaucoup de jeunes femmes de sa génération, Michelle suivait avec ferveur les dernières tendances de la mode, les régimes en vogue, les programmes fitness du moment. « Avec modération » était un concept qui lui était aussi étranger que l'algèbre.

OK, se dit Caroline, *c'est l'heure de s'activer.* Elle était déjà en retard. Elle fit une prière silencieuse pour qu'il reste du café dans la salle des professeurs. Elle pouvait supporter bien des choses, mais une journée sans café n'en faisait pas partie.

Le téléphone sonna alors qu'elle se dirigeait vers la porte. La première sonnerie immédiatement suivie de deux plus courtes, signalant un nouvel appel longue distance, probablement la même personne qui avait appelé plus tôt. « Ne réponds pas », dit Caroline, à voix haute cette fois. Mais elle se dirigeait déjà vers la cuisine, attirée par le son comme par un aimant. « Allô ? » dit-elle en décrochant le téléphone au milieu de la quatrième sonnerie.

Le son d'une respiration.

Super, pensa Caroline. Juste ce qu'il me fallait – un pervers. Longue distance, rien de moins. « Je vais raccrocher immédiatement », annonça-t-elle en baissant le téléphone.

« Attendez. »

Elle ramena le téléphone à son oreille. « Vous avez dit quelque chose ? »

Un silence.

« OK, je raccroche, là. »

« Non, s'il vous plaît. »

La voix était celle d'une jeune fille, peut-être une enfant. Il y avait une angoisse, quelque chose d'à la fois étrange et familier qui fit rester Caroline en ligne. « Qui est-ce ? »

Un autre silence.

« Écoutez, je n'ai vraiment pas le temps de… »

« Je suis bien chez Caroline Shipley ? » demanda la fille.

« Oui. »

« Êtes-vous Caroline Shipley ? »

« Oui, qui est-ce ? »

De nouveau un silence.

« Qui est-ce ? répéta Caroline. Que voulez-vous ? Je vais raccrocher… »

« Je m'appelle Lili. »

Caroline parcourut mentalement les listes d'appels des classes de ses étudiants passés et présents en essayant d'associer un visage à ce prénom, mais elle ne trouva rien. Pouvait-il s'agir d'une autre amie de Michelle dont elle n'avait aucun souvenir ?

« Que puis-je faire pour vous, Lili ? »

« Je n'aurais probablement pas dû appeler… »

« Que voulez-vous ? » Pourquoi était-elle encore au téléphone, nom de Dieu ? Pourquoi ne raccrochait-elle pas ?

« Je pense… »

« Oui ? »

« J'ai regardé les portraits sur Internet. (Lili marqua une pause.) Vous savez… de votre fille. »

Caroline baissa la tête. *Et voilà*, se dit-elle. Ça arrivait tous les ans à cette époque. Cinq ans auparavant, un homme avait appelé de Floride, clamant que la fille de ses nouveaux voisins ressemblait étrangement aux portraits récents de Samantha. Caroline avait immédiatement pris un vol pour Miami et raté les trois représentations d'*Oliver Twist* du lycée de Michelle, juste pour voir ses espoirs anéantis. Les soupçons de l'homme s'étaient révélés infondés. L'année suivante, une femme avait signalé

Samantha dans la queue d'un *Starbucks* à Tacoma, État de Washington. Un autre voyage inutile. Et maintenant, avec la diffusion des portraits les plus récents dans les journaux, sur Internet… « Lili… », commença-t-elle.

« C'est juste que…, l'interrompit la fille, alors qu'une fois de plus elle sentait ses genoux se dérober et son souffle se glacer dans ses poumons. Je ne crois pas que Lili soit mon nom. (Un autre silence.) Je crois que mon vrai nom est Samantha. Je crois que je suis votre fille. »

2

Quinze ans plus tôt

— On est bientôt arrivés ? chouina Michelle sur le siège arrière de la Lexus blanche dernier modèle. Elle tira sur sa ceinture de sécurité et mit un coup de pied dans le dos de Caroline.

— Ne fais pas ça, s'il te plaît, ma chérie, dit Caroline sur le siège passager en se tournant vers le visage renfrogné de sa fille de cinq ans.

À côté de Michelle, Samantha dormait paisiblement dans son siège-bébé. Et là, en un regard sur ses enfants, Caroline saisissait un instantané des différences entre ses deux filles : l'une était une collection de clichés sur les enfants turbulents ; l'autre, une parfaite petite Belle au bois dormant. Caroline avait toujours méprisé les parents qui préféraient un de leurs enfants à l'autre – sa propre mère en était un bel exemple –, mais elle devait bien admettre que c'était parfois plus difficile à éviter qu'elle ne l'avait pensé.

— J'en ai marre d'être sur la route.

— Je sais, ma chérie. On est presque arrivés.

— Je veux un jus de fruits.

Caroline regarda son mari, sur le siège conducteur. Il secoua la tête sans quitter la route des yeux. Les épaules

21

de Caroline s'affaissèrent. Elle comprenait que Hunter ne veuille pas prendre le risque de voir du jus de fruits renversé sur les sièges en cuir de sa nouvelle voiture, mais elle savait aussi que ça impliquait vingt minutes supplémentaires de jérémiades et de coups de pied.

– On y est presque, chérie. Tu pourras avoir du jus de fruits dès qu'on y sera.

– J'en veux tout de suite.

– Regarde l'océan, dit Hunter pour essayer de la distraire. Regarde comme c'est…

– Je ne veux pas regarder l'océan. Je veux du jus de fruits.

La voix de Michelle grimpait. Caroline savait qu'elle s'acheminait vers une crise de colère explosive, qui éclaterait en quelques secondes dans des proportions sismiques. Elle regarda une fois de plus Hunter.

– Si on abandonne maintenant…, murmura-t-il.

Caroline poussa un long soupir et regarda par la vitre latérale. Elle savait qu'il avait raison, et décida de se concentrer sur la vue spectaculaire de l'océan qui longeait la voie rapide parfaitement entretenue. Peut-être que Michelle suivrait son exemple.

– J'ai soif, dit Michelle, sabordant immédiatement cet espoir.

Puis, une pleine octave plus haute, la voix tremblante, au bord des larmes :

– J'ai soif.

– Tiens bon, ma chérie, dit Hunter, on est presque arrivés à destination.

À destination, c'était Rosarito Beach et le *Grand Laguna Resort*, un hôtel luxueux avec spa que Hunter avait désigné comme l'endroit idéal pour célébrer leur dixième anniversaire de mariage. Situé entre l'océan Pacifique et les contreforts de la Côte d'Or de Baja, Rosarito se trouvait à moins de cinquante kilomètres de San Diego. La proximité de la frontière américano-mexicaine en faisait une destination touristique de choix pour les Californiens du Sud, leur offrant l'opportunité de visiter un pays étranger et de rencontrer une culture différente sans les inconvénients d'un long voyage.

Près de trente kilomètres d'une route époustouflante au bord de l'océan conduisaient au centre-ville de Rosarito. Un long littoral de plages, six kilomètres de résidences, de magasins de souvenirs et de fabuleux complexes hôteliers. Ils avaient choisi le *Grand Laguna* plutôt qu'un autre, non seulement parce que son site Internet promettait un cadre romantique et des couchers de soleil à couper le souffle, mais parce qu'en plus il s'enorgueillissait d'avoir un club pour enfants avec des activités tous les après-midi. L'hôtel proposait aussi un service de baby-sitting, ce qui signifiait que Caroline et Hunter pourraient prendre du temps ensemble, ce dont ils avaient bien besoin. Son mari avait été de plus en plus distant ces derniers temps, essentiellement parce que le cabinet juridique au sein duquel il espérait être promu comme associé venait de fusionner avec une autre société, ce qui renvoyait son plan de carrière aux oubliettes. Caroline savait que c'était une autre des raisons pour lesquelles Hunter avait été si enthousiaste pour Rosarito. Si son travail le réclamait, il pourrait être de retour au bureau en quelques heures.

Le voyage avait plutôt bien commencé. Samantha s'était endormie quasiment dès que la voiture avait quitté l'allée familiale, et Michelle avait été ravie de jouer avec sa nouvelle poupée, Wonder Woman. Malheureusement, après quinze minutes de trajet, une tentative maladroite de faire voler la poupée avait envoyé Wonder Woman s'écraser au sol, où elle avait disparu sous le siège conducteur. Cela avait déclenché la première crise de larmes de l'enfant. Les embouteillages sur l'autoroute inter-États 5, ajoutés à l'attente au poste-frontière de San Ysidro à Tijuana, avaient fait des cinquante kilomètres de route un calvaire de quatre-vingt-dix minutes. Caroline se demanda si elle n'aurait pas dû écouter Hunter quand il avait suggéré de laisser les filles à la maison pour la semaine. Mais ça aurait impliqué qu'elle les confie à sa mère, ce qu'elle ne ferait jamais. Sa mère avait fait suffisamment de dégâts avec ses propres enfants.

Caroline pensa à son frère, Steve, de deux ans son cadet, un homme séduisant aux cheveux blond cendré, au sourire ravageur et aux yeux noisette pailletés d'or. Son charme évident en avait fait la joie et la fierté de sa mère. Mais ce qu'il avait en charme lui manquait en ambition, et il avait passé la plus grande partie de sa vie d'adulte à changer de métier plus souvent qu'un serpent change de peau. Un an plus tôt, il s'était mis à l'immobilier et, à la surprise générale – à part évidemment celle de sa mère, aux yeux de qui il ne pouvait faire d'erreurs –, il semblait bien réussir. Il avait peut-être fini par trouver sa voie.

– J'ai sooiiiff, gémit Michelle, comme si le mot allait s'étirer pour toujours.

– Ma chérie, s'il te plaît. Tu vas réveiller le bébé.

– Ce n'est pas un bébé.

– Elle dort…

– Et j'ai soif.

– OK, ça suffit, lâcha Hunter. (Il se tourna vers l'arrière et agita son index en l'air.) Tu écoutes ta mère, et tu arrêtes ces bêtises immédiatement.

Michelle répondit aussitôt par une crise d'hystérie brutale. Ses cris remplirent l'habitacle de la voiture, rebondissant sur les vitres teintées jusqu'à réveiller Samantha.

Deux enfants hurlaient désormais.

– Tu penses toujours que c'était une bonne idée, les enfants ? demanda Hunter en souriant. Peut-être que ton frère a fait le bon choix.

Caroline ne dit rien. Hunter savait très bien que son frère et sa femme Becky essayaient sans succès depuis des années de fonder une famille. Leur échec sur ce plan était une source intarissable de tensions entre eux. Une situation que la mère de Caroline prenait grand soin d'exploiter en reprochant régulièrement à Becky de ne pas lui offrir des petits-enfants supplémentaires, ce qui causait des frictions inutiles entre sa fille et sa belle-fille.

Diviser pour mieux régner, pensa Caroline. Des mots qui définissaient la vie de sa mère. Les choses ne changeaient jamais vraiment.

– Encore combien de temps ? demanda Caroline.

– On devrait bientôt arriver. Accroche-toi.

Caroline appuya son front contre la vitre et ferma les yeux, les cris de sa fille lui transperçaient les oreilles comme une sirène hurlante. Un début de vacances qui n'était guère de bon augure. *Eh bien*, pensa-t-elle, *ça ne peut que s'arranger*.

Ils étaient là à attendre.

Caroline pensa d'abord qu'elle s'était endormie durant les quelques minutes où elle avait fermé les yeux avant d'arriver au magnifique *Grand Laguna Resort Hotel*, et qu'elle rêvait. Mais après s'être redressée sur son siège et avoir baissé sa vitre, elle réalisa que ce qu'elle voyait était en fait bien réel. Qu'il y avait vraiment six personnes devant l'entrée principale de l'hôtel qui faisaient de grands gestes vers elle en riant, leurs visages familiers ravis, pleins d'autosatisfaction.

— Que se passe-t-il ? demanda-t-elle à Hunter alors qu'un groom en uniforme blanc et or impeccable s'approchait pour ouvrir la portière de la voiture.

— Bienvenue au Grand Laguna, dit le groom, la voix quasiment noyée sous le chœur de « Surprise ! » qui lui tombait dessus.

— Joyeux anniversaire de mariage, dit Hunter, son sourire s'étirant jusqu'à ses doux yeux bruns.

Il se pencha pour l'embrasser.

— Je ne comprends pas.

Il l'embrassa de nouveau.

— Je me suis dit que tu aimerais peut-être que la famille et les amis soient là pour fêter notre anniversaire.

— Hé, vous deux ! appela Steve, le frère de Caroline. Trouvez-vous une chambre, nom de Dieu !

— Bonne idée, dit Hunter en riant alors qu'il sortait de la voiture.

Il fut tout de suite entouré par les trois hommes qui les attendaient.

— N'est-ce pas l'endroit le plus magnifique qu'on ait jamais vu ? demanda Becky, la femme de Steve, en s'avançant.

Caroline s'extirpa du siège de la voiture et jeta un rapide coup d'œil au bâtiment de dix étages. De couleur corail, en forme de fer à cheval, il était entouré du bleu du ciel et de palmiers. Elle devait bien admettre que tout était aussi magnifique qu'elle avait été amenée à l'espérer.

— Tu as l'air un peu dépassée, murmura son amie Peggy qui arrivait à côté d'elle pour l'enlacer. Ses boucles brunes chatouillèrent le nez de Caroline. À peu près

1,67 mètre chacune pour cinquante-huit kilos, les deux femmes s'accordaient agréablement.

– Je suis sidérée. (Caroline se tourna vers son mari.) Comment as-tu organisé tout ça ?

– Plains-toi auprès de ton frère. C'est son idée.

– On ne pouvait pas vous laisser fêter dix ans de béatitude conjugale sans nous, dit Steve en riant.

Caroline regardait les visages souriants l'un après l'autre : son frère et sa femme ; ses vieux amis Peggy et Fletcher Banack ; ses amis plus récents, Jerrod et Brume Bolton. La vérité, c'était qu'elle avait espéré avoir son mari pour elle toute seule pour la semaine. Ça faisait bien longtemps qu'ils n'avaient pas eu le luxe d'un dîner en tête à tête, du temps pour se détendre et se relaxer en toute intimité, se reconnecter l'un avec l'autre. Mais devant le plaisir du groupe aussi contagieux qu'évident, les réserves de Caroline s'envolèrent vite.

– Maman, maman, sors-moi de là.

– J'arrive, ma chérie.

– Si tu permets…

Peggy ouvrit la porte arrière et sortit Michelle de la voiture.

– Ouah. Tu deviens vraiment une grande fille.

– Je veux un jus de fruits, dit Michelle.

Becky avait déjà fait le tour de la voiture pour sortir Samantha de son siège et berçait la petite fille en lui couvrant la tête de baisers.

– Coucou, jolie fille de deux ans. Comment va mon magnifique petit ange ?

– Elle n'est pas magnifique et ce n'est pas un ange, protesta Michelle.

Samantha tendit les bras vers Caroline.

— Oh, tu ne peux pas rester dans les bras de tatie quelques minutes ?

À contrecœur, Becky déposa Samantha dans les bras de sa mère et recula, replaçant ses courts cheveux bruns derrière son oreille. Caroline trouva qu'elle avait l'air fatigué malgré son sourire, et se demanda si elle et son frère s'étaient encore disputés.

— Qu'est-ce qui vous a pris si longtemps ? demanda Brume alors que le groom sortait les bagages du coffre. Ça fait plus d'une heure qu'on vous attend. Je fonds carrément sous la chaleur.

— Eh bien, fondante ou pas, tu es superbe.

Brume sourit, un large sourire qui découvrait juste assez de dents impeccables, et lança ses cheveux blonds ondulés par-dessus l'épaule gauche de son caftan à motifs fleuris. Elle avait les yeux bleus, un rouge à lèvres rouge, des bras nus fermes et bronzés. Ancien mannequin, elle aurait été sublime même sans la tonne de maquillage qu'elle portait tout le temps. Caroline s'étonna, et ce n'était pas la première fois, que Brume ait choisi un homme aussi quelconque que Jerrod. Plus petit que sa femme de plusieurs centimètres, et l'air d'avoir dix ans de plus que son âge, ce quadra était aussi ordinaire que Brume était sublime. Ils formaient un couple intéressant.

Le groupe s'approcha des grandes portes vitrées qui s'ouvraient sur l'entrée climatisée pleine de fleurs. Samantha était joyeuse, bien calée dans les bras de sa mère pendant que Michelle s'accrochait à sa cuisse gauche, tirant si fort sur son chemisier blanc que Caroline craignait qu'il ne se déchire.

— Vous êtes tous descendus ensemble ? demanda-t-elle.

— Steve et Becky sont venus avec leur voiture, expliqua Peggy. Nous sommes venus avec Brume et Jerrod.

– Tu t'appelles Brume ? demanda Michelle.

Brume rit en secouant sa crinière blonde.

– C'est bien ça. Ma mère était très théâtrale. Et probablement un peu dépressive, si on y réfléchit.

– Je trouve que c'est un nom idiot, dit Michelle.

– Michelle, la rappela à l'ordre Caroline alors qu'elles approchaient du bureau de réception. Ne sois pas aussi impolie.

– J'ai envie de faire pipi, annonça l'enfant.

– Merde ! dit Hunter.

– Maman, dit Michelle. Papa a dit un gros mot.

Caroline parcourut du regard le hall d'entrée de style espagnol et la cour intérieure enchâssée entre les deux énormes ailes de l'hôtel.

– Attends d'avoir fait le tour. Il y a une immense piscine, et le plus ravissant des restaurants en plein air. Plus une piscine pour les enfants et, bien sûr, l'océan…

Becky tendit ses mains en direction de la plage.

– Et les chambres sont tellement belles ! ajouta Peggy.

– Sommes-nous tous au même étage ?

Brume se moqua.

– Même pas dans la même aile. Vous êtes de ce côté-là.

Elle tendit la main vers la droite.

– Nous autres, tout au bout là-bas.

Elle pivota sur sa gauche.

– Maman, j'ai envie de faire pipi.

– Je sais, mon cœur. Tu peux te retenir encore quelques minutes ?

– N'oublie pas d'inscrire Michelle au club enfants, dit Steve avec insistance.

– C'est quoi, un club enfants ? demanda Michelle.

– Oh, tu vas tellement t'amuser ! dit Becky avec enthousiasme. Tous les après-midi, tu vas faire des ateliers

29

créatifs, du dessin, des chasses au trésor, ou aller à la pêche aux crabes.

— Je ne veux pas aller à la pêche aux crabes.

— Eh bien, tu pourras nager ou construire des châteaux de sable ou jouer avec les autres enfants…

— Je ne veux pas jouer avec les autres enfants. Je veux jouer avec maman.

— Ne t'inquiète pas ma chérie, dit Caroline. On va avoir beaucoup de temps pour jouer.

— Samantha va aussi aller au club enfants ? demanda Michelle.

— Non, ma chérie, elle est trop petite.

— Elle n'est pas petite. Elle est grande.

— Eh bien, on en reparlera plus tard, dit Hunter alors que la réceptionniste lui tendait les cartes d'accès à leur chambre.

— Suite 612, dit la jeune femme aux yeux sombres et pétillants.

— Oh ! vous avez une suite, dit Becky, une pointe d'envie dans la voix. J'ai hâte de la voir.

— Merci de nous donner l'impression d'être des minables, blagua Fletcher en direction de Hunter, alors que tout le monde se dirigeait vers l'ascenseur.

— Il y a trop de monde, se plaignit bruyamment Michelle.

Caroline ne put s'empêcher de sourire. Elle pensait la même chose.

Le générique de *Star Wars* sortit de la poche de quelqu'un pour emplir le petit habitacle.

— Dites-moi que c'est une blague, dit Becky en levant les yeux au ciel alors que Steve sortait son téléphone portable de sa poche. Encore ?

— Bonjour mère, dit Steve qui tenait le téléphone

contre son oreille d'une main et levait l'autre comme pour dire : « Qu'est-ce que j'y peux ? »

– Elle a appelé il y a à peine une heure, déclara Becky au groupe.

– Oui, ils viennent d'arriver. Tu voulais parler à Caroline ? Non ? OK. Oui, je suis sûr qu'elle t'appellera un peu plus tard.

Il regarda Caroline pour qu'elle confirme. Caroline lui lança un regard qui disait « merci beaucoup ».

– Quoi ? Oui, je sais que c'est dangereux. Crois-moi, je ne compte pas faire de parachute ascensionnel.

– Béni soit son petit cœur de pierre, dit Becky. Cette femme ne s'arrête jamais.

– Non. Je n'ai pas l'intention non plus de faire une promenade à cheval sur la plage. On ne sait jamais ce que ces chevaux ont bu. Non, je ne me moque pas de toi, je comprends tout à fait que tu t'inquiètes. Ouais, OK. On se reparle plus tard. Je t'aime aussi. Bye.

Steve remit le téléphone dans sa poche.

– Que veux-tu que je te dise ? dit-il en riant. Elle s'inquiète pour son petit garçon.

– Mamie Mary a un cœur de pierre ? demanda Michelle.

– Non, mon cœur, dit Caroline. Bien sûr que non.

– Il faudra attendre l'autopsie pour en être complètement sûr, dit Hunter.

– Tu plaisantes ? railla Becky. Cette femme nous enterrera tous.

– Sympa comme discussion, les amis, dit Steve. C'est de notre mère, à Caroline et moi, que vous parlez. Un peu de respect.

On entendit le petit reniflement moqueur de Becky dans l'ascenseur.

– J'espérais mieux que ça, dit-il.

– Cinquième étage, annonça Fletcher au grand soulagement de Becky. Tout le monde descend.

– Alors, qu'est-ce que tu en penses ? demanda Hunter à Caroline quand tout le monde eut quitté leur suite double.

Samantha dans ses bras, Caroline traversa le salon meublé avec goût jusqu'à la fenêtre qui surplombait la cour intérieure. Elle regarda le restaurant de plein air juste en dessous. Des parasols rouge vif flottaient au-dessus de tables dressées de nappes blanches, entourées d'érythrines et d'arbustes à fleurs blanches. L'énorme piscine en haricot entourée de transats à rayures rouges et blanches se trouvait sur le côté. Tout n'était littéralement qu'à quelques pas. *Le monde à portée de main*, pensa Caroline. Elle se tourna vers son mari pour apprécier les murs jaune pâle de la chambre, le velours rouge du canapé et le fauteuil rouge et or.

– C'est magnifique. Tout. Tu as fait ça très bien.

Elle fit le tour de la table basse en bois sombre pour se lover dans ses bras.

– Tu as été vraiment surprise, ou tu as fait semblant ?

– Tu plaisantes ? J'étais en état de choc.

– Ah oui ? Eh bien j'ai peut-être plus d'un tour dans mon sac, madame Shipley.

Il lui mordilla l'oreille.

– Maman, appela Michelle depuis les toilettes. Maman, j'ai fini. Viens m'essuyer.

Caroline appuya la tête contre l'épaule de son mari.

– Elle n'est pas assez grande pour faire ça toute seule ? demanda Hunter pendant que Caroline lui passait Samantha et se dirigeait vers les toilettes.

– Alors, qu'est-ce que tu en penses ? demanda Caroline à sa fille en répétant la question que lui avait posée Hunter quelques minutes auparavant.

Elle accompagna Michelle dans la chambre d'enfants décorée en jaune et blanc. Il y avait contre le mur un lit à une place recouvert d'un jeté aux motifs rouge vif, blanc et or, séparé par une fenêtre d'un lit à barreaux plus petit au couvre-lit identique, contre le mur opposé.

– J'aime pas.

Pourquoi ne suis-je pas surprise ? se demanda Caroline.

– Qu'est-ce que tu n'aimes pas, ma chérie ?

– Je veux une chambre pour moi toute seule.

– Allez, ça va être sympa de partager la chambre avec ta sœur.

– Je veux dormir dans ta chambre.

Le téléphone sonna. *Dieu merci !* pensa Caroline, ravie de l'interruption. Même parler à sa mère serait préférable à ça.

– C'était Brume, dit Hunter, dont la tête surgit dans la chambre quelques secondes plus tard. Elle a réservé au restaurant extérieur pour vingt heures.

– En espérant qu'on puisse trouver une baby-sitter.

– C'est déjà fait.

Caroline regarda le bébé souriant dans les bras de son mari, la petite fille boudeuse à côté d'elle, puis de nouveau Hunter.

– Mon héros, dit-elle.

3

Aujourd'hui

Je crois que mon vrai nom est Samantha. Je crois que je suis votre fille.

Les mots percutaient le crâne de Caroline comme un marteau. Elle sentait son cerveau vaciller, un liquide épais couler dans l'espace derrière ses yeux. La pression augmenta jusqu'à ce qu'il ne puisse plus être retenu et se déverse sur ses joues sous forme de larmes. « Ce n'est pas drôle, murmura-t-elle dans l'appareil, tout son corps se mettant à trembler. Vous n'avez pas le droit de me faire ça. »

« Je suis vraiment désolée, dit la fille à l'autre bout de la ligne. Je sais de quoi ça doit avoir l'air. »

Caroline s'accrocha au combiné comme si, ce faisant, elle pouvait s'empêcher de chuter.

« Vous n'avez aucune idée de ce dont ça a l'air. »

« Ça doit vous sembler gentiment barré. »

« C'est très loin d'être gentil et bien pire que barré, dit Caroline, étonnée du son de sa propre voix, de sa capacité à formuler des phrases cohérentes. C'est vicieux. Et c'est cruel. »

« Je suis désolée. Ce n'était pas mon intention. »

« Quelle est votre intention ? »

« Je n'en sais rien. Je ne suis pas sûre. J'ai juste pensé que… »

« Vous n'avez pas pensé. »

Caroline était en colère maintenant. Comment cette fille, cette étrangère, cette Lili, osait-elle prétendre au nom de sa fille, à son identité ?

« J'ai vu les photos. Je ne savais pas quoi faire. »

« Mais qui êtes-vous, nom de Dieu ? »

« Je vous l'ai dit. »

« Vous êtes journaliste, c'est ça ? »

« Non. Je vous le jure. »

« Alors, pourquoi faites-vous ça ? »

« Parce que je pense… »

« Vous pensez être ma fille ? »

« Oui. »

« Parce que vous ressemblez à des croquis publiés sur le Net », dit Caroline. Sa voix s'étrangla, comme si ses cordes vocales avaient été écrasées par un semi-remorque.

« En partie. »

« En partie ? » répéta Caroline.

« Il y a plus. »

« Quoi de plus ? »

« Juste… tout un tas d'autres choses. »

« Quelles choses ? »

Une courte pause.

« Eh bien, pour commencer, nous avons le même âge. »

Caroline répondit avec un trait de sarcasme. « Beaucoup de filles ont dix-sept ans. Quand avez-vous votre anniversaire ? »

« Prétendument le 12 août. »

« Samantha est née en octobre. »

« Je sais, mais… »

« Mais quoi ? »

« Est-ce qu'un certificat de naissance ne peut pas être falsifié ? »

« Vous croyez que quelqu'un a falsifié votre certificat de naissance ? »

« Peut-être. Je veux dire, c'est possible. »

« Possible, mais peu probable. Qu'est-ce que vous avez d'autre ? »

Une nouvelle pause, plus longue cette fois-ci.

« On a beaucoup déménagé quand j'étais petite. »

« Et donc ? »

« D'une ville à l'autre, d'un pays à l'autre, continua la fille malgré l'impatience croissante de Caroline. Tout le temps en train de faire des cartons et de repartir. Jamais trop longtemps au même endroit. »

« Qui, *on* ? »

« Mes parents et mes frères. »

« Donc, vous avez des parents. »

« Mon père est mort l'an dernier. »

« Mais votre mère est toujours en vie. »

« Oui. »

« Avez-vous été adoptée ? »

« Elle dit que non. »

« Vous ne la croyez pas ? »

« Non. »

« Pourquoi pas ? Êtes-vous tombée sur des documents cachés au grenier ? Quelqu'un d'autre dans la famille a-t-il sous-entendu que vous aviez peut-être été adoptée ? »

« Non. »

« Alors, pourquoi croyez-vous que c'est le cas ? » demanda Caroline en s'efforçant d'éviter de se poser elle-même une question plus pertinente, à savoir pourquoi elle était toujours en ligne ? Pourquoi continuait-elle à parler à cette fille, cette *Lili*, qui était au mieux en plein délire, au pire complètement dérangée. Pourquoi ne se contentait-elle pas de raccrocher ?

« Je ne ressemble pas du tout à mes frères ni à mes parents. »

« Beaucoup d'enfants ne ressemblent pas à leurs parents ou à leurs frères et sœurs. »

« Il n'y a pas que ça. »

« Quoi d'autre ? »

« J'ai été scolarisée à domicile, tenue à l'écart des autres enfants. »

« Beaucoup d'enfants sont scolarisés à domicile de nos jours. Ça n'implique rien de suspect. Et ça a du sens dans votre cas, si vous déménagez aussi souvent que vous le dites. »

« C'est juste que je suis tellement différente d'eux. Pas seulement physiquement, mais ce que je suis, ce pour quoi je suis bonne, comment je me sens par rapport à… je ne sais pas, *tout*. C'est comme s'ils étaient d'une planète et moi d'une autre. Je ne me suis simplement jamais sentie à ma place. »

Caroline faillit rire. Elle s'appuya au comptoir de la cuisine et se frotta l'arête du nez de sa main libre.

« Vous vous rendez compte que vous décrivez à peu près tous les adolescents américains ? »

« C'est possible. »

« Qu'en dit votre mère ? »

« De quoi ? »

« De *quoi* ? répéta Caroline incrédule. De tout ce que vous venez juste de me dire. » Il y eut un moment de silence. Il flotta au-dessus de la tête de Caroline comme une hache. « Elle n'en sait rien, n'est-ce pas ? »

Un long silence.

Bien entendu, la fille n'avait pas fait part de ses soupçons à sa mère. Ou de son intention d'appeler Caroline.
Toute cette idée était tellement tordue, tellement farfelue,
tellement ridicule.

Et pourtant si séduisante, si rassurante, si merveilleuse.
Sa fille, vivante. Au téléphone. Après toutes ces années.
Était-ce possible ? Cela pouvait-il être possible ?

Non, ça ne se pouvait pas. Le seul fait de se poser la
question faisait d'elle quelqu'un d'aussi bercé d'illusions
que la fille au bout du fil.

« Écoutez, dit Caroline vigoureusement. Je dois y aller.
Je suis déjà en retard au travail. »

« Non. S'il vous plaît. Ne raccrochez pas. »

« Écoutez, *Lili*, dit-elle en essayant de garder le contrôle
de ses émotions, la voix aussi douce que possible. Je vais
vous laisser le bénéfice du doute. Je vais partir du principe
que vous êtes une jeune fille très seule et très sensible à
qui son père manque beaucoup et dont elle a du mal à
surmonter le décès. Votre imagination est en surcharge.
Mais regardons les choses avec réalisme. Le simple fait
que vous ressemblez plus à des portraits sur le Net qu'à
votre famille ne veut pas dire… »

« Nous n'avons jamais eu d'ordinateur à la maison »,
l'interrompit la fille.

« Je ne comprends pas. Qu'est-ce que ça a à voir avec
tout le reste ? » demanda Caroline, bien qu'elle trou-
vât cela étrange. Qui n'avait pas d'ordinateur chez soi,
tout particulièrement si les enfants étaient scolarisés à
domicile ? « Je suis sûre que vos parents avaient leurs
raisons… »

« Ils disaient qu'ils n'étaient pas de ces familles qui
laisseraient la technologie gâcher leur vie, que les jeunes

passaient trop de temps sur Facebook et à regarder de la pornographie… »

« Là, on y est. Attendez, dit Caroline, bondissant sur une incohérence avec l'habileté d'un oiseau attrapant un ver. Vous m'avez dit juste avant que vous aviez vu les portraits sur Internet. Si vous n'avez pas d'ordinateur… »

« J'étais à la bibliothèque, expliqua Lili sans difficulté. Il y avait un garçon qui n'arrêtait pas de me fixer. Il a dit que je ressemblais beaucoup à la fille qui avait disparu il y a quinze ans. C'est lui qui m'a montré les photos. »

« Ce sont des spéculations d'artiste, pas des photographies. Ce sont de simples projections basées sur des choses comme la structure osseuse et la forme des yeux. Personne ne sait à quel point cela peut être ressemblant. Écoutez… Ça n'est pas important. Ce qui l'est, en revanche, c'est que vous n'êtes pas ma fille. »

« Comment pouvez-vous en être sûre ? »

Caroline ne dit rien. *Raccroche*, se dit-elle. *Raccroche immédiatement.*

« Et si je faisais un test ADN ? » demanda la fille.

« Quoi ? »

« Si je faisais un test ADN ? » demanda-t-elle de nouveau.

« Un test ADN ? » répéta Caroline, ne trouvant rien d'autre à dire.

« Comme ça, nous serions sûres, quoi qu'il arrive, non ? »

Caroline hocha la tête sans rien dire. Dans ses rêves, Samantha apparaissait simplement sur le pas de sa porte et tombait dans ses bras aimants. Il y avait une connexion instinctive immédiate. Aucun des scénarios qu'elle imaginait n'impliquait quelque chose d'aussi clinique qu'un test ADN.

« Et donc, comment ça se passerait si je voulais faire ce test ? »

« Je n'en ai aucune idée. » Caroline vacillait, son cerveau piégé dans un épais brouillard, incapable d'enchaîner des mots ou de former des pensées cohérentes. « Je suppose qu'il faudrait contacter les autorités adéquates », parvint-elle finalement à dire.

« Et ce sont ? »

« Je n'en suis pas sûre. La police de San Diego serait sûrement un bon début. »

« Je ne vis pas à San Diego. »

Caroline se souvint de la sonnerie particulière de l'appel longue distance qui l'avait arrêtée alors qu'elle allait sortir de chez elle. Elle n'aurait jamais dû revenir sur ses pas, elle n'aurait jamais dû décrocher le téléphone. « Et où habitez-vous ? »

Un soupir d'hésitation. « Je préfère ne pas le dire. »

Un autre soupir, de Caroline cette fois. Évidemment qu'elle n'allait pas le dire. « Adieu, Lili. »

« Je vis à Calgary. »

« Calgary ? »

« Calgary, province d'Alberta. »

« Vous êtes canadienne ? »

« Non. Je vous l'ai dit, nous déménageons souvent. Nous vivons ici depuis à peu près deux ans. Avant ça, c'était Seattle, et avant ça encore, Madison dans le Wisconsin. J'ai passé la majeure partie de mon enfance en Europe. Nous sommes arrivés ici juste avant que mon père tombe malade. »

« Et vous pourriez venir jusqu'à San Diego ? »

« J'aimerais, mais ce n'est pas possible. Je n'ai pas l'argent… »

« Hum, hum », dit Caroline. Le brouillard dans sa tête

commençait à se dissiper. « Je comprends mieux maintenant. Vous voulez que je vous envoie de l'argent… »
Je suis tellement bête, se dit-elle.

« Non. Non, je ne veux pas de votre argent. »

« Mais qu'est-ce que vous voulez ? Que je vous envoie un billet d'avion ? Je peux le faire », insista Caroline, sentant qu'elle reprenait soudainement le contrôle. Elle forçait la fille à abattre ses cartes, ce qu'elle aurait dû faire dès le début. « J'ai juste besoin de votre nom de famille pour pouvoir faire la réservation. »

« Je ne peux pas vous le donner. »

« Vraiment ? Et pourquoi ça ? »

« Parce que ça n'a aucune importance. Quelle différence cela ferait-il ? Je vous ai déjà dit que je ne pouvais pas venir. »

« Je vais vous dire. Je prendrais même un billet pour votre mère. Elle peut venir avec vous. »

« Non. Ma mère ne doit rien savoir de tout ça. »

« Je croyais que vous croyiez que c'était moi, votre mère. »

« C'était le cas. Ça l'est. Oh ! mon Dieu. Je ne sais plus quoi penser. » Une pause, pleine de sanglots refoulés. « Écoutez. Même si elle n'est pas ma vraie mère, c'est elle qui m'a élevée. Je ne veux pas lui faire de mal, et je ne peux pas prendre un avion sans le lui dire. Elle serait folle d'inquiétude. »

Caroline ferma les yeux. Elle se souvenait de la panique de cette terrible nuit, quinze ans plus tôt, quand elle avait regardé dans le lit à barreaux de Samantha pour le trouver vide. Un sentiment d'horreur toujours vif lui piqua la peau comme des centaines de minuscules épingles, empoisonna son sang et courut dans ses veines vers son cœur. Elle se sentait vaseuse, nauséeuse comme si elle allait vomir. « Il semblerait donc que nous soyons dans une impasse », dit-elle quand elle put retrouver sa voix.

« Peut-être que vous pourriez venir ici. »

« Quoi ? »

« Venir à Calgary. On pourrait aller dans un hôpital ou une clinique, trouver quelqu'un pour faire le test. Comme ça on saurait pour de bon. »

« Je sais déjà maintenant », dit Caroline. Mais était-ce la vérité ? Si elle était si sûre que cette jeune femme n'était pas sa fille, pourquoi était-elle encore au téléphone ? « Très bien, écoutez. Ça fait beaucoup à digérer. Laissez-moi réfléchir à tout ça et revenir vers vous. »

« Non. »

« Quoi ? »

« Je ne peux pas vous donner mon numéro de téléphone. Vous ne pouvez pas m'appeler. »

La colère de Caroline remonta. Mais quel était son problème ? Elle faisait face à ce genre de balivernes depuis quinze ans, certaines fois bienveillantes et sincères, la plupart du temps mesquines ou carrément malfaisantes. Tout ça relevait soit d'une arnaque très intelligente, soit d'une blague détestable. Un stratagème pour lui extorquer de l'argent ou un besoin d'attention maladif. Plus probablement juste une journaliste de plus, un vampire qui cherchait à profiter de sa faiblesse, de sa culpabilité pour ajouter un rebondissement à une vieille histoire, recueillir n'importe quelle nouvelle information qui pourrait être glanée, peut-être même obtenir une confession. Elle lirait probablement toute cette conversation téléphonique dans les journaux du lendemain. « Écoutez, Lili, ou quel que puisse être votre vrai nom… »

« Venez à Calgary. »

« Non. »

« S'il vous plaît. J'ai déjà regardé et il y a un vol qui décolle de San Diego à la première heure demain matin. Vous seriez ici à midi. Je pourrais vous retrouver à votre hôtel. »

« Quel hôtel ? » demanda Caroline. Mais qu'est-ce qu'elle disait ? Était-elle complètement folle ? Combien de fois pourrait-elle s'infliger ça ? N'avait-elle pas déjà fait des voyages insensés à Miami et Washington, juste pour voir ses espoirs se transformer en déception, et finalement en désespoir ? Était-elle vraiment prête à traverser tout ça une nouvelle fois ?

« Le Fairfax. En plein centre-ville, il est plutôt pas mal. »

« Non. Je ne peux pas. C'est ridicule. »

« Ça ne l'est pas. »

« Toute cette conversation est ridicule. Vous êtes ridicule. Je suis ridicule de rester là à discuter avec une fille qui est soit championne de l'arnaque, soit complètement tarée. Je suis désolée. Je dois raccrocher. »

« S'il vous plaît… vous avez dit que vous alliez y réfléchir. »

Caroline regarda le mur de placards en face d'elle. Les meubles devinrent flous, se troublèrent pendant un court instant. Elle ne pouvait décemment pas envisager d'aller à Calgary. N'est-ce pas ? « Très bien », s'entendit-elle dire.

« Vous allez venir ? »

« Je vais y réfléchir. »

« J'attendrai dans le hall d'entrée », dit la fille. Et la ligne fut coupée.

4

Quinze ans plus tôt

— Eh bien, regardez qui voilà, dit Brume alors que Caroline se frayait un chemin à travers les rangées de transats dispersés autour de la piscine.

— Tu t'en es sortie, dit Peggy en tapotant la chaise libre à côté d'elle.

Becky hocha la tête en la voyant mais ne dit rien. Malgré le grand chapeau à large bord et les énormes lunettes de soleil qui masquaient presque tout son visage, Caroline devina que sa belle-sœur avait pleuré. Elle avait assez souvent vu Becky en larmes au fil des années pour reconnaître le gonflement de ses joues et les traits de sa bouche tirés vers le bas, gâchant ses tentatives de sourire.

Il était évident que son frère et sa femme s'étaient disputés. Encore une fois. Quelle qu'en ait été la raison, ce n'étaient pas ses affaires. Et elle était déterminée à profiter de son dernier jour au paradis : Hunter s'était généreusement porté volontaire pour veiller sur Samantha, afin qu'elle puisse passer quelques heures à la piscine avec ses amies sans être gênée. Michelle avait fini par se faire au club enfants, ou du moins s'y était-elle rendue cet après-midi sans le concert de larmes et de protestations habituelles ; Hunter et elle avaient finalement pu faire l'amour la nuit dernière, mais très rapidement et presque sans préliminaires, avant qu'il s'endorme, abattu par l'excès de soleil et d'alcool.

Caroline jeta un coup d'œil vers la terrasse de sa suite en enlevant sa tunique blanche et s'étendit sur la chaise longue. Elle avait espéré que ces vacances raviveraient la passion à fleur de peau qu'elle et Hunter avaient un jour partagée. Mais Hunter était préoccupé par son travail ; elle était préoccupée par les enfants ; leurs amis étaient toujours dans les parages. La vérité, c'était que Hunter et elle avaient eu très peu de temps seuls tous les deux cette semaine. Pas vraiment l'échappée romantique qu'elle avait espérée.

– Oh ! Intéressant, ce maillot de bain, dit Brume en rajustant le haut du minuscule Bikini rose vif dont elle débordait. Très rétro.

Caroline baissa les yeux sur son maillot une pièce noir et blanc, et sourit. Elle ne connaissait pas très bien Brume et ne savait jamais vraiment comment prendre ses compliments : « J'adore cette coupe de cheveux style saut du lit ; regardez-moi ce pantalon large – tellement courageux d'aller contre la mode ; j'adorerais pouvoir porter d'aussi gros imprimés. C'est tellement facile pour vous, les petites poitrines. »

Elle regarda autour de la piscine.

– Où sont les garçons ?

– Au golf, dit Brume en levant la main vers un serveur.

– Une des rares activités que ta mère ne trouve pas trop dangereuse pour son précieux fils, dit Becky avant de regarder ailleurs, coupant court à tout commentaire.

Ne la laisse pas t'atteindre, voulut dire Caroline à sa

belle-sœur. Mais elle se retint quand elle réalisa qu'elle le lui disait depuis des années. Qu'elle *se* le disait depuis aussi loin qu'elle pouvait se rappeler. Mais c'était une bataille perdue d'avance. Sa mère était une force de la nature. Il n'y avait pas d'échappatoire.

– Excusez-moi, appela Brume en faisant signe à un jeune serveur brun d'approcher. Qui veut un gin tonic ? demanda-t-elle aux autres.

– Ça m'a l'air d'une bonne idée, dit Peggy.

– J'en suis, acquiesça Becky.

– Je vais prendre un Coca, dit Caroline.

– Tu ne vas pas *du tout* prendre un Coca, dit Brume. C'est notre dernier jour. Je te l'interdis. Quatre gin tonics, *por favor*. C'est ma tournée, mesdames.

Quelques minutes plus tard, elles s'étendaient dans leurs chaises, sirotant leurs cocktails.

– Alors, qu'avez-vous prévu pour votre retour à la civilisation ? demanda Brume.

– Retour au boulot, dit Peggy.

Elle travaillait à l'hôpital central de San Diego.

– Je ne sais pas comment tu fais, dit Brume. Avoir affaire à des malades toute la journée. Ça ne t'use pas ?

– Eh bien, je ne travaille pas directement avec les patients. Je suis dans l'administration.

– Et toi ? demanda Brume en se tournant vers Becky. Prête à reprendre la recherche de travail ?

Caroline retint son souffle et les épaules de Becky se raidirent. Steve avait laissé échapper que Becky avait récemment été renvoyée de son emploi de gestionnaire de comptes dans une agence de pub, après qu'un client essentiel fut passé à la concurrence. Becky avait espéré garder cette information secrète jusqu'à ce qu'elle ait trouvé une autre place. Bien entendu, Caroline était déjà au courant, sa mère l'avait appelée pour partager l'information dès que Steve lui avait confié la nouvelle.

– Ça pourrait être le bon moment pour s'efforcer de tomber enceinte, avait dit Mary à sa belle-fille, comme si les difficultés qu'elle et Steve affrontaient pour procréer étaient dues à un manque de concentration de sa part.

– Au moins tu n'as pas de problèmes d'argent, dit Brume. Jerrod m'a dit que les affaires de Steve allaient *trrrès* bien ces temps-ci.

– On s'en sort, dit Becky. (Elle descendit d'un trait ce qui restait dans son verre et fit signe au serveur de la resservir.) Qui me suit ?

– Tu peux compter sur moi, dit Brume.

– Oh, et puis merde. Pourquoi pas ? ajouta Peggy.

– Uniquement si c'est ma tournée, dit Caroline, berçant toujours le verre dans sa main.

Elle n'avait jamais trop été portée sur la boisson, surtout en plein après-midi. Cependant, c'était leur dernier jour à Rosarito, une des rares fois cette semaine où elle n'avait pas un enfant accroché à son bras ou un bébé à balancer sur sa hanche. Elle ne voulait pas passer pour une rabat-joie. Elle faisait toujours partie d'une bande de filles. Elle savait toujours prendre du bon temps.

Elle était plus qu'une simple mère de famille.

– J'imagine que tu vas reprendre la routine, dit Brume à Caroline comme si elle avait lu dans ses pensées.

– Pardon ? La routine ?

– La maison, veiller sur les deux petits enfants. Je deviendrais folle sans échanges avec d'autres adultes. Ça doit te réduire le cerveau en bouillie. Je te trouve épatante. Vraiment.

Caroline s'efforça de ne pas se braquer pour la subtile

insulte glissée dans le compliment, ni de défendre sa décision de rester mère au foyer.

– C'est l'affaire d'encore quelques années. Ensuite, je retournerai enseigner.

– Encore un métier que je ne pourrais jamais exercer. Surtout les maths. C'est tellement pénible.

– Je ne trouve pas ça pénible du tout…

– Ah bon ? demanda Brume, les yeux écarquillés d'étonnement.

– J'imagine que tout doit paraître fade, comparé au mannequinat, dit Peggy alors que le serveur revenait avec une nouvelle tournée de cocktails. Jerrod dit que tu es toujours très demandée…

– Plus que ça. Et on me propose bien plus de travail que je ne peux en accepter en marge de mes œuvres de bienfaisance. Et Jerrod voyage tellement. Il aime que je l'accompagne, donc je suis limitée dans les projets que je peux entreprendre.

Elle se redressa et d'un geste incita les autres à faire de même, comme si elle allait leur confier un secret.

– Nous avons fait un pacte quand nous nous sommes mariés. Ne jamais passer plus de deux nuits l'un sans l'autre. C'est ce qui a fait capoter le premier mariage de Jerrod, vous savez. Ça l'a rendu particulièrement sensible aux femmes comme moi.

Elle eut un sourire qu'on n'aurait pu qualifier autrement que d'éblouissant.

– Mon mari a une libido insatiable, et je suis heureuse de dire qu'il a enfin trouvé la partenaire idéale.

Elle pencha la tête en arrière, ses cheveux blond miel tombant en cascade jusqu'au milieu de son dos, et tint la position comme si elle attendait qu'un photographe prenne un cliché.

– Je n'avais pas compris qu'il devait autant voyager, dit Caroline.

Ce qu'elle avait vraiment envie de dire, c'était « Oh ! mon Dieu, non. S'il vous plaît, ne parlons pas de ça ».

Elle n'avait pas envie de parler de la vie sexuelle de Brume, ni de son rôle dans l'échec du premier mariage de Jerrod. Elle ne connaissait pas Jerrod et Brume si bien que ça. Tout ce qu'elle savait, c'était que Jerrod était le directeur général d'une grosse compagnie minière, et qu'il était devenu ami avec Hunter quand la société de ce dernier avait été engagée pour gérer une acquisition récente. Brume était de bonne compagnie, particulièrement parce qu'on ne savait jamais quelle remarque outrancière elle allait sortir. Mais elle et Caroline ne deviendraient jamais amies intimes. Comme disait Hunter, « à petite dose, ça va ».

– Chaque mois, nous allons dans un nouvel endroit passionnant, disait Brume. Alaska, Vancouver, Amérique du Sud. À visiter des mines. Rencontrer les dignitaires locaux. Ces cinq dernières années ont été une sacrée aventure.

– Pas le bon moment pour faire des enfants, j'imagine, dit Peggy.

– Mon Dieu, non. Et puis Jerrod en a déjà eu trois avec sa première femme. C'est bien assez. (Elle fit une grimace.) Je ne sais pas. Les enfants, ça n'a jamais été mon truc. Ils sont tellement…

– Pénibles ? demanda Caroline.

Brume rit.

– Un peu comme les maths.

– Je ne crois pas que les enfants soient pénibles, dit Peggy.

– C'est pour ça que tu en as. Il faut que tu penses ça. Mais on sait bien la vérité, pas vrai, Becky ?

Une fois de plus, Caroline retint son souffle. Elle réalisa que Brume ne savait probablement rien de la situation de Becky. Les deux femmes s'étaient rencontrées à peine une semaine auparavant et Becky n'était pas du genre à discuter de ses problèmes de fertilité avec des quasi-inconnus. Ni avec qui que ce soit, d'ailleurs.

Caroline se tourna vers sa belle-sœur, qui enregistra son regard en roulant des yeux avant de se détourner. Elles avaient été proches, comme des sœurs plus que comme des belles-sœurs. Mais Becky subissait constamment les comparaisons de sa belle-mère, et elle était devenue de plus en plus distante au fil des années, plus encore après la naissance de Samantha. Elle avait essayé de le dissimuler, mais à l'évidence elle voyait la fécondité de Caroline comme un affront personnel.

Caroline but une autre gorgée, s'étendit dans sa chaise et ferma les yeux. Elle était épuisée. Qui aurait cru que se détendre demandait autant d'efforts ?

– C'est l'heure de la crème solaire, dit une voix. Tu as un coup de soleil sur le nez.

Caroline ouvrit les yeux et vit le visage de Peggy penché sur elle.

– Quoi ?

– Tu es un peu rouge.

Caroline se redressa et fit tomber son *tote bag* par terre. Tout le contenu se répandit sur le béton.

– J'ai dû m'endormir. Quelle heure est-il ?

– Quatre heures cinq.

– Merde. Je devais récupérer Michelle à quatre heures.

Elle ratissa le sol pour rassembler tout ce qui s'était échappé de son sac, puis se remit sur pied.

– Où sont-elles passées ? demanda-t-elle en regardant autour d'elle.

– Becky avait mal à la tête, elle est remontée dans sa chambre il y a à peu près une demi-heure. Brume avait un rendez-vous pour un massage.

– Oh, ça m'embête de te laisser seule…

– Pas de problème. Je me suis assez prélassée. Il est l'heure de remonter dans ma chambre et de faire une sieste.

Peggy glissa sa main dans celle de Caroline et elles se dirigèrent ensemble vers l'accueil.

– Je n'arrive pas à croire que j'ai sombré comme ça. J'ai raté quelque chose ?

– Tu veux dire sur Mademoiselle-partenaire-idéale ? Non, heureusement, elle nous a épargné les détails. À un moment, j'ai cru que nous étions revenues au lycée.

Les deux femmes rirent. Caroline gloussait encore quand elle récupéra Michelle.

– Tu es en retard, pleurait l'enfant, ce qui étouffa le gloussement de Caroline dans sa gorge.

La jeune femme aux cheveux noir corbeau qui tenait la main de Michelle jeta un regard accusateur à Caroline.

– Tu vois ? Je t'avais dit que maman ne t'avait pas oubliée.

Caroline vérifia sa montre.

– J'ai juste quelques minutes…

– Michelle était très inquiète.

– Je ne t'oublierais jamais, répéta plusieurs fois Caroline pour rassurer sa fille dans l'ascenseur qui les ramenait vers leur chambre.

– Je ne retourne plus au club enfants, dit Michelle alors qu'elles marchaient dans le couloir vers leur suite.

– De toute façon, on part demain matin à la première heure, ce ne sera donc pas nécessaire.

Caroline fouilla dans son sac à la recherche de la carte de sa chambre et faillit percuter un chariot de service chargé de serviettes et de parures de drap.

– Merde ! Où elle est ?

– Tu as dit un gros mot.

Le truc avait dû tomber à la piscine, se dit Caroline alors qu'elles approchaient de leur suite. Elle tapa à la porte et attendit que Hunter vienne lui ouvrir.

– Quoi, encore ? pouvait-elle presque l'entendre dire.

Elle avait déjà perdu une carte plus tôt dans la semaine. Heureusement qu'elles avaient été faciles à remplacer. Elle frappa de nouveau.

– Hunter ?

Elle appuya son oreille contre la porte et entendit la douche couler. *Super. Le moment parfait pour prendre une douche*. Hunter était réputé pour la fréquence et la longueur de ses douches.

– Il va falloir retourner à l'accueil pour récupérer une autre carte.

– Je ne veux pas retourner à l'accueil.

Caroline repensa au chariot de service. La femme de chambre avait probablement un passe.

– Viens avec moi, dit-elle à Michelle.

– Non.

L'enfant tira son bras hors de portée de Caroline et se laissa tomber au sol, adossée à la porte, les bras croisés sur la poitrine.

– OK. Ne bouge pas. Je reviens très vite.

Elle fonça à l'angle du couloir et percuta presque la femme en uniforme qui sortait d'une chambre, les bras chargés de serviettes de bain.

– *Perdona me, señora.* Je suis désolée de vous déranger, mais je ne retrouve pas ma carte. Je me demandais si vous pourriez m'ouvrir ma chambre.

La femme hocha la tête, déposa les serviettes sur le chariot et suivit Caroline.

Michelle avait disparu.

– Michelle ?

Caroline regardait frénétiquement autour d'elle.

– Michelle ?

La porte de sa suite s'ouvrit. Hunter se tenait devant elle, une grande serviette blanche enroulée autour de la taille, de l'eau ruisselant sur son torse bien taillé, le regard perplexe.

– Pas de panique. Elle est à l'intérieur.

Caroline poussa un soupir de soulagement. La femme de chambre remit son passe dans sa poche et se retira dans le couloir.

– Merci ! lança Caroline derrière son dos.

– Maman a dit un gros mot. Et elle était en retard, déclara Michelle dès que Caroline entra dans la chambre.

– D'à peine cinq minutes, expliqua Caroline.

– Je suis sûr que maman est désolée.

– Et maman s'est excusée plusieurs fois, dit Caroline.

– Où est mon bébé ?

– Ce n'est pas un bébé, dit Michelle.

– Dans son lit, avec ses jouets, dit Hunter. Comme un poisson dans l'eau.

– On est allé voir des poissons, dit Michelle pendant que Caroline traversait la chambre des enfants.

– Ah bon ? Vous avez dû vous amuser.

– Je déteste les poissons, dit Michelle.

Évidemment, pensa Caroline en approchant du lit de Samantha. Sa fille cadette était déjà debout, un grand sourire sur le visage, les bras tendus. Caroline la sortit du lit et la serra fort.

– Bonjour ma chérie.

– Ce n'est pas une chérie. *C'est moi*, ta chérie.

– Vous êtes toutes les deux mes chéries.

Samantha appuya sa tête contre l'épaule de Caroline, la caresse de son souffle glissa dans son cou. Caroline se souvint des mots de sa mère, *J'en ai au moins un de bien*, des mots qui avaient toujours le pouvoir de la blesser après toutes ces années. Non que sa mère ait été violente ou négligente. S'il y avait un reproche à lui faire, c'est qu'elle avait été surprotectrice, planant au-dessus de sa fille comme une abeille tournoyante, veillant sur elle avec son œil de faucon. Contrairement à Steve, qui bénéficiait de libertés auxquelles Caroline ne pouvait que rêver. Mais si elle avait toute l'attention de sa mère, c'est Steve qui avait toute son affection, les deux enfants l'avaient toujours su, et cela avait scellé le fait qu'ils ne seraient jamais proches. Caroline s'était juré de ne jamais ressembler à sa mère. Elle ne serait pas surprotectrice. Elle ne serait pas critique. Elle ne ferait jamais de favoritisme.

Comme pour en faire la preuve, elle s'agenouilla pour enlacer Michelle.

– Je t'aime, lui dit-elle en embrassant sa joue.

– Je ne *t'aime pas*, dit Michelle, qui s'extirpa des bras de sa mère et quitta la chambre en courant.

– Eh bien, c'est très dommage, parce que moi, *je t'aime*, lança Caroline derrière son dos.

– Qu'est-ce qui est dommage ? demanda Hunter depuis le pas de la porte.

Caroline déposa Samantha par terre et se blottit dans ses bras ouverts.

– Je suis une mère lamentable.

Il rit et la serra plus fort, l'humidité de son torse mouilla la tunique blanche qu'elle portait.

– La prochaine fois, on laissera les petites à la maison.

À huit heures, la baby-sitter n'était toujours pas arrivée.

– Où est-elle ? demanda Caroline. Elle est toujours si ponctuelle.

– Calme-toi. Elle est sûrement dans l'ascenseur en ce moment même.

Caroline sortit sur la terrasse et regarda le restaurant dans le jardin en bas. Presque toutes les tables étaient occupées. Des lanternes colorées dansaient, suspendues à des câbles. Une musique douce jouait dans l'air. Une légère brise soufflait. Samantha et Michelle dormaient toutes les deux. Cela s'annonçait comme une parfaite soirée, pour leur dernière nuit au paradis.

Sauf que la baby-sitter était en retard.

– Les autres sont déjà arrivés ? demanda Hunter derrière elle en passant les bras autour de sa taille.

– Je ne les vois pas. Oh, attends… Voilà Brume.

– Mais qu'est-ce que c'est que ce truc qu'elle porte ?

– Tu veux dire ce rien qu'elle porte, corrigea Caroline. Je crois qu'elle a oublié son haut. Tu savais que son mari était un chaud lapin ?

– Ah bon ? Elle t'a dit ça ?

– Je crois qu'elle a employé le terme « insatiable ».

Hunter grimaça.

– Difficile à imaginer.

– Épargnons-nous ça, dit Caroline alors que Jerrod apparaissait soudain derrière sa femme.

Il leva la tête vers eux et leur fit un signe de la main. Caroline le salua en retour et sentit Hunter faire de même.

– On devrait peut-être appeler l'accueil pour savoir ce qu'il en est.

Elle resta sur le balcon pour voir Steve et Becky rejoindre Jerrod et Brume alors que Hunter rentrait pour téléphoner.

– Alors ? demanda-t-elle quand il revint.

– Elle ne va pas venir.

– Comment ça, elle ne va pas venir ?

– Il semblerait que nous ayons annulé.

– Quoi ? Mais de quoi tu parles ? On n'a rien fait de pareil.

– Je le leur ai dit. Mais c'est ce que leur registre indique. Ils essaient de nous trouver quelqu'un d'autre.

– Combien de temps ça va prendre ?

– Ils disent que c'est une question de minutes.

Caroline secoua la tête, consternée, et remarqua l'arrivée de Peggy et Fletcher. Comme en réponse à un signal, ils se tournèrent tous vers eux.

– On descend très vite, leur cria Hunter, bien que Caroline doutât que quiconque ait pu l'entendre par-dessus la musique et les bruits de conversation.

Le téléphone sonna.

– Et voilà, c'est réglé.

Sauf que ça ne l'était pas. Les baby-sitters employées par l'hôtel étaient toutes prises et le concierge n'arrivait pas à trouver quelqu'un pour assurer le remplacement si vite. Il faudrait attendre jusqu'à vingt-deux heures.

– Tout ça pour ça.

Caroline s'effondra sur le canapé et balança au loin les talons hauts qu'elle avait commandés peu avant. Des chaussures que Peggy avait baptisées les chaussures « Baise-moi » de Caroline.

57

– Non. Nous n'allons pas laisser ça gâcher notre dîner d'anniversaire.

– On ne peut pas attendre jusqu'à dix heures.

– Pas besoin, dit Hunter. On descend, on dîne et on revient tout de suite.

– De quoi tu parles ? On ne peut pas laisser les petites toutes seules.

– On ne les laisse pas toutes seules. Nous serons juste en bas. C'est exactement comme à la maison, quand elles sont au lit et qu'on est assis dans le jardin.

– Ce n'est pas pareil.

– En quoi n'est-ce pas pareil ?

– Premièrement, ce n'est pas notre jardin. Si les filles se réveillent, si elles commencent à pleurer, nous ne pourrons pas les entendre.

– Combien de fois se sont-elles réveillées tous les soirs de la semaine, quand la baby-sitter était là ?

– Ce n'est pas ça le problème.

– La baby-sitter a dit qu'elles ne s'étaient jamais réveillées.

– La même baby-sitter qui dit qu'on a annulé ?

– Il ne va rien arriver, insista Hunter.

– Vas-y, dit Caroline.

– Sans toi ?

– Oui. Tu y vas. Tu me ramènes quelque chose à manger.

– C'est notre dîner d'anniversaire, Caroline. Je n'y vais pas sans toi.

– Très bien. Que penses-tu de ça ? On appelle le restaurant, on leur explique ce qu'il se passe. On dit à tout le monde de nous rejoindre ici, et on commande au *room service*. Ou ils nous rejoignent pour le dessert. Je suis sûre qu'ils comprendront.

– C'est *moi* qui ne comprends pas. Ce n'est pas comme si on se sauvait. On parle juste de descendre, là. Pour deux heures. Tu ne crois pas que tu es un peu trop protectrice ?

– Trop protectrice ?

Caroline imagina sa mère flotter dans la pièce, prête à bondir.

Hunter haussa les épaules.

– Oublie. Je n'aurais pas dû dire ça. C'est parce que je suis déçu, c'est tout. C'est juste que… eh bien… J'avais prévu quelque chose de spécial.

– Ça peut quand même être spécial, protesta Caroline sans force.

Hunter se coula dans le canapé à côté d'elle et prit sa main dans les siennes. Ils restèrent silencieux quelques secondes.

– Très bien, écoute. J'ai une idée. (Il fit une pause pour rassembler ses idées.) On descend…

– Hunter…

– On descend, répéta-t-il, un peu plus fort la seconde fois, on dîne avec nos amis et on remonte jeter un coup d'œil aux filles chacun son tour, toutes les demi-heures. Qu'est-ce que tu dis de ça ?

Caroline avait la tête qui lui tournait. Elle était horrifiée par sa comparaison involontaire avec sa mère, après avoir passé sa vie entière décidée à tout faire pour ne pas lui ressembler. Et elle n'avait pas envie de le décevoir, d'autant plus qu'il avait fait un effort pour sortir de ses habitudes et organiser quelque chose de spécial. Le restaurant était littéralement sous leur nez. Ils ne seraient pas partis très longtemps.

– Je ne sais pas…

– Si, tu sais. Nous serons juste en bas, on viendra voir

59

les filles toutes les trente minutes, elles ne vont même pas s'apercevoir que nous ne serons pas là.

– Tu me promets que tout va bien se passer ?

Hunter prit son visage entre ses mains et l'embrassa tendrement sur les lèvres.

– Je te le promets, dit-il.

5

5

Aujourd'hui

— M'man ? M'man, tu es là ?

Caroline entendit la porte d'entrée s'ouvrir. Les mots arrivaient de l'entrée, au rez-de-chaussée, pour remonter les escaliers recouverts de moquette blanc ivoire jusqu'à sa chambre, comme s'ils la cherchaient délibérément.

— M'man ?

Caroline ouvrit la bouche pour parler mais y réfléchit à deux fois et ne dit rien. Si elle ne répondait pas, peut-être que Michelle penserait qu'elle n'était pas là et qu'elle s'en irait. Cependant elle savait, avant même d'entendre le bruit des pas dans l'escalier, que Michelle n'était pas du genre à abandonner si facilement. Sa fille était toujours aussi têtue.

— M'man ?

Caroline pouvait sentir la présence de Michelle sur le pas de la porte, fixant l'obscurité, son regard qui brûlait son dos.

— M'man ? dit encore Michelle en allumant la lumière. Que se passe-t-il ? Tu ne m'as pas entendue ?

— Je t'ai entendue, dit Caroline.

— Tu m'as entendue, mais tu ne répondais pas ?

– Je…, commença Caroline avant de s'arrêter, ne trouvant rien à ajouter.

– Quel est le problème ? Tu es malade ?

Il y avait quelque chose de vaguement accusateur dans le ton de Michelle. Caroline secoua la tête. C'était un ton auquel elle était habituée.

– Alors, qu'est-ce que tu fais ? Pourquoi tu ne m'as pas répondu ? Pourquoi es-tu assise dans le noir ?

Caroline haussa les épaules. Elle n'avait pas remarqué qu'il faisait noir. Quand était-ce arrivé ?

– Quelle heure est-il ?

– Presque sept heures.

– Que fais-tu ici ? demanda Caroline.

– Qu'est-ce que tu veux dire ? Tu m'as invitée à dîner, tu t'en souviens ?

– Tu m'as dit que tu étais prise.

Caroline pivota sur le lit pour faire face à sa fille, surprise comme toujours de constater à quel point elle était affreusement maigre. Elle se mordit la lèvre pour s'empêcher de le lui faire remarquer.

– C'était le cas, dit Michelle. Et puis j'ai pensé que tu pourrais… Laisse tomber ce que j'ai pensé. Que se passe-t-il ? Sale journée au lycée ?

– Je n'y suis pas allée.

– Pourquoi ?

– Je n'en avais pas envie, c'est tout.

– Tu n'en avais pas envie ? répéta Michelle, s'avançant de quelques pas dans la chambre. Ça n'a aucun sens. Tu en as toujours envie.

– Pas aujourd'hui.

– Pourquoi ? demanda-t-elle de nouveau.

– Je ne sais pas.

– Tu ne sais pas ?

Caroline haussa les épaules. Michelle allait-elle répéter tout ce qu'elle disait ?

– Qu'est-ce que tu veux que je te dise ?

– Je veux que tu me dises ce qu'il se passe. Tu te comportes vraiment bizarrement. Est-ce que tu t'es disputée avec papa, ou un truc comme ça ?

– Non.

– C'est à propos de Mackenzie ?

– Mackenzie ?

– Le bébé de papa, dit Michelle sans cacher son agacement, comme si elles en avaient déjà parlé souvent, et peut-être était-ce le cas.

– Non.

Michelle, au pied du lit, se balançait d'un pied sur l'autre et regardait partout sauf vers sa mère.

– Alors, que s'est-il passé ? Tu avais l'air normal au téléphone ce matin, quand tu m'as fait la leçon sur mes responsabilités. Et tu t'es préparée pour aller travailler, donc tu avais vraisemblablement l'intention d'y aller.

Elle baissa les yeux sur les journaux dispersés sur le lit défait.

– C'est à cause d'un article ? Des photos ? Je veux dire, tu ne peux pas vraiment être surprise. C'est la même chose tous les ans. Tu n'as pas appris à faire avec ?

– Ce n'est pas un article, ni des photos…

– Quoi alors ?

– Je ne sais pas.

– Tu es restée assise là toute la journée, et tu ne sais vraiment pas pourquoi ? Je ne te crois pas.

– Michelle… Michelle, s'il te plaît. Je n'ai pas envie de me disputer avec toi.

– Je ne veux pas me disputer avec toi non plus.

– Alors, laissons tomber, tu veux bien ?

Caroline se leva du lit et prit Michelle dans ses bras en espérant la faire taire. Elle sentit immédiatement sa fille se raidir. Caroline prit une profonde inspiration et se força à sourire.

– Bon. Où veux-tu aller dîner ?

– Qu'est-ce que tu dirais de ce nouveau restaurant crudivore sur Bayshore ?

– Crudivore ? Comme dans « pas cuit » ?

– Tout est bio. Très sain.

– J'en suis sûre. C'est juste que ça n'a pas l'air très…

– Oublie, dit Michelle.

– Non. Je vais tenter.

– Laisse tomber, dit Michelle. Je n'ai pas très faim, de toute façon.

Les mots restèrent suspendus en l'air comme la fumée d'une cigarette mal écrasée. Est-ce que ça avait toujours été comme ça entre elles ? se demanda Caroline. La vérité était que Michelle avait été une enfant difficile et très en demande dès sa naissance, des traits que la disparition de Samantha n'avait fait qu'exacerber. Et plus elle avait été en demande, plus la rancœur de Caroline avait grandi. Plus elle s'accrochait, plus Caroline s'éloignait. Et plus Caroline s'éloignait, plus la rancœur de Michelle grandissait. Leur relation s'était dégradée en un cercle vicieux d'attraction-répulsion, l'une reculant quand l'autre avançait dans sa direction. Pour chaque pas en avant, c'est comme si elles en faisaient deux en arrière.

Ma faute, pensa Caroline. *Tout est ma faute.*

– J'ai reçu un appel ce matin, avança-t-elle avec prudence.

Peut-être que si elle arrêtait de repousser Michelle, sa fille lui tendrait à nouveau la main.

– De… ?

Michelle glissa ses pouces dans les poches de son jean slim, la fixa de ses yeux vert foncé en tordant ses fines lèvres d'un côté à l'autre.

– Une fille de Calgary.

– Calgary ?

– C'est au Canada.

– Je sais où se trouve Calgary, m'man. Je ne suis pas une idiote.

– Bien sûr que tu n'es pas une idiote. Je ne voulais pas sous-entendre…

– Qui connais-tu à Calgary ?

– Je ne connais personne.

– C'est une journaliste ?

– Non.

– Ça n'a aucun sens.

– Tu ne me laisses pas terminer. Peut-être que si tu arrêtais de m'interrompre…

Michelle laissa échapper un long soupir.

– OK. Désolée. Reprenons depuis le début. Tu as reçu un appel d'une fille de Calgary. Est-ce qu'elle a un nom ?

– Lili. Je ne connais pas son nom de famille. Elle n'a pas voulu me le donner.

– Elle n'a pas voulu te le donner ? répéta Michelle. C'est à cause de cette fille que tu te comportes de cette manière si bizarre ?

– Elle pense que Lili n'est pas son vrai prénom, dit Caroline, ignorant la question de Michelle. (Elle plongea ses yeux dans ceux de sa fille.) Elle pense que son vrai prénom est Samantha.

Les épaules de Michelle s'affaissèrent.

– Merde.

– Elle pense être ta sœur.

– Oh, s'il te plaît. Ne me dis pas ça.

Les yeux de Michelle s'agrandirent de colère. Elle se mit à faire les cent pas devant le lit, ses bras s'agitant dans tous les sens.

— Ne me dis pas que tu crois à ces conneries.

— Je crois qu'*elle* y croit.

— M'man, pour l'amour de Dieu ! Ce genre de truc arrive chaque fois qu'ils mettent à jour ces stupides portraits. Des gens qui appellent pour dire qu'ils ont vu Samantha dans la queue à l'épicerie, des médiums qui prétendent qu'ils savent où elle est, des fous qui se vantent de la détenir dans un bunker souterrain secret. Tu as affaire à ces dingues tous les ans. Et voilà qu'une fille t'appelle de Calgary, te dit qu'elle pense être Samantha, et tu perds la boule ? Tu sais très bien ce qu'il en est. Tu sais que c'est un tas de conneries. Même si elle est assez dingue pour croire…

— C'est différent, cette fois.

— En quoi est-ce différent ?

— Elle a proposé de faire un test ADN.

— Quoi ?

— Elle pense qu'elle devrait faire un test ADN pour être fixée, dans un sens ou dans l'autre.

— Holà ! Holà ! Holà ! dit Michelle en se figeant immédiatement, pétrifiée. Qu'est-ce que tu dis ? Elle vient à San Diego ?

— Non.

Caroline se repassa sa conversation avec Lili dans sa tête, puis la rapporta tout entière à Michelle.

— Dis-moi que tu n'envisages pas sérieusement d'aller à Calgary.

— J'y réfléchis.

— Non. Non, tu n'as pas pu envisager ça.

– Tu m'as demandé ce que j'avais fait toute la journée. C'est ce que j'ai fait, j'y ai réfléchi.

– Tu ne vas pas à Calgary, m'man.

– Pourquoi pas ?

– Pourquoi pas ? *Pourquoi pas ?*

– Qu'est-ce que ça aurait de si terrible ?

– Je le crois pas. Je peux juste pas le croire.

– Réfléchis une minute, Michelle. Quel mal cela pourrait-il faire ? Je vais à Calgary, je rencontre cette fille, on fait le test et on est fixées d'une façon ou d'une autre.

– *Toi*, réfléchis une minute. Tu vas à Calgary, tu rencontres cette fille, qui est probablement une cinglée avec une idée derrière la tête, peut-être même avec un couteau de boucher – tu as pensé à ça ? – et vous faites ce test, qui sera négatif, parce qu'il le sera, tu sais qu'il le sera, et tu reviens à la maison complètement effondrée… Pourquoi ? Pourquoi tu t'infligerais ça ? Pourquoi tu nous l'infligerais ? *Encore une fois*, ajouta-t-elle avec insistance.

– Parce que comme ça nous serions tout à fait sûres.

– Je suis déjà complètement sûre.

– Parce que tu ne lui as pas parlé. Tu ne l'as pas entendue. Il y avait quelque chose dans sa voix…

– Samantha avait à peine deux ans quand elle a disparu. Elle disait maman, papa, et peut-être quelques douzaines d'autres mots, dont personne ne pouvait comprendre la moitié.

– Je comprenais, moi, l'interrompit Caroline.

Un sanglot qui montait faisait trembler sa voix.

– Ce que je veux dire, continua Michelle, c'est qu'il n'y a aucune chance que tu puisses reconnaître la voix de Samantha si tu l'entendais aujourd'hui. Tu te mens si tu crois l'inverse. Les chances qu'elle ne soit pas Samantha sont astronomiques. Cette fille, qui qu'elle soit, une pro de l'arnaque, une psychopathe ou juste une âme égarée qui nage en plein délire, n'est pas ma sœur, c'est clair. Et tu ne vas nulle part auprès d'elle.

– Ma chérie, je comprends ton inquiétude et je t'aime, mais…

– Mais rien du tout.

Michelle dégagea ses longs cheveux noirs de son front et regarda sa mère.

– Tu as déjà pris ta décision, n'est-ce pas ?

– Plus j'y pense, plus c'est ce qui me paraît le plus logique.

Michelle se dirigea vers le téléphone.

– Ça suffit. J'appelle papa.

– Quoi ? Non, je ne veux pas que tu l'appelles.

– Pourquoi ? Tu ne crois pas qu'il a le droit de savoir ?

– Nous ne sommes sûres de rien pour le moment.

– Nous sommes *sûres* que tu vas aller à Calgary. Peut-être qu'il voudra venir avec toi.

– Non, il n'en aura pas envie.

– Bien sûr que non. Et tu veux savoir pourquoi ? Parce qu'il n'est pas fou. Voilà pourquoi.

D'une main tremblante elle saisit le téléphone.

– S'il te plaît, n'appelle pas ton père.

– Et pourquoi pas ?

– Parce que je te demande de ne pas le faire. S'il te plaît, Michelle… *Micki*…

Michelle baissa le téléphone.

– Qu'est-ce que tu as dit ? Tu m'as appelée Micki ? Tu ne m'appelles jamais comme ça. Tu détestes ce nom.

– Ça n'a aucune importance.

– Quoi ! Tu penses qu'en m'appelant Micki, je vais tout à coup me ranger à ton avis, que je suis aussi facilement manipulable ?

– Non, bien sûr que non, je ne pense pas ça.

– Tu ne penses pas tout court. Merde.

Michelle jeta le téléphone sur le lit. Elle secoua la tête, ouvrit la bouche pour dire quelque chose et secoua de nouveau la tête.

– Très bien. Parfait. Je ne l'appelle pas.

– Merci.

– Quand tu penses partir ?

– Demain. Apparemment, il y a un vol le matin qui arrive à Calgary autour de midi.

– Je vois. Tu as déjà réservé ton billet ?

– Non.

– Mais tu vas le faire. As-tu un passeport ?

– Un passeport ?

– C'est le Canada, m'man. Il te faut un passeport.

– J'en ai un.

– Et des bottes d'hiver ? C'est le Canada, on est en novembre, il te faut des bottes. Combien de temps tu comptes rester ?

– Deux jours, je pense. Je n'en suis pas sûre.

– Tu *sais* que c'est Thanksgiving jeudi.

– J'essaierai d'être rentrée d'ici là.

– Mamie Mary nous attend pour le dîner. Ce n'est pas *moi* qui lui expliquerai pourquoi tu n'es pas là.

– Oh, mon Dieu ! Je serai là. J'y vais, je vois cette fille, je fais le test et je rentre.

– Tu crois vraiment que ça va être aussi simple ?

Caroline haussa les épaules.

– Essaie de comprendre, s'il te plaît, ma chérie. J'ai passé les quinze dernières années à regretter une décision. Je ne veux pas passer les quinze prochaines à en regretter une autre.

Michelle se laissa tomber sur le lit. Elle laissa échapper un soupir narquois.

— Je me demandais juste si tu te serais donné autant de mal si ç'avait été moi, et pas Samantha, qui avais disparu cette nuit-là.

Caroline sentit les mots lui percer le cœur comme un poignard. Instinctivement elle tendit la main vers Michelle.

— Oh, mon Dieu ! tu ne peux pas vraiment croire…

Michelle se releva et fit de nouveau les cent pas.

— Ce que je crois ne compte pas vraiment, si ? Tu l'as démontré plusieurs fois. Tu le démontres encore ce soir. Mon avis ne compte pas. Il n'a jamais compté. Je ne sais pas pourquoi je suis surprise. Je devrais avoir l'habitude.

Elle se retourna et quitta la pièce.

— Michelle…

Caroline suivit sa fille en courant dans le couloir jusque dans sa chambre. Elle la vit sortir un petit sac de voyage de son placard et le jeter sur l'édredon vert et blanc qui recouvrait son lit à une place.

— Que fais-tu ?

— Qu'est-ce que j'ai l'air de faire ?

Michelle s'avança jusqu'à sa commode, ouvrit le tiroir du haut et enfourna une poignée de sous-vêtements dans le sac.

— Deux jours, tu as dit ?

— De quoi parles-tu ?

— Un pull devrait suffire.

Elle lança un col roulé bleu marine en laine dans le sac.

— Le jean que je porte fera l'affaire. Et j'ai cette veste pour le ski que papa m'a achetée à Aspen l'an dernier. Elle doit être dans le placard en bas. Avec un peu de chance, Calgary ne sera pas complètement noyé sous la neige.

– Arrête, dit Caroline en prenant les mains de sa fille avant qu'elle puisse ajouter d'autres affaires dans le sac. Tu ne peux pas venir avec moi.

– Je ne peux pas ? Et pourquoi ? Tu ne veux pas que je vienne ?

– Ce n'est pas ça.

– Qu'est-ce que c'est, alors ?

– Tu l'as dit toi-même. C'est une idée folle. Je suis folle.

– Raison de plus pour que je t'accompagne.

– Non.

– Ne complique pas les choses, m'man. Où tu iras, j'irai, et tout ça.

– Michelle… Micki…

– Laisse tomber, m'man. Ça ne marchera pas cette fois. Alors, qu'est-ce qu'on fait ? On part à Calgary demain matin ou pas ?

Caroline lut la détermination dans la contraction des mâchoires de sa fille et la rage dans ses yeux. Elle savait qu'il était vain de discuter.

– Je vais réserver les billets, dit-elle.

6

Quinze ans plus tôt

— Je vous ai dit que Jerrod a réussi à nous avoir des billets pour *Danser avec le diable* ? dit Brume.

Elle promena son regard lourdement maquillé de bleu autour de la table avant de l'arrêter sur Caroline.

— Qu'est-ce que c'est ? demanda Caroline, jetant rapidement un regard en direction de sa suite, puis sur sa montre.

Elle posa sa fourchette et repoussa ce qui restait du homard auquel elle n'avait quasiment pas touché. Elle avait été trop nerveuse pour manger. C'était presque l'heure d'aller jeter un coup d'œil aux enfants.

— Elles allaient bien quand j'ai vérifié il y a une demi-heure, lui murmura Hunter dans un souffle en remuant à peine les lèvres. Elles vont bien maintenant aussi. Termine ton assiette.

— *Danser avec le diable* ? C'est juste le show le plus couru du moment à Broadway, dit Brume en réponse à la question que Caroline avait déjà oublié avoir posée. Impossible d'avoir des billets, pire encore pour le week-end de Thanksgiving. Mais Superman nous a arrangé ça.

Elle lança un bras sur les épaules de son mari en un

73

geste possessif et, dans le mouvement, fit presque jaillir ses seins de sa robe.

— Donc vous allez passer Thanksgiving à New York, dit Becky. Veinards.

Brume afficha son sourire diamant le plus radieux.

— Et vous, quoi de prévu ?

— Ma mère organise toujours le repas de Thanksgiving chez elle, dit Steve.

— Tu devines bien à quel point j'ai hâte d'y être, dit Becky.

Steve foudroya sa femme du regard.

— Ne recommençons pas avec ça.

— Arrête de regarder ta montre, dit Hunter à Caroline.

— Vous savez ce que m'a dit ma chère belle-mère au dernier Thanksgiving ? dit Becky avant de continuer sans attendre de réponse. Elle revenait tout juste d'un enterrement, et j'ai fait l'erreur de demander comment ça s'était passé. Elle a dit, et je la cite mot pour mot : « C'était une cérémonie adorable. Sa fille avait choisi un superbe cercueil. Beaucoup plus joli que celui que tu avais choisi pour ta mère. »

Il y eut un hoquet général autour de la table.

Mais pas de la part de Caroline, habituée à ce genre de remarque.

— Je vous jure qu'elle n'a rien dit de tel, contesta Steve.

— C'est exactement ce qu'elle a dit.

— Tu exagères. Comme d'habitude.

— Et tu la défends. Comme d'habitude.

— Alors, de quoi sommes-nous reconnaissants ? interrompit Peggy avec dans sa voix un enthousiasme forcé. Allez ! Trois choses en marge de la santé, de la famille ou des amis. On va supposer que vous êtes reconnaissants pour ça.

– Ne suppose jamais rien, dit Becky.

– Oh, comme c'est drôle ! dit Brume en tapant dans ses mains. Je peux commencer ?

Peggy, d'un geste, indiqua à Brume que la piste était à elle.

– Eh bien tout d'abord, évidemment, je suis reconnaissante que nous passions Thanksgiving à New York, et pas coincés dans une horrible réunion de famille, je dis ça sans vouloir blesser personne. (Son sourire alla de Becky à Steve avant de s'arrêter sur Caroline.) Deuxièmement, je suis reconnaissante pour ce nouveau collier que Jerrod m'a acheté. (Elle tapota l'impressionnant diamant sur sa gorge.) Et troisièmement, je suis reconnaissante qu'on ne se fasse pas de cheveux blancs dans la famille. À toi, dit-elle à Caroline.

Caroline résista à l'envie de porter ses mains à sa tête. Elle ne s'était jamais trouvé de cheveux blancs, mais en fait elle n'y avait jamais vraiment fait attention.

– Je suis reconnaissante pour cette semaine, dit-elle en penchant la tête vers son mari. Je suis reconnaissante de fêter dix ans de relatif bonheur conjugal, continua-t-elle en se souvenant des mots de son frère.

– Qu'est-ce que tu veux dire par « relatif » ? demanda Hunter avec un rictus ironique.

– Je bois au « relatif », dit Jerrod en levant sa coupe de champagne.

Tous les autres firent de même, tendant leurs coupes pour porter un toast de félicitations.

– Attention ! prévint Brume. On ne croise pas, ça porte malheur.

– C'est vrai ? Je n'ai jamais entendu dire ça, dit Becky.

– Continue, dit Peggy à Caroline. Encore une chose pour laquelle tu es reconnaissante.

Caroline essaya de trouver une troisième raison, autre que la famille, la santé et les amis. Elle était sûre qu'elle pouvait trouver quelque chose.

— Je suis reconnaissante pour l'océan, dit-elle finalement en regardant vers la mer.

— Sérieux ? demanda Brume.

— Je suis reconnaissant que l'immobilier se porte si bien à San Diego, dit Steve sans attendre qu'on le lui demande. Je suis reconnaissant d'avoir pu convaincre Hunter de nous laisser nous joindre à vous en la magnifique Rosarito pour fêter ça… (Il regarda fixement sa femme, de l'autre côté de la table.) Je suis tout particulièrement reconnaissant que ma mère soit aussi bonne cuisinière.

— Tu débordes tellement de connerie, dit Becky.

— Notre mère n'est-elle pas une grande cuisinière ? demanda Steve à Caroline.

— Notre mère est une grande cuisinière, c'est un fait, approuva Caroline. Mais tu débordes quand même de connerie.

Tout le monde rit, même si le rire de Steve était forcé, et ses yeux noisette fixés sur sa femme sans expression et durs comme pierre.

— À toi, Becky, dit Brume.

— Je suis désolée, les amis. J'ai une migraine terrible depuis cet après-midi et ça ne fait qu'empirer. (Des larmes embrumèrent ses yeux et elle ne fit pas un geste pour les cacher ou les chasser.) Si vous voulez bien m'excuser, dit-elle en repoussant sa chaise pour se lever.

— Oh, rassieds-toi, dit Steve. Tu vas très bien. Ne fais pas ta diva.

— Va te faire foutre.

Becky tourna les talons et s'éloigna d'un pas décidé.

Il y eut un moment de silence médusé.

– Tu ne devrais pas essayer de la rattraper ? demanda Fletcher à Steve en finissant calmement son champagne.

– Quoi ? Tu crois que je suis aussi dingue qu'elle ?

– Il faudrait que j'aille jeter un œil aux filles, dit Caroline, aussi pressée de s'éloigner que Becky avant elle.

– Fais vite.

Hunter se leva pour l'embrasser sur la joue avant qu'elle parte.

– Oh ! que c'est mignon ! entendit Caroline de la bouche de Brume en s'éloignant.

Un ascenseur attendait, portes ouvertes, quand Caroline atteignit le bout du hall d'entrée. Elle entra et pressa le bouton du cinquième. Jusqu'ici, la soirée n'avait pas été terrible. D'abord la confusion avec la baby-sitter, puis sa culpabilité de laisser les enfants seules, enfin les chamailleries embarrassantes de son frère et de sa belle-sœur. Qu'ils ne se soucient plus que tout le monde puisse les entendre n'était pas bon signe. Caroline sortit de l'ascenseur en se disant que le mariage de son frère n'excéderait plus un an, sans même envisager la décennie.

Elle pressa le pas dans le couloir, persuadée en avançant d'entendre les pleurs angoissés de ses enfants résonner sur les murs. Mais quand elle ouvrit la porte de la suite, elle n'entendit rien d'autre qu'un silence rassurant. Elle traversa leur chambre sans faire de bruit, s'arrêta sur le pas de la porte pour laisser ses yeux s'habituer à l'obscurité, puis avança sur la pointe des pieds jusqu'au lit de Michelle.

La petite fille dormait couchée sur le côté, la bouche entrouverte, les couvertures entortillées autour de sa taille, sa poupée Wonder Woman prise dans les nœuds. Caroline démêla délicatement la poupée et remonta les draps d'un blanc éclatant jusqu'aux épaules de sa fille avant de déposer la poupée sur l'oreiller à côté de sa tête. *Tu es tellement angélique quand tu dors*, pensa-t-elle en résistant à l'envie de lui embrasser la joue. *Si seulement tu pouvais avoir un peu de cette douceur quand tu es réveillée.*

Elle se tourna vers le lit de Samantha et se pencha par-dessus les barreaux. Un profond soupir s'échappa de ses poumons.

Samantha était couchée sur le dos, ses petits bras relevés au-dessus de sa tête, coudes pliés, comme si elle s'était littéralement rendue au sommeil. *Hunter avait raison*, se dit-elle. *J'ai été bête de m'inquiéter.*

Le téléphone sonna, un son aigu qui déchira le calme comme une baïonnette. Caroline se précipita dans le salon, attrapa l'objet agressif avant qu'il puisse sonner de nouveau et l'écrasa contre son oreille. « Allô ? » Elle aurait dû prévenir l'accueil, leur dire de filtrer tous les appels. Et si le téléphone avait sonné quand elle n'était pas là ? Et s'il avait réveillé les enfants ? Et si elles avaient pleuré en l'appelant ? Et si elles avaient paniqué en ne la voyant pas accourir ?

« Je tombe à un mauvais moment ? demanda la voix à l'autre bout de la ligne. Tu as une voix bizarre. »

« Mère ? » Caroline entendait à peine sa propre voix à cause des battements de son cœur. Elle repensa à la discussion du dîner et réprima un frisson. Sa mère avait-elle pu sentir qu'ils parlaient d'elle ? Elle s'était toujours vantée d'avoir des yeux derrière la tête et des oreilles partout, que rien ne lui échappait. Quand Caroline était petite, cette idée la terrifiait. Pour être honnête, ça la terrifiait toujours.

« Est-ce que tout va bien ? »

« Est-ce que ça t'intéresse ? »

« Comment ça ? Bien sûr que ça m'intéresse. »

« C'est pour ça que je n'ai pas eu de tes nouvelles de la semaine ? »

« Eh bien, je… »

« Je ne me plains pas, comprends-le. Je constate, c'est tout. Je sais que tu étais très occupée à t'amuser. J'ai au moins un enfant qui ménage les sentiments de sa mère. »

C'est parce qu'il est toujours bercé de l'illusion que tu en as, pensa Caroline. « Steve est un bon fils », dit-elle. *Un bon fils et un piètre époux.*

« Dommage que tu n'aies pas eu de garçons. »

Caroline se retint de rire. Elle se souvenait de l'explosion de sa mère quand elle avait appelé de l'hôpital.

« Encore une sale fille ! » avait-elle crié.

« J'appelais juste pour te souhaiter un joyeux anniversaire de mariage », dit-elle alors.

Une vague de culpabilité submergea l'esprit de Caroline. Elle était trop dure avec sa mère. La vieille femme ne changerait jamais. C'était à Caroline de changer sa manière de réagir avec elle. Elle devait être plus généreuse, moins critique.

« Merci. »

« Je dois dire que je suis surprise. J'aurais cru que Hunter se serait lassé aujourd'hui. »

Cette fois, Caroline rit, d'un rire étouffé qui resta coincé dans sa gorge. *Ça ne s'invente pas*, pensa-t-elle.

« Excuse-moi, tu es en train de dire que je suis ennuyeuse ? »

« Ne me fais pas dire ce que je n'ai pas dit. Hunter m'a juste l'air d'être le genre d'homme à se lasser facilement. Ne sois pas si susceptible. »

« Je dois y aller, mère. Tout le monde m'att… »

La ligne fut coupée avant qu'elle puisse finir sa phrase.

Elle secoua la tête et raccrocha, puis décrocha immédiatement, composa le numéro de la réception et leur dit de bloquer les appels jusqu'à nouvel ordre. Elle doutait qu'il y en ait d'autres, mais elle ne pouvait pas courir ce risque. Sa mère avait tendance à insister pour avoir le dernier mot.

Elle jeta un dernier coup d'œil aux filles avant de quitter la suite. Aucune des deux n'avait été dérangée par l'appel de sa mère. « Juste mon ennuyeuse petite personne », dit-elle en fermant la porte pour se retrouver dans le couloir. Un serveur en veste blanche marchait vers elle, poussant un chariot de service. Il s'arrêta à quelques portes et frappa. « Service de chambre », annonçait-il quand Caroline le dépassa.

— Tout va bien ? demanda Hunter quand elle revint au restaurant.

— Tout va bien. (Caroline remarqua les deux chaises vides à table.) Où est mon frère ?

— Il a cédé à la pression du peuple un peu après ton départ, et il est allé voir s'il pouvait persuader Becky de revenir, dit Peggy.

Bonne chance à lui, pensa Caroline. Un trio de beaux musiciens approcha de la table.

— Qu'est-ce que c'est que ça ? demanda-t-elle alors que deux des hommes s'agenouillaient devant elle pour lever leurs guitares.

— Joyeux anniversaire, dit Hunter.

— N'est-ce pas la chose la plus romantique qu'on ait vue ? s'exclama Brume.

— Tu ne t'ennuies pas avec moi, si ? murmura Caroline à Hunter alors que les musiciens entamaient leur douce sérénade.

– M'ennuyer avec toi ? Où tu as bien pu aller chercher ça ?

Caroline chassa de sa tête toute pensée résiduelle de sa mère. Elle caressa la joue de son mari.

– Je t'aime, dit-elle.

– Ah ! dit Brume. Tellement mignon !

Une demi-heure plus tard, les chanteurs avaient terminé, et le dessert – des crêpes Suzette flambées – était commandé.

– Je devrais aller voir les enfants avant que ça soit servi, dit Hunter.

Caroline sourit, reconnaissante de ne pas avoir eu à le lui rappeler.

– Et moi j'ai besoin d'un pull, dit Brume, ses mains manucurées reposant sur son impressionnant décolleté. On est frileuses, nous les filles.

Caroline regarda son mari et Brume partir chacun de son côté vers l'entrée du restaurant, Brume vers une aile, Hunter vers l'autre.

– Eh bien, c'était une adorable petite surprise, dit Peggy.

– Oui, c'était adorable, acquiesça Caroline.

– Hunter sait y faire en matière d'élégance.

– Il sait y faire pour nous faire sentir notre médiocrité, râla avec bonhomie Fletcher. Enfin, c'est pas comme si on était encore très nombreux.

– Oui, ça commence à ressembler aux chaises musicales par ici, répliqua Jerrod.

– Tu crois que ton frère et Becky vont revenir ? demanda Peggy.

Caroline secoua la tête.

– Je ne serais pas surprise s'ils avaient déjà quitté

l'hôtel. Franchement, je ne sais même pas pourquoi ils ont voulu venir.

— Peut-être ont-ils pensé qu'un séjour romantique ferait du bien à leur couple.

Caroline ne pouvait contredire ce point-là. N'avait-elle pas elle-même espéré la même chose pour le sien ?

Deux serveurs s'approchèrent.

— Est-ce que ce serait trop vous demander que de retenir les desserts jusqu'à ce que les autres soient revenus ? leur demanda Caroline. Ils devraient être là dans cinq minutes.

En réalité, ça en prit presque quinze.

— Désolé d'avoir été si long, dit Hunter en s'asseyant. J'ai attendu un ascenseur une éternité, avant d'abandonner et de prendre les escaliers. Les enfants dorment à poings fermés, continua-t-il avant que Caroline le lui demande. (Hunter regarda autour de la table.) Où sont tous les autres ?

Comme sur un signal, Brume apparut soudainement, Steve à son côté.

— Regardez qui j'ai trouvé dans le hall, dit-elle en resserrant son nouveau châle autour de ses épaules.

— J'allais lancer un avis de recherche, dit son mari.

— J'avais oublié que j'avais déjà rangé ce truc. J'ai dû défaire toute ma valise pour le trouver.

— C'est bien la peine d'être aussi organisée, dit Peggy. Je n'ai même pas commencé à rassembler mes affaires.

— J'en déduis que tu n'as pas pu convaincre Becky de revenir, dit Caroline à son frère.

Steve haussa les épaules en tirant sa chaise.

— Les femmes…, dit-il aux hommes. On peut pas vivre avec, on peut pas les abattre.

— C'est joli, dit Caroline.

– Les enfants vont bien ? demanda Steve à Hunter.

– Les enfants vont bien.

Les deux serveurs revinrent, et tout le monde resta silencieux en regardant l'un préparer les crêpes pendant que l'autre les flambait. Les flammes montaient comme des griffes enragées vers la nuit.

– *Home, sweet home*, dit Hunter en passant la carte devant la porte de leur suite.

La petite lumière de la serrure électronique s'alluma en rouge, indiquant qu'elle était toujours verrouillée. Il poussa un soupir quand il obtint le même résultat en réitérant son essai.

– C'est bizarre, ça marchait bien tout à l'heure.

– Essaie la mienne, dit Caroline.

Elle en avait récupéré une nouvelle avant le dîner.

Il essaya, et ça marcha.

– Camelote, marmonna-t-il en lançant la carte sur la table basse quand ils entrèrent dans le salon avant de s'effondrer sur le canapé.

– Elle était peut-être trop près de ton portable.

– Peut-être. Viens t'asseoir à côté de moi, dit-il.

– Je vais jeter un coup d'œil aux petites.

– Elles peuvent bien attendre deux minutes.

Caroline avança jusqu'au canapé et se laisser couler à côté de son mari. Il l'enlaça rapidement et l'embrassa dans le cou. Son haleine était chaude et portait la trace d'au moins un verre de trop. Les rideaux étaient ouverts et les lumières des lanternes dehors dansaient sur les murs avec le doux rayonnement de la lune.

– Alors, tu as aimé ton anniversaire quand même ?

– Oui.

– Menteuse ! la gronda-t-il.

– Non. C'était adorable. Vraiment.

– Tu as à peine touché à ton assiette.

– Je n'avais pas tellement faim.

– Tu t'inquiétais pour les enfants.

– Je m'y suis faite.

Il l'embrassa de nouveau dans le cou.

– Tu as aimé la sérénade ?

– Beaucoup.

– Surprise ?

– Oui. Je ne te savais pas aussi romantique.

– Je ne peux pas m'en attribuer tout le mérite. C'était une idée de Steve.

– Vraiment ? Dommage qu'il ne puisse pas en avoir d'aussi bonnes avec sa femme.

Les mains de Caroline se déplacèrent vers la braguette de son mari.

– Et en parlant de sortir…

Hunter arrêta ses mains.

– Je suis vraiment désolé, bébé. Je crois que j'ai abusé des toasts à porter.

– Oh ! chéri !

Caroline essaya de masquer la déception dans sa voix.

Elle avait attendu toute la journée de faire l'amour avec son mari en fantasmant sur de longs préliminaires, peut-être même de nouvelles expériences.

– Je peux peut-être faire quelque chose pour t'aider.

Hunter éloigna ses mains de son entrejambe.

– Désolé, ma chérie. Ce n'est pas que je n'apprécierais pas l'effort, mais j'ai bien peur que ce soit en pure perte.

– On pourrait essayer, et voir ce qui arrive.

– S'il te plaît, ne me fais pas me sentir encore plus

minable que je ne me sens déjà, dit-il pour mettre un terme à la conversation.

Caroline retira ses mains et s'assit bien droite.

– Tu es en colère ?

– Juste déçue.

– On pourra se rattraper demain matin.

Bien sûr, pensa Caroline. *Quand les filles seront debout et qu'on sera pressés de faire nos valises pour partir…*

– Et demain soir…

Quand tu seras épuisé d'avoir conduit, que les gosses seront déchaînées, qu'on aura les bagages à défaire et que tu seras stressé par la reprise du travail…

– Et toutes les nuits après ça, pour le restant de nos jours, dit Hunter en affichant son plus beau sourire de petit garçon. Je t'en prie, Caroline, je suis vraiment désolé.

– Je sais. Moi aussi.

Elle se leva du canapé.

– Je vais voir les enfants.

Elle se retrouva une fois de plus sur le pas de la porte de la chambre des filles, attendant que ses yeux s'accoutument à l'obscurité. *Tant pis pour le romantisme*, pensa-t-elle en avançant vers le lit de Michelle et en marchant sur quelque chose.

Wonder Woman, réalisa-t-elle. Elle ramassa la poupée et la reposa sur l'oreiller près de la tête de Michelle. L'enfant repoussa immédiatement celle-ci de la main, sans se réveiller. *Encore une qui me rejette*, pensa Caroline en arrivant au lit de Samantha.

Quand elle ne la vit pas tout de suite, Caroline pensa que Samantha avait changé de position. Elle se dit qu'elle s'était retournée dans son sommeil, comme elle le faisait souvent, la tête à l'autre bout du lit, les pieds là où devrait être sa tête.

Sauf que ses pieds n'étaient pas là non plus.

Caroline se pencha un peu plus, ses yeux scrutèrent l'obscurité, ses doigts fouillèrent les couvertures et ne trouvèrent que la couette.

Samantha n'était pas là.

Non, c'est impossible, pensa Caroline. La panique emplit ses poumons. *C'est impossible. Ça ne peut pas arriver.*

Elle fonça sur l'interrupteur, alluma la lumière et revint vers le lit.

Il était vide.

— Samantha ? appela-t-elle, se demandant si sa fille avait pu escalader les barreaux du lit.

Elle tomba à genoux, regarda sous le lit au cas où Samantha y serait, inconsciente.

Elle n'y était pas.

— Samantha !

— Maman ?

Michelle s'assit dans son lit et se frotta les yeux alors que Caroline commençait à tourner en rond, impuissante.

— Samantha ! appela de nouveau Caroline.

Elle bascula dans l'hystérie, traversa le salon pour se précipiter dans la chambre principale.

— Que se passe-t-il ? demanda Hunter, qui sortait de la salle de bains.

— Elle n'est plus là ! Elle n'est plus là !

— Maman ? appela Michelle derrière son dos.

C'est alors que la panique de Caroline échappa à tout contrôle et explosa furieusement, emplissant la chambre de ses hurlements.

7

Aujourd'hui

Elles atterrirent à Calgary précisément douze minutes après midi. Le front de Caroline était pressé contre le hublot du petit avion depuis leur départ de San Diego. Elle suivait du regard la transformation progressive du ciel qui, pendant le vol, passa d'un bleu éclatant au gris métallique.

– On dirait qu'on a atterri sur la Lune, dit Michelle, assise à côté d'elle.

C'était probablement sa plus longue suite de mots de tout le voyage.

Il avait l'air de faire froid, indéniablement, pensa Caroline en remarquant les gros tas de neige déblayée le long de la piste. Elle était reconnaissante à Michelle de l'avoir convaincue de porter des bottes, même si elles n'étaient pas doublées et probablement pas étanches. Elle était ravie aussi que sa fille ait insisté pour qu'elle prenne sa grosse doudoune, un blouson qu'elle avait commandé de manière impulsive juste après son divorce et n'avait que rarement porté. En fait, elle était contente que Michelle ait insisté pour l'accompagner, même si ça lui faisait une raison supplémentaire de s'inquiéter. Peut-être que s'inquiéter pour Michelle détournerait son esprit de la folie de ce qu'elle était en train de faire.

— Tu viens ? demanda Michelle, debout dans l'allée alors que l'avion se vidait.

Caroline se leva, sortit sa veste et son sac du compartiment cabine. Elle n'avait dormi que quelques heures et se sentait épuisée. Et aussi surexcitée. *Pas le meilleur mélange*, pensa-t-elle. Elle suivit Michelle vers l'avant de l'appareil, remercia l'hôtesse de l'air puis batailla pour rattraper sa fille qui marchait d'un pas très volontaire, sac jeté sur l'épaule, ses bras se balançant en cadence. Marchait-elle toujours aussi vite ? se demanda Caroline. Et depuis quand était-elle si mince ?

Si elle est si maigre, c'est parce qu'elle ne mange rien d'autre que du poisson cru et des légumes, se dit-elle immédiatement. Ou peut-être était-ce son épaisse doudoune qui faisait paraître ses hanches si fines et ses cuisses si inconstantes ?

— Oh putain, dit Michelle, ses mots se transformant en bouffée de vapeur au contact de l'air glacial. Comment peut-on vivre ici ? Il fait en dessous de zéro.

Caroline bascula son poids d'un pied sur l'autre, ses jambes s'engourdissaient dans son fin pantalon de laine. Elles attendaient dans une courte file de voyageurs pour prendre un taxi.

— L'hôtel *Fairfax*, sur Stephen Avenue, indiqua-t-elle au chauffeur en s'installant sur la banquette arrière.

— Est-ce qu'il fait toujours aussi froid ici ? demanda Michelle. Mes oreilles sont gelées.

— Il faut un peu de temps pour s'y habituer, répondit gentiment le chauffeur avec un accent pakistanais prononcé et chantant. L'été est très agréable.

— Dommage que Lili n'ait pas appelé en juillet, dit Michelle à sa mère.

Elles ne parlèrent plus jusqu'à ce que le taxi s'arrête devant l'entrée de l'hôtel une demi-heure plus tard. L'arrivée en ville avait été ennuyeuse et sans incident. Un paysage plat recouvert de neige. *Michelle avait raison*, pensa Caroline. C'était comme si elles avaient atterri sur la Lune.

L'hôtel était un vieux bâtiment gris, haut de peut-être une dizaine d'étages. Caroline paya le chauffeur de taxi en dollars américains et elles se dirigèrent vers l'hôtel, penchées en avant pour échapper à la morsure du vent. Il faisait étonnamment chaud à la réception. Les murs étaient coquille d'œuf, la moquette, un tissage de marron et d'or. Des canapés en cuir brun et des sièges y étaient stratégiquement dispersés autour d'une table ronde en chêne au centre du grand hall, une énorme composition de fleurs en soie colorées en son centre. Mais Caroline ne remarqua que les sièges et les fauteuils vides.

— Elle n'est pas là, dit Michelle, mettant des mots sur les pensées de Caroline.

Elles approchèrent du comptoir de réception.

— Je suis Caroline Shipley, j'ai une réservation, dit-elle au jeune homme derrière le comptoir.

Il avait des cheveux blonds frisés et les dents de devant écartées, qui semblèrent s'espacer encore plus quand il sourit.

Il tapa quelque chose sur l'ordinateur devant lui.

— Oui, vous voilà. Vous avez réservé pour une nuit, peut-être deux. C'est ça ?

— Oui, c'est ça.

— Attends une minute, dit Michelle. On ne va pas

rester, pas vrai ? Je veux dire, à quoi ça sert, si elle n'est pas là ?

— Qu'est-ce qu'on pourrait faire d'autre ? Il n'y a pas d'autre avion avant demain.

— Y a-t-il un problème ? demanda le réceptionniste.

— Non, lui dit Caroline. Tout va bien.

— Tout va bien, et nous sommes cinglées, dit Michelle, pas vraiment en murmurant.

— Pourriez-vous vérifier si vous avez des messages pour moi ? demanda Caroline.

Le jeune homme regarda de nouveau son écran.

— Non. Rien.

— Vous êtes sûr ? Pouvez-vous revérifier ?

Michelle poussa un gémissement.

— Il n'y a pas de message, m'man.

— Pas de message, répéta l'employé. Préférez-vous fumeur ou non-fumeur ?

— Fumeur, dit Michelle en même temps que Caroline disait « non-fumeur ».

— Allez, m'man ! Ne me fais pas ça.

— Si tu dois fumer, tu feras ça dehors.

— Je vais mourir gelée.

— C'est mieux que d'un cancer.

— Joli, m'man.

— Non-fumeur, dit Caroline au réceptionniste qui attendait.

— Un lit king-size ou deux doubles ?

— Deux doubles, dirent Caroline et Michelle à l'unisson.

Le jeune homme poussa une feuille de papier sur le comptoir.

— Si vous voulez bien remplir ceci et signer ici. Et j'aurais besoin de l'empreinte de votre carte de crédit.

Où es-tu, Lili ? pensa Caroline en tendant sa carte Visa. Elle balaya le hall du regard, ses yeux parcoururent tous les coins et recoins, au cas où la fille se cacherait, attendant le bon moment pour annoncer sa présence. Ou peut-être qu'elle connaissait le jeune homme derrière le bureau. Calgary n'était pas très grand. Il était tout à fait possible que Lili soit venue à l'hôtel, ait reconnu le réceptionniste et se soit fait discrète avant qu'il puisse l'identifier. Mais elle ne vit personne.

– Avez-vous remarqué quelqu'un qui traînait dans le coin ? Une jeune fille d'à peu près dix-sept ans ?

– Désolé je viens de commencer mon service.

– Elle n'est pas là, dit Michelle. Elle ne viendra pas.

– Tu n'en sais rien.

– Tu as dit qu'elle attendrait ici.

– Peut-être s'est-il passé quelque chose. Peut-être que quelque chose l'a retardée.

– Ou peut-être qu'elle ne va pas venir.

Caroline poussa le formulaire rempli vers le réceptionniste et remarqua la discrète caméra fixée au mur, derrière sa tête. Peut-être que s'ils avaient eu des caméras au *Grand Laguna*… Mais c'était quinze ans plus tôt, se souvint-elle, avant que tant de précautions ne deviennent la norme. Et c'était le Mexique, où même aujourd'hui de telles mesures n'étaient que sporadiquement appliquées.

– J'attends un appel ou une visite d'une jeune femme nommée Lili, dit-elle au réceptionniste pour chasser ces idées de son esprit.

Il était inutile de spéculer sur ce qui aurait pu arriver, plus inutile encore de se torturer pour ce qui n'arriverait jamais.

– Y a-t-il un nom de famille ? demanda l'employé.

– Appelez-nous simplement si quelqu'un vient.

91

– Certainement. Pouvez-vous me la décrire ?

Caroline revit les portraits du journal de la veille.

– C'est une jolie fille brune, des yeux bleus, la mâchoire bien marquée… *La mâchoire de Hunter*, pensa-t-elle.

– On ne sait pas à quoi elle ressemble, interrompit Michelle. Contentez-vous de nous appeler si vous voyez une fille bizarre traîner dans le coin.

– Et si quelqu'un appelle, ajouta Caroline, agacée par le ton dédaigneux de Michelle, transférez vers notre chambre immédiatement, s'il vous plaît.

– Bien sûr. Désirez-vous une carte magnétique, ou deux ?

Caroline détestait les cartes magnétiques, elle les avait détestées pendant les quinze dernières années. Peut-être que si elle n'avait pas perdu son passe en ce jour horrible, elle ne serait pas ici maintenant.

– Allons-y pour deux, dit Michelle.

Le jeune homme glissa les cartes dans une enveloppe blanche et la donna à Caroline.

– Vous avez la chambre 812. Passez un agréable séjour.

– Tu n'avais pas besoin d'être aussi impolie, dit Caroline à sa fille alors qu'elles attendaient l'ascenseur. Il nous prend sûrement pour des dingues.

– Nous *sommes* dingues.

Les portes de l'ascenseur s'ouvrirent et les deux femmes entrèrent, face à face. Michelle tendit le bras pour appuyer sur le bouton du septième étage.

– Attends ! cria Caroline en lançant sa main pour empêcher les portes de se fermer.

– Qu'est-ce que c'est ?

– Quelqu'un est entré dans le hall.

Michelle fit un pas vers Caroline.

– Nom de Dieu. Cette femme a cent dix ans.

Elle recula, et Caroline baissa la main.

— Reprends-toi, m'man, dit Michelle en appuyant sur le bouton de fermeture.

La chambre était spacieuse et meublée de façon classique, avec deux lits doubles au centre. La moquette était marron et douce, les couvre-lits étaient beige satiné, le papier peint orné d'un subtil motif fleuri. Un grand bureau était adossé au mur opposé, à côté de la fenêtre qui donnait sur la rue piétonne, l'artère principale de Calgary. Caroline regarda le défilé des gens bravant les éléments. Le temps glacial ne semblait pas les déranger, pensa-t-elle. Elle enleva sa lourde veste et essaya de distinguer les visages en bas, sous les couvre-chefs d'hiver et les écharpes omniprésentes. L'un d'eux était-il sa fille ?

— Elle n'est pas là, dit Michelle comme si elle lisait dans ses pensées.

Caroline soupira.

— Quel lit tu veux ?

En réponse, Michelle lança son sac sur le lit le plus proche de la salle de bains.

— Et donc, maintenant ?

— Je crois que je vais redescendre attendre dans le hall.

— Est-ce vraiment nécessaire ? On a déjà dit au gars de la réception de nous appeler si elle…

— Tu peux rester ici.

— Comme si c'était mon genre, dit Michelle en suivant sa mère jusqu'à la porte. Tu réalises que quelqu'un, quelque part, s'en paye une bonne tranche à nos dépens ?

Ce ne serait pas la première fois, pensa Caroline devant la porte. Elle avait déjà été trahie.

Elles revinrent à la chambre à quatre heures, sans avoir vu personne ressemblant même de loin à Samantha. À quatre heures et demie, il commençait déjà à faire nuit. À cinq heures, la seule lumière venait des lampadaires qui bordaient Stephen Avenue, et de la télévision en face des lits sur lesquels elles étaient assises. La télé était sur CNN : dans le Dakota du Nord, un homme enragé avait abattu son patron et six collègues après avoir été licencié plus tôt dans la journée.

— On devrait peut-être commander au *room service*, dit Caroline.

Elle alluma la lampe et attrapa le menu, manquant de peu de faire tomber le combiné du téléphone. Elle le regarda fixement comme si ça pouvait l'inciter à sonner. Mais il s'entêta à rester silencieux.

— J'ai pas vraiment faim, dit Michelle.

— Nous n'avons rien mangé de la journée. Tu dois manger quelque chose.

— Je te dis que je n'ai pas… Bon. Je vais manger. Qu'est-ce que je peux choisir ?

Caroline parcourut le menu.

— Ils ont des steaks, des hamburgers, des côtes de bœuf…

— Vraiment ? Des côtes de bœuf ?

— Je me souviens encore de quand tu aimais ça.

— Je n'ai pas mangé de viande rouge depuis mes douze ans.

— Il te faut des protéines…

— Je ne mange pas de viande.

— Et du poisson ? Ils ont un sandwich au thon.

— Du thon étouffé dans du fromage. Non merci.

— Et un club sandwich ?

— Je ne mange pas de pain.

– Nom de Dieu, Michelle…

– Écoute, commande-moi juste une salade de fruits.

– Ils ont des milk-shakes.

– Tu te fous de moi ? J'ai l'air d'un bébé ?

– Je ne sais pas. En tout cas, tu te comportes comme si tu en étais un.

– Pourquoi ? Parce que j'aime ce que j'aime ?

– Tu n'aimes rien.

– J'aime les sushis. Est-ce qu'ils ont des sushis ?

– Non. Et peut-être que tu manges trop de poisson cru. Tu vas t'empoisonner au mercure.

– Oh, et puis merde, tu veux pas t'arrêter ?

Un téléphone sonna.

– Mon Dieu ! dit Caroline.

– Du calme, lui dit Michelle. C'est mon portable. (Elle se pencha vers son sac à main et en sortit son téléphone.) C'est papa, dit-elle en regardant l'identification du correspondant.

– Ne réponds pas, lui intima Caroline.

– Ouais, d'accord. Salut, papa.

– Ne lui dis pas que nous sommes là.

– Ouais, désolée de pas avoir appelé. Je suis à Calgary avec m'man.

– Merde, dit Caroline en entendant sa fille expliquer à son père où elles étaient exactement et ce qu'elles faisaient là.

– Non, je ne plaisante pas. (Michelle tendit le téléphone à sa mère.) Il veut te parler.

Caroline secoua la tête et refusa de prendre le portable.

– Il est plutôt remonté, dit Michelle quelques minutes plus tard, alors qu'elle remettait son téléphone dans son sac à main. Il veut que tu le rappelles.

95

– Ce n'est plus mon mari. Je n'ai pas à lui parler si je n'en ai pas envie.

– Et là, qui se comporte comme un bébé ?

– Est-ce qu'on commande à manger ou pas ?

Michelle arracha le menu des mains de sa mère.

– Bien. Je vais prendre une salade du chef sans assaisonnement, avec un quartier de citron, et un smoothie persil-épinard, pas de yaourt.

– Ça a l'air délicieux, dit Caroline en levant les yeux au ciel.

Elle transmit la commande de Michelle à l'accueil et choisit pour elle-même un steak frites avec une salade, une part de cheese-cake et un grand Coca. Elle n'avait envie de rien de tout ça. Elle voulait enfoncer le clou. Bien qu'elle ne soit plus très sûre de savoir pourquoi.

– Je voudrais que tu saches que je suis désolée de la manière dont les choses ont tourné, dit Michelle après un repas essentiellement silencieux. J'espérais qu'elle aurait au moins la décence de téléphoner.

– Moi aussi. Merci d'être venue avec moi. Merci d'être là.

– Ben, je pouvais pas vraiment te laisser venir toute seule.

Caroline tendit le bras à travers la tablette à roulettes que le serveur avait dressée pour tapoter la main de sa fille, mais les mains de Michelle étaient déjà posées sur ses genoux. Elle voulait demander ce qui se passait dans la vie de Michelle, comment elle se sentait par rapport au nouveau bébé de son père, si elle voyait quelqu'un de spécial, si elle avait décidé si elle retournerait à l'université ou pas, si elle avait la moindre idée de ce qu'elle voudrait faire de sa vie, mais elle avait peur de gâcher ce moment de paix préservée.

– Peggy me dit que tu fais un travail extraordinaire à l'hospice, dit-elle, faisant le choix de l'option la plus sûre.

Michelle haussa les épaules.

– J'en fais pas tant que ça.

– Elle dit que tu sais vraiment t'y prendre avec les patients.

– On ne les appelle pas « patients ». On les appelle « résidents ».

– Oh !

– Les patients attendent qu'on les soigne, expliqua Michelle. Les résidents attendent la mort.

Caroline prit un moment pour absorber la distinction désinvolte.

– Ça ne doit pas être facile pour toi.

– Le tribunal ne m'a pas laissé beaucoup le choix, non ? Crois-tu en Dieu ? demanda Michelle sur le même ton.

– Qu'est-ce qui te fait poser cette question ?

– Je pensais à cette femme à l'hospice, dit Michelle. Elle n'est pas très vieille. La cinquantaine. Une ancienne toxico, mais elle est entrée en religion et ça a bouleversé sa vie. Tout a commencé à s'arranger. Elle a trouvé un boulot, rencontré ce gars, et puis, boum, elle a eu un cancer. J'étais assise à côté d'elle l'autre jour, et elle m'a demandé de lui lire la Bible. Alors je l'ai ouverte, au hasard. Et c'était un passage de Luc sur le fils prodigue. Tu le connais ?

– Je n'ai pas ouvert une Bible depuis très longtemps.

– Bon, Jésus raconte à un groupe de gens l'histoire d'un riche propriétaire qui a deux fils. Et un jour il décide de leur donner beaucoup d'argent. Un des deux fils prend l'argent et s'en va immédiatement. « À plus, papa. Ravi de t'avoir connu. » Et il s'arrache. Mais l'autre fils reste, économise son argent, travaille dur. Les années passent. Le père n'entend plus parler de celui qui est parti. Et puis un jour, le revoilà. Et devine quoi ? Il est complètement ruiné. Il a tout dépensé, jusqu'au dernier sou. Tout claqué en mauvais vin et en filles de joie. « Papa, dit-il. J'ai péché. Mais je suis revenu à la maison. » Et que fait son père ? Est-ce qu'il le chasse ? Est-ce qu'il le sermonne, lui dit qu'il n'est plus le bienvenu ? (Michelle s'arrêta théâtralement.) Non. Il accueille l'ingrat à bras ouverts. Il organise même une fête énorme pour célébrer son retour. Et l'autre fils lui dit : « Hé, attends une minute, c'est pas juste. C'est moi qui suis resté à ton côté pendant toutes ces années. Est-ce que je ne mérite pas une petite fête ? » Mais le père refuse. Il ne voit pas ça comme ça du tout. Et d'après Jésus, le père avait raison. D'après Jésus, il vaut mieux accueillir un pécheur qui revient au troupeau qu'honorer celui qui ne s'est jamais égaré. (Elle secoua la tête.) Je ne comprends pas. Et toi ?

Caroline sentit tout le poids de la parabole lui peser sur les épaules, comme une épaisse couverture de laine.

— Je sais que tu as l'impression que je n'ai pas toujours été là pour toi, commença-t-elle, et je suis désolée si je t'ai laissée tomber…

— Attends une minute. Tu crois que je parlais de moi et Samantha ? De toi ?

— Ce n'est pas le cas ?

— Je parlais de Jésus, nom de Dieu.

— Je suis désolée. J'ai cru que…

— Eh bien, tu as mal cru.

— Je suis désolée.

— Tout ne tourne pas autour de toi.

Caroline se mordit la langue pour s'empêcher de s'excuser encore.

– Quelle différence ça peut faire, de toute façon ?
Tout est si laid, dit Michelle. Dieu, la religion, le paradis, l'enfer. C'est juste un tissu de conneries.

– Michelle…

– Ne t'en fais pas. Ce n'est pas quelque chose que je
raconte à tous les résidents. (Elle fit glisser sa chaise et
se leva de table.) Je sors fumer une cigarette.

– Es-tu vraiment obligée ?

– Ça ne sera pas long.

Elle plongea la main dans son sac pour chercher ses
cigarettes et sortit son paquet d'un air de triomphe.

– Il fait sombre… il fait froid.

Michelle récupéra sa veste polaire dans le placard et
la jeta sur ses épaules en ouvrant la porte.

– Ne t'inquiète pas. Je reviens.

8

Quinze ans plus tôt

Les heures après la découverte de la disparition de Samantha n'étaient qu'un flou de larmes, de cris et d'accusations à peine voilées. « Samantha ! hurlait-elle sans cesse par-dessus les pleurs terrifiés de Michelle. Samantha, où es-tu ? » Elle courut à travers la chambre, Michelle sur les talons comme un chiot effrayé. « Non, non, non, non, non, non, non ! »

– Mais qu'est-ce qui se passe ? demanda Hunter en sortant de la salle de bains, torse nu et brosse à dents à la main.

– Elle a disparu. Samantha a disparu.

– De quoi tu parles ? Comment Samantha aurait pu disparaître ?

Il courut dans la chambre des enfants et en revint les yeux grands ouverts et le teint blême.

– Où est-elle, bordel ?

– Oh, mon Dieu ! Oh, mon Dieu ! (Caroline se mit à quatre pattes, chercha dans le placard, sous la table basse, derrière les rideaux.) Elle n'est pas là. Elle n'est pas là.

– C'est impossible. Elle est *forcément* là.

Ils cherchèrent dans la chambre principale, puis de nouveau dans toute la suite.

– Maman. (Michelle n'arrêtait pas de pleurer.) Maman, qu'est-ce qui ne va pas ?

Une pensée affreuse se fraya un chemin dans le cerveau de Caroline. Michelle avait toujours été jalouse de sa petite sœur. Était-il possible qu'elle lui ait fait du mal ? Caroline avait entendu des histoires d'enfants jaloux de leur frère ou de leur sœur qui les balançaient par la fenêtre du premier étage. Était-il possible que Michelle… ? L'idée était trop horrible pour qu'elle aille au bout. Elle se précipita à la fenêtre entre les lits des enfants. Mais elle était trop haute pour que Michelle ait pu l'atteindre d'elle-même. De plus, elle était fermée avec une sécurité et impossible à ouvrir pour un enfant, sans même parler de la refermer et de la verrouiller. Malgré ça, Caroline l'ouvrit en grand et se pencha dehors pour fouiller des yeux le sol en dessous. Le restaurant se trouvait juste là. Quelqu'un aurait inévitablement vu ou entendu un enfant tomber.

Peut-être que Samantha s'était réveillée et avait réussi d'une manière ou d'une autre à sortir de son lit, puis, ne trouvant pas sa mère, avait ouvert la porte et erré dans le couloir.

Caroline sortit de la chambre en courant et ouvrit la porte de leur suite en l'arrachant presque. Elle se précipita dans le couloir en criant : « Samantha ! Samantha, mon bébé, où es-tu ? »

Des portes s'ouvrirent le long du couloir, les gens sortirent prudemment la tête pour demander ce qui n'allait pas.

– Avez-vous vu mon bébé ? demanda Caroline à chaque visage étonné.

Samantha avait-elle pu cheminer jusqu'aux ascenseurs et réussir à presser le bouton d'appel ? Avait-elle pu entrer dans une des cabines et atteindre un des boutons les plus bas ? Avait-elle pu traverser le hall sans être remarquée et sortir dans la nuit ? Pouvait-elle, à cet instant même, être là dehors dans le noir, à trébucher, sans rien y voir sur ses petites jambes potelées, vers l'océan ?

– Où es-tu, bébé ? pleurait Caroline. Où es-tu ?

Et puis Hunter fut derrière elle, Michelle en équilibre précaire à son bras. Il enroula l'autre autour des épaules de sa femme et la ramena à leur suite. Puis il appela l'accueil, leur dit que leur fille avait disparu et leur demanda d'appeler la police.

– Mais où peut-elle être ? demanda Caroline, encore et encore. Tu es venu la voir il y a tout juste une demi-heure.

– Elle dormait à poings fermés, lui assura Hunter.

Il répéta la même chose au directeur de l'hôtel qu'on avait tiré de son lit et qui arriva vingt minutes plus tard.

– Vous avez laissé votre enfant seule dans la chambre ? demanda le corpulent Mexicain entre deux âges, sans essayer de cacher sa désapprobation. Nous avons un service de baby-sitting…

– Votre baby-sitter n'est jamais venue, dit Hunter.

Le directeur porta son téléphone à l'oreille et marmonna quelque chose en espagnol.

– Nous sommes venus les voir à tour de rôle toutes les demi-heures, lui dit Hunter.

– On n'aurait jamais dû les laisser toutes seules, dit Caroline.

– Nos registres disent que la réservation de la baby-sitter a été annulée, annonça le directeur en posant son téléphone sur ses genoux.

– De toute évidence un malentendu, dit Hunter. Nous n'avons jamais annulé.

– On n'aurait jamais dû les laisser, répéta Caroline.

– Où est la police ? demanda Hunter. Nous perdons un temps précieux.

– Ils sont en route, dit le directeur. Ils arrivent de Tijuana…

– Merde !

Hunter se remit sur pied. Ils étaient rassemblés dans le salon. Michelle s'était endormie sur le canapé, la tête sur les genoux de sa mère.

– Je vous assure que nous faisons tout notre possible en attendant. Tout le personnel disponible fouille les lieux.

– Quelqu'un l'a prise, gémit doucement Caroline. Quelqu'un a pris mon bébé.

– Peut-on reprendre depuis le début encore une fois ? demanda le directeur. Je veux m'assurer que je comprends bien, pour pouvoir aider la police dans son enquête.

– C'est notre anniversaire de mariage, commença Hunter d'une voix basse et posée, bien qu'il ait déjà tout dit sur la soirée au directeur. Nous avions prévu une baby-sitter, comme nous l'avons fait tous les soirs depuis notre arrivée il y a une semaine. Mais elle n'arrivait pas et nos amis étaient en bas, à nous attendre au restaurant, donc nous nous sommes dit…

– *Tu* t'es dit, l'interrompit Caroline.

Hunter continua comme si elle n'avait rien dit.

– … que puisque le restaurant était juste en bas… c'est juste sous notre fenêtre, nom de Dieu… nous nous sommes dit que ça ne risquait rien…

– *Tu* t'es dit, répéta Caroline.

– Nous sommes allés les voir toutes les demi-heures.

– La dernière fois que vous avez vérifié, c'était quand ?

Hunter regarda sa montre.

– Il y a à peu près une heure, maintenant.

– Oh ! mon Dieu, dit Caroline.

– Si elle est quelque part dans l'hôtel, dit le directeur, nous la retrouverons.

– Et si elle n'est nulle part, si quelqu'un l'a enlevée ? dit Caroline en essayant de maîtriser son hystérie grandissante pour ne pas réveiller Michelle. Elle pourrait être n'importe où, maintenant.

– Qui l'aurait prise ? demanda le directeur. Comment aurait-on pu entrer dans la chambre ? Vous avez dit que la porte était verrouillée quand vous êtes entrés.

– Je ne sais pas comment, dit Caroline en regardant Hunter à la recherche d'une réponse.

– Tu as perdu ta carte, dit Hunter.

Caroline s'efforça de ne pas percevoir le sous-entendu accusateur dans sa voix.

– Quand est-ce arrivé ? demanda le directeur.

– Cet après-midi. À la piscine. J'ai fait tomber mon sac à main. Tout est tombé. Je ne me suis pas rendu compte que j'avais perdu cette saleté jusqu'à ce que je sois en haut…

– Ce n'était pas la première fois que tu en perdais une, dit Hunter.

– C'est vrai. J'en ai perdu une plus tôt dans la semaine, confirma Caroline d'une voix tremblante. Oh ! mon Dieu. Tu crois que quelqu'un a pu la récupérer et s'en servir pour voler mon bébé ?

– Vous voyez qui aurait pu faire ça ? demanda le directeur, la même question que lui posèrent les policiers quand ils arrivèrent une demi-heure plus tard.

– Avez-vous remarqué quelqu'un de suspect, peut-être quelqu'un qui vous suivait ? demanda la police.

– Personne, dit Caroline, assommée de peur et d'épuisement.

Chaque fois qu'elle répondait à l'une de leurs questions implacables, elle sentait son énergie s'échapper un peu plus, sa voix s'affaiblir. Presque deux heures s'étaient passées depuis qu'ils étaient revenus à leur suite. Il était plus de minuit. La fouille de l'hôtel et des alentours s'était révélée infructueuse jusque-là. Samantha avait disparu. À l'heure qu'il était, elle pouvait être n'importe où.

— Vous ne pouvez pas émettre une alerte enlèvement ?

— Nous ne sommes pas en Californie, dit Hunter, sa voix trahissant son agacement. (Contre la police. Contre leurs questions. Contre elle.) Ils n'ont pas d'alerte enlèvement au Mexique.

— Nous avons prévenu la police des frontières qu'il fallait chercher quiconque voyagerait avec un enfant en bas âge, dit un des officiers.

Caroline avait d'abord cru qu'il y avait deux policiers, mais elle comprenait maintenant qu'il y en avait trois. Deux à peine sortis de l'adolescence, un plutôt entre deux âges. Ils avaient tous des cheveux bruns et des yeux perçants, inquisiteurs. Les deux plus jeunes portaient un uniforme composé d'un pantalon bleu marine et d'une chemise blanche ; le plus âgé était en civil, pantalon gris et chemise froissée qu'il n'avait pas pris la peine de rentrer dans son pantalon.

Caroline pensa aux milliers de personnes qui se faufilaient en Californie à travers la frontière mexicaine chaque année, et elle fut submergée par le désespoir. La frontière était si proche, et ils avaient déjà perdu tellement de temps. Si quelqu'un avait fait passer sa fille aux États-Unis, elle était déjà loin. Mais la plus grande probabilité était que celui qui l'avait enlevée soit encore à Rosarito, qu'il l'ait emmenée non loin pour accomplir ses méfaits pervers. La police frappait à toutes les portes, dans les deux ailes de l'hôtel.

– Il y avait un serveur, dit Caroline avec un frémissement, elle revoyait mentalement l'image d'un homme en veste blanche poussant une table à roulettes. *Room service*. Je l'ai doublé dans le couloir après être allée voir les filles. Il s'est arrêté quelques portes avant.

– Quelle heure était-il ?

– Autour de neuf heures.

– Nous allons vérifier, dit le directeur de l'hôtel, qui parlait déjà dans son téléphone portable.

– Et j'ai vu une femme de chambre à l'étage autour de seize heures. Non, corrigea-t-elle immédiatement. Il était plutôt seize heures quinze. Je lui ai dit que j'avais perdu ma carte et je lui ai demandé si elle pouvait utiliser son passe pour que je puisse entrer.

Le directeur acquiesça et transmit cette information à la personne à laquelle il parlait.

– Combien de personnes exactement ont accès aux passes ? demanda Hunter.

Le directeur haussa les épaules ostensiblement.

– Beaucoup de gens, les cadres, le personnel de chambre, ceux de la réception, les grooms qui montent vos bagages dans vos chambres. La même chose que dans un hôtel en Amérique.

Caroline nota à la voix du directeur qu'il était sur la défensive.

– Donc, la dernière fois que vous avez vu votre fille, c'était… quand, exactement ? demanda le plus âgé des officiers de police.

– Vingt et une heures trente.

L'agent tourna le regard vers Caroline.

– Et vous êtes retournée la voir à vingt-deux heures ?

– Non. Nous allions quitter le restaurant quelques minutes plus tard, donc Hunter a dit que ce n'était pas nécessaire. (Elle lança un regard accusateur à son mari, qui détourna immédiatement les yeux.) En fait, ce serait plutôt dix minutes après, se dit-elle. Est-ce que ces dix minutes auraient pu faire la différence ?

– Donc il semblerait que votre fille ait disparu quelque part entre vingt et une heures trente et un peu après vingt-deux heures.

– Oui, dirent Caroline et Hunter ensemble.

– Et vous êtes la dernière personne à l'avoir vue, dit l'agent à Hunter.

– Oui, dit Hunter.

Ses yeux se brouillèrent de larmes.

Le téléphone sonna. Un des plus jeunes officiers intima à Hunter de répondre.

Caroline sentit une soudaine montée d'espoir. Se pouvait-il que Samantha ait été kidnappée et soit retenue dans l'attente d'une rançon ? Est-ce que le kidnappeur les appelait en ce moment même pour faire part de ses conditions ? *Tout ce qu'il voudra*, pensa Caroline. *Nous lui donnerons tout l'argent que nous avons. Ramenez-nous juste ma fille indemne.*

– Allô ? dit Hunter. (Il écouta pendant plusieurs secondes, puis posa le combiné contre sa poitrine.) C'est ton frère, dit-il à Caroline. Il appelle pour s'assurer que tout va bien. Apparemment, la police vient juste de fouiller leur chambre et leur a dit qu'un enfant avait disparu…

Sa voix s'étrangla. Il raccrocha sans rien ajouter.

Quelques minutes plus tard, Steve et Becky frappaient à leur porte. Les policiers les firent entrer. Peggy et Fletcher arrivèrent peu après, Brume et Jerrod quelques secondes derrière eux.

– Mon Dieu, que s'est-il passé ? demanda Becky en se précipitant vers Caroline.

Sa voix, aussi perçante que celle d'un réveil, réveilla Michelle en sursaut.

– Maman ! pleura l'enfant.

Elle s'assit et se pelotonna contre la poitrine de sa mère.

– Où est Samantha ? demanda Becky.

– Oh, mon Dieu ! dit Peggy en regardant frénétiquement dans toutes les directions.

– C'est Samantha ? demanda Brume. L'enfant disparue, c'est Samantha ?

– Comment est-ce possible ? demanda Jerrod. Vous êtes allés les voir toutes les demi-heures.

– Vous dîniez tous les huit ensemble ? demanda un des agents de police.

Caroline n'arrivait plus à distinguer les différentes voix. Elle se sentait comme si quelqu'un avait emprisonné son corps sous une cloche de verre géante, comme cette auteure qui s'était suicidée en mettant sa tête dans un four. Comment s'appelait-elle déjà ?

– Respire, entendit-elle dire Peggy.

Elle s'assit près d'elle et passa son bras autour de ses épaules. Mais la cloche de verre empêchait Caroline de ressentir son contact.

– Oui, répondit Jerrod à l'agent. Au restaurant extérieur, juste en dessous. Vous pouvez le voir depuis la fenêtre. (Il marcha jusqu'à la fenêtre et pointa du doigt.) Oui. Ici. On peut même voir notre table.

– Comment s'appelait cette auteure ? demanda Caroline à Peggy. Celle qui s'est suicidée en mettant sa tête dans un four.

– Qu'est-ce qu'elle a dit ? demanda Becky.

– Sylvia quelque chose, je crois.

– Sylvia Plath, lui dit Peggy.

– C'est ça.

– Pourquoi parle-t-elle de Sylvia Plath ? demanda Brume.

– Je crois qu'elle est en état de choc, dit Peggy. Caroline ? Caroline, ça va ?

– Samantha a disparu, dit Caroline.

– Je sais.

– Je n'aurais jamais dû la laisser.

– Maman, j'ai envie d'aller aux toilettes, dit Michelle.

– Je t'accompagne, proposa Peggy.

– Je veux maman.

Les bras de Michelle se refermèrent autour du cou de sa mère, brisant la barrière de verre invisible. Caroline sentit l'air s'échapper de son corps, comme si on l'étranglait.

– S'il vous plaît, quelqu'un, cria-t-elle. Prenez-la !

Les yeux de tout le monde se fixèrent immédiatement sur Caroline.

– Je vais la prendre, dit rapidement Becky, qui souleva l'enfant agitée dans ses bras et l'emmena aux toilettes.

Michelle hurlait de protestation.

Les policiers continuèrent de poser des variantes des mêmes questions pendant une heure encore. Leurs amis donnèrent des variantes des mêmes réponses.

– L'un d'entre vous a-t-il accompagné vos amis quand ils sont venus voir leurs filles ? demanda un des agents.

– Non, répondirent-ils.

– Pourquoi cette question ? demanda Steve.

– Qu'est-ce que vous sous-entendez ? demanda Hunter.

Caroline savait pourquoi ils posaient cette question.

Son mari était la dernière personne à avoir vu Samantha. Quelque chose avait-il pu se produire pendant l'une de ses rondes ? Pouvait-il, d'une manière ou d'une autre, être responsable de la disparition de leur fille ?

Non, il n'était pas responsable, décida-t-elle en réponse à sa propre interrogation. Pourtant, c'était sur l'insistance de Hunter qu'ils avaient laissé les filles seules – ce qui le rendait responsable malgré tout.

Sauf que je ne peux pas le lui reprocher, pensa-t-elle l'instant d'après. *J'ai cédé. Je l'ai suivi. Je suis aussi coupable. C'est ma faute aussi.*

– Et maintenant ? demanda Hunter, quand les policiers fermèrent leurs blocs-notes et se préparèrent à partir.

– Allez vous coucher. Essayez de dormir un peu, répondit le plus vieux des agents de police.

Caroline se dit qu'elle avait entendu un de ses collaborateurs s'adresser à lui en l'appelant « inspecteur Ramos », mais elle n'en était pas sûre.

– Nous nous reverrons demain matin.

– Vous croyez qu'on va réussir à dormir ?

– Sûrement pas, concéda Ramos. Mais ce serait une bonne idée d'essayer. (Il regarda sa montre.) Il est presque deux heures du matin. On ne fera rien de plus ce soir. Nous reprendrons nos recherches demain matin, et nous contacterons la presse locale si nous n'avons pas retrouvé votre fille à midi.

– C'est tout ?

– La police des frontières a été prévenue. L'agent Mendoza sera posté devant votre porte pour la nuit, au cas où quelqu'un essaierait d'entrer en contact avec vous. Nous allons continuer, nous allons vérifier pour le serveur que vous avez vu dans le couloir et la femme de chambre à qui vous avez parlé. Nous interrogerons

111

tout le personnel. Mais cela va prendre du temps. S'il vous plaît, monsieur Shipley, madame, essayez de dormir. Votre fille a besoin de vous. (Ses yeux tombèrent sur Michelle, qui s'était de nouveau endormie dans les bras de sa mère, puis firent le tour de la chambre, jaugeant tous ses occupants.) Évidemment, j'ai besoin que vous soyez tous disponibles demain matin.

– On est censés partir demain matin, dit Brume.

– Ce n'est évidemment pas ce qu'on va faire, dit Peggy sur un ton de reproche aiguisé.

– Bien sûr que non. Je ne voulais pas…

– Monsieur Shipley, avez-vous une photo de votre fille que je pourrais vous emprunter ? l'interrompit l'inspecteur Ramos.

Hunter chercha dans son portefeuille et tira une petite photo de Samantha de derrière son permis de conduire.

– Je suis désolé. Elle date d'il y a quelques mois.

– Magnifique enfant, dit Ramos en rangeant la photo dans sa poche. Je vous promets que nous ferons tout ce qui est en notre pouvoir pour vous la ramener.

– Vous voulez qu'on reste là, cette nuit ? demanda Becky à Caroline quand les policiers et le directeur furent partis.

– Non, dit Hunter à leurs amis. Ramos a raison. Demain sera une longue journée. Dormez un peu. On se voit demain matin.

Caroline regarda ses amis s'approcher en file indienne pour l'embrasser ou la serrer dans leurs bras. Mais elle ne sentit rien. Son bébé avait disparu. Quelqu'un était entré dans leur suite et l'avait prise pendant qu'elle et son mari étaient en bas à savourer des crêpes Suzette. Elle n'aurait jamais dû le laisser la convaincre de laisser leurs filles seules. Si elle avait tenu bon, rien de tout cela ne serait arrivé.

Son frère et Becky furent les derniers à partir.

– Tu es sûre que tu veux qu'on parte ? demanda encore Becky.

Caroline acquiesça. Steve se pencha pour la prendre dans ses bras.

– S'il te plaît, n'appelle pas notre mère, murmura-t-elle.

– Je ne le ferai pas.

Mais alors même qu'il prononçait ces mots, Caroline savait qu'il serait au téléphone dès la première heure le lendemain. *Mon Dieu, s'il vous plaît, faites que nous retrouvions Samantha avant ça.*

9

Aujourd'hui

Le téléphone sonna juste après six heures et demie. Caroline tendit le bras et décrocha avant la deuxième sonnerie. « Allô ? » murmura-t-elle. Elle jeta un coup d'œil à l'autre lit et vit Michelle se retourner dans son sommeil.

« C'est moi », dit Lili.

« Dieu merci. Où es-tu ? »

« Vous pouvez venir me voir ? »

« Bien sûr. Quand ? »

« Maintenant. »

« Où ? »

La fille donna une adresse à Caroline. « Venez seule. » La ligne fut coupée.

Caroline bondit du lit et sauta dans ses vêtements. Elle prit à peine le temps de se brosser les dents et de se jeter un peu d'eau froide sur le visage. Elle griffonna un petit mot pour Michelle : « Je reviens vite. Ne t'inquiète pas », et se faufila hors de la chambre d'hôtel, se précipitant dans le couloir, bottes à la main. Elle ne pensa pas un instant à ce qu'elle faisait, ou même que personne n'aurait la moindre idée de l'endroit où elle se trouverait. Elle nota de manière fugace que Lili la savait accompagnée.

Elle dévala huit volées de marches et franchit les portes d'entrée du hall de l'hôtel pour se retrouver dans la rue, les bottes maintenant aux pieds, bien qu'elle n'ait aucun souvenir du moment où elle les avait mises. Un taxi roulait doucement de l'autre côté de la rue, mais même après qu'elle eut fait de grands signes dans sa direction le chauffeur s'entêta à rester là où il était. Elle traversa la rue en courant, glissa sur la route verglacée et faillit tomber avant d'arriver jusqu'à lui.

– Je vous emmène où ? demanda-t-il alors qu'elle s'installait sur la banquette arrière.

Caroline reconnut l'homme qui les avait conduites, elle et Michelle, de l'aéroport à l'hôtel la veille. Mais elle écarta vite la coïncidence.

– Cet endroit ne me dit rien, dit-il quand elle lui donna l'adresse.

Caroline se demanda si la fille se jouait d'elle en la promenant d'une impasse à l'autre comme dans un jeu malsain.

– Pouvez-vous vérifier ? S'il vous plaît, je suis très pressée.

– Mon GPS ne fonctionne pas.

À contrecœur, le taxi sortit une carte de sa boîte à gants et la déplia. Il l'étudia avec attention avant de la lâcher sur le siège passager.

– Ah oui. Je vois où c'est, maintenant.

Sauf qu'il n'arriva pas à trouver et qu'ils roulèrent sans but pendant presque vingt minutes jusqu'à ce qu'il devienne évident, même pour Caroline qui ne connaissait pas la ville, quand ils eurent dépassé les mêmes talus de neige pour la troisième fois, qu'ils tournaient en rond.

– Suis perdu, admit enfin le chauffeur en s'arrêtant pour consulter de nouveau la carte.

– S'il vous plaît, supplia Caroline. Je suis très en retard.

Lili penserait-elle que Caroline avait changé d'avis au sujet de leur rencontre et partirait-elle ? Allait-elle rappeler l'hôtel et réveiller Michelle ?

– Ah, nous y voilà, dit le chauffeur, en pointant son index sur la carte. Je vois, maintenant. Ce n'est plus très loin.

– Faites vite. S'il vous plaît.

Sauf qu'ils roulaient déjà depuis presque une demi-heure. L'heure de pointe du matin avait commencé et ils se retrouvèrent bientôt empêtrés dans un embouteillage long de plusieurs pâtés de maisons.

– On dirait un accident, dit le taxi avec un haussement d'épaules. Qu'est-ce qu'on y peut ?

– N'y a-t-il pas un autre chemin ?

Sans dire un mot, le chauffeur fit demi-tour en franchissant la ligne blanche et descendit une rue parallèle, tirant sur le moteur et laissant un nuage de neige dans son sillage.

Caroline entendit les sirènes avant de voir la voiture de police.

– Non, marmonna-t-elle. S'il vous plaît, non.

– Est-ce qu'il y a le feu ? demanda le chauffeur au policier qui s'approchait de la voiture et se pencha vers la banquette arrière, son casque masquant presque ses yeux sombres.

Je connais ces yeux, pensa Caroline alors que le chauffeur sortait sa licence d'enregistrement et son permis de conduire.

– Nous avons déjà eu un accident terrible ce matin, dit l'agent. Il n'y a pas dix minutes, une adolescente qui traversait la rue a été percutée par une voiture qui roulait trop vite.

— Est-ce qu'elle va bien ? demanda le chauffeur de taxi.

Caroline sentit un cri monter dans le fond de sa gorge. Cette fille pouvait-elle être Lili ?

— J'ai bien peur que non.

L'agent de police retira son casque pour dévoiler une épaisse chevelure brune. Il eut un regard accusateur pour Caroline, comme si c'était elle la responsable.

— Inspecteur Ramos ? chuchota Caroline, le cri dans sa gorge s'amplifiant et remplissant sa bouche comme de la bile.

— C'est votre faute, lui dit-il. Vous n'auriez jamais dû la laisser toute seule.

Le cri de Caroline explosa dans l'air environnant.

— M'man ? (Une voix l'appelait de quelque part au-dessus de sa tête.) M'man ? M'man, réveille-toi.

Caroline se redressa vivement sur le lit, ses yeux regardant partout dans la chambre d'hôtel. Elle essayait de se recentrer.

— Que se passe-t-il ?

— Tu fais un cauchemar.

— Quoi ?

— Tu faisais un cauchemar, dit Michelle en utilisant l'imparfait. Mon Dieu, regarde-toi, tu dégoulines.

Caroline porta la main à sa poitrine ruisselante de sueur. Elle écarta une mèche de cheveux trempés de son front.

— Tu m'as foutu une trouille pas possible, dit Michelle. De quoi rêvais-tu ?

Caroline secoua la tête.

— Je ne peux pas te le dire.

– Qu'est-ce que ça signifie, tu ne peux pas me le dire ? Et pourquoi pas ?

– Ma mère disait toujours que ça porte malheur de raconter ses rêves à quelqu'un avant le petit déjeuner, parce que les mauvais se réalisent.

– Et depuis quand écoutes-tu ce que dit mamie Mary ? demanda Michelle.

Elle avait raison. Caroline avait passé sa vie à essayer d'ignorer les avis que donnait sa mère sans qu'on les lui demande.

– Je te dirai après le petit déjeuner, dit-elle en fin de compte.

Sauf que le temps qu'elles finissent leur café, Caroline avait oublié son cauchemar, à l'exception de quelques vagues détails.

– C'était l'un de ces rêves frustrants où tu ne cesses d'essayer de te rendre quelque part, mais où il y a toujours quelque chose en travers de ta route. J'aurais dû réaliser que c'était un rêve quand j'ai vu le chauffeur de taxi.

– De quoi tu parles ? demanda Michelle.

– Et l'inspecteur Ramos.

– L'inspecteur Ramos ?

– Tu ne te souviendrais pas de lui.

Elles passèrent la matinée assises dans le hall de l'hôtel avec le maigre espoir que Lili pourrait finir par se montrer. Puis, comme rien n'arrivait, elles appelèrent un taxi. Quand la voiture quitta le bas-côté, Caroline se retourna pour jeter un dernier regard dans la rue bordée de tas de neige.

– Elle n'est pas là, m'man.

– Je sais.

– Elle n'a jamais eu l'intention de venir.

– Tu as raison.

– Vraiment ?

– On aurait peut-être dû attendre plus longtemps.

– Et rater notre vol ? De plus, tu lui as laissé un mot.

Caroline sentit la culpabilité l'étreindre et baissa les yeux. Elle pensait avoir été discrète en laissant cette note pour Lili au bureau de la réception.

– Arrête de t'en faire. Je suis sûre qu'elle te recontactera, lui disait Michelle alors qu'elles s'installaient à leurs places dans l'avion. Elle aura une histoire à faire pleurer, évidemment, une bonne raison de ne pas avoir pu venir te voir. Et puis elle va promettre de se rattraper. Elle va te proposer de venir à San Diego. Bien sûr, elle aura besoin d'argent. Et bla bla bla. C'est comme ces arnaques sur Internet qui viennent du Nigeria. C'est on ne peut plus clair, mais tu serais surprise de savoir le nombre de gens qui se font avoir.

J'y croirais, pensa Caroline, mais elle n'en dit rien. Elle aurait aimé que Michelle arrête de parler. Elle avait exprimé son opinion. Son opinion étant que sa mère était une idiote. Caroline posa sa tête contre son dossier et ferma les yeux. Après quelques minutes, Michelle comprit le message et elles passèrent le reste du voyage en silence.

Hunter les attendait quand elles poussèrent les lourdes portes de verre opaque de la zone d'arrivée, à l'aéroport international de San Diego. Il portait un costume léger bleu marine et une cravate à rayures bleues et jaunes. Il arrivait directement du bureau.

– Mais à quoi tu pouvais bien penser, merde ? demanda-t-il.

Il attrapa leurs sacs de voyage et les guida vers le parking.

– Oh, sentez-moi ce bon air bien chaud, dit Michelle en enlevant sa lourde veste.

– Tu n'as pas besoin de porter mon sac, dit Caroline à son ex-mari. Je peux gérer.

– C'est bon, Caroline. Réponds juste à ma question.

– On n'est pas au tribunal. Je ne suis pas appelée à la barre. Et tu sais déjà très bien ce que je faisais.

– Une fille appelle, te dit qu'elle est Samantha, et tu te précipites en courant ? Tu pensais vraiment qu'il y avait une chance que ce soit notre fille ?

– On dirait que j'y ai cru, oui.

– Elle ne s'est pas montrée, non ? Elle n'a même pas appelé ?

– Tu le sais déjà, dit Caroline.

Michelle avait vraisemblablement appelé son père de l'aéroport de Calgary, pour lui raconter les détails de leur voyage et lui donner leur heure d'arrivée.

– Et combien t'a coûté cette petite escapade ?

– Qu'est-ce que ça peut bien changer ?

– Des billets à la dernière minute, c'est pas donné, comme on a déjà eu l'occasion de le voir. Ils ont dû te coûter une somme rondelette.

– Une somme rondelette ? Qui parle encore comme ça ? dit Caroline, agacée par l'attitude paternaliste de Hunter.

Ils n'étaient plus mari et femme, une décision qu'il avait prise pour eux deux une douzaine d'années plus tôt. De quel droit se permettait-il de commenter ses dépenses ? Ils arrivèrent à sa BMW crème.

– Quoi qu'il en soit, je suis sûre que la somme n'est pas aussi rondelette que celle que tu dépenses tous les ans pour changer de voiture.

— Je les loue, lui rappela-t-il. Et je verse toujours ta pension alimentaire, si je ne me trompe…

— Est-ce que ça t'arrive ? l'interrompit Caroline.

— … Ce qui me donne certains droits…

— S'il vous plaît, dit Michelle. Vous êtes obligés de vous disputer pour ça, maintenant ?

— Non, dit Caroline. Je ferais mieux de prendre un taxi.

— Monte dans la voiture, ordonna son ex-mari.

Il lança les deux sacs dans le coffre et s'installa derrière le volant. Michelle grimpa sur la banquette arrière, ce qui laissait le siège passager libre pour sa mère.

À contrecœur, Caroline s'installa à côté de Hunter et essaya de ne pas remarquer à quel point il était séduisant. Comme toujours. Peut-être même plus encore. Ses cheveux n'avaient pas encore viré au gris, ni même commencé à tomber, et son ventre était aussi plat qu'il l'avait toujours été. En fait, le temps avait surtout aiguisé ses traits, souligné la force de ses mâchoires, ce qui en conséquence soulignait ses lèvres généreuses.

— Comment se porte le bébé ? demanda Caroline pour écarter de son esprit ces troublantes pensées.

— Elle va bien, dit Hunter. (Il paya le stationnement et sortit du parking.) N'essaie pas de changer de discussion.

— Je ne m'étais pas aperçue qu'on avait une discussion.

— Raconte-moi juste ce qui s'est passé. Tout. Depuis le début.

Caroline n'était pas sûre de bien savoir de quel début il parlait exactement, mais ce dont elle était sûre, c'est qu'il était vain de continuer à protester. Hunter était un bon avocat, peut-être même un grand avocat. S'il y avait bien une chose pour laquelle il était doué, c'était argumenter. Et s'il ne pouvait pas gagner à la régulière, il l'emportait à l'usure. *Autant en finir tout de suite avec ça*, décida-t-elle en commençant par l'appel de Lili. Elle regarda son visage pendant qu'il racontait, son expression passant de la curiosité à l'incrédulité, puis à la franche colère. Quand elle en arriva au moment où elle avait laissé un mot à Lili à la réception en quittant l'hôtel, il était déjà à moitié hors de son siège, tourné complètement vers elle.

— Regarde où tu vas, le mit-elle en garde.

Hunter reporta son attention sur la route. Mais même de profil, il paraissait formidablement outré.

— Et tu n'as même pas pensé à m'appeler pour me parler de tout ça ?

— Pourquoi l'aurais-je fait ?

— Je ne sais pas. Peut-être parce que Samantha était aussi ma fille.

Caroline blêmit à son utilisation de l'imparfait.

— Qu'est-ce que tu veux dire ? Que tu serais venu avec moi ?

— Peut-être. Tu ne m'en as pas donné l'occasion.

— Parce que tu ne serais pas venu. Tu aurais dit que c'était partir à la chasse au dahu et que j'étais une idiote de l'envisager. Exactement comme tu l'as fait quand je suis allée à Tacoma et à Miami. Sois honnête, Hunter. Tu n'aurais jamais pu venir à Calgary. Diana ne t'aurait pas laissé faire, ajouta-t-elle en tirant une bouffée de satisfaction de le voir céder du terrain.

Elle avait entendu de plusieurs sources que sa très jeune femme lui avait mis un fil à la patte, et qu'il pouvait rarement bouger sans qu'elle donne son accord.

— Ce n'est pas le problème.

— Quel est le problème ?

— Le problème, c'est qu'on aurait pu en parler. On aurait *dû* en parler.

– On ne parle pas, Hunter. Nous ne l'avons jamais fait.

– C'est ridicule. Nous avons été mariés douze ans. Et tu dis qu'on n'a jamais parlé ?

– *Tu* parlais. J'écoutais.

– C'est des conneries, et tu le sais très bien.

– Reconnais-le, Hunter. Tu es un bourrin. Au tribunal et au-dehors.

– Et tu es une victime. Comme toujours. C'est toujours le même merdier.

– S'il vous plaît, vous deux, implora Michelle de la banquette arrière. Est-ce qu'on peut éviter ça ?

– Tu aurais dû m'appeler, répéta Hunter, sans prêter attention à la requête de sa fille. Tu aurais dû me dire ce qui se passait. Tu aurais dû me donner le choix. Admets-le.

– Seulement si tu admets que tu n'aurais en aucun cas pu venir avec moi, dit Caroline.

Elle refusait de céder, ce qu'elle aurait aimé pouvoir faire plus souvent pendant les douze années qu'ils avaient passées ensemble. Peut-être que si elle avait pu, ils n'auraient pas cette dispute stupide. Samantha n'aurait jamais disparu.

– Eh bien, je suppose qu'on ne le saura jamais, dit Hunter.

– *Moi*, je le sais.

– Exact. Parce que toi, tu sais tout.

– Je sais qu'il était impossible que Hunter Shipley prenne quelques jours de congé pour quelque chose d'aussi peu important que sa famille…

– OK. Ça suffit. Tu dépasses les bornes.

– Vraiment ? Combien de jours as-tu pris après la disparition de Samantha ?

Caroline savait qu'elle allait trop loin, mais les mots s'échappaient de sa bouche sans qu'elle puisse les arrêter, poussée par quinze ans de rage contenue.

– M'man, dit Michelle. Laissons tomber, OK ?

– Combien de jours, Hunter ? Trente ? Vingt ? Dix ?

– Je suis resté…

– Sept jours entiers, dit Caroline. Tu es resté toute une semaine.

– Ce n'est pas juste.

– Ah bon ? Toi, tu as été juste ? En me laissant seule au Mexique pour tout gérer ?

– Je t'ai demandé de rentrer. Je t'ai suppliée, nom de Dieu.

– Et je t'ai supplié de rester.

S'il te plaît Hunter, elle l'avait supplié. *Encore un tout petit peu de temps.* Comme elle l'avait supplié quand il lui avait dit qu'il mettait un terme à leur mariage.

– L'enquête n'allait nulle part. La police était quasiment convaincue que nous étions derrière la disparition de Samantha. Il n'y avait rien de plus à faire en restant…

– Tu m'as abandonnée, dit Caroline, sans savoir avec certitude si elle parlait de la fois où il avait quitté le Mexique ou de celle où il l'avait quittée pour de bon.

– J'ai engagé un détective privé…

– Que tu as renvoyé au bout de trois mois.

– Parce qu'il n'avançait pas.

– Parce qu'il te coûtait *une somme rondelette*.

– Va te faire voir, Caroline, marmonna Hunter.

– Va te faire voir toi-même, lui répondit-elle.

Michelle s'affala dans le siège en cuir. Son mouvement généra un souffle audible.

– J'ai besoin d'un verre, dit-elle.

10

Quinze ans plus tôt

– Dis-moi que tu n'envisages pas sérieusement de rentrer à la maison ? demanda Caroline à son mari.

– C'est quelque chose que nous devons considérer, dit Hunter. Ça fait presque une semaine.

– Ça fait cinq jours.

– Et la police n'en sait pas plus que la nuit où Samantha a disparu.

– Ce n'est pas vrai. Ils ont des pistes…

– Ils n'ont rien.

Hunter s'affala sur le canapé du salon de leur suite et se passa les mains dans les cheveux dans un geste de frustration.

Caroline alla jusqu'à la fenêtre. Elle regarda le restaurant en dessous et remarqua sa mère et Michelle qui déjeunaient sous un des nombreux parasols rouges. Sa mère avait insisté pour venir à Rosarito dès que Steve l'avait appelée avec la terrible nouvelle. Elle avait fait une entrée explosive dans leur suite et avait aussitôt enlacé Caroline en une étreinte serrée, presque étouffante. Caroline l'avait immédiatement serrée aussi fort en retour, elle s'était cramponnée à sa mère et son corps tout entier s'était relâché. « Maman », s'était-elle entendue sangloter sur son épaule contre la soie de sa robe.

– Comment as-tu pu laisser cela se produire ? avait dit sa mère.

– Il faut qu'on regarde tout ça avec réalisme, disait Hunter à présent.

Caroline avait envie de se jeter sur lui et de le gifler.

« Ça te va, comme réalisme ? » aurait-elle voulu crier. Au lieu de ça, elle cessa d'arpenter la pièce et attendit qu'il continue.

– Ça fait cinq jours, répéta-t-il. La police a fouillé l'hôtel et les environs au moins une douzaine de fois et ils n'ont rien trouvé. Ils ont enquêté sur tous les clients, qui ont été blanchis…

– Il y a ce type qui avait une collection pornographique sur son ordinateur…

– Uniquement des photos d'hommes adultes nus. Et son alibi a été vérifié, lui et ses amis étaient en boîte, sur la plage, quand Samantha a disparu. Ils ont une pièce pleine de témoins.

– Samantha n'a pas juste disparu, dit Caroline, fatiguée de l'euphémisme qui sous-entendait en quelque sorte que sa fille s'était volatilisée. Elle a été *enlevée*. Quelqu'un l'a prise.

Elle éclata en un torrent de larmes de colère. Combien de larmes pouvait contenir un corps ? Combien pourrait-elle encore en verser avant de s'y noyer ?

Hunter fut immédiatement à côté d'elle, ses bras se déplaçant désespérément autour d'elle, comme à la recherche d'un endroit sûr où se poser.

– Ne… dit Caroline avant qu'il la touche.

Il recula, retourna près du canapé, mais resta debout.

– Continue, dit-elle en essayant sans y parvenir de ne pas faire sentir la tension dans sa voix. Nous étions *réalistes*.

Elle savait qu'elle lui faisait du mal, qu'elle le repoussait un peu plus loin chaque jour. Mais il méritait d'être repoussé, d'être blessé. C'était sa faute. Samantha avait disparu à cause de lui.

Et maintenant il parlait de partir aussi. Quitter la scène de crime, retourner à San Diego, reprendre le cours normal de leur vie. Sauf qu'ils étaient venus avec deux enfants et rentreraient avec une seule. Leurs vies ne seraient plus jamais normales.

– Il n'y a rien que nous puissions faire de plus ici, argumenta-t-il. Nous avons cherché partout. Nous avons dit à la police tout ce que nous savons. Nous avons passé en revue des milliers de fois tout ce qui s'est passé cette nuit-là. Nous avons répondu à toutes leurs questions. Il est évident qu'ils ne nous croient pas. Il est évident qu'ils commencent à penser que nous sommes mêlés à tout ça.

– Que pensent-ils que nous ayons fait ? Ils croient que nous avons kidnappé notre propre enfant ?

Le regard de Hunter disait à Caroline que c'était pire que ça.

– Ils ne peuvent pas sérieusement penser que nous avons tué notre fille ?

– Je crois que c'est exactement ce qu'ils croient. Et c'est une des raisons pour lesquelles je veux m'arracher du Mexique.

– Mais s'ils croient ça, qu'est-ce qui te fait croire qu'ils vont nous laisser partir ?

– Parce qu'il leur faut des preuves pour nous retenir, et qu'ils n'en ont pas.

– Ils n'en ont pas parce que nous n'avons rien fait, dit Caroline, prise de vertige à force de tourner en rond.

Hunter avait-il raison ? La police pouvait-elle vraiment penser qu'ils avaient assassiné Samantha ? Au lieu de chercher leur petite fille, étaient-ils occupés à rassembler des preuves pour les inculper, elle et Hunter ? Si oui, peut-être avait-il raison, ils ne pourraient rien faire de plus ici. Ils mettaient en jeu non seulement leur liberté mais aussi leurs vies. Peut-être qu'ils devraient *s'arracher du Mexique* avant qu'il soit trop tard.

— Et le serveur du *room service* que personne n'a vu depuis cette nuit-là ?

— La police prétend être à sa recherche.

— Et tu ne les crois pas ?

— Disons que je ne crois pas qu'ils cherchent très fort.

— Mais pourquoi, nom de Dieu ?

— Parce qu'ils ont déjà décidé que nous étions coupables, répéta-t-il. Ça arrive tout le temps, Caroline, et pas seulement au Mexique. Je vois ça tous les jours. La police pense qu'ils savent qui est le coupable, donc ils n'élargissent pas leur champ d'action. Ils ignorent les autres suspects et négligent les preuves qui ne vont pas dans leur sens.

— Et la femme de chambre ? persista Caroline. Elle avait un passe. Elle aurait pu facilement se glisser à l'intérieur. Ou la baby-sitter, qui était avec les petites tous les soirs. Tu as vu comment elle aimait Samantha. Peut-être qu'elle ne pouvait pas avoir d'enfant elle-même. Peut-être…

— La femme de chambre était chez elle avec sa famille, et la baby-sitter à une autre garde d'enfants.

— Elles pouvaient avoir des complices…

— Oui, elles pouvaient, concéda Hunter en se laissant retomber sur le canapé. Mais les policiers ne sont pas sur la piste de complices. Ils sont sur notre piste à nous. Ils disent que c'est nous qui avons annulé la baby-sitter…

– Ce que nous n'avons pas fait.

– … que c'est toi qui as appelé la réception et leur as dit de ne plus transférer d'appels vers la chambre…

– Parce que ma mère avait appelé et que je ne voulais pas que quelqu'un d'autre appelle et réveille les filles.

– Ça n'a pas d'importance, pourquoi. Ce qui compte, c'est que ça a l'air suspect.

– Comment ça, suspect ? Oh ! mon Dieu. C'est sans espoir. On ne la retrouvera jamais. On ne la récupérera jamais.

– Ce n'est pas sans espoir, dit Hunter, alors que son attitude disait tout autre chose. J'ai déjà parlé avec les patrons de ma société. Ils pensent qu'on devrait engager un détective privé, ce qu'on va faire dès qu'on sera rentrés à la maison…

– Je ne peux pas. Je ne peux aller nulle part tant que je n'ai pas retrouvé mon bébé.

Le téléphone sonna. Hunter décrocha.

– Oui, dit-il au lieu d'allô. (Puis, en tendant le combiné vers elle :) C'est Peggy.

Caroline lui prit le téléphone.

– Comment vas-tu ? demanda Peggy.

– Mal.

– Tu veux que je revienne ?

Oui, pensa Caroline.

– Non, dit-elle.

Peggy n'aurait pas voulu quitter Rosarito, mais elle avait deux enfants de son côté qu'elle devait retrouver. Elle avait un emploi, des responsabilités, une vie.

Brume et Jerrod avaient été les premiers à partir dès que la police leur avait donné son feu vert, pour passer Thanksgiving à New York. Caroline ne leur avait pas reproché de maintenir leurs projets. Ce n'étaient pas des amis proches et il n'y avait rien qu'ils puissent faire sur place. De plus, l'attitude de Brume avait viré à l'extravagance, et sa compassion si écrasante laissait peu de place à Caroline pour ressentir autre chose que de la paralysie. En réalité, elle avait été soulagée de les voir partir.

Elle avait été tout aussi contente quand son frère et Becky s'en étaient allés à leur tour le lendemain, car la tension entre eux était devenue insupportable après l'arrivée de Mary. Peggy et Fletcher avaient été les derniers à partir.

— On est juste à un coup de fil de distance, avait alors dit Peggy. Que se passe-t-il ? demandait-elle maintenant.

— Apparemment, la police pense que nous sommes coupables.

— C'est ridicule. Qu'est-ce que vous allez faire ?

— Hunter veut que nous rentrions.

— Ce n'est peut-être pas une si mauvaise idée.

— Je ne sais pas. Il a convoqué une conférence de presse pour cet après-midi, dit Caroline, l'estomac retourné.

La presse du monde entier s'était précipitée sur l'histoire de la disparition de Samantha, et Hunter avait décidé qu'ils devaient contourner l'incompétence de la police mexicaine en appelant à l'aide la communauté internationale. Dans un premier temps, Caroline avait refusé d'exposer sa douleur publiquement, mais Hunter avait soutenu que les larmes d'une mère pouvaient les faire avancer sur le chemin qui menait au retour de Samantha. Alors, comment aurait-elle pu refuser ? La police s'opposait à ce qu'ils parlent à la presse et avait réussi jusque-là à tenir les journalistes à l'écart. Ils affirmaient qu'une telle publicité ferait entrave à leur enquête. Mais Hunter était convaincu que leur seule inquiétude était de passer pour des minables. De plus, ajouta-t-il, la police pensait que Caroline et lui étaient coupables du meurtre de leur propre enfant. Donc, qu'ils aillent se faire foutre.

— Tiens-moi au courant de comment ça se sera passé, dit Peggy avant de raccrocher.

— Je crois qu'on devrait commencer à se préparer, dit Hunter.

Caroline comprit qu'il parlait de la conférence de presse, mais elle n'était pas sûre de comprendre ce qu'il sous-entendait par « se préparer ».

— Peut-être te recoiffer, mettre un peu de maquillage, expliqua-t-il en réponse à son regard interrogatif.

Caroline passa négligemment un coup de peigne dans ses cheveux et appliqua un peu de mascara waterproof sur ses yeux gonflés. Elle quitta son short et son tee-shirt trop grand pour une sage robe d'été beige. Elle était bronzée, ce qui cachait les marques laissées par des jours entiers de larmes. Elle avait perdu au moins trois kilos, incapable de manger beaucoup ou de garder ce qu'elle avalait. Pourtant, en se regardant dans le miroir, elle fut surprise de voir face à elle une femme apparemment calme et maîtresse d'elle-même, quoique tourmentée.

— Maman ! cria Michelle en même temps que s'ouvrait la porte de leur suite et que l'enfant se précipitait dans la chambre.

Elle sauta au cou de sa mère l'assommant presque.

— Coucou, mon cœur, dit Caroline en regardant les traces de doigts violet foncé qui maculaient désormais sa robe.

— J'ai mangé de la tarte aux myrtilles pour le dessert, déclara Michelle.

— Tu devrais te changer, dit Hunter.

Caroline retourna dans sa chambre et fouilla son

133

placard. La robe d'été beige était à peu près tout ce qui lui restait de propre. Les seules autres choses qu'elle pouvait mettre, à part son short, des maillots de bain ou des tenues de soirée, étaient une minijupe à rayures bleues et blanches et un débardeur bleu.

« Tu vas mettre ça ? » demanda sa mère quand elle revint dans le séjour.

Caroline balaya la réflexion de sa mère d'un revers de main. Quelle différence cela pouvait-il faire, ce qu'elle portait ?

Hunter prit Michelle dans ses bras. Caroline remarqua que les mains de l'enfant étaient propres.

– Prête ? demanda-t-il en marchant vers la porte.

Aussi prête que possible, pensa Caroline.

Elle passa les deux jours suivants au lit, penchée sur les journaux et à regarder les informations à la télévision.

– Tu n'en as pas assez, de toute cette merde ? demanda Hunter.

Il déposa ses dernières chemises dans sa valise et la referma avant de la déposer à côté de la porte de la chambre.

– Tu as vu ça ?

Caroline tenait la dernière édition du *Los Angeles Times*, que sa mère avait ramenée dans la chambre plus tôt dans la journée.

– Nous sommes à la une.

– N'y prête pas attention.

– Facile à dire pour toi. Tu t'en sors plutôt bien, tout bien considéré.

– Ma chérie, s'il te plaît…

– Tu es « l'homme charmant qui a du mal à tenir le

coup », lut-elle. Tu es celui qui est « accroché à sa fille » pendant que je suis celle qui est « distante et raide comme un piquet ». (Elle persifla.) Qui aurait pu se douter que bien se tenir était critiquable ?

– Ne t'inflige pas ça…

– Ils commentent même le lustre de mes cheveux, « comme si elle sortait de chez le coiffeur », lut Caroline en s'étouffant presque avec les mots. Je ne me suis pas lavé les cheveux depuis une semaine, nom de Dieu. Ce crétin de journaliste ne fait pas la différence entre brillant et gras.

– Tu ne peux pas laisser cela t'atteindre. Tu vas te rendre malade.

– Oh, et bien sûr, nous prenions « du bon temps pas très loin, dans un restaurant avec des amis » quand c'est arrivé. Dieu fasse qu'ils laissent ça à l'écart.

Ou qu'ils ne mentionnent pas que c'est parce que tu as insisté, pensa-t-elle, son attention temporairement détournée par quelque chose à la télévision. Leur malheureuse conférence de presse était de nouveau diffusée dans le monde entier. *Oh, me revoilà, toujours droite comme un piquet. J'ai l'air distant*, pensa-t-elle. *Mes cheveux ont l'air brillant. Ma jupe est vraiment courte* – comme un autre journal l'avait souligné la veille.

« Nous vous demandons de nous aider, dit Hunter à la télévision, la voix cassée. » « Si quelqu'un quelque part sait quelque chose, quoi que ce soit, continua Caroline qui reprenait les rênes, la voix étonnamment calme et claire, si vous pensez avoir vu Samantha ou si vous avez un indice sur ce qui lui est arrivé, s'il vous plaît, contactez la police immédiatement. »

« Nous voulons juste retrouver notre fille », dit Hunter,

son émotion palpable en contraste flagrant avec l'attitude étrangement tranquille de sa femme.

De fait, Caroline avait été dangereusement proche de l'évanouissement. Son calme apparemment contrôlé masquait un intérieur qui s'effondrait comme un immeuble s'écroule. La dureté de sa voix avait été la seule chose qui lui avait permis de tenir debout.

— Pourquoi avez-vous laissé vos enfants seules ? cria un journaliste.

— Est-il vrai que la police vous soupçonne ?

— Avez-vous engagé un avocat ?

— Est-il vrai que vous avez prévu de quitter le Mexique ?

— Alors, lui dit Caroline en regardant sa valise, tes affaires sont prêtes ?

Il acquiesça.

— Il n'est pas trop tard pour changer d'avis et venir avec nous.

— Je ne vais nulle part.

— Caroline, s'il te plaît. Ne me force pas à te laisser seule ici. Si quelque chose devait t'arriver, je ne crois pas que je pourrais vivre avec ça.

— Rien ne va m'arriver. Je suis une grande fille. C'est ma décision. Tu n'as pas à te sentir coupable de partir.

Caroline savait qu'il se sentait aussi coupable qu'elle au sujet de Samantha, peut-être même plus. Elle l'avait entendu pleurer dans la salle de bains la nuit précédente, quand il la croyait endormie. Elle avait même envisagé de se lever et d'aller le rejoindre, de s'accrocher à lui et de pleurer à son côté, mais elle ne l'avait pas fait. Elle en était incapable.

– Tu devrais y aller, maintenant. Ma mère va s'inquiéter.

Caroline imaginait sa mère attendant au café avec Michelle, regardant sa montre compulsivement.

– S'il te plaît, viens avec nous.

– Je ne peux pas.

– Michelle a besoin de toi.

– Ma mère s'occupera bien d'elle.

– *J'ai* besoin de toi.

Caroline ne dit rien. Le téléphone sonna. Hunter alla près du lit et décrocha.

– Oui. OK. J'arrive. (Il raccrocha le combiné.) Descends au moins dire au revoir.

– J'ai déjà dit au revoir.

Hunter se balançait d'un pied sur l'autre à côté du lit.

– Ai-je au moins droit à un baiser ?

– Hunter…

– Il faut que tu arrêtes de me reprocher ça, dit-il d'une voix suppliante. Ce n'est pas ma faute.

Caroline chiffonna le journal en une petite balle entre ses mains, et la lança avec rage sur l'écran de télé avant de se lever.

– Pas ta faute ? Vraiment ? Parce que je me souviens très clairement que c'est toi qui as insisté pour que nous laissions les filles seules, pour dire que j'en faisais trop, que j'avais l'air d'être ma mère…

– Je n'ai jamais dit ça.

– Tu as promis qu'elles seraient en sécurité…

– Et je serai désolé jusqu'à mon dernier jour…

– Désolé ne suffit pas.

– Que veux-tu que je fasse ?

– Je veux que tu retrouves notre fille !

– Tu ne crois pas que je veux la même chose ?

« Nous vous demandons de nous aider, suppliait Hunter dans une autre rediffusion de la conférence de presse. Nous voulons juste retrouver notre fille. »

– Comment as-tu pu laisser cela arriver ? lui demanda Caroline.

Elle entendit l'écho de la voix de sa mère dans la pièce. Elle savait à son expression que Hunter l'avait entendu aussi.

– Je t'appellerai quand nous serons arrivés, dit-il.

Il prit sa valise et sortit de la chambre.

11

Aujourd'hui

– Tu es en retard, dit Mary, à la place de bonjour.
– Joyeux Thanksgiving ! dit Caroline.
Elle ignora le reproche et embrassa sa mère sur la joue.
– J'ai pris le dessert.
Elle sortit la boîte qui contenait la tarte à la citrouille qu'elle avait achetée dans une épicerie fine en venant.
Sa mère ne fit pas un geste pour la lui prendre.
– Tu l'as achetée, dit-elle avec un haussement de ses sourcils impeccablement épilés, faisant sonner sa remarque comme une obscénité.
Caroline ferma la porte d'entrée derrière elle.
– Je croyais que tu aimais les tartes de chez Nicolas.
Mary haussa les épaules.
– Elles sont très correctes. Trop chères, comme tout ce qu'ils vendent. Steve et moi préférons leurs tartes aux pommes à celles à la citrouille.
– Ils n'en avaient pas aux pommes.
– Pas étonnant, quand on attend la toute dernière minute. Je suis même surprise qu'ils aient été ouverts.
– Désolée. Ç'a été la folie, ces derniers temps…
Caroline regarda dans le salon par-dessus l'épaule de sa mère.

139

— Où sont-ils tous ?

— Personne n'est encore arrivé.

— Je suis la première, alors ?

— Tu es quand même en retard, dit sa mère.

Caroline soupira.

— Qu'est-ce que je fais de la tarte ?

— Mets-la dans la cuisine, dit Mary, quittant l'entrée pour le salon.

Caroline traversa le couloir jusqu'à la cuisine, au fond du bungalow impeccablement tenu.

— Il y a quelque chose qui sent bon, dit-elle en humant le fumet de la dinde rôtie.

Elle déposa la tarte sur le comptoir. La petite pièce n'avait que peu changé au fil des années. Malgré le nouvel électroménager et le changement du comptoir stratifié pour un neuf en granit, c'était essentiellement la cuisine de son enfance telle qu'elle s'en souvenait : un carré légèrement étiré avec une table et quatre chaises, devant une grande fenêtre qui s'ouvrait sur le petit jardin de derrière. En scrutant à travers l'obscurité, elle distingua le vieil étendage sur lequel sa mère faisait sécher au grand air le linge de la famille. Quand elle était petite, Mary l'attachait à ce poteau par une longue corde nouée autour de sa taille. « Arrête de te tortiller. C'est pour ta propre sécurité », insistait-elle quand Caroline essayait de se libérer de son lien. Steve, bien entendu, n'avait jamais connu de telles entraves à sa liberté. Quand Caroline avait protesté en disant à sa mère que c'était injuste et qu'elle aussi devrait avoir le droit de jouer dans la rue avec ses amis, Mary avait souligné qu'elle n'*avait pas* d'amis.

— C'est gentil à toi d'avoir invité Peggy et Fletcher, disait maintenant Caroline en entrant dans le séjour.

Elle et Peggy s'étaient rencontrées au lycée et s'étaient

immédiatement liées, toutes deux considérées en général comme des « fleurs tardives ». « Marginales » était sûrement un adjectif plus approprié. Les deux filles étaient timides et n'avaient pas de poitrine, plus intéressées par les livres que par les garçons. Peut-être était-ce parce que les garçons de leur classe étaient plus intéressés par les filles moins studieuses et plus formées. Elles avaient aussi en commun d'être orphelines de père. Celui de Peggy était mort d'un cancer quand elle avait douze ans. Caroline avait perdu le sien à cause du divorce très difficile de ses parents un an plus tard. Même si son père avait essayé pendant la plus grande partie de l'année de garder un contact régulier avec ses enfants, Mary avait tout fait pour l'en empêcher. Elle annulait les visites fixées et sabordait ses propositions de sorties. Influencé par sa mère, Steve avait fini par refuser d'avoir le moindre rapport avec son père. Le pauvre homme avait finalement abandonné et déménagé au nord de l'État de New York, où il avait perdu la vie dans un accident de voiture quand Caroline avait quinze ans.

— C'est bien fait pour lui, avait-elle entendu dire sa mère à une collègue. Bon débarras, de la mauvaise herbe.

L'assortiment habituel de clichés acerbes qui constituaient le fonds de commerce de Mary.

— Tu as l'air en forme, dit Caroline à sa mère pour essayer de chasser ses mauvaises pensées.

C'était Thanksgiving, après tout. Elle était censée déborder de gratitude et ne pas se complaire dans les vieilles rancœurs. Elle s'assit dans le fauteuil de velours vert à haut dossier, face au canapé à motif fleuri sur lequel était juchée sa mère.

— C'est une nouvelle robe ?

Mary tapota les boucles de ses cheveux fraîchement

méchés, comme elle les avait toujours portés, aussi loin que remontaient les souvenirs de Caroline. « Courts et décoiffés », aimait-elle à dire. Même si « courts et cartonnés » était une meilleure définition, les boucles serrées étant maintenues en place par un déluge quotidien de laque.

— Un cadeau de ton frère, dit-elle en caressant les plis de son chemisier de soie à motifs.

— C'est très gentil de sa part, dit Caroline.

Elle essayait de garder toute trace de surprise indétectable dans sa voix.

— Oui, il est très généreux.

Il peut l'être, pensa Caroline. *Puisqu'il vit ici sans payer de loyer et qu'il ne lève pas le petit doigt pour aider.*

— Où est-il, d'ailleurs ?

— Il avait un rendez-vous d'affaires.

— Vraiment ? À Thanksgiving ?

— Tu connais ton frère. Toujours à l'œuvre.

À œuvrer pour son compte, pensa Caroline. Même s'il ne l'avait pas trouvé, son compte, depuis un bon moment. Sa vie s'était bien dégradée depuis que Becky et lui avaient divorcé. D'abord le marché de l'immobilier s'était effondré. Puis il avait perdu son travail. Une série d'investissements désastreux lui avaient coûté à peu près tout ce qui lui restait. Y compris un appartement en bord de mer qu'il avait acheté peu de temps auparavant, au plus haut du marché, et qu'il avait été obligé de vendre moins d'un an plus tard avec une perte substantielle. Sa mère avait attribué chacun de ses échecs successifs à une combinaison de mauvais timing et de malchance, et elle avait accueilli à bras ouverts son retour à la maison. Il squattait sa vieille chambre à coucher depuis trois ans, ne faisant pas grand-chose d'autre que jouer des sommes conséquentes au poker, boire des quantités conséquentes d'alcool et passer un temps encore plus conséquent devant la télévision.

Paradoxalement, il avait repris du poil de la bête, quoique pas longtemps, quand Becky était revenue dans sa vie. Elle avait déménagé à Los Angeles tout de suite après leur divorce, pour finalement revenir quatre ans plus tard, après qu'on lui avait diagnostiqué un cancer en phase terminale. Il s'avéra que les migraines dont elle s'était plainte pendant des années étaient la conséquence d'une tumeur qui grandissait doucement mais irrémédiablement dans son cerveau. Elle avait contacté Peggy, qui venait d'être nommée directrice de l'hospice Marigold, et s'y était installée dans la foulée, pour mourir deux mois plus tard. Étonnamment, Steve avait été à son chevet tous les jours, triste et classique schéma de « Trop peu, trop tard » et de « C'est quand on perd quelqu'un qu'on se rend compte de son importance ».

– Alors, quoi de neuf ? demanda Caroline à sa mère.

– Qu'est-ce qu'il devrait y avoir de neuf ? lui demanda à son tour sa mère.

Caroline haussa les épaules. Sa mère n'allait visiblement pas lui faciliter la tâche.

– Je ne sais pas. Tu as vu de bons films, récemment ?

– Je ne vais jamais au cinéma. Tu devrais le savoir.

– En fait je ne le savais pas. Je croyais que tu aimais aller voir des films.

– Ça a été le cas. Mais ils sont tellement violents, de nos jours.

– Et le bridge ? Je sais que tu aimes ça. Tu as remporté des tournois, dernièrement ?

– Pas avec Paula Hammon comme partenaire, ça, c'est sûr. Je ne sais pas où elle a la tête en ce moment. Je crois qu'elle perd la boule. Nous avons chuté de deux levées l'autre jour, pendant que tout le monde autour de la table faisait une levée supplémentaire. Et puis elle s'est complètement braquée alors que j'essayais de subtilement lui faire comprendre ce qu'elle faisait de travers.

Caroline essaya d'imaginer les tentatives « subtiles » de sa mère pour corriger sa partenaire.

— Pourquoi tu souris ?

— Je… Rien. Quelque chose que j'ai lu.

— Eh bien, c'est idiot.

La sonnette carillonna.

Dieu merci, pensa Caroline. Elle se releva d'un bond et se précipita à la porte d'entrée.

— Coucou, vous. On est en retard ? demanda Peggy en entrant avec Fletcher.

— Pile à l'heure, dit Mary, qui arrivait derrière Caroline pour recevoir un grand bouquet de roses jaunes de Peggy, et de Fletcher une bouteille d'onéreux vin blanc. Je suis tellement contente que vous ayez pu venir. Caroline, pourrais-tu mettre ces fleurs magnifiques dans un vase ? N'oublie pas de couper les tiges.

Elle les remit à Caroline en les regardant à peine.

— Merci mille fois de nous avoir invités, dit Peggy en suivant Mary dans le séjour, pendant que Caroline s'en allait dans le couloir vers la cuisine.

— Fletcher, tu pourrais peut-être ouvrir le vin, entendit-elle dire sa mère avec coquetterie, alors qu'elle cherchait un vase dans le placard.

— OK. Où est-ce qu'elle les cache ?

— Tu parles encore toute seule ? demanda une voix masculine derrière elle. J'ai entendu dire que c'était le propre des fous.

— Merde ! s'exclama-t-elle en se tournant vers son frère. (Il était assis sur une des chaises de la cuisine, les jambes croisées.) Tu as failli me faire mourir de peur. D'où tu sors ?

Il indiqua la direction des chambres.

– Je croyais que tu étais à un rendez-vous d'affaires ?

– C'était bien le cas. Je suis rentré en catimini il y a vingt minutes. Je pensais avoir le temps de faire une sieste, mais votre conversation passionnante avec notre mère m'en a empêché. Tu devrais regarder dans le placard du haut.

Steve montra un placard en hauteur au-dessus du four.

Caroline dut se dresser sur la pointe des pieds pour atteindre l'étagère. Elle tendit les doigts vers la rangée impeccable de vases en verre.

– J'ai l'impression qu'il ne te viendrait pas à l'idée de m'aider.

– C'est tellement plus amusant de te regarder batailler, dit-il alors que le lourd vase était près de glisser des mains de sa sœur. Tu es sûre que c'est celui-là que tu veux ?

Caroline mit le vase dans l'évier pour le remplir d'eau, puis déballa les roses.

– N'oublie pas de couper les tiges, dit Steve en lui faisant un clin d'œil.

Elle trouva une grande paire de ciseaux dans le tiroir du haut, à côté de l'évier, et coupa deux centimètres de chacune des longues tiges pendant que son frère gloussait. Elle remarqua qu'il avait du mal à se maîtriser.

– Je vois qu'on a déjà commencé à arroser ça.

– Et je vois que tu as apporté la tarte.

– Citrouille.

– Je préfère aux pommes.

– C'est ce qui se dit.

Elle termina de couper les roses, les arrangea dans le vase, puis l'attrapa et l'emporta dans l'entrée.

– Tu viens ? demanda-t-elle à son frère.

– Je ne raterais ça pour rien au monde.

– Steve, mon chéri, c'est toi ? demanda Mary quand Caroline et son frère approchèrent. Il me semblait avoir entendu ta voix.

– Joyeux Thanksgiving, mère, dit Steve en la serrant dans ses bras. Fletcher… Peggy. Ça fait plaisir de vous revoir.

– Comment vas-tu, Steve ? demanda Fletcher.

– Tu as l'air en forme, ajouta Peggy.

– Et toi aussi.

Steve se laissa tomber dans le fauteuil où Caroline s'était assise un peu plus tôt.

Caroline déposa le vase sur la table basse devant le canapé et recula pour admirer les fleurs.

– Elles sont vraiment magnifiques.

– Oui, c'est vrai. Mais pourquoi as-tu pris ce vase ? demanda Mary. Il y en avait sûrement un plus joli…

– J'ai essayé de le lui dire, dit Steve.

– Ce vase est parfait, dit Peggy.

Mary sentit les fleurs.

– C'est tellement dommage que les roses ne sentent plus rien.

– Comment ça se fait, je me le demande, dit Steve. Et pour aller droit au but, qu'est-ce que vous buvez ?

– Fletcher et Peggy ont apporté une merveilleuse bouteille de chardonnay. C'est tellement délicat.

Mary regarda Caroline avec insistance, avant de servir un verre à son fils et de le lui mettre dans la main.

– Je ne serais pas contre un verre, dit Caroline.

– Tu es sûre ma chérie ? Tu sais comment tu es quand tu bois.

– Je te demande pardon ?

146

– Permettez ! dit Fletcher en se levant pour servir un verre à Caroline.

La sonnette retentit.

– Ça doit être Micki, dit Mary en allant à la porte.

– De quoi elle parle ? demanda Caroline à Peggy. Comment je suis ?

– Elle te titille, répondit Peggy. Essaie de ne pas mordre à l'hameçon.

– J'aimerais surtout la mordre à la gorge, voilà ce que j'aimerais faire.

– Et c'est parti, dit Steve avec un grand sourire.

– Désolée, je suis en retard.

Caroline entendit sa fille s'excuser dans l'entrée.

– J'ai attendu le bus une éternité.

– Ne t'en fais pas. Tu es juste à l'heure.

– J'étais à l'hospice, dit Michelle.

Elle entra dans le séjour et salua tout le monde d'un signe de tête.

– Je croyais que tu travaillais le matin, dit Mary.

– J'ai échangé mon service avec une fille qui avait besoin d'être libre l'après-midi. Donc maintenant, c'est le lundi et le jeudi, de seize à vingt heures. On m'a laissée partir un peu plus tôt aujourd'hui, parce que c'est Thanksgiving.

– Tu es tellement adorable. Je ne sais pas comment tu fais.

Mary caressa les longs cheveux bruns de sa petite-fille.

– Ça doit être tellement déprimant.

– On pourrait le croire, oui, dit Michelle, mais en fait ce n'est pas le cas.

– Alors, comment ça s'est passé ? demanda Peggy. Ils servaient de la dinde pour le dîner des résidents et de leurs familles, dit-elle à tout le monde.

– Ça s'est bien passé, répondit Michelle. Tout le monde était content.

– Content étant un terme relatif, dit Steve, sachant qu'ils sont tous aux portes de la mort.

– Eh bien, vous ne me verrez jamais dans un de ces endroits, dit Mary. J'ai bien l'intention de mourir chez moi.

– De qui te moques-tu ? (Steve vida son verre de vin.) Tu n'as pas l'intention de mourir. Jamais !

– Oh ! mon chéri, dit Mary en riant.

Caroline se demanda si sa mère aurait été aussi amusée si elle lui avait fait elle-même cette remarque.

– En tout cas, merci pour tout ce que tu fais, dit Peggy à Michelle.

– Et merci de t'être jointe à nous, ajouta Mary. J'avais peur que ton père insiste pour que tu passes Thanksgiving avec lui cette année.

– Ils vont dîner chez les parents de Diana. De plus, ils savent que je passe toujours Thanksgiving avec ma mamie Mary.

Elle serra sa grand-mère, et Mary répondit en enlaçant la fine taille de Michelle avec une émotion sincère.

Caroline comprenait bien que leur proximité était le résultat des liens qui s'étaient forgés entre elles pendant les mois qui avaient suivi la disparition de Samantha. Caroline avait été indisponible, d'abord physiquement puis émotionnellement, et elle se détestait d'être jalouse de leur attachement évident.

– Je dirais que de si bonnes actions méritent d'être récompensées, dit Steve. Peut-être qu'un verre de vin…

– Peut-être pas, dit rapidement Caroline. Elle n'est autorisée à boire aucun alcool.

– Oh ! allez, c'est Thanksgiving.

– Oui. Et nous sommes reconnaissants qu'elle ne soit pas en prison.

– C'est joli, m'man ! dit Michelle.

– Est-ce qu'il était vraiment nécessaire de parler de ça ? demanda Mary.

Caroline leva son verre de vin.

– Eh bien, nous savons tous comment je suis quand je bois.

– Eh bien, c'était une agréable soirée, dit Michelle en rentrant dans la maison derrière sa mère.

Elle referma la porte.

– Oui, le dîner était délicieux.

– Mamie Mary est une si bonne cuisinière !

– Comment peux-tu le savoir ? Tu n'as quasiment touché à rien.

Michelle regarda sa mère d'un air beaucoup trop familier à Caroline.

– J'ai beaucoup mangé.

Caroline ne dit rien. Elle était trop fatiguée pour une dispute.

– Tu as été plutôt silencieuse toute la soirée, dit Michelle.

– Parfois, c'est plus prudent.

Caroline se dirigea vers l'escalier.

– Tu ne vas pas déjà au lit, non ? Il n'est même pas vingt et une heures trente.

– Je suis crevée. Ta grand-mère me pompe beaucoup d'énergie.

– Tu ne t'es jamais dit que tu étais trop dure avec elle ?

– Non, répondit honnêtement Caroline. Jamais.

149

– Et moi, je crois que tu l'es.

– Et tu ne t'es jamais dit que tu étais trop dure avec moi ?

Caroline n'avait aucune envie de poursuivre cette discussion. Tout ce qu'elle désirait, c'était prendre un bain chaud et ramper jusqu'à son lit.

– Tu restes ici cette nuit ? demanda-t-elle, quand elle sentit Michelle dans l'escalier derrière elle.

– Tu ne veux pas que je reste ? Je peux aller chez papa, si tu préfères.

– Ce n'est pas ce que j'ai dit.

– C'est ce que tu as sous-entendu.

Caroline s'arrêta en haut des escaliers.

– Michelle, dit-elle, sa patience partie en fumée, je t'en prie, fais comme tu veux.

Elle tourna les talons et s'en alla vers sa chambre. Elle enleva ses chaussures et défit la fermeture de son pantalon gris, qu'elle laissa par terre. Elle se rendit dans la salle de bains, écrasant l'épaisse moquette sous ses pieds. Elle se pencha au-dessus de la baignoire à pattes de lion et ouvrit le robinet d'eau chaude. Elle regarda la vapeur emplir la pièce et couvrir de buée le miroir au-dessus du lavabo, lui épargnant la vue de son reflet. Elle retira son chandail blanc et le laissa tomber au sol puis dégrafa son soutien-gorge et retira sa culotte. Elle regarda ses sous-vêtements glisser vers le petit tapis de bain vert. Elle grimpait dans la baignoire, quand le téléphone sonna.

Elle s'enveloppa rapidement dans une grande serviette verte et retourna dans sa chambre pour répondre.

– Ne raccrochez pas, dit la voix avant qu'elle ait pu parler.

Caroline se laissa tomber sur le lit, le cœur battant.

– Lili ?

– Je suis désolée.

– Où étais-tu ? J'ai pris l'avion jusqu'à Calgary, attendu toute la journée et toute la nuit...

– Je sais. Je voulais venir.

– Pourquoi ne pas l'avoir fait ?

– J'étais en route. Et puis, je ne sais pas. J'ai eu la trouille.

– Je ne comprends pas.

– J'ai eu peur.

– De quoi ? Qu'on comprenne que tu es une arnaqueuse ?

– Je ne suis pas une arnaqueuse !

– De quoi, alors ? Qu'on fasse le test et que tu découvres que tu t'étais trompée ?

Une seconde de silence. Puis :

– Que je découvre que j'avais raison.

– Je ne sais pas quoi dire. C'est toi qui m'as contactée...

– Je sais.

– J'ai cru en toi. Que tu croyais... que tu voulais sincèrement connaître la vérité...

– C'est ce que je veux.

– J'ai fait exactement ce que tu as dit...

– Je sais.

– J'ai passé une nuit à l'hôtel, à attendre à côté du téléphone, à prier pour que tu appelles...

– J'ai dit que j'étais désolée.

– J'avais pris deux jours de congé.

– Je vais me rattraper.

– Comment ? Je ne retournerai pas à Calgary.

– Je vais venir jusqu'à vous.

– Quoi ?

Caroline eut soudain conscience qu'une silhouette se tenait sur le seuil de la porte.

— À qui parles-tu ? demanda Michelle en entrant dans la chambre.

Caroline lui fit signe de s'éloigner.

— J'ai dit, à qui parles-tu ? C'est elle, n'est-ce pas ?

Michelle avança jusqu'au lit et lutta pour arracher le téléphone des mains de sa mère.

— Je t'avais dit qu'elle rappellerait, dit-elle en ignorant les efforts frénétiques de sa mère pour récupérer le téléphone.

— Écoute, petite salope menteuse...

— Michelle, s'il te plaît... non...

Michelle l'ignora.

— Je ne sais pas qui tu es, putain, ou à quel jeu malsain tu joues, mais je te jure que si tu appelles encore ici, si tu essaies de contacter ma mère de n'importe quelle manière, j'appellerai la police pour te faire arrêter. Tu m'entends ? Ces conneries s'arrêtent maintenant. Je suis assez claire ?

Elle reprit son souffle, puis jeta rageusement le téléphone sur le lit.

Caroline se précipita sur l'appareil, l'attrapa et l'écrasa contre son oreille.

— Lili ? Lili ?

— Elle a raccroché. Et bien entendu, elle a masqué son numéro. Pas moyen de vérifier...

— Qu'est-ce que tu as fait ?

Caroline regarda le téléphone, désespérée, puis Michelle.

— Qu'est-ce que j'ai fait ? Qu'est-ce que *j'ai* fait ?

— Tu n'aurais pas dû lui parler comme ça.

— Vraiment ? Et comment étais-je censée lui parler ? Oh, salut, Lili. Ou tu préfères Samantha ? Je suis tellement ravie de faire ta connaissance. Ça me manquait d'avoir une petite sœur… C'est ça, que tu voulais que je dise ?

— Tu n'avais pas à la traiter de menteuse.

— Pourquoi pas ? C'est ce qu'elle est.

— On n'en sait rien.

— Moi, je le sais. Et toi aussi. Je ne t'avais pas dit que ça arriverait ? Non ? Qu'est-ce qu'elle a dit ? Qu'elle était désolée, qu'elle allait se rattraper, venir à San Diego… Merde, c'est l'eau que j'entends couler ?

Michelle courut dans la salle de bains.

Caroline l'entendit arrêter l'eau.

Michelle revint dans la chambre et s'essuya les mains sur son jean noir.

— Bon, un coup de chance, c'était sur le point de déborder. Heureusement, j'étais là.

— Heureusement que tu étais là, répéta Caroline sans grande conviction.

— Ouais, bon. Gloire à moi. Une autre crise d'évitée.

Elle reprit le téléphone des mains de Caroline et l'enfouit dans la poche de son jean.

— Bien à l'abri, dit-elle. (Puis elle sortit de la pièce.) Je serai dans ma chambre, appelle si tu as besoin de quoi que ce soit.

— Je n'aurai besoin de rien.

— C'est bien ce que je pensais.

Quand Caroline regarda de nouveau vers la porte, Michelle était partie.

12

Quatorze ans plus tôt

— Monsieur Wolford va vous recevoir.

Caroline sourit à la plus jeune et la plus jolie des trois secrétaires assises derrière le comptoir de réception du bureau principal de la Washington High School. Elle articula silencieusement un « au revoir » à la jeune fille voûtée assise derrière elle qui mâchait un chewing-gum, et se leva de l'inconfortable chaise en bois, une des quatre qui se trouvaient contre le mur de la petite salle d'attente et sur laquelle elle venait de passer vingt minutes. Elle replaça ses cheveux derrière ses oreilles et défroissa les plis de sa robe bleu foncé, puis suivit la jeune fille joufflue dans le bureau de Barry Wolford. Elle ne prêta aucune attention aux regards en biais des autres secrétaires, manquant de percuter un grand échalas d'un mètre quatre-vingts qui quittait le bureau du proviseur.

— Qu'est-ce qu'on dit, Ricky ? tonna une voix forte depuis l'intérieur du bureau.

— Excusez-moi, dit le garçon à Caroline en gardant les yeux baissés.

— C'est ma faute, admit-elle à son tour. *Tout est de ma faute.*

— Les adolescents, dit Barry Wolford, qui fit un geste

pour inviter Caroline à s'asseoir sur la chaise en face de son bureau. (Il avait la cinquantaine, le crâne dégarni et des taches sous les aisselles de sa chemise jaune pâle ouverte.) Fermez la porte, s'il vous plaît, Tracy.

Un air de déception traversa le visage lisse de Tracy et marqua d'une moue ses lèvres corail. Sans doute possible, elle et les autres secrétaires espéraient saisir des bribes de l'entretien du proviseur avec la célèbre Caroline Shipley. Caroline avait entendu leurs murmures quand elle s'était assise en attendant l'entretien. « Vraiment ? Elle pense qu'elle va avoir un boulot ici ? Wolford serait fou de l'embaucher. Qu'en penseraient les parents ? »

– Désolé de vous avoir fait attendre.

Barry Wolford installa son impressionnante carrure dans le siège de bois pivotant au dossier incliné, derrière son bureau encombré. Il s'éclaircit la gorge et sourit. Un sourire sans enthousiasme et qui ne gagnait pas ses yeux. Caroline comprit immédiatement que l'entretien se déroulerait de la même manière que ceux qu'elle avait eus dans d'autres lycées des environs les quatre derniers mois, ce qui n'était pas une bonne chose.

Elle n'était pas sûre de pouvoir s'infliger encore beaucoup de ces entretiens. Il lui avait fallu rassembler bien du courage et ce qui lui restait de confiance en elle pour se bouger et réintégrer l'enseignement. Elle savait qu'il y aurait des oppositions à son recrutement, que le bureau du rectorat de San Diego tiquerait sur sa candidature et qu'il y aurait des réticences venant de certains parents dans n'importe quel établissement assez courageux pour l'engager. Mais quelle alternative avait-elle ? Elle devenait folle en restant à la maison, à s'apitoyer sur son sort, à attendre près du téléphone des nouvelles de Samantha, des nouvelles qui n'étaient jamais arrivées.

– Alors, je vois que vous avez enseigné les maths…

– Au lycée Herbert-Hoover, oui. Pendant quatre ans. J'ai toujours aimé les maths. Mon père était prof de maths…

– Je suppose que vous avez déjà pris contact avec quelqu'un à Hoover ? l'interrompit-il.

– Je l'ai fait, oui. Il n'y avait pas de place libre.

– Je ne suis pas surpris, vu les circonstances.

– Les circonstances ?

– Vous avez quitté la profession il y a un bon moment, maintenant.

– Oui. Oui, mais j'ai conservé toutes mes compétences…

– C'est admirable. Mais malheureusement pour vous, nous avons plutôt un excès d'enseignants en ce moment.

– C'est ce que j'ai entendu dire.

– De jeunes ambitieux prometteurs sont diplômés tous les jours. Dur de revenir sur le marché du travail en compétition avec eux.

– D'un autre côté, il y a l'expérience.

– Je suis tout à fait d'accord, dit-il, et Caroline eut une bouffée d'espoir. Ça vous ennuie si je vous demande pourquoi vous avez arrêté d'enseigner ?

Caroline déglutit.

– Hum… les raisons habituelles, je pense. La famille, les enfants…

– Oui, il y a de quoi ralentir.

– Eh bien… ce n'est pas vraiment ce que je voulais dire.

– Vous voulez dire que vous avez démissionné pour être mère au foyer, dit Wolford. (Il leva son stylo comme pour se mettre à griffonner, puis le baissa sans avoir rien écrit.) Rien de plus gratifiant que d'être parent.

Caroline acquiesça.

— J'ai moi-même quatre enfants.

Il tourna plusieurs photos encadrées vers elle.

— Ils sont adorables, dit Caroline en voyant les visages souriants de la famille.

— Pas toujours facile, bien sûr. Mais qui a dit qu'être parent était chose facile ?

Caroline essaya de sourire mais n'eut qu'un tic rapide. Elle essaya de se dire que Barry Wolford ne faisait rien d'autre que faire la conversation, que ses commentaires étaient innocents. Était-il possible qu'il n'eût aucune idée de qui elle était ? Sa photo avait été publiée dans tous les journaux et à la télévision pendant plus d'un an. La semaine dernière avait marqué le premier anniversaire de la disparition de Samantha, et ç'avait été comme si tous les journaux du pays en avaient parlé. Elle avait même fait la couverture de *People*, les yeux vides, debout sous le titre hurlant « QU'EST-IL ARRIVÉ À LA PETITE SAMANTHA ? ». Son nom était quasiment devenu un nom commun, un synonyme de négligence parentale. Était-il possible qu'il ne la reconnaisse pas ?

— Combien d'enfants avez-vous, si vous permettez que je pose la question ?

— Ma fille a six ans, dit Caroline en s'efforçant de garder une voix calme.

— Pardon, j'ai cru que vous aviez dit les enfants au pluriel, avança-t-il.

— Oui. Hum… est-ce important ?

— Seulement si vous considérez que les enfants le sont, je suppose. Certaines personnes le pensent. D'autres pas.

Caroline sentit son estomac se nouer.

— Je ne suis pas sûre de comprendre.

— Comment dit-on déjà, loin des yeux loin du cœur ?

— Où voulez-vous en venir exactement, monsieur Wolford ?

— J'essaie juste de savoir ce qui motive quelqu'un comme vous.

— Quelqu'un comme moi ?

— Une femme qui laisse deux jeunes enfants dans une chambre d'hôtel au Mexique pour pouvoir aller s'amuser avec ses amis…

Il savait donc qui elle était, il l'avait su depuis le début. Il avait joué avec elle un jeu pervers à ses dépens.

— En supposant qu'elle n'ait rien fait de pire que ça.

Caroline se leva d'un bond, bien que l'insulte la clouât sur place.

— Il n'y a pas de place disponible pour vous, ici à Washington High, dit Barry Wolford, qui se leva, l'air menaçant, derrière son bureau. Et il n'y en aura jamais tant que j'en serai le proviseur.

— Pourquoi faites-vous cela ? Pourquoi avoir même pris la peine de fixer un entretien ?

— Je voulais juste rencontrer la célèbre Caroline Shipley, voir si elle aurait le culot de se montrer. Pourtant, je ne sais pas pourquoi je suis surpris. Vous n'avez vraisemblablement aucune honte.

Vous avez tort, pensa Caroline. *Je n'ai rien d'autre que ça, de la honte.*

— Honnêtement, je serais surpris si une école dans cette ville envisageait d'engager quelqu'un d'aussi irresponsable…

— Vous n'avez aucune idée de ce dont vous parlez.

— Vraiment ? Je sais qu'une femme qui ne peut pas s'occuper de ses propres enfants n'a rien à faire avec ceux des autres. Je sais qu'elle devrait avoir honte de se montrer aux bonnes et honnêtes gens qui vivent dans la crainte de Dieu.

— Allez au diable ! murmura Caroline.

— Après vous, dit-il.

Trop tard, pensa Caroline en quittant les lieux. *J'y suis déjà.*

Bien que ce fût un jour de semaine, le Balboa Park était plein de monde. Il l'était toujours. Cet endroit incontournable était le cœur de San Diego, et ce depuis le début du XXᵉ siècle. L'endroit où se trouvait le zoo mondialement célèbre, rempli de jardins luxuriants et de magnifiques pavillons de style espagnol, était fréquenté en masse tous les jours de la semaine par les touristes comme par les gens du coin, et ce en toute saison. Caroline y était souvent allée pendant cette année-là, pour déambuler dans les allées et se perdre dans la foule.

Elle s'assit sur un banc, sur le côté. Il n'était pas facile de se perdre, avait-elle découvert. Bien qu'étant la huitième plus grande ville des États-Unis et la deuxième de Californie, avec une population de près de 1,3 million d'habitants, San Diego était une toute petite ville en son cœur.

Quand elle était revenue de Rosarito, elle passait des journées entières dans l'immense parc, à errer de jardin en jardin, d'attraction en attraction, scrutant les visages de chaque petit enfant, à la recherche de Samantha sous une souple capeline de coton ou calée dans un porte-bébé sur la poitrine d'un père, cuisses potelées apparentes, petits orteils à l'air. Combien de fois avait-elle jeté un coup d'œil dans une poussette qu'elle croisait, persuadée

qu'elle tomberait peut-être sur le doux visage de sa fille ?
C'était impossible, n'est-ce pas ? N'est-ce pas ?

Même si la personne qui l'avait prise avait coupé et
teint ses cheveux pour la rendre virtuellement impossible
à identifier, Caroline était persuadée qu'elle reconnaîtrait
Samantha immédiatement. Une mère connaît son enfant,
peu importe ce qui arrive, peu importe que les années
aient passé. *Mon Dieu*, pensait-elle maintenant, *mon bébé
a disparu depuis plus d'un an.*

« Excusez-moi, il y a un problème ? » demanda une
femme quelque part à côté d'elle d'un ton quasi accusateur.

Les yeux de Caroline s'ajustèrent pour mieux voir.
Une jeune femme assise à l'autre bout du banc allaitait
un nourrisson. Caroline devait la regarder depuis un bon
moment, sans s'en rendre compte.

« Je suis dans mon droit », dit la femme. Elle était plus
jeune que Caroline, avait de longs cheveux blonds et de
profonds cernes sous les yeux, probablement à cause du
manque de sommeil.

« Désolée. J'ai eu un moment d'absence pendant
quelques minutes. Je ne voulais pas vous fixer. »

Les yeux de la femme se plissèrent.

— Je vous reconnais, dit-elle lentement. Vous êtes cette
femme dont le bébé a disparu au Mexique.

Caroline se leva immédiatement.

— C'est vous qui l'avez fait ? entendit-elle dire la
femme derrière elle. Vous avez tué votre propre enfant ?

— Tu es très en retard, dit Caroline quand Hunter
passa la porte à neuf heures et demie ce soir-là.

— Désolé. Il y a eu une réunion de dernière minute

avec les associés. Ça n'en finissait plus. Je suis allé à la salle de sport après pour décompresser.

Caroline hocha la tête d'un air entendu. Hunter avait été promu associé de sa prestigieuse agence du centre-ville deux mois auparavant, mais elle doutait fort que ce fût là qu'il était allé. Il y avait eu trop de réunions urgentes, trop de séances de sport tardives pour décompresser. Elle trouvait intéressant que Hunter ait reçu si peu du vitriol auquel elle avait eu droit après la disparition de Samantha, que sa carrière ait même progressé. Et pourquoi ? Parce que les clients de Hunter n'étaient pas du genre à être incommodés par un scandale. Tant qu'il faisait son travail, qu'il négociait accords et fusions avec succès, il était un atout, quoi qu'il arrive dans sa vie privée. Ironiquement, la tragédie de la perte de sa fille l'avait fait paraître encore plus respectable. C'était à Caroline seule de porter le poids de leur culpabilité.

— Qu'est-ce que tu fais, assise là dans le noir ?

Il alluma la lampe à côté du canapé et retira sa veste. Caroline mit sa main devant ses yeux pour se protéger de la lumière agressive.

— Est-ce que Michelle dort ?

— Oui.

— Elle t'a posé problème ?

— Comme d'habitude. Elle voulait mamie Mary. Apparemment, elle lit bien mieux les histoires que moi. Tu sens bon, ajouta-t-elle, comme une remarque plus que comme un compliment.

— J'ai pris une douche, dit-il sur un ton posé. J'étais en sueur.

Il s'installa dans un des fauteuils beiges en face de Caroline, qui était assise sur le canapé à rayures beiges et or.

— Comment s'est passé l'entretien ?

– Pas bien.

– Désolé.

Caroline haussa les épaules.

– La roue finira par bien tourner.

– J'en doute. Il semblerait qu'il y ait beaucoup de gens qui ne raffolent pas de l'idée que quelqu'un qui a peut-être assassiné son propre enfant s'occupe des leurs. Quelle surprise !

Hunter soupira.

– Tu es peut-être allée trop vite. Peut-être est-il encore trop tôt. Peut-être que tu devrais ralentir, commencer par inscrire ton nom sur une liste de professeurs remplaçants…

– Je l'ai fait il y a des mois, dit Caroline, irritée, fatiguée de tous les peut-être. On ne peut pas dire que le téléphone sonne beaucoup.

– Eh bien, le mois de décembre est une période particulièrement difficile.

Décembre, se répéta Caroline en silence en pensant à Noël. Était-il possible que ce soit déjà Noël ? Elle avait passé le Noël précédent au Mexique, misérable et seule, à attendre des nouvelles de sa fille. Elle avait supplié Hunter de revenir ; il l'avait suppliée de rentrer. Michelle avait besoin d'elle, lui répétait-il. Il avait besoin d'elle. Mais comment aurait-elle pu partir ? Comment aurait-elle pu aller n'importe où sans son bébé ? Non, lui avait-elle dit. Elle ne pouvait pas partir, elle ne partirait *nulle part* tant que Samantha ne serait pas de nouveau saine et sauve dans ses bras.

Mais après deux mois d'intransigeantes questions sans réponses de la police, d'opportunités perdues, de pistes qui ne menaient nulle part, d'accusations explicites qui s'intensifiaient et de résultats qui s'amenuisaient, elle avait abandonné, retournant à San Diego, seule et défaite. Sauf

163

qu'elle n'était pas vraiment seule. Un journaliste était toujours planqué quelque part. Les gens étaient constamment en train de l'épier. De la juger. De la trouver coupable.

– Je me disais qu'on pourrait peut-être installer quelques décorations pour Noël, dit Hunter. Michelle a demandé un sapin.

Caroline essaya d'intégrer ce qu'il suggérait. La période des vacances arrivait, sa mère avait insisté pour maintenir son traditionnel dîner de Thanksgiving. Mais ça avait mis en lumière un non-dit : aucun des participants n'était particulièrement reconnaissant de quoi que ce soit. Steve et Becky s'étaient à peine regardés, et encore moins parlé. Caroline et Hunter n'avaient aucun appétit pour la dinde, et encore moins l'un pour l'autre. Leur onzième anniversaire n'avait fait que passer, sans rien de plus qu'un baiser de félicitations. Et voilà qu'il parlait de décorer un sapin de Noël, comme si c'était la chose la plus naturelle du monde que de parler de telles choses, comme s'il était temps de mettre la douleur de côté, d'accepter ce qui s'était passé et de continuer à vivre.

Elle baissa la tête. Elle était injuste, et elle le savait. Quelqu'un devait être pragmatique ; quelqu'un devait veiller à gérer la vie au jour le jour. Quelqu'un devait se préoccuper de Michelle, veiller à ce que ses besoins ne soient pas oubliés. La petite avait droit aux décorations scintillantes de Noël. Hunter avait raison de vouloir lui faire plaisir à cette occasion. Elle aurait dû lui en être reconnaissante, pensa-t-elle. Il avait été si attentionné avec elle ces derniers mois, si patient. Il n'avait jamais élevé la voix, ni perdu son sang-froid, comme s'il avait essayé de rattraper ses manquements passés en tant que père.

Elle vit passer un éclair d'inquiétude dans les yeux de son mari.

– Quoi ? demanda-t-elle. Quoi ?

Hunter dégagea quelques cheveux de son front, un geste signifiant qu'il allait dire quelque chose qu'il estimait important.

– Écoute, j'ai quelque chose à te dire et j'ai besoin que tu restes calme, commença-t-il.

Caroline sentit son rythme cardiaque accélérer. Allait-il avouer où il était ce soir, révéler la relation qu'elle le soupçonnait d'avoir ? Elle était presque sûre qu'il avait entretenu plus d'une de ces relations au cours de l'année passée, et elle se demandait combien de fois il l'avait trahie depuis son retour du Mexique. Mais elle n'était pas sûre d'avoir la force de gérer sa franchise maintenant.

– J'ai parlé à l'inspecteur Ramos ce matin, dit-il, la prenant de court.

– Ce matin ? Pourquoi ne me l'as-tu pas dit ?

– Je te le dis maintenant.

– Tu l'as appelé ?

– Lui m'a appelé.

– Quoi ? Pourquoi ? Ils ont trouvé… ?

– Non.

– Pour l'amour du ciel, Hunter, crache le morceau. Qu'est-ce qu'il t'a dit ?

– Apparemment, un membre du personnel de l'hôtel a été arrêté hier pour avoir agressé sexuellement sa nièce.

Les mots frappèrent Caroline avec la force d'un direct à l'estomac. Elle se plia en deux, l'air s'échappa de ses poumons alors qu'elle serrait ses bras autour d'elle. Son corps se balançait d'avant en arrière.

– Qu'est-ce que tu veux dire par « agressé sexuellement » ? demanda-t-elle quand elle fut capable de se redresser et de parler.

– Qu'est-ce que tu penses que je veux dire ?

– Il l'a violée ?

– Il a « abusé d'elle », c'est comme ça que l'inspecteur Ramos l'a formulé.

– Et ils pensent qu'il aurait peut-être abusé de Samantha ?

– Ils ne savent pas. Ils l'interrogent toujours. Jusqu'à présent, il a nié avoir connaissance de ce qui était arrivé à Samantha.

– Eh bien ! évidemment qu'il a nié. Mais il travaillait à l'hôtel quand elle a disparu ?

– Oui.

– Et personne ne savait qu'ils avaient un pédophile dans leur équipe ?

– Comment l'auraient-ils pu ? Il n'avait pas de casier. Il n'a jamais été accusé de rien.

– Mais il n'y a aucun doute sur le fait qu'il ait agressé sa nièce ?

– Apparemment pas.

– Oh, mon Dieu, Hunter. Tu crois que c'est possible ? Tu crois… ?

– Je ne crois rien tant que tous les faits ne sont pas établis.

Caroline se leva d'un bond. Merde à lui et à ses manies d'avocat.

– Il faut qu'on y aille.

– De quoi tu parles ?

– Nous devons voir cet homme. Nous devons l'approcher.

– Ils ne nous laisseront pas le voir, Caroline. Ils ne vont pas nous laisser lui parler. Ils ne vont pas nous laisser l'approcher.

– Je m'en fous. Je pars là-bas.

– Tu ne vas nulle part. C'est exactement pour ça que

166

je ne te l'ai pas dit plus tôt. Tu paniques, tu es irrationnelle.

— Alors, qu'est-ce que tu suggères ? Qu'on reste assis
là à rien faire ?

— Il n'y a rien que nous puissions faire. L'inspecteur
Ramos a promis de nous tenir informés.

— Comme c'est rassurant...

Caroline enfouit son visage entre ses mains.

— Viens au lit, lui dit Hunter après plusieurs minutes.

Caroline secoua la tête et refusa de le regarder. Elle
essayait de ne pas lui reprocher son impassibilité, sa capacité à rationaliser et compartimenter, sa résolution de
rester calme et concentré, à ne pas laisser ses émotions
prendre le dessus. Comme elle enviait sa capacité à se
jeter dans le travail, à se réfugier dans une suite d'aventures sans importance. Comme elle le détestait pour ça.

Hunter attendit encore une minute avant de prendre
sa main et d'éteindre la lampe. Caroline sentit son bras
glisser contre son épaule mais n'ouvrit les yeux que quand
elle fut sûre qu'il était parti, emmenant avec lui la douce
odeur savonneuse de sa dernière trahison.

13

Aujourd'hui

– Très bien. Ce matin, j'aimerais vous parler de quelques-unes des manières dont vous pouvez utiliser les mathématiques dans votre vie quotidienne, dit Caroline, qui essayait de susciter un minimum d'enthousiasme dans sa classe de vingt-trois élèves de seconde.

Les élèves, un mélange à peu près égal de garçons et de filles, la dévisagèrent, un visage plus vide que l'autre.

– Alors, je sais que certains d'entre vous pensent qu'ils n'auront pas besoin de l'algèbre, de la trigonométrie ou de la géométrie, ou d'aucune sorte de mathématiques du tout, d'ailleurs, continua-t-elle en pensant aux mots que disait souvent Michelle. Mais, en réalité, nous utilisons les mathématiques pour résoudre des problèmes tous les jours. Et si nous ne le faisons pas, nous devrions.

Elle balaya du regard les cinq rangs de bureaux avec l'espoir d'attraper au moins un hochement de tête d'approbation, une lueur d'intérêt dans une paire d'yeux vitreux. En vain.

– Prenons l'astronomie. Un astronome a besoin d'appliquer les concepts d'algèbre et de trigonométrie pour déterminer la distance entre les étoiles. Ou un géomètre, continua-t-elle, consciente qu'il n'y avait probablement pas beaucoup d'astronomes potentiels dans sa classe. Un géomètre a besoin de calculer des localisations et des mesures précises de points, de reliefs et de surfaces pour des choses comme tracer des cartes ou délimiter des terrains. (Nouvelle perspective peu probable.) Ou à un niveau plus simple, disons que nous voulons déterminer la hauteur d'un immeuble ou d'un arbre. Tout le monde me suit, jusque-là ? Quelqu'un ?

Personne ne leva la main.

— OK. Prenons un problème particulier.

— Ou pas, dit la voix d'un garçon au fond de la salle.

Joey Prescott, perturbateur de la classe. De taille moyenne, cheveux décoiffés, plus de muscle que de matière grise.

— OK, Joey, dit Caroline. Imagine que ta mère veuille acheter du linoléum pour une pièce de 3,5 mètres de long et 3 mètres de large.

— C'est quoi, du linoléum ? demanda Joey.

Caroline sourit.

— Un revêtement de sol.

— Ma mère n'aime pas trop les revêtements. Elle préfère le parquet.

Il y eut quelques gloussements venant des premiers rangs et un franc éclat de rire au fond de la classe. Caroline connaissait bien ce rire : Zack Appleby, bouffon de la Cour au service de Joey.

— Zack, dit-elle en regardant le garçon au visage constellé de taches de rousseur. Que pense *ta* mère du linoléum ?

Zack la regarda comme s'il ne l'avait jamais vue de sa vie auparavant.

— Comment ?

– Allez, les jeunes. Est-ce que vous avez tous abusé de la dinde, la semaine dernière ?

Une main se leva de la troisième place du deuxième rang.

Dieu merci, pensa Caroline. Au moins quelqu'un qui fait un effort.

– Fiona ?

– Quelle était la question ? demanda Fiona.

Caroline se mordit la lèvre.

– Ta mère veut acheter du linoléum pour une pièce de 3,5 mètres de long et 3 mètres de large.

– Sa mère aussi ? cria Joey. J'espère qu'ils vont en avoir assez en stock.

Encore plus de rires. Même Caroline se surprit à glousser.

– Le linoléum coûte 18 dollars le mètre carré, continua-t-elle en passant du regard de Fiona à la fille derrière elle qui mordillait vigoureusement une mèche de ses longs cheveux blonds. Daphné, peux-tu nous dire comment calculer le coût total du linoléum ?

Daphné haussa les épaules et continua de mordiller.

Tu peux le faire, l'encouragea Caroline silencieusement. *Tout ce que tu as à faire, c'est essayer. Je peux t'aider, si tu me laisses faire.*

Elle avait recommencé à enseigner douze ans plus tôt, après son divorce. Il avait fallu deux ans après la disparition de Samantha pour que son mariage passe en boitillant sa ligne d'arrivée, et trois ans pour trouver un établissement assez courageux pour l'embaucher. Malheureusement, le principal ne s'était pas révélé assez courageux pour la garder et lui avait demandé de démissionner deux ans après, suite au suicide d'un de ses élèves. Non qu'il l'accusât, lui expliqua-t-il plusieurs fois. Il savait que la mort du

171

jeune homme n'était pas de sa faute. Mais s'il venait à se savoir qu'un étudiant d'une de ses classes s'était donné la mort... si les parents découvraient... si les journalistes avaient vent de cet événement... avec son passé...

« Pas de souci », avait-elle dit en partant sans protester.

Les années suivantes, elle avait été engagée comme prof de maths dans un lycée à Golden Hill. On lui avait demandé de partir cinq ans plus tard, quand l'histoire du suicide avait fini par être médiatisée. Deux ans après, elle avait trouvé un poste au Jarvis Collegiate, un lycée de seconde classe de taille moyenne, dans l'est de San Diego, où elle enseignait depuis. Mais avec le récent tapage, avec tous les détails sordides de sa vie ramenés à la surface, elle ne savait pas combien de temps il faudrait avant qu'on lui demande une fois de plus de gentiment démissionner.

Pourrait-elle survivre à un autre malheur dévastateur ? Enseigner était la seule chose qui la gardait saine d'esprit, le seul aspect de sa vie dont elle tirait quelque vraie satisfaction. Et elle était *bonne* à ça. Non, mieux que bonne. Elle avait un vrai don, une façon d'atteindre même le plus récalcitrant des élèves.

Mais pas tous, se rappela-t-elle.

– Il vous faut savoir de combien de linoléum vous avez besoin, non ? continua Caroline pour chasser ces pensées inquiétantes. Donc, la première chose à faire, c'est de connaître la surface totale de la pièce.

Elle écrivit au tableau derrière elle :

Surface = longueur × largeur = 3 × 3,5 = 10,5 mètres carrés

En dessous, elle écrivit : *Prix* = 18 dollars / mètre carré

– Donc, le prix total serait la surface en mètres carrés multipliée par le prix au mètre carré. Vous me suivez ?

Encore une fois, pas de réponse, pas de main levée.

Elle montra l'équation au tableau.

– Trois fois trois virgule cinq égale dix virgule cinq. Dix virgule cinq multiplié par dix-huit dollars font… ?

– Cent quatre-vingt-neuf dollars, s'écria Rob Keamy.

– Correct. Très bien, Rob.

Le jeune homme tenait fièrement son téléphone portable au-dessus de sa tête.

– Tu n'es pas censé avoir ça en classe, lui rappela Caroline, dont la joie fut de courte durée.

– Comment on pourrait trouver la réponse autrement ?

– Vous pourriez peut-être essayer d'utiliser votre tête ?

– Ne nous la prenez pas, la tête, c'est Noël ! s'exclama Joey Prescott, et toute la classe éclata de rire.

Caroline retint un sourire.

– Très bien, vous tous. Calmez-vous. Est-ce que vous comprenez quelque chose à tout ça ? Quelqu'un a une question ?

Addison Snider leva la main.

– Addison ?

– Avez-vous passé un bon Thanksgiving ?

La classe se tut soudainement, attendant la réponse de Caroline.

– Très bon, merci. Mais je parlais du cours.

Caroline sentit un mouvement tout au fond de la classe, et vit Vicki Garner lâcher quelque chose sur le bureau de la fille derrière elle.

– Qu'est-ce que c'était ? Qu'est-ce que Vicki vient de te donner, Stéphanie ?

– Rien, dit Stéphanie, alors que son mince et long visage disait le contraire.

– Je peux voir, s'il te plaît ?

Le menton de Stéphanie tomba contre sa poitrine

quand elle se leva de sa chaise et tendit la coupure de journal qu'elle tenait à Caroline.

Caroline sut ce qu'elle tenait avant même de voir le doux visage de la fille la regarder. Elle posa l'article sur son bureau. Elle s'était attendue à quelque chose comme ça.

– OK. Vous avez vu les actualités, et vous avez vraisemblablement beaucoup de questions, alors allons-y. Que voulez-vous savoir ?

Silence. La classe était de toute évidence aussi surprise par sa question directe qu'elle l'était de l'avoir posée.

– Pensez-vous que vous retrouverez un jour votre fille ? demanda calmement Vicki.

– Je ne sais pas. Je l'espère toujours.

Je crois que mon vrai nom est Samantha.

Daphné brandit une main en l'air.

– Que pensez-vous qu'il lui soit arrivé ?

– Je crois que quelqu'un l'a enlevée.

– Pourquoi ?

– Je ne sais pas.

– Vous pensez qu'elle est toujours en vie ?

Je crois que je suis votre fille.

– Je ne sais pas. Je l'espère, répéta-t-elle.

– Et ce garçon ? demanda Joey du fond de la classe. Celui qui s'est donné la mort.

– Quoi, ce garçon ?

– Est-ce qu'il s'est tué à cause de vous ?

Une vague de murmures frémit dans la classe.

– La ferme, Joey, dit quelqu'un.

Caroline lutta pour rester calme, pour contrôler sa voix.

– Non, ce n'est pas vrai.

– Alors, que s'est-il passé ?

Caroline prit une grande inspiration, puis une autre.

– C'était un de mes élèves. Il était en situation d'échec. Pas simplement dans mon cours. Dans toutes les matières.

Elle n'était pas capable de faire ça, pensa-t-elle. Elle regarda l'horloge sur le mur, et pria en silence pour que la cloche sonne et vienne à son secours. Mais il n'était que dix heures cinq.

– Il avait fait une dépression. J'ai essayé de l'aider, mais…

– Comment a-t-il fait ?

– Il s'est pendu.

Les murmures se firent plus forts, passant d'une bouche à l'autre, comme une série de dominos qui chutaient.

– Dégueulasse, murmura Stéphanie.

– Ce n'était pas votre faute, dit Vicki.

– Vous êtes une prof géniale, ajouta Daphné. Si vous n'avez pas pu l'aider, personne n'aurait pu.

Les yeux de Caroline se remplirent de larmes.

– C'est injuste qu'ils vous l'aient reproché, dit Joey Prescott.

Caroline se laissa tomber sur la chaise derrière elle. Vidée, mais pleine de reconnaissance, le cœur plein d'amour pour ces enfants qui avaient réussi à trouver un moyen de survivre à leur adolescence relativement indemnes. Malgré toute leur insolence, ils étaient encore assez naïfs pour croire que la vie devait être juste.

– OK, donc, dans un panier nous avons quatre choux-fleurs et deux laitues, pour un prix de 8,60 dollars, et dans l'autre nous avons six choux-fleurs et deux laitues qui coûtent 8,30 dollars. Notre problème est de déterminer le prix d'un chou-fleur et d'une laitue. Que fait-on en premier ?

– On achète des hot-dogs, cria quelqu'un.

– Soit x le prix d'un chou-fleur, dit Caroline sans tenir compte de la remarque en écrivant l'information au tableau.

S'il est deux heures moins le quart et qu'il reste cinq minutes avant la fin du cours, puis deux autres cours avant la fin de la journée…

– Et soit y le prix d'une laitue, proposa de lui-même Jason Campbell.

– Très bien. Merci, Jason.

Le téléphone mural derrière son bureau sonna, signalant un appel du bureau. Caroline s'excusa pour aller répondre.

– Vous avez entendu, Joey Prescott lui a posé une question sur ce jeune qui s'est tué, murmura quelqu'un pendant qu'elle se tournait.

– Tu déconnes. Qu'est-ce qu'elle a dit ?

Caroline ignora les voix et décrocha le téléphone.

– Oui ?

– Désolée de vous interrompre, dit la voix à l'autre bout de la ligne. Vous avez un appel urgent.

Caroline raccrocha.

– Si vous voulez bien m'excuser, dit-elle avant de quitter la classe sans autre explication.

– Où elle va ?

– Peut-être que quelqu'un d'autre s'est foutu en l'air.

Elle pressa le pas dans le long couloir à l'air vicié jusqu'au bureau principal, en établissant une liste des urgences possibles, certaines farfelues, d'autres bien trop réalistes : Michelle arrêtée de nouveau, cette fois pour avoir conduit ivre sur l'autoroute ; sa mère faisant une crise cardiaque ; son frère abattu par un de ses partenaires de jeux pour n'avoir pas pu assumer un pari ; un autre de ses élèves qui se serait « foutu en l'air ».

La secrétaire attendait avec un air inquiet sur son visage de rapace, quand Caroline entra brusquement dans le bureau. Elle prit le téléphone de la main tendue de la femme.

– Elle n'a pas voulu donner son nom, dit-elle alors que Caroline portait le combiné à son oreille.

Si Michelle mesure 1,80 mètre et pèse cinquante-quatre kilos, qu'elle boit cinq fois plus qu'elle ne mange, qu'elle a quatre amendes pour stationnement impayées et une arrestation pour conduite en état d'ivresse, combien lui reste-t-il de chances de foutre sa vie en l'air ?

– Allô ?

– C'est Lili.

La pièce bascula. Le léger bourdonnement des néons encastrés dans le plafond devint plus fort et persistant, comme un nid d'abeilles en colère.

– Comment m'as-tu trouvée ?

– J'ai cherché où vous travailliez sur le Net.

– On trouve ça sur le Net ?

Caroline regarda la secrétaire, qui faisait semblant de lire quelque chose sur son ordinateur. Quelle part de sa vie trouvait-on en ligne, disponible pour qui voudrait tranquillement l'examiner ? Lui restait-il quelque chose qui soit à elle et rien qu'à elle ?

– Ça ne risque rien si je vous appelle, là ? J'avais peur de vous rappeler chez vous.

– Je suis désolée pour ce qui s'est passé.

– Ce n'est rien. C'était Michelle, c'est ça ? Je comprends pourquoi elle est en colère.

– Te souviens-tu d'elle ?

Tu peux dire quelque chose, n'importe quoi à son sujet, que personne d'autre au monde ne saurait à part toi et moi, quelque chose qu'on ne trouve pas sur le Net, quelque chose qui prouverait sans doute la possibilité... ?

— Non, j'aimerais dire que oui, mais...

— Elle pense que tu es une arnaqueuse, dit calmement Caroline.

— Je penserais sûrement la même chose moi aussi, si j'étais à sa place.

— Alors, qu'est-ce qu'on fait maintenant ? Tu étais vraiment sérieuse quand tu parlais de venir à San Diego ?

Il y eut une brève pause, une vive inspiration.

— Ai-je vraiment le choix ?

Cette fille était-elle sincère ou Michelle avait-elle raison ? Caroline sentit son cœur se serrer en repensant aux prédictions de Michelle.

— Et je suppose que tu veux que je t'envoie de l'argent...

— Non. Je vous l'ai déjà dit. Je ne veux pas de votre argent.

— Alors, comment... ?

— Je ne sais pas encore. Il faut que je règle quelques trucs.

— Et donc, quand... ?

— Je vous rappellerai. Vous avez un portable ?

— J'en ai un, mais il n'est jamais allumé. J'ai tout le temps Michelle sur le dos, à cause de ça. Elle dit que c'est ridicule de...

Elle réalisa qu'elle divaguait, s'arrêta brusquement et fouilla dans son sac pour trouver son téléphone. Elle l'alluma et trouva son numéro.

— Voilà. Je l'ai.

Caroline transmit rapidement son numéro à Lili.

– Je vous appellerai.

La ligne fut coupée.

– Allô ? Allô, Lili ?

Caroline resta figée, se répétant encore et encore la conversation dans sa tête. *Elle doit me prendre pour une imbécile*, se dit-elle. Qui ne connaît pas son propre numéro de portable ? Qui n'allume jamais ce sale truc ? Puis elle réfléchit : est-ce que cette fille ne voulait vraiment pas d'argent, ou misait-elle sur le temps qui passe pour maximiser son gain ? Elle l'avait parfaitement appâtée et Caroline avait bien mordu à l'hameçon. Il ne restait plus qu'à remonter la ligne. Était-ce ce que Lili faisait ?

– Tout va bien ? demanda la secrétaire.

Caroline lui rendit le téléphone.

– Je suis une imbécile.

– Ne dites pas ça. Ce n'est pas parce que vous ne vous souvenez pas de votre numéro de téléphone… (La secrétaire rougit.) Vous avez beaucoup de choses en tête ces temps-ci. Toutes ces choses aux infos, dernièrement…

Caroline hocha la tête. Elle se demandait si le proviseur leur avait parlé de son passé longtemps avant, ou si elles venaient juste de le découvrir.

– La police, au Mexique, n'a toujours aucune idée ?

– Rien.

Toutes les pistes que l'inspecteur Ramos avait remontées au cours de la dernière décennie et demie avaient finalement mené à des impasses ; tous les suspects qu'il avait suivis avaient réussi à lui échapper.

Si la police a perdu quinze ans avec des impasses et si Caroline subit quinze ans de faux espoirs, combien d'années faudra-t-il encore jusqu'à ce qu'elle perde complètement la tête ?

– Juste pour que vous le sachiez, Shannon et moi

ne croyons pas une seconde que vous ayez fait du mal à votre fille…

— Pas une seconde, confirma Shannon.

Pour la première fois depuis son entrée dans le bureau, Caroline remarqua l'autre secrétaire assise à son bureau.

— Merci.

Elle offrit aux deux femmes sa meilleure tentative de sourire et commença à se diriger vers le hall. Elle devait sortir avant que l'une d'elles ne dise un mot de plus.

— … ou que vous ayez quoi que ce soit à voir avec le suicide de ce pauvre garçon.

Trop tard. Elle n'avait pas été assez rapide. Caroline se sentit blêmir tandis que le bourdonnement des abeilles en colère revenait.

— Tout ce qu'on dit, c'est que c'est cruel de la part des journalistes de ressortir tout ça. Comme si vous n'aviez pas assez de pain sur la planche…

La pièce commençait à tanguer. L'instant d'après, Caroline était assise par terre, dos contre le mur, pieds écartés devant elle, et la pièce tournait autour d'elle.

— Mon Dieu, que s'est-il passé ? cria Shannon.

— Elle a fait un malaise. Appelle l'infirmière.

— Tout va bien se passer, lui dit Shannon, qui s'age-nouilla à côté d'elle et lui prit la main pendant qu'elles attendaient l'arrivée de l'infirmière. Vous verrez, tout va très bien se passer.

14

Dix ans plus tôt

— Très bien, écoutez, tout le monde, dit Caroline.
Vous n'avez plus que deux semaines avant l'examen de
fin d'année…

Un grognement collectif s'éleva des gorges des vingt-
deux élèves de terminale, pour son dernier cours du jour
au lycée Lewis-Logan.

— … Et je voudrais utiliser ces dernières minutes pour
vous donner quelques conseils qui, je crois, vous aideront
à tirer le meilleur de vos études.

— Et si vous nous donniez juste les sujets ? demanda
un des garçons du tac au tac.

Il y avait toujours un garçon, dans toutes les classes,
pour poser la même question.

— La première chose que vous devez faire est d'organiser votre travail, afin de commencer tout de suite
par les exercices qui vous semblent les plus difficiles. Je
sais que ça peut paraître bizarre, mais vous ne devez pas
avoir peur de ça. OK ? Puis vous commencez à découper
l'exercice en petits morceaux que vous pouvez résoudre
facilement. Vous verrez que les choses ne sont pas aussi
insurmontables, quand on les découpe en morceaux.

– Je crois que c'est moi qui vais finir en morceaux, dit un autre garçon, et la classe éclata de rire.

À l'exception d'Errol Cruz, assis au dernier rang, qui mâchonnait le bout d'un stylo en regardant par la fenêtre. Il semblait encore plus perdu que d'habitude. Un garçon maigre, à l'air plutôt délicat, avec des yeux bleu profond et une peau criblée d'acné. Il ne riait jamais aux remarques impertinentes des autres élèves, ni n'en faisait jamais aucune. Il ne prenait jamais la parole de lui-même en classe, même si, quand Caroline l'interrogeait, il connaissait toujours la bonne réponse.

Parfois, il s'attardait à la fin du cours pour discuter de la leçon du jour ou d'un problème ardu qu'il avait trouvé en ligne. Ou peut-être traînait-il juste pour retarder le moment où il devrait rentrer chez lui. On disait que son père était un rustre, et aucun de ses deux parents n'avait daigné se déplacer pour la dernière rencontre parents-professeurs. D'après ses autres professeurs, Errol ne finissait jamais son travail et n'avait quasiment aucune chance d'obtenir son année. C'était déplorable, car, malgré ses notes en baisse, il faisait preuve d'une véritable aptitude pour les maths. Peut-être qu'avec un peu plus d'encouragements…

– Commencer chaque séance de travail avec un passage en revue de ce que vous avez révisé la veille peut vous aider, continua-t-elle en jetant un rapide coup d'œil à l'horloge murale.

Michelle avait rendez-vous chez le dentiste à quatre heures et Caroline s'était organisée pour la récupérer à l'école à quinze heures trente. Ça signifiait qu'elle devait partir dès que la sonnerie retentirait pour se rendre à l'école privée haut de gamme de Michelle, à Mission Hills, et l'emmener chez le dentiste dont le cabinet se trouvait sur Washington Street, à l'est d'Old Town, un trajet de quinze minutes au mieux, du double aux heures de pointe. Elle n'avait pas de temps à perdre. L'école avait reçu des instructions très strictes pour ne jamais laisser Michelle seule ni sans surveillance, mais on ne pouvait jamais être sûr de rien.

— Quand vous révisez, assurez-vous de lire attentivement chaque étape de la démonstration, et utilisez un marqueur pour surligner les concepts essentiels et les formules. Si ça vous aide, dessinez un diagramme pour rendre les concepts plus clairs.

La sonnerie retentit. Les élèves commencèrent aussitôt à ranger leurs affaires et à quitter la classe.

— Au revoir, madame Shipley, dit quelqu'un.

— Passez une bonne soirée, dit quelqu'un d'autre.

— Merci. Toi aussi, Errol… lança-t-elle au garçon qui se traînait hors de la salle.

Il s'arrêta, immobile dans l'encadrement de la porte, tête baissée, les yeux au sol.

— Vous auriez une minute ?

Elle jeta un nouveau regard à l'horloge. Elle avait peu de temps à sa disposition. Michelle allait l'attendre. Elle ne pouvait pas être en retard.

Le garçon se tourna lentement vers elle et fixa un point juste derrière son oreille droite, refusant le contact visuel.

— Y a-t-il un problème, madame Shipley ?

— J'allais justement te demander la même chose. (Elle bougea la tête pour être dans son champ de vision.) Je t'observais pendant le cours, et je n'ai pas pu m'empêcher de remarquer… Quelque chose ne va pas, Errol ? Tu as l'air un peu… Je ne sais pas… distrait.

Plus distrait que d'habitude, ajouta-t-elle silencieusement.

Les yeux bleus regardèrent vers le sol. Une longue pause, un balancement d'un pied sur l'autre.

– Non. Je vais bien.

– Tu es sûr ? Parce que tu n'as pas l'air bien, insista Caroline. Qu'y a-t-il, Errol ? Dis-le-moi, s'il te plaît. S'il y a quelque chose que tu ne comprends pas…

Il ne dit rien, repoussa d'une main une mèche de cheveux qui lui tombait sur le front. Caroline crut voir la trace d'un bleu qui s'estompait au-dessus de son œil droit, mais quand elle essaya de mieux voir il remit sa mèche en place.

– Tout va bien à la maison ?

Il haussa les épaules.

– Bien sûr.

– Tu peux me parler, Errol, dit-elle, consciente du tic-tac de l'horloge sur le mur derrière elle. Tu le sais, n'est-ce pas ?

– Ouais.

– À n'importe quel sujet. Pas seulement les maths.

Elle baissa les yeux. Si elle ne partait pas dans la minute suivante, elle n'avait aucune chance d'arriver à temps pour le rendez-vous de Michelle chez le dentiste à seize heures.

– Vous êtes attendue quelque part, dit-il.

– Non. C'est bon. J'ai largement le temps.

– Nan, ça ira.

– Vraiment. J'ai tout mon temps.

– Ce n'est rien, je vais bien.

– Tu es sûr ?

Le garçon quittait déjà la salle.

– Ouais. Pas de problème.

– OK. On se voit demain alors.

– Au revoir, madame Shipley.

– Au revoir, Errol.

Elle le regarda disparaître dans le couloir, puis ferma la porte de la salle derrière elle en essayant de se débarrasser des relents d'une culpabilité malvenue. De toute évidence, quelque chose perturbait ce garçon. Et tout aussi évidemment, il ne voulait pas en parler. Qu'était-elle censée faire ? Le harceler ? Le forcer à lui parler honnêtement ? Pourtant, peut-être qu'en le guidant plus délicatement, avec plus de patience… Elle essaierait de nouveau le lendemain, se dit-elle en pressant le pas vers le parking.

Quelques minutes après, elle roulait sur la voie rapide de San Diego en direction de Mission Bay. À quatre heures moins dix, vingt grosses minutes après l'heure à laquelle elle était censée arriver, elle s'arrêta devant l'école de Michelle pour trouver sa fille avec une élève plus âgée, assise sur les marches de l'école, une chaussette haute remontée jusqu'au genou, l'autre enroulée autour de sa cheville, comme un serpent endormi. Dix ans à peine, et elle avait déjà développé l'allure blasée de sa grand-mère. Caroline se pencha dans sa Camry noire pour ouvrir la portière passager.

Michelle dit au revoir à l'autre fille d'un geste de la main et descendit les marches. Elle grimpa dans la voiture et tira sa ceinture de sécurité pour l'attacher sans même un regard pour sa mère.

– Tu es en retard, dit-elle.

– Vous êtes en retard, répéta en écho la réceptionniste, alors que Caroline approchait de la réception.

Caroline sentit une salle pleine de regards désapprobateurs lui tomber durement dessus. La salle d'attente, un grand espace agréable partagé par trois dentistes, était pleine, les sièges rouges alignés contre les murs blancs presque tous occupés.

— Désolée. Il y avait des embouteillages.

— Le Dr Saunders a pris un autre patient avant vous. J'ai bien peur que vous ne deviez attendre.

Caroline acquiesça et se retira dans un coin de la salle où il restait une chaise vide. Elle s'assit et Michelle sauta immédiatement sur ses genoux.

— Ho, doucement, dit Caroline.

— Quel est le problème ? demanda Michelle.

— Rien. C'est juste que tu deviens lourde.

— Je suis grosse ?

— Non, bien sûr que tu n'es pas grosse. Qui a dit que tu étais grosse ?

Même si on ne pouvait pas nier le goût de Michelle pour la *junk food* et les sucreries. C'était une habitude qu'elle avait prise après la disparition de Samantha, encouragée par sa grand-mère qui la gâtait de douceurs chargées en calories. Caroline n'avait pas voulu dire quoi que ce soit à ce propos, elle se disait que sa fille n'était qu'une enfant et que sa mère était, eh bien… sa mère. Elle avait conscience que ce raisonnement l'arrangeait bien, mais elle n'avait la force d'affronter ni l'une ni l'autre. Un fort bruit de mastication atteint soudain ses oreilles.

— C'est un chewing-gum que tu as dans la bouche ?

Les épaules de Michelle s'affaissèrent et elle baissa les yeux.

— Crache-moi ça. Tu es chez le dentiste, nom de Dieu.

Michelle libéra une énorme boule de chewing-gum rose dans la paume de sa main.

— Qu'est-ce que j'en fais ?

Caroline regarda dans la pièce autour d'elle, à la recherche d'une corbeille à papier, mais n'en trouva pas.

– Il y a des toilettes au bout du couloir.

Elle poussa délicatement Michelle de ses genoux et se leva du siège.

– Viens.

– Je peux y aller toute seule.

– Je viens avec toi.

– Non.

– Si.

– C'est tellement gênant. Tu ne me laisses jamais rien faire, dit Michelle, assez fort pour attirer l'attention de toutes les personnes à portée de voix, c'est-à-dire à peu près tout le monde dans la salle. Je ne suis pas un bébé. Je suis une grande fille.

– Donne-moi ce chewing-gum et assieds-toi, c'est tout, dit Caroline, le visage écarlate comme si un feu de broussailles courait dans ses veines, puis elle enveloppa le chewing-gum dans un mouchoir et se dirigea vers la réceptionniste.

– Je suis désolée. Est-ce que je pourrais jeter ça quelque part ?

La réceptionniste tendit la corbeille à papier à ses pieds sans un mot et Caroline y jeta le mouchoir, persuadée que tous les regards étaient rivés sur elle. Mais quand elle regarda dans la salle, elle fut soulagée de voir que la plupart des gens soit étaient absorbés par leur livre, soit feuilletaient la collection de vieux magazines du cabinet.

Une blonde en uniforme rose pâle arriva d'un des cabinets dentaires dans la salle d'attente.

– Madame Pearlman ? demanda-t-elle en direction d'une femme entre deux âges assise près de la porte. Le Dr Wang va vous recevoir.

Mme Pearlman lâcha immédiatement le magazine

qu'elle lisait sur la petite table à côté d'elle et suivit l'uniforme rose vers les cabinets.

Caroline s'assit immédiatement sur la chaise encore chaude tout juste libérée. Aussi rapidement, Michelle se leva de sa place contre le mur d'en face et se laissa tomber sur les genoux de sa mère.

– J'ai faim, dit-elle.

Caroline tendit la main vers la table à côté d'elle et saisit un magazine de mode qu'elle donna à Michelle.

– Tiens. Lis ça.

– Maman, regarde ! s'exclama Michelle en montrant la table, les yeux ronds comme des billes.

Caroline regarda la pile de vieux journaux avec une horreur croissante. Elle était là, sur le haut de la pile, se tenant droite comme un piquet à côté de Hunter, la photo familière prise à la conférence de presse à Rosarito. « CINQ ANS APRÈS », hurlait le titre du magazine qui datait de novembre dernier, « OÙ EST SAMANTHA SHIPLEY ? »

– Pourquoi il y a ta photo sur le magazine ? demanda Michelle. (Elle pointa son doigt sur une petite photo de sa sœur dans le coin supérieur droit.) C'est Samantha ?

Caroline lutta pour ne pas crier. Elle avait toujours tellement veillé à tenir de tels titres loin de Michelle, s'assurant que l'enfant ne jette jamais ne serait-ce qu'un coup d'œil aux magazines et journaux qui parlaient de l'événement ou de ses suites.

Non que Michelle ait jamais posé beaucoup de questions, elle acceptait la disparition de Samantha à la façon dont un enfant accepte toutes les choses sur lesquelles il n'a aucune prise. Au début, elle demandait de temps en temps à haute voix où était Samantha et quand elle rentrerait, mais après quelques mois même ces questions s'étaient arrêtées. Durant l'année écoulée, elle n'avait même pas mentionné sa sœur une seule fois.

Le flot continu d'histoires avait aussi commencé à se tarir, heureusement. Mais le cinquième anniversaire de la disparition du bébé avait été une date importante qui avait relancé la couverture médiatique. *Cinq ans que je suis privée de mon bébé*, pensait maintenant Caroline en retenant ses larmes. Comment était-ce possible ?

— Maman, pourquoi il y a notre photo sur le magazine ?

Que pouvait-elle dire ? Que pouvait-elle faire ? Les dégâts étaient faits. Elle avait mené un combat qu'elle ne pouvait pas gagner. Peu importe la force avec laquelle elle se battait, elle ne pourrait pas protéger Michelle d'une exposition imprévisible comme celle-là. On était en juin, la fin d'une année scolaire de plus. Elle pensait naïvement qu'elle serait tranquille jusqu'à novembre prochain. Quand réaliserait-elle qu'elle ne serait jamais tranquille ?

— Où est ma photo ? demanda l'enfant sur un ton plaintif en parcourant des yeux la couverture du magazine.

— Michelle Shipley ? appela une voix.

Caroline regarda l'assistante dentaire qui attendait. Elle n'avait jamais été aussi contente de sa vie de voir quelqu'un.

— On y va, ma chérie.

— Pourquoi n'y a-t-il pas ma photo sur le magazine ?

— Parce que tu as de la chance, dit Caroline. C'est un magazine idiot, et tu ne voudrais pas vraiment que ta photo y soit.

— Michelle Shipley, répéta l'assistante dentaire.

— Elle est là.

Caroline souleva Michelle de ses genoux.

– Vas-y.

– Tu ne viens pas ?

– Je dois attendre ici.

– Je veux que tu viennes.

– Tu es une grande fille, tu te rappelles ?

– Ta mère viendra parler avec le dentiste quand j'aurai terminé, dit l'assistante.

Dès que Michelle fut partie, Caroline bondit de sa chaise et quitta la salle, le magazine écrasé dans son poing. Elle se précipita dans les toilettes au bout du couloir et s'enferma dans la cabine la plus proche. Ses mains tremblaient pendant qu'elle cherchait l'article à l'intérieur. Puis, elle y arriva : « CINQ ANS APRÈS, OÙ EST SAMANTHA SHIPLEY ? »

L'article commençait avec une photo du *Grand Laguna Resort* en double-page, complétée de clichés du restaurant et des alentours de la piscine. Un gros X marquait la chambre où avait été enlevée Samatha. Trois pages de photographies, de rumeurs et d'insinuations, la plupart des soi-disant sources gardant l'anonymat. Il y avait plusieurs photos de Hunter et Caroline, ensemble et séparément, ainsi qu'une photo de groupe d'eux avec Peggy et Fletcher, Steve et Becky, Brume et Jerrod. Il y avait même une photo de Michelle qui tenait la main de sa grand-mère quand elles quittaient l'hôtel pour retourner à San Diego. Caroline se demandait comment le magazine avait pu avoir ces photos, et qui était derrière la remarque : « Elle avait l'air d'être la mère parfaite, mais enfin, on ne connaît jamais vraiment les gens, n'est-ce pas ? » Elle soupçonnait Brume parce que ça ressemblait au genre de compliments ambigus qu'elle pourrait faire. Elle pensa l'appeler et lui demander des explications, mais elle n'avait pas parlé à cette femme depuis des années.

Une fois elle et Hunter divorcés, les amis comme Jerrod et Brume avaient vite disparu de sa vie.

Caroline dévora avidement l'article, puis le relut deux fois encore. Elle avait passé cinq ans à éviter ce genre d'article, mais maintenant qu'elle en avait un dans les mains, elle ne pouvait en détacher les yeux. Il contenait une récapitulation classique des événements : c'était leur dixième anniversaire de mariage, la baby-sitter avait bizarrement annulé, ils avaient laissé leurs deux enfants seules pour fêter ça avec leurs amis au restaurant extérieur, en bas. Samantha avait été arrachée de son lit quelque part entre neuf heures et demie et dix heures, plusieurs suspects avaient été interrogés, puis relâchés, y compris un employé de l'hôtel qui était actuellement en prison pour avoir abusé de sa nièce. « La mère avait l'air distant », disait une employée de l'hôtel qui était citée. « Elle était toujours en retard pour récupérer l'autre fille à notre miniclub l'après-midi. » « Une fois, dit Caroline à voix haute, je suis arrivée en retard, une fois. » Un policier dont le nom n'était pas indiqué était aussi cité : « Nous avons toujours eu l'impression que la famille en savait plus qu'elle ne voulait bien le dire. » « Comme quoi, connard ? cria Caroline. Qu'est-ce qu'on pouvait savoir de plus ? »

La porte des toilettes s'ouvrit. Une paire d'escarpins ivoire apparurent devant la cabine où se trouvait Caroline.

— Tout va bien, là-dedans ? demanda une voix. Il m'a semblé entendre crier.

Le cœur de Caroline battait si fort qu'elle pouvait à peine parler.

— Tout va bien, réussit-elle à articuler. Je me suis juste coincé les doigts dans la porte.

— Aïe.

Caroline retint son souffle pendant que la femme s'affairait devant le lavabo. *Qu'est-ce qui lui prend autant de temps ?* se demanda-t-elle en regardant par la fente de la porte. Elle vit son interlocutrice s'appliquer une couche de rouge à lèvres avant d'ébouriffer ses cheveux.

— Vous êtes sûre que ça va ? demanda la femme quand elle fut sur le point de partir.

— Ça va, merci.

Caroline attendit que la porte se referme avant de fondre en larmes. *Reprends-toi, bon sang*, se dit-elle en évitant de murmurer alors qu'elle replongeait dans le magazine.

Évidemment, l'article mentionnait aussi le divorce de Caroline et Hunter, en partant du principe que c'était la culpabilité qui les avait séparés. L'article ne faisait aucune mention de son aventure avec une assistante, qui avait enfoncé le dernier clou dans le cercueil de leur mariage. Ce n'est pas que cette aventure avait été plus importante que les précédentes. Pas non plus qu'elle ait duré plus longtemps ou été plus intense que les autres. C'était juste la dernière d'une série ininterrompue d'aventures qu'il avait eues après la disparition de Samantha. Mais si les infidélités de Hunter avaient contribué à leur éloignement, c'était sans aucun doute sa froideur à elle et son implacable ressentiment qui avaient été à son origine au départ. La culpabilité avait fini par les séparer. Et elle était aussi coupable que lui.

Plus.

Vers la fin de l'article, il y avait une photo de Caroline devant le lycée Lewis-Logan, prise juste après qu'elle avait repris sa carrière d'enseignante. À côté, une autre plus récente de Hunter qui marchait à côté d'une jeune femme non identifiée. Peut-être une cliente ou une collègue.

Peut-être pas. « ALLER DE L'AVANT », disait la légende sous les photos.

« Aller de l'avant », répéta-t-elle avec colère. Elle balança le magazine dans la poubelle derrière la porte en sortant des toilettes. Si elle était si occupée à aller de l'avant, pourquoi se sentait-elle plus coincée que jamais ?

15

Aujourd'hui

— Tu t'es évanouie ?

Le visage de Peggy exprimait à la fois incompréhension et inquiétude.

— Disons que je ne me suis pas exactement évanouie.

Les deux femmes étaient assises à une table dans un coin du *Costa Brava*, un restaurant espagnol de Garnet Avenue réputé pour ses tapas. Sur un des murs blanchis à la chaux du restaurant, une télé grand écran diffusait un match de football espagnol retransmis par satellite. Une poignée de fans enthousiastes suivait le match depuis le bar. L'air résonnait régulièrement aux cris de « Olé ! ».

— À un moment tu es debout, et l'instant d'après tu es par terre. Ça s'appelle s'évanouir, en ce qui me concerne. Pourquoi ne m'as-tu pas appelée ?

— Je ne peux pas t'appeler pour tout et n'importe quoi.

— Tu ne m'appelles plus pour *rien du tout*. J'ai du mal à te voir. C'est bien que ta mère nous ait invités pour dîner à Thanksgiving.

— Et ne s'est-on pas régalés ?

Caroline regarda le ciel dégagé de l'après-midi par la fenêtre. Elle pouvait presque entendre l'océan gronder à quelques pâtés de maisons.

– Je suis terrifiée à l'idée qu'ils me demandent de démissionner.

– Ça n'arrivera pas.

– Pourquoi pas ? C'est déjà arrivé.

– Tout ça à cause de ces idioties dans les journaux, dit Peggy, qui secoua la tête et finit son verre de vin.

– C'était de ma faute.

– Ce n'était pas de ta faute. Arrête d'être aussi prompte à endosser la responsabilité pour tout.

– Je ne crois pas que je pourrais supporter de perdre ce boulot.

– Tu ne le perdras pas. Ta proviseure savait ce qui s'était passé quand elle t'a embauchée.

– L'histoire s'était tarie depuis. Aujourd'hui, à cause de tous ces stupides articles, tout recommence. Cette horreur ne disparaîtra jamais, non ? C'est comme un herpès.

Peggy se mit à rire.

– Merci pour l'image. Mange.

Caroline prit une pleine fourchettée de haricots noirs et de riz, et en vit la plupart retomber dans son assiette.

– Mes élèves n'ont parlé de rien d'autre toute la semaine.

– Alors donne-leur autre chose dont ils pourraient parler. Donne-leur une interrogation-surprise. Ils adorent ça.

Peggy fit signe au serveur pour qu'il lui resserve du vin.

– OK. J'ai été assez patiente. Quand est-ce que tu vas m'en parler ?

– Te parler de quoi ?

– Allez, Caroline. Depuis combien de temps est-on amies ? Tu crois que je ne sais pas quand tu essaies de me cacher quelque chose ?

Caroline posa sa fourchette et regarda son amie de l'autre côté de la table.

– Michelle t'a parlé de Lili, c'est ça ? Elle t'a parlé de Calgary.

Peggy s'adossa à sa chaise, les poignets toujours sur la table.

– Elle ne voulait pas balancer. Elle pensait que tu me l'avais déjà dit. La question est : Pourquoi ne l'as-tu pas fait ?

– Je suis désolée. Tout s'est passé si vite.

– Ça s'est passé il y a plus d'une semaine, la corrigea Peggy, visiblement blessée. Que se passe-t-il, Caroline ? Tu n'as pas confiance en moi ?

Caroline leva les yeux au ciel, comme si la réponse pouvait se cacher derrière l'un des lustres qui pendaient du plafond.

– Je ne sais pas. Je crois que j'avais peur.

– De quoi ?

– Que tu penses que j'étais folle. Que tu essaies de me dissuader d'y aller.

– Eh bien, tu dois bien reconnaître que ce n'est pas vraiment un comportement rationnel. Cette fille t'appelle en sortant de nulle part, dit qu'elle est Samantha, et te voilà en route pour Calgary sans prévenir personne…

– Elle a rappelé, l'interrompit Caroline.

Maintenant que Peggy connaissait une partie de l'histoire, autant qu'elle la connaisse tout entière.

– Michelle me l'a dit aussi. Elle a dit qu'elle t'avait arraché le téléphone et l'avait prévenue de ne plus te rappeler…

– Elle m'a rappelée au travail.

– Quoi ? Quand ça ?

– Lundi dernier.

– Qu'est-ce qu'elle a dit ?

– Qu'elle viendrait à San Diego pour le test ADN.

197

– Quand ?

– Dès qu'elle pourrait s'organiser.

– Qu'est-ce que ça veut dire ?

– Je n'en ai aucune idée.

– Michelle est au courant ?

– Non. Je ne peux pas lui dire. Elle serait déchaînée. Elle est persuadée que Lili est une arnaqueuse.

– Et tu es sûre que ce n'est pas le cas ?

– Je ne suis sûre de rien.

– T'a-t-elle demandé de l'argent ?

– Non.

– T'a-t-elle demandé quoi que ce soit ?

– Non.

– Ce qui ne veut pas dire qu'elle ne le fera pas.

– Je sais.

– Mais admettons qu'elle ne le fasse pas, continua lentement Peggy, pesant chacun de ses mots, ça laisse trois possibilités.

– Qui sont ?

– Un, qu'elle croit sincèrement qu'elle peut être Samantha ; deux, que c'est une sadique qui prend son pied à bousiller le cerveau des gens ; trois, qu'elle n'a pas toute sa tête.

– Il y a une quatrième possibilité.

– Qui est ?

– Qu'elle soit vraiment Samantha.

Peggy regarda Caroline d'un air profondément triste.

– Oh, ma chérie… C'est toi, le génie des maths. Les probabilités que ce ne soit pas le cas sont astronomiques.

– Mais il y *a* une chance…

– Une minuscule *fraction* de chance…

– Une chance quand même, dit Caroline avec force. Comment pourrais-je ne pas la saisir ?

Le serveur approcha avec le second verre de vin de Peggy. Elle le lui prit de la main avant qu'il ait le temps de le poser sur la table. Elle avala une rapide gorgée, puis une autre.

– Fonce !

– Où étais-tu toute la journée ? demanda Michelle depuis le couloir avant même que Caroline eût fermé la porte.

Depuis qu'elle avait intercepté l'appel de Lili, Michelle surveillait sa mère comme un vautour.

– J'ai déjeuné avec Peggy au *Costa Brava*.

– Il est presque quatre heures.

– Je suis allée marcher toute seule sur la plage ensuite. Pourquoi ? On était censées faire quelque chose ?

Michelle rit.

– Tu veux dire comme aller faire du shopping ou au cinéma ? Comme si c'était dans nos habitudes.

Et c'est reparti, entendit Caroline de la voix de son frère. Elle n'était pas rentrée depuis deux minutes, et sa fille la mettait déjà sur la défensive. Elle alla à la cuisine, se servit un verre d'eau et le but en silence en comptant jusqu'à dix. Elle ne laisserait pas Michelle l'atteindre. Elle resterait calme et agréable. Elle ne mordrait pas à l'hameçon. Elle ne sortirait pas ses griffes.

– C'est un joli haut, dit-elle avec un sourire.

Michelle portait un short en jean et un large tee-shirt beige. Ses cheveux pendaient sur son épaule en une tresse grossière et elle n'était maquillée que d'un rouge à lèvres brillant qui mettait en valeur la ligne de ses pommettes.

– Tu es belle, dit Caroline.

– Mon Dieu, gémit Michelle.

– Quel est le problème ?

– Ça veut dire que je suis grosse.

– Quoi ?

– Chaque fois que tu me dis que je suis belle, ça veut dire que j'ai grossi.

– Mais non, absolument pas.

– Si, bien sûr.

– Non. Tu sais ce que ça veut dire ? dit Caroline en luttant contre l'envie de lancer son verre vide sur Michelle. Ce que ça veut dire, c'est que je ne peux jamais rien te dire de gentil, que tu n'apprécies jamais mes compliments. Quand je dis quelque chose de positif, tu prends ça comme une critique. Tu ne te sens bien que quand je te dis que tu n'as pas bonne allure. Tu réalises comme c'est pervers ? Comme c'est triste ?

– Ce qui est triste, c'est que tu n'as aucun respect pour ce que je ressens. Pour moi.

– De quoi tu parles ? D'où ça sort ? Tu es énervée parce que je suis sortie déjeuner ?

– Je suis énervée qu'il ne te soit même pas venu à l'esprit de me dire où tu allais. Ç'aurait été sympa de me laisser un mot ou quelque chose. Pour que je ne m'inquiète pas.

– Tu n'as aucune raison de t'inquiéter.

– Non, parce que ce n'est pas comme si tu pouvais faire quelque chose de fou, comme t'envoler pour Calgary ou je ne sais quoi.

– Ma chérie, je te promets que je ne m'envolerai plus nulle part.

– Alors, pourquoi faire tant de secrets ?

– Je ne fais pas de secrets.

– Si, c'est ce que tu fais.

– Eh bien, dans ce cas, je suis désolée, ce n'est pas

mon intention. Je suppose que c'est juste que je n'ai pas l'habitude que tu te sentes si concernée.

– Pourquoi ? Parce que je suis insensible ?

– Personne n'a dit ça.

– Qu'est-ce que tu dis alors ?

– Je ne sais pas, dit Caroline en agitant les mains en l'air dans un geste de frustration. Je ne sais pas ce que je dis. Je n'ai aucune idée de ce dont on parle ou de pourquoi on se dispute. Je sais que j'ai eu un déjeuner agréable et une magnifique promenade sur la plage. Je me sentais plutôt bien, en fait, et puis je rentre à la maison et tout s'écroule.

– Donc c'est ma faute ?

– Non, c'est la mienne. Peu importe de quoi on parle. *Tout* est ma faute. Je l'ai compris. Je l'accepte.

– Ma mère, la martyre.

– Bon, très bien.

– Je m'inquiétais, c'est tout. Je n'ai pas le droit de m'inquiéter ?

– Si tu étais si inquiète, pourquoi tu ne m'as pas simplement appelée ? J'ai un portable.

– Qui n'est jamais allumé. À quoi ça sert d'avoir un putain de portable, si tu ne l'allumes jamais ?

– Je l'ai allumé.

Caroline plongea la main dans son sac pour en sortir son téléphone et l'agita devant le visage de Michelle.

– Tu vois ? Il est allumé.

Les yeux de Michelle se plissèrent.

– Tu ne l'allumes jamais. Pourquoi est-il allumé ? Tu attends un appel de qui ? Lili a ce numéro ? Elle t'a rappelée ?

– Nom de Dieu, Michelle !

– Donne-moi ce téléphone.

— Non.

Caroline remit rapidement le téléphone dans son sac avant que Michelle puisse l'attraper.

— Assez. J'en ai assez.

Elle alla dans le salon, son sac à l'abri, coincé sous son bras, Michelle à ses trousses. Elles restèrent debout à se regarder au milieu de la pièce pendant plusieurs secondes.

— Tu sais ce que j'aimerais vraiment ? demanda finalement Caroline.

— Non. Qu'est-ce que tu aimerais ?

— Pour une fois, juste une fois, j'aimerais avoir une conversation normale et agréable. Sans cris ni accusations. Il paraît que certaines mères et leurs filles arrivent à en avoir.

Bien que je n'aie moi-même jamais eu une telle conversation avec ma propre mère, pensa Caroline.

— OK, très bien.

Michelle s'assit dans le fauteuil le plus proche.

— Commençons cette conversation.

Caroline s'installa dans l'autre fauteuil, posa son sac par terre et attendit que sa fille continue.

— Alors, comment s'est passé ton déjeuner ? demanda Michelle.

— Bien.

— Comment va Peggy ?

— Bien.

— Comment vont ses garçons ? Je ne les ai pas vus depuis des années.

— Ils vont bien. Kevin finit le lycée au printemps. Philip réussit bien à Duke.

— C'est bien.

Encore plus de bien. Plus de silence.

— Et toi ? demanda Caroline.

– Qu'est-ce que tu veux dire ?

– As-tu réfléchi ? Si tu voulais retourner à l'école ?

Michelle se déplaça, comme gênée, dans son fauteuil.

– J'y réfléchis.

– Vraiment ? Qu'est-ce que tu en penses ?

– Que j'y retournerai peut-être à la rentrée.

– Tu penses à une école en particulier ?

Caroline essaya de ne pas avoir l'air trop enthousiaste. Michelle avait abandonné Berkeley en milieu de deuxième année, après avoir changé de matière principale deux fois. Elle avait laissé tomber l'université de Californie l'année suivante, au bout d'un semestre à peine.

– Papa pense que je devrais finir mon premier cycle, puis aller en fac de droit.

– Est-ce que ça t'intéresse ?

– Je ne sais pas. Peut-être.

– Tu ne risques pas d'avoir des problèmes à cause de… ?

– … ma conduite en état d'ivresse ?

Caroline acquiesça.

– Le marché est qu'une fois que j'aurai fini mes travaux d'intérêt général, il ne restera aucune trace dans mon casier. De toute façon, je n'ai pas encore pris de décision.

– Je crois que tu ferais une grande avocate.

– Pourquoi ? Parce que je suis bonne pour me quereller ?

– Parce que je pense que tu serais bonne à tout ce que tu déciderais de faire.

– Vraiment ?

– Vraiment.

Un autre silence.

– Tu fréquentes quelqu'un ? essaya Caroline.

La réponse de Michelle fut son habituel regard au ciel.

– Laisse tomber. Oublie ma question.

– Je ne fréquente personne, dit Michelle. Je voyais un type pendant un petit moment, mais ça n'a pas marché.

– C'est dommage.

– Non. C'était un con. Tout ce qui l'intéressait, c'était la défonce et le sexe.

Ça a l'air génial, pensa Caroline qui n'avait pratiqué ni l'un ni l'autre depuis des années.

– J'espère que vous vous êtes protégés…

– Oh ! mon Dieu. J'ai l'air d'une idiote ?

– Tu t'es bien fait arrêter pour conduite en état d'ivresse, lui rappela Caroline, les mots jaillissant de sa bouche avant qu'elle puisse les arrêter.

– Ça allait si bien jusque-là.

– Désolée. Je n'aurais pas dû dire ça.

– Non. Je l'ai mérité. Ce n'est pas la meilleure initiative que j'aie prise.

– C'est juste que je ne comprends pas.

– Je le sais, ça, dit Michelle tristement.

– Alors éclaire-moi. Qu'est-ce qui t'a poussée à prendre le volant, ce soir-là ? À quoi tu pensais ?

– On en a parlé un million de fois. Je crois qu'en fait je ne pensais à *rien*.

– Tu aurais pu tuer quelqu'un. Tu aurais pu *te* tuer.

– J'avais juste bu quelques verres. Je ne pensais pas qu'ils me monteraient à la tête comme ça.

– Tu es une fille tellement belle et intelligente, insista Caroline, incapable de s'arrêter, et tu continues de faire toutes ces choses autodestructrices. Tu abandonnes les études, tu conduis saoule, tu fumes, tu ne te nourris pas…

Michelle bondit sur ses pieds.

– C'est ça. Je suis complètement ravagée. Pas comme

ton autre précieuse fille qui, j'en suis sûre, est devenue parfaite.

– Oh, attends une minute…

– Non. *Toi*, attends une minute. À mon tour de te demander quelque chose.

Caroline retint son souffle.

– Et si ç'avait été moi, cette nuit-là ?

– De quoi tu parles ? demanda Caroline, même si elle connaissait déjà la réponse. Quelle nuit ?

– La nuit où Samantha a disparu. Et si ç'avait été moi ?

– Oh, mon Dieu, Michelle…

– Tu aurais passé quinze ans à pleurer ma perte à chaque putain de seconde de chaque putain de jour ? Tu aurais laissé ton mariage s'effondrer ? Tu aurais pris des avions pour Miami… pour Tacoma… pour Calgary ? Aurais-tu été aussi désespérée, au point de croire ce qui est de toute évidence une mytho de première classe ? Dis-moi, m'man. Tu en aurais eu quelque chose à foutre, si ç'avait été moi ?

– Tu n'es pas sérieuse.

– Et tu n'as pas répondu à ma question.

– Parce que c'est tellement ridicule. Je t'aime plus que tout. Tu le sais.

– Ce n'est toujours pas une réponse.

– Qu'est-ce que tu veux que je te dise ? J'aurais été complètement perdue, nom de Dieu…

– Aussi perdue que quand tu as découvert que Samantha avait disparu ?

– Je ne comprends pas. Ça n'a jamais été une compétition.

– Non, évidemment pas. (Les yeux de Michelle se remplirent de larmes et elle leva le menton pour les empêcher de couler.) Une compétition, c'est quand tout le monde a une chance de gagner. Et j'ai toujours été destinée à finir deuxième, n'est-ce pas ?

— Ce n'est pas vrai.

— Si, c'est vrai. Samantha était l'enfant prodige. C'était le cas il y a quinze ans, et c'est toujours vrai *maintenant*. La vague éventualité que tu puisses peut-être la revoir te rend plus heureuse que je ne serais jamais capable de le faire.

— Ce n'est pas juste.

Caroline baissa la tête. La dernière chose qu'elle entendit fut le bruit de la porte d'entrée qui claquait.

16

Six ans plus tôt

— Quand est-elle arrivée ? demanda Caroline.

— Hier matin, dit Peggy.

— Pourquoi ne m'as-tu pas appelée tout de suite ?

— Je ne pouvais pas le faire tant qu'elle ne m'en avait pas donné la permission.

— Je ne savais même pas qu'elle était revenue en ville.

— Je ne crois pas que quiconque le savait, à part ton frère.

— Steve est au courant ?

— Il a passé toute la matinée ici.

— Vraiment ?

Peggy haussa les épaules comme pour dire « Va comprendre ».

— Comment va-t-elle ?

— Elle est ici, non ?

Ici, c'était l'hospice Marigold sur Harney Street, dans la vieille ville, à un pâté de maisons de Old Abode Chapel. L'hospice était un bâtiment de briques rouges de deux étages, qui avait été à une époque un centre d'hébergement pour SDF. Il avait été reconverti en institut pour les malades en phase terminale deux ans plus tôt, et Peggy avait quitté son travail à l'hôpital de San Diego pour en devenir la première directrice.

– Combien de temps lui reste-t-il ? demanda Caroline.

– Aucun moyen de le savoir avec certitude. La durée moyenne des séjours se situe quelque part entre trois jours et deux semaines. Mais on ne peut jamais savoir. Certains restent des mois, d'autres ne passent pas la journée. Nous avons eu un résident pendant presque un an. En fait, on ne sait jamais.

– Lui as-tu dit que je venais ?

– Oui, je le lui ai dit. Elle avait l'air ravi.

Le téléphone du bureau d'accueil sonna. La jeune bénévole asiatique décrocha à la fin de la première sonnerie.

« Hospice Marigold, bonjour, annonça-t-elle. Amy à l'appareil. En quoi puis-je vous aider ? Oui. Je transfère. » Elle pressa une série de chiffres et remit le combiné en place.

Quelques secondes plus tard, une sonnerie se fit entendre, signalant quelqu'un à l'entrée. Amy tendit le bras jusqu'au gros bouton rouge sur le mur, qui déverrouilla la porte et permit à une famille de quatre personnes d'entrer dans le sas vitré. Elle se leva rapidement de sa chaise et ouvrit une autre porte sur la réception magnifiquement agencée où Caroline et Peggy se tenaient, face à quatre grands fauteuils rembourrés. Les fauteuils étaient disposés autour d'une table basse devant une cheminée à gaz et un grand écran télé.

– Voudriez-vous bien signer ici, s'il vous plaît ? dit Amy à l'homme et à la femme en leur indiquant le registre des visites.

– Pourquoi on doit signer ? demanda leur fils, un garçon de cinq ans à peu près, aux cheveux filasse.

– Par mesure de sécurité, lui dit Amy. En cas d'incendie, nous devons savoir combien de personnes sont dans le bâtiment.

– Allez, les enfants, dit leur mère. Allons voir papy.

– Savez-vous dans quelle chambre il est ? demanda Amy.

– Oh oui, merci.

La famille s'engouffra dans le couloir.

– Les enfants sont autorisés ? demanda Caroline à Peggy.

– Les enfants, les chiens, les chats. Tout ce que tu veux. Tout ce qui peut faire que les gens se sentent un peu plus chez eux. Vous faites du très bon travail, Amy, dit Peggy à la jeune bénévole.

– Merci, madame Banack.

– Toi aussi, dit Caroline à son amie.

Peggy balaya le compliment d'un geste.

– En parlant de travail, il faut que je retourne faire le mien. Becky est dans la chambre 104. (Elle soupira.) Prépare-toi. Elle ne ressemble pas exactement à ton souvenir.

Caroline respira profondément et entra dans le couloir. Arrivée devant la chambre 104, elle prit une autre grande inspiration, redressa les épaules et frappa.

– Entre, dit la voix familière mais faible.

Caroline poussa la porte et prit garde de ne pas laisser ses émotions s'afficher sur son visage. Non que ça lui fût difficile, sa réaction physique naturelle quand elle était confrontée à une tragédie quelle qu'elle soit étant de se fermer. Son visage n'exprimait rien. Elle devenait d'un calme quasi surnaturel. Un mécanisme de défense, lui avait un jour expliqué Peggy, même si la presse n'avait jamais raté une occasion de l'écorcher pour ça,

209

en l'accablant des étiquettes de « froide » et « insensible »,
alors que c'était l'exact contraire.

La pièce baignait dans une quasi-obscurité. La seule
clarté provenait d'un peu de la lumière du soleil de fin
d'après-midi, qui réussissait à passer à travers les rideaux
pour se projeter sur le mur. La télé en face du lit était
allumée sur une chaîne d'infos en continu, une bande
passante déroulant les titres du jour au bas de l'écran.
Au milieu de la chambre, un lit médicalisé, et au milieu
du lit était assise Becky, une silhouette décharnée. Elle
portait une robe de chambre bleue matelassée et une
courte perruque brune positionnée un peu trop bas sur
son front.

— Caroline ! dit Becky pour l'accueillir.

Elle coupa le son de la télé et indiqua à son ex-belle-
sœur le fauteuil à côté du lit. Un autre fauteuil, visiblement inconfortable et à haut dossier incommode, se
trouvait devant la porte du cabinet de toilette.

— Qui a eu cette idée stupide ? dit Caroline.

La porte se referma alors qu'elle approchait du lit et
se penchait pour embrasser la joue de Becky. Elle lutta
contre l'envie de redresser la perruque, de peur qu'un
geste aussi intime ne paraisse déplacé.

— Sûrement pas moi, dit Becky. Assieds-toi. Tu es
splendide, comme toujours.

— Merci.

Caroline se rendit compte qu'elle se touchait machi-
nalement les cheveux.

— Ça fait vraiment plaisir de te revoir. Comment
vas-tu ?

Caroline s'installa plus confortablement dans le fauteuil marron clair, décidée à se concentrer sur les yeux
de Becky qui étaient toujours du même brun intense.

– Je vais bien. Je suis tellement désolée que tu doives traverser ça.

– Ce n'est pas ta faute.

– J'aurais voulu être au courant.

– Tu n'aurais rien pu faire.

– J'aurais pu être là pour toi.

– Vraiment ? Tu aurais déménagé à Los Angeles ?

Caroline demeura silencieuse.

– Désolée, dit Becky. Je ne veux pas paraître ingrate.

– Je le mérite. C'est tellement cliché de dire à quelqu'un qu'on sera là pour lui quand on sait l'un et l'autre que ce ne sera pas le cas.

– Moi, je n'ai pas été là pour toi en tout cas, dit Becky.

Il n'y avait pas besoin de précisions. Les deux femmes savaient exactement à quoi elle faisait référence.

– Tu avais beaucoup de choses à gérer, dit Caroline.

– Et nous n'étions pas particulièrement proches à ce moment-là.

– Pas autant que nous l'avions été, reconnut Caroline. Je n'ai jamais vraiment compris ce qui s'était passé.

– Ce qui s'est passé ? répéta Becky. Ta mère. Ton frère. Ta mère.

Caroline sourit.

– Comment va la femme dragon ?

– Elle crache toujours du feu.

– Ouais. Cette femme survivra à Keith Richards. Pardon, je ne devrais pas parler comme ça. C'est *ta* mère.

– Ça va. C'est difficile de contester la vérité.

Même si la vérité était que, de bien des manières, Becky était exactement comme la mère de Caroline. Elle était têtue, opiniâtre et rancunière. Une fois que vous étiez sur sa liste noire, vous y restiez. Aucune des deux

211

n'aurait concédé un pouce de terrain. Mary n'avait jamais pardonné à Becky d'avoir persuadé Steve de se marier en cachette à Las Vegas, sans dire un mot à personne avant que ce soit fait. Becky n'avait jamais pardonné à Mary de ne pas l'avoir accueillie dans la famille à bras ouverts. Elle n'avait jamais rien fait pour courtiser Mary, et ça n'avait pas aidé. Mary aimait autant être courtisée qu'elle aimait entretenir une rancune, et Becky ne lui avait pas donné cette satisfaction. Steve, un homme qui paraissait si fort, dont l'apparente assurance cachait en son cœur une faiblesse étonnante, avait été pris entre les deux, son allégeance vacillant constamment de l'une à l'autre. Le mariage était condamné dès le départ. Le fait que le couple ait survécu trois années entières après la rupture de Caroline était une source d'étonnement permanente pour elle.

— Alors, raconte-moi tout, lui intima Becky. Comment va Michelle ?

— Elle va bien.

— Juste bien ?

— C'est une ado. Que dire ?

— Les choses sont toujours tendues avec Hunter ?

— On gère. Apparemment, il a quelqu'un.

— Sans blague. C'est sérieux ?

— D'après Michelle, oui. Elle dit qu'ils parlent de mariage.

— Ça te fait quel effet ?

— Aucun, ni dans un sens ni dans l'autre, mentit Caroline.

— Crois-tu qu'ils vont fonder une famille ?

— Probablement. D'après ce que j'ai compris, elle est beaucoup plus jeune que Hunter.

– Et comment tu te sens par rapport à ça ? insista Becky.

– Je ne peux rien au fait qu'elle soit plus jeune.

– Je parlais de Hunter qui fonde une autre famille.

– Je sais.

Becky acquiesça de façon compréhensive.

– Et toi ?

– *Quoi*, moi ? demanda Caroline.

– Tu fréquentes quelqu'un ?

– Mon Dieu, non.

– Pourquoi pas ? Tu es une femme superbe. Tu es intelligente. Intéressante. Je suis sûre que les mecs feraient la queue.

– Une queue de mecs est la dernière chose que j'aie en tête.

– Qu'est-ce que tu as en tête ? demanda Becky.

– En fait, j'essaie de ne pas penser, la plupart du temps.

– C'est sûrement une bonne idée. Et que fais-tu quand tu ne penses pas ?

– Je mange, je dors, je travaille. La routine.

– Tu as repris l'enseignement.

– J'ai enfin trouvé quelqu'un d'assez courageux pour m'engager.

– Tu n'as pas eu de chance.

– Comme nous tous, je crois.

Caroline regarda la télé. Ses yeux s'étaient habitués à la faible lumière. Il leur fallait encore s'habituer aux joues creuses de Becky et à sa pâleur terreuse.

– J'ai cru comprendre que mon frère était venu.

– Ouais. Je l'ai appelé hier après mon arrivée. Arriver pour partir, dit-elle avec un petit rire désabusé.

– Je suis étonnée que tu l'aies appelé.

– Pourquoi ?

– Eh bien vous n'étiez pas exactement fans l'un de l'autre.

Becky haussa les épaules. Sa tête retomba sur l'oreiller.

– On avait besoin de parler. Je le lui devais.

Caroline attendait qu'elle continue, et fut presque soulagée qu'elle ne le fasse pas. Quels qu'aient été les problèmes que Becky et Steve n'avaient jamais réglés, ce n'étaient pas ses affaires. Si Becky avait l'impression de devoir à Steve une explication ou des excuses pour des blessures réelles ou imaginaires, alors qui était-elle pour le contester ? Si solder les comptes de son mariage permettait à Becky de mourir en paix, elle devait saisir cette opportunité. Caroline espérait seulement que son frère était assez adulte pour écouter ce que son ex-femme avait à lui dire.

– Il y a quelque chose que je puisse faire pour toi, quelqu'un que tu voudrais que j'appelle ?

– Non. Je n'ai jamais eu beaucoup d'amis. Ça se résumait à peu près à toi.

– Je suis désolée que nous ayons perdu le contact.

– Ce n'était pas ta faute.

Caroline acquiesça. Becky avait raison. Ce n'était pas Caroline qui s'était éloignée. Pour de mystérieuses raisons, leur amitié avait buté sur un ralentisseur après la naissance de Samantha, et avait pratiquement explosé pour partir en fumée après sa disparition. Les deux femmes avaient été trop préoccupées par leurs propres problèmes pour pouvoir faire les efforts nécessaires et arranger les choses pour qu'elles redeviennent comme avant.

– Je te dois des excuses, dit alors Becky.

– Pour ?

– J'étais tellement jalouse de toi. Ton mariage parfait,

tes enfants parfaits, la façon dont tu as juste pondu ces bébés. Tu avais la vie idéale.

– Pas si idéale que ça, comme on l'a constaté ensuite.

– Non. Je suis désolée.

– Ce n'est pas ta faute, dit Caroline en répétant les mots de Becky.

Becky ferma les yeux.

– Tu veux que je parte pour que tu puisses dormir un peu ?

– Non. Reste, s'il te plaît. Il y a des choses que je dois te dire.

Caroline resta sur son fauteuil, ne dit rien et regarda la poitrine de Becky monter et descendre à chaque respiration laborieuse.

– Tu ne méritais pas ce qui est arrivé, dit Becky après un long silence.

Caroline haussa les épaules, même si elle savait que Becky ne la regardait pas. Elle retint les larmes qui menaçaient de couler.

– Pas seulement la disparition de Samantha, mais tout ce qui s'est passé ensuite. Les soupçons, les accusations, la manière dont la presse t'a traitée…

– Je me fous de tout ça.

– Tu as tout perdu, ton mariage… tes amis… (Elle ouvrit les yeux.) Qu'est-ce que je raconte ? Je t'ai tout aussi maltraitée. Pire, j'étais censée être de ta famille.

Caroline secoua la tête pour chasser ses larmes.

– Ne te sens pas coupable, s'il te plaît.

– Je pense à elle, tu sais, à Samantha. Pas un jour ne passe sans que je voie sa jolie petite bouille et que je me demande ce qui lui est arrivé, comment a continué sa vie.

– Tu crois qu'elle est vivante ?

— Pas toi ? demanda Becky en se redressant pour revenir en position assise.

— Je ne sais pas.

— Oh, Caroline. Tu ne dois pas abandonner tout espoir.

Becky tendit la main, ses doigts tâtonnèrent vers ceux de Caroline.

— Tu veux savoir ce que je crois ? Je crois que Samantha est vivante. Je crois qu'elle est vivante, magnifique et heureuse.

Caroline hoqueta, son souffle se bloqua dans sa gorge et étrangla tout autre son.

— Je ne crois pas qu'elle ait été enlevée par un pervers, continua Becky en serrant plus fort la main tremblante de Caroline. Je ne crois pas qu'elle ait été assassinée ou vendue à un cercle de pédophiles comme les journaux l'ont imaginé. Je crois que la personne qui l'a prise avait juste désespérément envie d'un bébé, comme moi, et qu'elle a été aimée et protégée.

Caroline réalisa à quel point elle voulait croire ce que disait Becky.

— Tu le crois vraiment ?

— Je le crois vraiment.

Caroline sentit une vague d'espoir s'agiter dans sa poitrine.

— Merci.

— Non. Ne me remercie pas.

— Te remercier pour quoi ? demanda Steve sur le pas de la porte.

Caroline se tourna vers le son de sa voix. Elle avait été tellement prise au dépourvu par la déclaration de Becky, comme par la ferveur avec laquelle elle l'avait professée, qu'elle n'avait pas entendu la porte s'ouvrir. Elle vit Steve appuyé contre le cadre de la porte, resplendissant dans sa chemise bleu pâle et son pantalon noir.

– Becky pense que Samantha est vivante. Elle pense qu'elle a été élevée par une famille bien, qui l'aime.

– Eh bien elle a toujours été un peu voyante, donc espérons qu'elle ait raison.

Il s'avança jusqu'au chevet de Becky et déposa un baiser sur sa joue, puis se pencha pour embrasser sa sœur et murmura dans son oreille.

– Elle a tendance à dire des choses étranges. Essaie de ne pas te laisser atteindre.

Il se redressa, tira l'autre siège à côté du lit, puis remit en place la perruque de Becky.

– C'est mieux, dit-il avec une douceur qui surprit Caroline.

Dommage qu'il n'ait pas été aussi doux avec elle quand ils étaient mariés, pensa-t-elle. Peut-être que s'il l'avait été, ils n'auraient jamais divorcé. Il n'y aurait pas eu tous ces problèmes jamais réglés entre eux.

– Je suis contente que tu sois là, dit-il à Caroline. J'ai dit à Becky qu'elle devait t'appeler. Elle a toute cette culpabilité qu'elle porte en elle parce qu'elle pense qu'elle t'a laissé tomber au moment où tu avais besoin d'aide, continua-t-il dans un souffle. Quoi qu'il en soit, je n'étais pas sûr qu'elle m'écouterait. Elle ne l'a jamais fait, dit-il en s'adressant maintenant à Becky. (Il sourit, même si la puissance de son sublime sourire était de toute évidence bien faible.) Tu as faim ? demanda-t-il à son ex-femme.

Becky secoua la tête et grimaça de douleur.

– Qu'est-ce qui te fait mal ? demanda Steve.

– Tout. On pourrait croire qu'on s'habitue.

– Je vais appeler l'infirmière, dit Caroline.

– Non, dit Steve. J'ai quelque chose qui sera plus

efficace que tous les antidouleurs qu'elle pourrait te donner.

Il sortit un petit sac en plastique de la poche de son pantalon et l'agita sous leurs yeux.

– Est-ce que c'est ce que je pense ? demanda Caroline.

– La meilleure du Mexique.

Steve posa le sachet sur ses genoux et sortit des feuilles de papier de sa poche arrière.

Ce fut au tour de Caroline de grimacer, comme elle le faisait chaque fois que quelqu'un évoquait le Mexique.

– Tu n'es pas sérieux, tu ne vas pas fumer un joint ici ?

– Bien sûr que je suis sérieux. Il n'y a aucune raison valable pour que Becky souffre. Pas quand il y a une solution facile.

Il dispersa un peu d'herbe dans un des carrés de papier et colla la feuille d'un coup de langue.

– Facile et illégale, protesta Caroline.

– Alors, laisse-les m'arrêter, dit Becky d'une voix étonnamment forte, pendant que Steve allumait l'épaisse cigarette puis en tirait une longue bouffée avant de la tenir entre les lèvres de son ex-femme.

Caroline regarda Becky inhaler profondément.

Steve tendit le joint à sa sœur. Caroline secoua la tête.

– Allez ! lui dit-il. Ça va te faire du bien.

Caroline hésita avant de prendre le joint de sa main tendue. Elle était incapable de se souvenir de la dernière fois qu'elle avait fumé un joint et se dit que ça devait probablement être à la fac. Hunter n'avait jamais approuvé la défonce, bien qu'il n'ait jamais eu de telles réserves quand il s'agissait de boire, ce qu'il avait souvent fait dans les mois qui avaient suivi le retour de Caroline de Rosarito.

– Alors, qu'est-ce que tu en penses ? demanda Steve

en tirant une autre taffe avant de remettre le joint entre les lèvres de Becky. C'est de la bonne, non ?

– De la très bonne, répondit Becky.

Elle se laissa aller contre son oreiller et ferma les yeux.

– Qui *sent* fort.

Caroline s'extirpa de son siège et alla jusqu'à la fenêtre. Elle tourna la poignée, l'ouvrit et chassa d'un mouvement des bras le doux parfum de la fumée.

– Si quelqu'un venait à entrer…

– Personne ne va entrer sans frapper d'abord.

– Tu l'as bien fait.

La réponse de Steve fut de tirer une nouvelle taffe et de lui rendre le joint.

– Où tu la trouves, en plus ? demanda Caroline, qui tira fort dessus et garda la fumée dans ses poumons jusqu'à ce qu'elle les sente prêts à éclater.

– Je connais un type, répondit Steve.

Caroline acquiesça et commença à sentir une agréable sensation dans sa nuque, comme si sa tête était sur le point de se séparer de son corps. Steve connaissait toujours un type. Depuis qu'ils étaient adolescents, Steve s'était toujours débrouillé pour trouver quelqu'un pour l'aider à court-circuiter le système, que ce soit pour acheter de l'alcool quand il était trop jeune pour le faire lui-même, pour le fournir en drogues illégales ou pour lui avancer de l'argent pour s'asseoir à une table de poker à grosse entrée. Et, bien sûr, si les choses ne se déroulaient pas exactement comme prévu, ou si elles dérapaient, il y avait toujours sa mère pour accourir à son secours.

Leur mère, le plus grand « type » d'entre tous.

– Tu te sens mieux ? demanda Steve à Becky quand il ne resta plus rien du joint habilement roulé qu'une braise entre ses doigts.

– Mmm, marmonna Becky, qui glissait dans l'inconscience.

– Elle est plutôt forte, dit Steve à Caroline. Elle va sûrement dormir un moment. Tu n'es pas obligée de rester.

– Toi non plus.

– Au contraire. C'est le minimum que je puisse faire.

Oui, tu as toujours été très bon pour faire le minimum, pensa Caroline, qui se demandait ce qui avait provoqué le changement d'attitude de son frère mais se retint de poser la question.

– J'espère qu'elle ne t'a pas trop bouleversée, dit Steve. Je sais que ce n'était pas son intention.

– Non, rien de tout ça. En fait, elle a fait exactement le contraire. J'étais tellement concentrée sur le négatif, ces derniers temps, obsédée par toutes les mauvaises choses qui ont pu arriver à Samantha. Et elle m'a redonné de l'espoir.

– Bien, alors c'est une bonne chose qu'elle t'ait appelée.

Becky remua et ouvrit les yeux.

– Caroline est là ? demanda-t-elle, comme inconsciente de la discussion qui avait précédé.

– Juste là, lui dit Caroline.

– Caroline ?

– Oui.

– Je suis *tellement* désolée.

– Je sais.

– Pardonne-moi, dit-elle.

– Il n'y a rien à pardonner.

– Tu entends ça ? demanda Steve à son ex-femme alors qu'elle basculait de nouveau dans le sommeil. Caroline dit qu'il n'y a rien à pardonner.

Il l'embrassa tendrement sur les lèvres et retourna sur son siège.

– C'est moi qui devrais demander pardon. J'ai été tellement con.

– C'est juste que vous n'étiez pas faits l'un pour l'autre, proposa Caroline pour essayer d'être gentille.

– Pauvre Becky, dit-il en serrant doucement son bras. Tu méritais mieux.

N'est-ce pas notre cas à tous ? pensa Caroline. Elle se leva de la chaise et alla vers la porte, la tête perdue dans un nuage de drogue. Quand elle se retourna, son frère était penché sur Becky et lui murmurait des mots doux à l'oreille en lui tenant toujours le bras.

17

Aujourd'hui

Caroline se réveilla avec une migraine. C'était le résultat d'une nuit passée à se disputer avec Michelle. Leur altercation, plus tôt dans la soirée, s'était déversée dans ses rêves. Elle bascula hors de son lit, un coup lui martelait la tête à chaque pas alors qu'elle se glissait vers la salle de bains. Elle goba deux trucs extraforts et retourna au lit.

Des bribes de ses rêves perturbants flottaient à la limite de sa conscience, aussi obstinément insaisissables que la fille qui les avait provoqués. Une demi-heure plus tard, sa tête cognait toujours, en rythme avec les battements de son cœur. Elle pensa à Becky, qui avait ignoré ses maux de tête jusqu'à ce qu'il soit trop tard. Elle se demanda si elle aussi pouvait avoir une tumeur, et si quelqu'un serait là pour pleurer sa disparition, comme Steve avait pleuré son ex-femme. Hunter aurait-il des remords comparables pour l'avoir traitée d'une façon aussi minable ? Michelle regretterait-elle la dureté de ses mots envers elle, ses accusations blessantes ?

OK. Ça suffit. Elle prit une douche et s'habilla puis descendit. Elle se fit du café et alla ramasser le journal du dimanche devant sa porte. Elle était assise à la table de la cuisine, occupée à faire les mots croisés en savourant sa troisième tasse de café, la caféine ayant fait son œuvre bénéfique et réduit son mal de tête à une pulsation sourde derrière ses tempes, quand Michelle entra dans la pièce.

Sa fille portait un collant noir et un tee-shirt court rose vif avec *TRACK FITNESS* floqué en épaisses lettres noires sur sa poitrine, les cheveux attachés en une queue haute avec un ruban du même rose que les lacets de ses baskets. Elle se servit une tasse de café qu'elle but debout devant l'évier.

— Bonjour, dit Caroline.

— B'jour.

— Je n'avais pas réalisé que tu étais là.

— Oui, comme d'habitude.

Le mal de tête de Caroline revint en force.

— C'est juste que je ne t'ai pas entendue rentrer la nuit dernière.

— Non, tu dormais comme un mort quand je suis venu jeter un œil.

— Tu as jeté un coup d'œil sur moi ?

Michelle leva les yeux au ciel en finissant son café. Elle déposa sa tasse vide dans l'évier.

— Je vais à la gym.

— Tu ne crois pas que tu fais peut-être un peu trop de sport ? J'ai lu quelque part que trop d'aérobic pouvait réduire l'espérance de vie.

— C'est drôle. J'ai entendu la même chose au sujet de la lecture.

Michelle se dirigea vers la porte d'entrée.

— Michelle, attends. (Caroline la suivit.) On peut parler de ce qui s'est passé hier ?

— Je pense qu'on en a déjà assez parlé, non ?

— Tu m'as balancé des accusations plutôt lourdes.

– Oublie que j'aie dit quoi que ce soit. Ça n'a pas d'importance.

– Ça a de l'importance. Il faut que tu saches que je t'aime, ma chérie. Plus que tout au monde…

– Je le sais, dit Michelle. Vraiment, je le sais. Maintenant, il faut que j'y aille, ou je vais être en retard à mon cours.

– Attends, répéta Caroline, réticente à l'idée de laisser partir sa fille sans savoir quoi dire d'autre. (Elle se glissa dans le salon et ramassa son sac à main par terre, là où elle l'avait laissé l'après-midi précédent.) Tu peux prendre du café ? On n'en a presque plus.

Elle piocha son portefeuille dans son sac, en tira un billet de 20 dollars qu'elle tendit à Michelle.

– Attends, dit-elle à nouveau alors que sa fille se tournait pour partir.

– On a besoin d'autre chose ?

– Mon téléphone portable, dit Caroline alors que sa main fouillait le fond de son sac. Où est mon portable ?

– Comment le saurais-je ?

– Est-ce que tu l'as pris ? Quand tu es rentrée hier soir…

– Pourquoi prendrais-je ton portable, m'man ? demanda Michelle en balançant son poids d'un pied sur l'autre. Tu l'as sûrement posé quelque part…

– Je ne l'ai pas touché.

– Eh bien, moi non plus.

– Il était dans mon sac. J'ai oublié de le sortir quand je suis montée.

– Et ça veut dire que je l'ai pris ?

– Rends-moi mon portable, Michelle.

– Lâche l'affaire, m'man, dit Michelle avant d'ouvrir

la porte et de dévaler l'allée devant la maison jusqu'à la rue.

Caroline claqua la porte derrière elle, comme Michelle l'avait claquée la veille. Elle renversa le contenu de son sac sur le sol gris ardoise. Son portefeuille, son peigne, son rouge à lèvres, ses lunettes de soleil et un assortiment de mouchoirs émiettés se répandirent dans l'entrée. Pas de téléphone portable.

Et merde, Michelle.

Comment Lili pourrait-elle la contacter maintenant ? Et si elle avait déjà appelé ? Et si Michelle avait répondu et lui avait réitéré sa menace d'appeler la police ? Lili saurait-elle que de telles menaces étaient sans fondement ? Se risquerait-elle à appeler de nouveau ? Essaierait-elle d'appeler à la maison ou de la contacter au travail, comme elle l'avait déjà fait ?

Ou allait-elle abandonner, décider que ça ne valait pas tous ces efforts et ne jamais rappeler ?

Comment peux-tu être assez bête pour le laisser traîner ? se reprocha-t-elle en ramassant les affaires dispersées au sol pour les remettre dans son sac.

Le téléphone fixe sonna.

« Lili ? » demanda Caroline à voix haute. Elle bondit sur ses pieds, se précipita dans la cuisine et se cogna la hanche contre la poignée en laiton du secrétaire en attrapant le téléphone pour le presser contre son oreille. « Lili ? »

« Caroline ? » dit une voix d'homme.

La voix lui était vaguement familière, mais Caroline n'arrivait pas à la remettre. « Qui est-ce ? »

« C'est Jerrod Bolton. »

« Qui ? »

« Jerrod Bolton, répéta l'homme avec un gloussement. Je sais bien que ça fait longtemps… »

« Jerrod Bolton ? répéta Caroline, une image se formant lentement dans sa tête. Jerrod Bolton… », répéta-t-elle. Elle revoyait bien son visage maintenant, même s'il restait aussi quelconque que la dernière fois qu'elle l'avait vu, se tenant derrière sa splendide épouse au Mexique. Pourquoi appelait-il ? « Jerrod, mon Dieu, quelle surprise. Comment vas-tu ? »

« Je vais bien. Je me demandais si on pouvait se voir pour déjeuner. »

« Pourquoi ? » demanda Caroline.

Il rit. « Je vois qu'on ne va pas perdre de temps à tourner autour du pot. »

« Pourquoi veux-tu me voir pour déjeuner ? insista Caroline. Quelque chose ne va pas ? »

Une courte pause, puis : « Il y a des choses dont j'aimerais parler avec toi. »

« Comme ? »

« Je préférerais ne pas en parler au téléphone. »

« Ça ne présage rien de bon. »

« Désolé. Ce n'était pas mon intention. J'ai juste appris quelque chose qui pourrait t'intéresser. »

« Quel genre de chose ? »

« Le genre de chose dont on ne parle pas au téléphone. On peut se voir ? »

« Hunter sait-il que tu m'appelles ? »

« Non. Et je préférerais que tu ne lui dises rien, du moins pour le moment. »

« Je ne comprends pas. »

« Et je serai ravi de te l'expliquer. Au déjeuner. Aujourd'hui, si tu es disponible. »

« Où ? »

« Chez *Darby*, sur Sunset Cliffs. Disons à midi ? »

Caroline se répéta ce qu'il avait dit en essayant d'y trouver un sens. Pourquoi voulait-il la revoir après toutes ces années ? Pourquoi ne voulait-il pas que Hunter soit au courant ? Qu'avait-il bien pu apprendre qui pourrait l'intéresser ?

« Caroline, tu es toujours là ? »

« *Darby*, sur Sunset Cliffs, dit-elle. Midi. »

Darby était un restaurant de front de mer sud-californien typique : grand, de style décontracté, aéré et convivial. Des murs clairs, un plancher de bois sombre, un immense espadon accroché sur un mur. Une demi-douzaine d'écrans de télévision stratégiquement placés diffusaient un flux ininterrompu de vidéos de surf. Au centre de la salle, un bar gigantesque derrière lequel servaient de superbes jeunes filles au fessier ferme, en petite robe noire qui couvrait à peine leur poitrine.

Caroline approcha du comptoir de réception et regarda dans la salle principale déjà pleine de clients qui déjeunaient. Elle ne vit personne ressemblant à Jerrod Bolton, mais elle se rappela que quinze ans avaient passé depuis leur dernière rencontre et qu'il n'avait déjà rien de mémorable à l'époque.

Elle s'efforça de ne pas penser à ce qu'il avait pu apprendre entre-temps qui pourrait avoir le moindre intérêt pour elle, puisque de telles spéculations se révélaient toujours erronées. C'était toujours la chose à laquelle vous n'aviez pas pensé, la possibilité que vous n'aviez pas envisagée. Combien de fois Hunter lui avait-il dit d'arrêter de s'inquiéter au sujet de ce qui *pourrait être* et de se concentrer sur ce qui *était*, d'oublier les suppositions et de s'en tenir strictement aux faits ? Et le fait est qu'elle n'avait vu ni Jerrod Bolton ni sa femme depuis quinze ans. Alors, pourquoi voulait-il la voir maintenant ? Que pourrait-il bien lui dire qui pourrait avoir de l'intérêt pour elle ?

– Je peux vous aider ?

Caroline regarda la jeune fille, petite mais aux jolies formes. Elle avait les cheveux longs jusqu'à la taille, et des lèvres bordeaux foncé qui lui souriaient dans l'attente de sa réponse.

– Je cherche Jerrod Bolton, dit Caroline. Je pense qu'il a réservé…

– Oh ! Oui, M. Bolton. Il est dans le patio. Par ici.

Caroline suivit la jeune femme, qui slaloma sur ses talons entre les tables rapprochées de la salle principale, en direction du patio à l'arrière.

– Caroline, entendit-elle un homme appeler.

Sa voix couvrit le bruit des vagues de l'océan, son autorité naturelle s'élevant au-dessus des cris des mouettes qui piquaient sur le sable.

– Par ici.

Jerrod Bolton se tenait derrière un parasol en toile bleu marine, à moitié assis dans sa chaise en plastique blanc, et lui faisait signe. Durant les années écoulées depuis leur dernière rencontre, il avait pris quelques kilos et perdu presque tous ses cheveux. L'éclat de son crâne était souligné par sa chemise criarde, une Tommy Bahama à motifs fleuris orange et blanc. À part ça, il était toujours aussi quelconque, se dit Caroline en marchant vers lui. Si elle ne s'était pas attendue à le voir, elle n'était pas sûre qu'elle l'aurait reconnu. C'était étrange, il faisait partie de la pire période de sa vie, la plus difficile, et elle l'avait

229

peut-être croisé dans la rue des milliers de fois pendant quinze ans sans même le savoir.

— Tu es toujours aussi belle, dit-il alors qu'elle approchait. (Il prit ses mains et l'attira vers lui pour l'embrasser sur les deux joues.) À la française, dit-il avec un sourire.

— Comment vas-tu ? demanda Caroline en s'asseyant.

— Parfaitement. En pleine forme. Les affaires marchent bien. Je n'arrive pas à croire à quel point tu es superbe. Vraiment, tu n'as pas changé du tout.

Elle ne portait qu'un minimum de maquillage et une robe d'été jaune informe. L'humidité faisait des misères à ses cheveux.

— Je doute que ce soit vrai.

— C'est vrai. Crois-moi.

Pourquoi devrais-je te croire ? pensa Caroline.

Le serveur s'approcha.

— Qu'aimerais-tu boire ? demanda Jerrod.

Caroline haussa les épaules. Elle ne buvait pas l'après-midi, d'habitude, et n'y connaissait pas grand-chose en vin.

— Qu'est-ce que tu dirais de boire du champagne ? demanda-t-il sans attendre sa réponse pour commander une bouteille de Dom Pérignon.

Caroline s'y connaissait encore moins en champagne qu'en vin, mais elle savait que le Dom Pérignon était l'un des champagnes les plus onéreux du marché.

— On a quelque chose à fêter ?

— On peut dire ça.

— Qu'est-ce que tu en dis, toi ?

Il sourit.

— Que déjeuner avec une femme superbe est une occasion qui se fête.

Essayait-il de la séduire ? Était-ce pour cette raison qu'il l'avait appelée ?

– Comment va Brume ? demanda-t-elle avec emphase.

– Affûtée comme une lame, dit-il en souriant. Et à peu près aussi agréable.

– Excuse-moi ?

– Nous sommes séparés.

– Oh…

Caroline s'appuya contre le dossier de sa chaise.

– Tu es surprise.

– Je crois, oui. Vous aviez l'air fous l'un de l'autre.

– *Moi*, j'étais fou d'elle. Elle, elle était folle.

Il lui fit un clin d'œil.

– Je suis désolée, dit Caroline en ignorant son clin d'œil.

Même si elle et Brume n'avaient jamais été proches, elle n'avait aucune envie de rester assise là à l'écouter dire du mal de cette femme. Elle avait entendu assez de saletés pendant que Steve et Becky divorçaient.

– Tu as l'air de traverser une passe difficile.

– Je dois admettre que ça n'a pas été facile.

Était-ce pour cette raison qu'il avait appelé ? Parce qu'il avait besoin d'une épaule sur laquelle pleurer ? N'avait-il personne d'autre à qui se confier ?

Le serveur revint avec leur champagne, fit sauter le bouchon avec maîtrise et efficacité, puis en servit deux coupes.

– Aux nouveaux départs, dit Jerrod en trinquant avec Caroline.

Caroline porta le verre à ses lèvres à contrecœur et en prit une petite gorgée. Elle sentit les bulles lui chatouiller le bout du nez.

— Je suis désolée, Jerrod. Je ne voudrais pas être malpolie. Mais pourquoi suis-je là ?

— Tu n'as jamais entendu parler de deux vieux amis qui se retrouvent ?

— Je ne t'ai pas vu pendant quinze ans, lui rappela Caroline. Même à cette époque, tu étais plus l'ami de Hunter que le mien.

— Oui, si on peut dire ça comme ça.

— Ça quoi ?

— Tu n'as vraiment aucune idée de ce dont je parle, dit Jerrod, comme une affirmation plus que comme une question.

Il prit une autre gorgée de champagne.

— Absolument aucune.

Le serveur s'approcha avec leurs menus.

— Ça t'embête si je commande pour nous deux ? demanda Jerrod. Ils font la meilleure salade de crevettes. Je crois vraiment que tu vas aimer.

Caroline acquiesça, mais elle sentait son appétit diminuer. Si Jerrod s'était comporté comme ça quand il était marié, alors toute sa compassion allait à Brume. C'était un miracle que leur relation ait duré aussi longtemps.

— Deux salades de crevettes. Et pourrions-nous avoir du pain, s'il vous plaît ? Merci.

— Tu as dit au téléphone que tu avais dernièrement appris des choses qui pourraient m'intéresser, dit Caroline dès que le serveur fut parti.

— Tout à fait vrai.

— Vas-tu me dire de quoi il s'agit, ou dois-je deviner ?

— C'est au sujet de ton ex-mari et de ma future ex-femme.

— Comment ça, à leur sujet ?

— Tu n'as pas encore deviné ?

– Je suis nulle pour les devinettes.

– Ils ont eu une liaison, dit-il très prosaïquement.

– Ils ont eu une liaison, répéta Caroline en essayant de ne pas rire.

Cet homme était fou. Hunter avait toujours semblé insensible aux charmes de Brume. Et même dans le cas improbable où lui et Brume avaient été liés, quelle différence cela pourrait-il faire pour elle maintenant ? Elle n'était plus la femme de Hunter. Ce n'était plus son problème qu'il y ait eu d'autres femmes. Diana était celle à qui Jerrod devrait parler. Hunter était sa croix, désormais.

Le serveur posa une corbeille à pain sur leur table.

– Essaie le pain aux olives, lui intima Jerrod. C'est le meilleur de la ville. (Il en prit une tranche et la tartina de beurre.) Je croyais vraiment que tu le savais, ou tout du moins que tu t'en doutais.

– Et quand exactement cette liaison est-elle censée avoir eu lieu ?

– Il y a quinze ans.

Caroline sentit une torpeur commencer à s'insinuer dans le creux de son ventre.

– Il y a quinze ans ?

– Et il n'y a pas de « censée » qui tienne. Brume a avoué toute la sordide histoire. Franchement, je crois qu'elle était soulagée de sortir ce qu'elle avait sur le cœur… Et ce qu'elle avait sur le cœur, je dois bien l'admettre, me manque beaucoup.

Caroline sentit la torpeur se répandre dans tout son corps. Elle savait que Hunter l'avait trompée après la disparition de Samantha, mais elle n'aurait jamais imaginé, dans ses pires cauchemars, que ç'aurait pu être avec Brume.

– Tu veux dire, après son retour du Mexique ?

– Après. Avant. Pendant.

Jerrod croqua dans le morceau de pain aux olives et mâcha vigoureusement.

La paralysie s'enracina dans les poumons de Caroline. Elle ne pouvait plus respirer.

– Attends. Tu veux dire qu'ils couchaient ensemble *pendant* que nous étions à Rosarito ?

– Joyeux anniversaire de mariage !

Il leva son verre pour porter un toast et le reposa immédiatement sur la table.

– Désolé. Je ne voudrais pas avoir l'air de prendre ça à la légère. Tu ne mérites pas ça. Tu as été tout autant trompée que moi.

– Et Brume a lâché ça comme ça ?

– Elle a lâché bien plus que ça. Comme je te l'ai dit, je crois qu'elle était soulagée de tout dire.

– Que t'a-t-elle dit exactement ?

– Que pendant que nous étions au Mexique, elle et Hunter étaient ensemble dès qu'ils en avaient l'occasion, qu'ils s'étaient même retirés pendant votre dîner d'anniversaire de mariage, qu'ils l'ont fait violemment et salement pendant que ton mari était censé jeter un coup d'œil sur Samantha…

Un cri étranglé s'échappa des lèvres de Caroline…

– Je ne comptais pas te le dire. De l'eau sous les ponts, et tout ça. Quel bien cela aurait-il pu te faire de l'apprendre après tout ce temps ? Mais avec tout ce qu'il y a eu aux nouvelles récemment, je ne pouvais plus ne pas penser à toi. Je sais que ça ne change rien, mais je crois que je me suis dit que tu avais le droit de savoir.

Caroline bondit sur ses pieds.

– Je dois y aller.

– Quoi ? Non, attends. Tu n'as pas mangé. Je pensais

qu'on pourrait aller marcher sur la plage après, peut-être aller voir un film…

Caroline le regarda avec incrédulité.

– Fils de pute, murmura-t-elle en quittant le patio en courant.

Jerrod avait peut-être raison au sujet de Hunter et Brume, mais si ce qu'il disait était vrai il se trompait en pensant que ça ne changeait rien.

Ça changeait tout.

18

Cinq ans plus tôt

La sonnerie du téléphone interrompit un cauchemar, dans lequel Caroline était poursuivie dans un couloir obscur par un homme portant un masque de hockey et brandissant un couteau de boucher. « Merde ! » cria-t-elle. Elle se redressa dans le lit et tenta de se repérer en regardant ce qui l'entourait. Elle était dans sa chambre, dans son lit, une odeur désagréable de pop-corn froid flottait dans l'air, comme une eau de Cologne bas de gamme. Il faisait sombre, la seule lumière provenait de l'écran de télé sur le mur devant elle. À l'écran, une jeune femme terrifiée était poursuivie par un dément brandissant un couteau dans un champ de maïs. La pendule numérique à côté de son lit indiquait une heure trente-cinq du matin.

« *La Nuit de la terreur* revient dans un instant », annonça la voix désincarnée à la télévision, alors que Caroline coupait le son et attrapait le téléphone, le cœur battant, l'adrénaline pulsant dans son corps. Être poursuivie par un psychopathe armé d'un couteau n'était jamais une très bonne chose. Les appels téléphoniques en pleine nuit étaient une chose presque aussi mauvaise.

– Allô ?

– Il vaudrait mieux que tu viennes, dit Hunter.

– Qu'est-ce qui ne va pas ?

– C'est Michelle. Elle…

– Oh ! mon Dieu.

– Calme-toi, dit son ex-mari, d'une voix qui s'adoucit immédiatement. Elle va bien.

Caroline lutta pour rassembler ses pensées, pour remettre dans un ordre logique les événements de la soirée. C'était samedi soir ; Michelle était à une soirée ; Caroline avait passé la nuit seule, à regarder des films d'horreur dans son lit, un bol de pop-corn qu'elle avait préparé sur ses genoux. À un certain moment du carnage ininterrompu, elle s'était vraisemblablement endormie. Michelle avait tout aussi vraisemblablement raté son couvre-feu de une heure du matin. Que faisait-elle chez Hunter ?

– Je ne comprends pas, dit Caroline, son cerveau incapable d'appréhender la situation, la tête sur le point d'exploser.

– Elle est saoule.

– Quoi ?

– Il vaudrait mieux que tu viennes.

Caroline regarda sa chemise de nuit tachée de beurre, puis de nouveau la pendule. Il était tard. Elle était au lit. Michelle était sauve. Le fait que sa fille de quinze ans ait bu était inquiétant, mais ça ne relevait pas vraiment de l'urgence médicale.

– Ne peut-elle pas juste rester chez toi cette nuit ? Je viendrai la chercher à la première heure demain matin.

– Maintenant, dit Hunter avant de raccrocher le téléphone.

Caroline regarda le combiné dans sa main.

– Tout d'suite, chef !

Elle repoussa les couvertures à contrecœur et sortit du lit.

« En quoi est-ce une putain d'urgence ? » marmonnat-elle en enfilant un jean et en passant un sweat-shirt gris léger. Elle était presque à sa porte, clés de voiture à la main, quand elle réalisa qu'elle ne savait pas où elle allait.

– Je ne connais pas ton adresse, dit-elle à Hunter au téléphone l'instant d'après.

Fort heureusement, il y avait peu de circulation à cette heure et Caroline se retrouva rapidement dans la zone autrefois sordide et devenue depuis peu un coin branché baptisé le quartier Gaslamp. Ses yeux cherchèrent parmi les rangées de maisons victoriennes superbement restaurées celle de son ex-mari. Quand ils étaient mariés, Hunter n'aurait pas envisagé de vivre dans cette partie de la ville, pleine de salons de tatoueurs, de sex-shops et de bâtiments sur le point de s'écrouler. Mais la dernière décennie avait vu ces horreurs supplantées par de pimpantes nouvelles galeries d'art, boutiques et restaurants chics. C'était devenu le quartier à la mode où être et être vu, il était donc tout à fait compréhensible que Hunter ait récemment acheté un appartement par ici. Caroline baissa la vitre de sa voiture et respira l'air frais de la nuit. Même à presque deux heures du matin, on entendait toujours la musique émaner de plusieurs boîtes de nuit environnantes, et la vibration d'un solo de basse se répandait dans la rue comme un battement de cœur errant.

Caroline repéra l'adresse de Hunter et se gara sur la première place disponible, à un pâté de maisons de là. On était en octobre et une légère brise soufflait de l'océan. Elle aurait probablement dû enfiler une veste avant de quitter la maison, pensa-t-elle en marchant rapidement dans la rue. Mais Hunter avait l'air tellement pressé. Où était l'urgence, nom de Dieu ? Pourquoi tenait-il tant à ce que Michelle parte de chez lui ?

Ils l'attendaient dans le hall peint en rose : Hunter, très séduisant, ébouriffé, dans un jean et un tee-shirt blanc ; Michelle avait mauvaise mine, ses cheveux décoiffés cachaient tout son visage à l'exception de ses yeux, des yeux qui fixaient sa mère avec une hostilité non dissimulée.

— Tu vas bien ? lui demanda Caroline en ignorant Hunter qui, remarqua-t-elle, était pieds nus.

— Emmène-la à la maison pour la coucher, dit Hunter, comme si Caroline était responsable de l'état de Michelle.

— Je ne comprends pas. Que s'est-il passé ?

— Il est tard, dit-il en repartant déjà vers les ascenseurs. On en parlera demain.

— Hunter…

— On ne pourrait pas juste rentrer ? gémit Michelle.

Caroline regarda Hunter entrer dans l'ascenseur avant d'accompagner sa fille pour sortir du hall jusque dans la rue. Michelle se débarrassa d'un mouvement du bras de sa mère posé sur son épaule dès qu'elles furent sur le trottoir. Elle se retourna pour regarder l'immeuble de briques rouges de Hunter en avançant vers la voiture et vit l'ombre d'une silhouette familière qui les regardait derrière les rideaux, à peu près cinq étages plus haut. Michelle avait-elle fait tant de bazar qu'elle avait réveillé les voisins de Hunter ? Était-ce pour cela qu'il tenait tant à se débarrasser d'elle ?

— Je ne suis pas handicapée, dit sa fille quand Caroline essaya de l'aider à entrer dans la voiture.

— Non, tu as quinze ans et tu es saoule, dit Caroline, incapable de contenir sa colère plus longtemps. Que s'est-il passé ce soir, bon sang ?

Michelle se tassa dans son siège et ne dit rien.

– Que s'est-il passé ? insista Caroline en démarrant pour s'éloigner du trottoir. Que faisais-tu chez ton père ? Et mets ta ceinture de sécurité, ajouta-t-elle quand le signal de la ceinture bipa.

Michelle tira sa ceinture en travers du décolleté profond de son tee-shirt moulant bleu pastel.

– Ce n'est pas ce que tu portais en partant de la maison, dit Caroline en se souvenant du chemisier noir plus discret que sa fille portait plus tôt. Parle-moi, Michelle. Que se passe-t-il ?

Michelle gémit.

– Ce n'est pas une réponse.

Michelle se raidit.

– Tu veux des réponses ? Bien, je vais te donner des réponses. Tu sais que papa et Diana ont fixé une date ?

– C'est une question, pas une réponse, répliqua Caroline, luttant pour garder le contrôle.

– Et qu'elle a à peine vingt et un ans.

– La copine de ton père, ça ne me concerne pas. (*Mon Dieu, vingt et un ans ?*) Et puis ce n'est pas d'eux dont on s'occupe, là.

– Tu as entendu ce que j'ai dit ? Ils sont fiancés. Ils se marient en juin.

– Encore une fois, ce ne sont pas mes affaires.

– Alors, ça ne te dérange pas qu'il se remarie ?

– Ce n'est pas vraiment une surprise.

– Ni qu'ils prévoient cet énorme mariage avec plus de deux cents invités et au moins dix demoiselles d'honneur ?

– Ils t'ont dit ça ?

– Pas tout à fait.

– Comment ça ?

– Je les ai entendus.

– Quoi ? Quand ?

– Avant qu'ils réalisent que j'étais là.

– Je ne comprends pas. Comment ne savaient-ils pas que tu étais là ? Tu veux dire que tu t'es glissée sans prévenir chez ton père ?

– J'ai une clé. Ce n'est pas exactement une effraction quand on a une clé.

– Qu'est-ce que tu faisais là-bas, pour commencer ?

Michelle haussa les épaules, s'appuya contre le repose-tête et ferma les yeux.

– Ah non ! dit Caroline. Personne ne va s'endormir ici tant qu'on n'aura pas été au bout de cette discussion. Maintenant, commence par le début, ordonna-t-elle. Tu es allée à une soirée chez Chloé. Tu t'es saoulée.

– C'est pas comme si j'étais complètement bourrée. J'ai juste bu quelques verres.

– Tu as quinze ans ! Tu ne devrais pas boire du tout. Où étaient les parents de Chloé ?

– Comment le saurais-je ?

– Tu m'as dit qu'ils seraient là.

– Ouais, bon, j'ai menti. Je suppose que tu aurais dû vérifier.

– Je suppose que j'aurais dû. Tu peux ajouter ça à la liste de mes erreurs.

– Ouais, pauvre de toi.

– Sauf qu'il ne s'agit pas de moi. Il s'agit de toi.

– Je sais. Je sais. Je suis une fille horrible et une personne horrible…

– Personne n'a dit que tu étais une personne horrible ou une fille horrible…

– Tu n'as pas besoin de le dire. Je le sens. Je le sens chaque putain de jour.

242

Caroline arrêta la voiture au milieu de la route, et se tourna pour faire face à Michelle.

– De quoi tu parles ?

– Tu crois que je ne sais pas la déception que je suis pour toi ? Mon Dieu, il ne faut pas s'étonner que je boive.

– Tu veux dire que c'est ma faute si tu t'es saoulée ?

– Bien sûr que ce n'est pas ta faute. Rien n'est jamais ta faute.

Une voiture commença à klaxonner derrière elles. Caroline regarda dans son rétroviseur.

– Merde... D'où il sort ?

– On est dans le centre-ville un samedi soir, m'man. Tu n'es pas toute seule sur la route.

Caroline relança la voiture et s'arrêta contre un trottoir, puis coupa le moteur.

– Vraiment ? gémit Michelle. On va faire ça maintenant ?

– On va faire ça maintenant, dit Caroline, tournant la question de sa fille en réponse.

– Je ne me sens pas bien. Je veux juste rentrer à la maison.

– Alors dis-moi ce que tu faisais chez ton père.

– La soirée de Chloé était nulle, alors on était quelques-uns à vouloir aller *Chez Maxie*.

– Qui est Maxie ?

– Pas qui. Quoi. (Michelle leva les yeux au ciel, comme pour dire : « Mais tu n'es vraiment au courant de rien ? ») C'est une boîte. (Elle agita sa main pour en indiquer vaguement la direction.) À quelques pâtés de maisons.

– Comment y es-tu rentrée ? Tu as quinze ans.

– Je sais quel âge j'ai. Tu n'as pas besoin de me le

répéter tout le temps. (Cette fois, elle ne leva pas seulement les yeux au ciel, mais toute sa tête.) J'ai une fausse carte d'identité.

— Tu as une fausse carte d'identité ?

— Comme tout le monde.

— Pas comme tout le monde. Moi, je n'en ai pas.

— Parce que tu n'en as pas besoin, dit Michelle, comme si ça justifiait quoi que ce soit. Tu es vieille, bordel.

— OK. Ça suffit.

— Tu veux entendre le reste de l'histoire ou pas ?

Caroline ne dit rien. Elle tourna la paume de sa main droite vers le haut, comme pour indiquer à Michelle que la parole était à elle.

— On est allés *Chez Maxie*. On a dansé. Il faisait chaud. J'ai commencé à me sentir mal, alors je suis partie. L'appartement de papa était juste au coin de la rue, et je me suis dit que je pourrais y rester pour la nuit. J'avais l'intention de t'appeler. Pour que tu ne t'inquiètes pas, insista-t-elle. J'ai une clé, comme je te l'ai dit. Alors j'y suis allée. Je marchais sur la pointe des pieds dans le couloir, parce que je ne voulais pas le réveiller, au cas où il dormirait, et c'est là que je les ai entendus.

— Tu as entendu ton père et cette… cette dénommée Diana parler de leur mariage ?

— Ouais. Enfin, pas au début. Au début, je les ai entendus… tu sais, gémir et tout ça.

Merde ! pensa Caroline en essayant de ne pas se souvenir de la variété de bruits que faisait Hunter quand ils couchaient ensemble.

— Puis Diana a dit quelque chose comme « Ça sera toujours aussi bon quand on sera mariés ? », et papa a dit « Encore meilleur, même ». Et je crois que c'est là que j'ai vomi.

– Tu as vomi ?

– C'est là qu'ils ont réalisé que j'étais là.

– Tu as vomi ? répéta Caroline, en résistant à l'envie de se jeter au cou de sa fille et de couvrir son visage de baisers.

– Papa a paniqué.

– Oui, ça j'en suis sûre.

– Il a bondi du lit et a commencé à courir dans la pièce comme un fou. Et Diana lui criait de mettre quelque chose, parce que, évidemment, il était tout nu. Enfin, c'est là qu'il t'a appelée, qu'il t'a demandé de venir et de me récupérer. OK ? Tu es contente, maintenant ?

– Oui, dit Caroline en étouffant un rire avant qu'il puisse s'échapper.

Très.

– On peut rentrer ?

– Elle n'a vraiment que vingt et un ans ?

– Plutôt trente, je crois. On peut rentrer à la maison maintenant, s'il te plaît ?

Caroline redémarra la voiture.

– Je t'aime, dit-elle.

Michelle dormait encore à midi le lendemain, quand Hunter téléphona pour discuter de ce qui s'était passé et s'excuser de son comportement.

– J'ai cru comprendre que tu allais te marier, dit Caroline.

Une seconde de silence, puis : « J'allais te le dire… »

– Tu as fixé une date ?

– Le 19 juin. Nous avons pensé que c'était mieux d'attendre un peu. Jusqu'à ce que les choses se tassent.

Caroline savait qu'il faisait référence à la montagne

d'articles susceptibles d'être publiés dans les prochaines semaines, des récits pour marquer le dixième anniversaire de la disparition de Samantha. Les journalistes seraient ravis de sauter sur la moindre bribe, fût-elle sans rapport avec l'événement de départ. Le divorce de Hunter et Caroline avait été traité comme un fait marquant par tous les magazines du pays. Son remariage avec une femme plus jeune jetterait sans aucun doute encore plus d'huile sur un feu déjà inextinguible.

— Je suis désolé, dit-il encore avant que Caroline raccroche.

Elle ne réalisa pas qu'elle pleurait, jusqu'à ce qu'elle sente les larmes couler entre ses lèvres. Elle les balaya du dos de la main et saisit le petit carnet de notes qu'elle gardait près du téléphone dans la cuisine. « Partie chez Nicolas », griffonna-t-elle en faisant référence au petit épicier à quelques pâtés de maisons. Elle y faisait parfois quelques courses malgré les prix exorbitants.

« Si tu veux savoir ce que les épiciers te feront payer dans le futur, s'était un jour moquée Peggy, fais tes achats chez Nicolas aujourd'hui. » « Je reviens vite », ajouta Caroline.

Non pas qu'elles aient besoin de quoi que ce soit, pensa Caroline en descendant la rue. Plutôt qu'elle avait besoin de sortir de la maison. Et un peu d'exercice ne lui ferait pas de mal. Elle n'avait pas pu s'empêcher de remarquer combien Hunter était toujours séduisant, comment il continuait de s'entretenir si bien alors qu'elle se laissait un peu aller, d'abord en abandonnant le club de sport qu'ils fréquentaient ensemble, puis le tapis de course qu'elle conservait dans son dressing à une époque pour s'en servir quotidiennement, et qu'elle n'avait pas remplacé quand il avait cessé de fonctionner.

Elle entra chez Nicolas, attrapa un petit panier vert en plastique à côté de la porte d'entrée et commença à aller et venir dans les allées, s'arrêtant au rayon fruits et légumes, soulevant un avocat pour essayer d'évaluer sa maturité.

— Tout va bien ? entendit-elle.

Caroline se retourna et se retrouva face à un homme charmant d'une quarantaine d'années. *Pas vraiment charmant*, se dit-elle, en jaugeant les cheveux blond foncé clairsemés qui tombaient dans ses yeux bruns et les rides profondes qui entouraient sa bouche trop large. Tout en léger excès. Pourtant, il y avait quelque chose d'attirant chez lui.

— Excusez-moi ?

— Vous êtes en train d'étrangler cet avocat, dit-il. Y a-t-il un problème ?

Caroline lâcha rapidement l'avocat dans son panier.

— Je suppose que j'ai juste divagué quelques minutes. Je suis désolée.

Pourquoi s'excusait-elle ? Elle ne connaissait pas cet homme. Elle ne lui devait aucune explication, et encore moins des excuses.

— Pas besoin de vous excuser, dit-il comme s'il lisait dans ses pensées. Vous avez l'air de vous y connaître, continua-t-il en souriant. Peut-être pourriez-vous m'aider… (Il tendit un melon vers elle.) Je ne sais jamais quand ils sont mûrs.

Essayait-il de la séduire ?

— Est-ce que vous me demandez de tâter votre melon ? demanda-t-elle, surprise par la coquetterie dans sa voix.

Ça faisait longtemps qu'elle n'avait pas flirté de la sorte avec un homme. Plus depuis Hunter. Et maintenant, il allait se marier. Avec une femme de plus de dix ans sa

cadette. Une femme avec qui il s'envoyait prodigieuse-
ment en l'air quand sa fille en état d'ébriété était arrivée
par hasard et avait vomi sur le pas de sa porte. Et Caroline
n'avait pas eu de relation sexuelle depuis dix ans. Elle
n'avait même pas regardé un autre homme depuis que
Hunter était parti. N'était-ce pas injuste ?

— Pourquoi ne pas commencer par un café ? demanda
l'homme.

Caroline laissa son panier sur une pile de tomates en
grappes. Elle suivit l'homme dehors jusqu'au *Starbucks*
au coin de la rue, sans même lui demander son nom.

19

Aujourd'hui

« Fils de pute ! » criait Caroline en roulant à toute allure sur Mission Boulevard en direction du quartier chic de La Jolla. « Fils de pute ! » Elle frappa le volant de la paume, le faisant glapir de protestation, puis essuya du dos de la main les larmes qui roulaient sur ses joues depuis qu'elle avait laissé Jerrod bouche bée à sa table dans le patio de *Darby*. « Comment as-tu pu faire ça, fils de pute ? » Elle regarda à droite et vit le conducteur de la voiture d'à côté la regarder d'un air préoccupé et effrayé. « Mêle-toi de tes affaires ! » lui hurla-t-elle à travers la vitre du passager fermée, et il tourna rapidement la tête.

L'avait-il reconnue ? Lirait-elle le récit de son étrange comportement dans les journaux du lendemain ? Prenait-il à l'instant même discrètement des photos avec son portable ? Des photos qui tapisseraient Internet le lendemain matin ? « La mère de l'enfant disparue Samantha Shipley fait une crise de nerfs en public en pleine circulation. »

« Je n'y crois pas », marmonna-t-elle en accélérant. Elle prit la voie de droite quand Mission Boulevard devint La Jolla Boulevard, en surveillant la sortie qu'elle devait prendre. « Je n'y crois pas. »

Qu'est-ce que je ne crois pas ? se demanda-t-elle l'instant suivant. Que Hunter l'ait trompée ? Que c'était drôle. Bien sûr que Hunter l'avait trompée. Bien des fois, et avec bien des femmes. Mais avec Brume ? L'avait-il vraiment trompée avec une femme qu'il avait souvent raillée pour sa légèreté, dont il avait dit plus d'une fois que « ça ne volait pas haut » ? *Haut comment ?* se demandait maintenant Caroline. *À quel point exactement ?*

« Au plus haut point, apparemment », annonça-t-elle à son reflet ébahi dans le rétroviseur. Donc elle croyait bien que Hunter avait pu coucher avec Brume. Comment ne s'en était-elle pas doutée plus tôt ? Elle repensa à cette nuit au restaurant de plein air à leur hôtel de Rosarito, et se souvint que Hunter et Brume étaient sortis de table au même moment, Brume pour soi-disant aller chercher un châle, Hunter pour aller voir les filles. Elle les vit dans sa tête partir dans deux directions différentes en sortant du restaurant, mais cette tromperie pouvait très facilement avoir été mise en scène et tout aussi facilement rectifiée. Elle les revit revenir à peu près un quart d'heure après, et à quelques minutes d'intervalle, Hunter prétendument retardé par son attente prolongée devant l'ascenseur, Brume parce qu'elle avait dû défaire toute sa valise pour trouver un châle.

Sauf que Brume n'avait rien défait et que Hunter n'était pas allé voir les filles. Au lieu de ça, ils étaient ensemble, occupés à prendre leur pied comme un couple d'adolescents surexcités pendant que quelqu'un pénétrait dans la suite de Caroline et s'enfuyait avec son bébé. Et Hunter n'en avait pas dit un mot. Pas à la police. Pas à elle. Pas à l'époque. Pas depuis quinze ans. Qu'est-ce qu'il lui avait caché d'autre ? « Sois maudit, Hunter ! Sois maudit ! »

Caroline sortit de La Jolla Boulevard à Torrey Pines

Road. Elle remarqua à peine le parc naturel de La Jolla en doublant la parcelle de verdure. Elle ne vit pas la voiture de police garée sur le côté de la route et ne remarqua pas l'agent de police jusqu'à ce qu'il la poursuive. Elle ne comprit pas que les sirènes retentissaient pour elle, jusqu'à voir les lumières rouges se refléter dans son rétroviseur et constater que le policier en uniforme lui coupait la route en lui faisant signe de s'arrêter sur le bas-côté.

– Vous savez à quelle vitesse vous rouliez ? demanda-t-il quand Caroline baissa sa vitre.

– Je suis désolée, dit-elle. Je n'avais pas réalisé…

– Vos papiers, ordonna-t-il.

Caroline attrapa son sac sur le siège passager et plongea sa main dedans pour en sortir son portefeuille avant de le tendre au policier à l'air juvénile.

– Sortez-les du portefeuille, s'il vous plaît.

– Oh ! Pardon…

Elle eut du mal à ouvrir le portefeuille, et encore plus à en sortir son permis. Ses doigts tremblaient et refusaient d'obtempérer. Elle prit une grande respiration, posa le portefeuille sur ses genoux et essaya de nouveau.

– Vous êtes nerveuse pour une raison particulière ? demanda l'agent sur un ton accusateur.

Caroline secoua la tête et s'excusa encore. Depuis son expérience avec les autorités mexicaines, qui l'avaient quasiment accusée d'être complice de la disparition de sa fille, elle était très angoissée quand elle avait affaire à la police. Son cœur se mit à battre trop vite, ses mains devinrent moites, son souffle se fit douloureusement haletant.

– Voilà, dit-elle en réussissant enfin à libérer son permis et sa carte grise de leurs pochettes intercalaires en plastique.

L'agent compara son visage à sa photo et s'arrêta un instant sur son nom.

– Vous êtes Caroline Shipley ? demanda-t-il. *Avez-vous assassiné votre enfant ?*

Caroline détourna le regard, incapable de répondre.

– M'dame ?

– Oui, je suis Caroline Shipley.

– Vous rouliez à trente kilomètres-heure au-dessus de la limite, lui dit-il.

– Trente kilomètres ? répéta-t-elle, hébétée.

– Avez-vous bu ?

– Bu ? Non.

Le policier allait-il insister pour la faire souffler dans un éthylotest, et la gorgée de champagne qu'elle avait bue plus tôt allait-elle ressortir ? Que dirait-il si elle refusait de coopérer ? Est-ce qu'il l'embarquerait en prison, comme c'était arrivé à Michelle quelques mois plus tôt ? Elle pouvait déjà voir les gros titres : « La mère de l'enfant disparue, Samantha Shipley, arrêtée sous l'emprise de l'alcool. » Ou pire : « C'est de famille : la mère et la sœur de l'enfant disparue Samantha Shipley, toutes deux accusées de conduite en état d'ivresse. »

– Restez dans le véhicule, s'il vous plaît, dit le policier avant de retourner vers sa voiture pour transmettre les informations la concernant à son poste de commande. J'ai bien peur que ça ne vous coûte cher, annonça-t-il en revenant. (Il lui rendit son permis et sa carte grise avec une amende pour excès de vitesse de 300 dollars.) Vous me diriez pourquoi vous rouliez si vite ?

Je fonçais mettre mon ex-mari face à sa liaison avec la femme de son ancien associé, une femme qui était là soi-disant pour fêter nos dix ans de mariage alors qu'en réalité elle était là pour baiser avec mon mari. En fait, elle baisait avec lui pendant qu'il était censé surveiller nos filles, peut-être même qu'elle le montait au moment même où notre plus jeune fille était sortie de son lit et emmenée loin de là. Et j'étais aussi pressée parce que trop de temps a déjà été perdu à cause de ses mensonges, des mensonges qu'il m'a racontés, qu'il a racontés à la police, des mensonges qu'il a racontés au monde entier pendant quinze ans.

– J'étais absorbée par la conduite, c'est tout, dit-elle à la place.

Le policier opina.

– Bien, ralentissez. Vous ne voudriez pas tuer quelqu'un.

Avez-vous assassiné votre enfant ?

Caroline balança l'amende, son permis et sa carte grise dans son sac. Elle remettrait ses papiers à leur place quand ses mains ne trembleraient plus.

– Merci, dit-elle au policier, ne trouvant rien d'autre à dire.

Il recula et elle relança la voiture dans la circulation, après avoir regardé dans son rétroviseur l'agent retourner à sa voiture. Avait-il compris qui elle était, ou infligeait-il sans distinction son air renfrogné à tous les conducteurs imprudents qu'il croisait ?

– Va te faire foutre, Hunter Shipley, dit-elle en appuyant sur l'accélérateur tout en prenant garde de respecter la limitation de vitesse en continuant sa route vers la nouvelle adresse de Hunter. *Tout est ta faute. Je devrais te refiler cette putain d'amende.*

La Torrey Pines Road devenait en tournant Torrey Pines Drive, avec ses sublimes petits châteaux qui surplombaient l'océan. Hunter avait toujours rêvé de posséder une propriété ici, dans ce que les habitants de La Jolla appelaient le « Joyau » de San Diego. Et aujourd'hui, grâce à la combinaison de beaucoup de travail et d'une jeune femme riche, il y était arrivé. *Certains rêves se réalisent*, pensa-t-elle à regret en garant sa voiture dans l'allée de la maison ultramoderne de bois et de verre de deux étages, et en coupant le moteur. « Va te faire foutre, Hunter », murmura-t-elle en sortant de la voiture, ces mots se répétant en elle-même pendant qu'elle pressait le pas sur l'allée de pierre menant à l'énorme porte d'entrée en chêne.

Elle sonna, puis frappa plusieurs fois avec la queue du heurtoir en bronze en forme de dauphin. *Magne-toi, minable fils de pute.*

L'idée lui vint soudain qu'il pouvait ne pas être là. C'était le week-end, après tout. Peut-être que lui et Diana avaient emmené leurs deux jeunes enfants pour une promenade en bord de mer ou une expédition en voiture le long de la côte. Peut-être qu'elle s'était dépêchée jusqu'ici, au prix d'une amende de 300 dollars, pour rien du tout.

La porte s'ouvrit. Une jeune femme mince à la peau parfaite, aux longs cheveux blonds, avec un bébé sur la hanche se tenait devant elle, ses yeux bleus grands ouverts avec inquiétude.

– Caroline ?

– Diana ?

Caroline n'avait en fait jamais rencontré la seconde femme de Hunter. Elle avait vu des photos d'elle, entendu Michelle vanter sa beauté à l'occasion, mais rien qui l'aurait préparée à une telle beauté. *Comme une petite poupée de porcelaine*, pensa-t-elle, se sentant enrobée et pataude face à elle. En comparaison, le bébé dans ses bras était plus un poupon Patouf qu'une porcelaine de Chine, une bouille rouge et chiffonnée, même si Caroline pouvait voir des traces de Hunter, *des traces de Samantha*, dans ses immenses yeux en amande. Elle détourna le regard, luttant contre l'envie d'arracher l'enfant des bras de sa mère et de fuir.

– Quelque chose ne va pas ?

– Où est Hunter ?

– Quelque chose est arrivé à Michelle ?

La douce voix de Diana trahissait son inquiétude.

– Michelle va bien. J'ai besoin de parler à Hunter.

– Que se passe-t-il ? cria son ex-mari de quelque part dans la maison.

– Caroline est venue te voir, lui lança Diana en retour.

– Entre, dit-elle à Caroline en l'invitant du geste à l'intérieur avant de fermer la porte derrière elle.

– Il faut que je te parle, espèce de fils de pute ! cria Caroline à la volée.

Elle balaya du regard l'immense hall d'entrée circulaire jusqu'à l'escalier en colimaçon où se tenait Hunter, qui les regardait depuis l'étage.

En quelques secondes, il fut à côté d'elle.

– Mais que se passe-t-il ? Que fais-tu là ? Est-ce que Michelle…

– Tu baisais Brume, sale fils de pute ? explosa-t-elle au point de le faire reculer.

Le bébé dans les bras de Diana commença à geindre.

– Oh ! Attends une minute. Baisse le ton.

– Ne me dis pas de baisser le ton…

– Emmène le bébé en haut, ordonna-t-il à sa femme, qui s'exécuta immédiatement et sans poser de question.

– Calme-toi, dit-il à Caroline.

– Je ne me calmerai pas.

– Alors tu vas devoir partir.

– Oh, vraiment ? Tu vas me mettre dehors ? Tu vas appeler les flics ? Tu veux vraiment que tout le monde sache que tu baisais la femme d'un autre homme pendant que quelqu'un se faisait la malle avec ta fille ?

Le visage de Hunter perdit toutes ses couleurs. Il leva les mains en signe de reddition.

— Je veux juste que tu te calmes et que tu baisses le ton. Je suis prêt à parler de...

— Tu es prêt à parler de ça ? répéta Caroline incrédule. Quinze ans après, tu es prêt à parler de ça ?

— Viens dans le séjour. On va s'asseoir et en parler comme deux adultes raisonnables.

Il se dirigea vers la droite, dans le grand salon inondé par la lumière du jour.

Caroline riait presque en le suivant dans la salle de séjour meublée avec goût, dont les grandes baies vitrées surplombaient l'océan. Se rendait-il compte comme il avait l'air ridicule ? Ne voyait-il pas qu'il avait cessé d'être un adulte raisonnable quinze ans plus tôt ? Elle s'installa sur les coussins rembourrés du canapé en velours aubergine. Il resta debout, au-dessus du siège en brocart doré, à sa gauche.

— Qu'est-ce que tu crois exactement savoir ?

— Je sais que tu baisais Brume...

— Crois-tu que tu pourrais arrêter d'employer ce mot ?...

— Non, je ne crois pas que je pourrais arrêter d'utiliser ce putain de mot, lui dit Caroline en le voyant grimacer. C'est un bon mot. Un mot génial. Et je ne crois pas savoir quelque chose. Je *sais*, putain, avec certitude, que tu baisais Brume Bolton. Tu ne vas tout de même pas essayer de nier, quand même ?

Hunter sembla sur le point de le faire, puis se ravisa.

— Très bien. D'accord. Oui, j'ai eu une aventure avec

Brume. Mais c'était juste après le Mexique, quand tu ne voulais plus de moi.

— Menteur ! lâcha Caroline.

— Caroline…

— J'ai parlé avec Jerrod Bolton aujourd'hui. Il m'a appelée et dit que Brume avait tout avoué. Ils divorcent, au fait. Tu peux être très fier de toi.

Hunter s'assit sur le fauteuil sans rien dire.

— Tu m'as fait croire que c'était ma faute, que tu me quittais parce que tu ne pouvais pas vivre avec les reproches que tu voyais dans mes yeux tous les jours. Que c'était ma froideur qui t'avait poussé dans les bras d'autres femmes. Alors qu'en vérité tu couchais avec d'autres femmes pendant tout ce temps. Avant que nous allions à Rosarito. *Après* que nous étions rentrés. *Pendant* qu'on était là-bas.

— OK. OK. Tu as gagné. Je suis vraiment une merde. C'est ça que tu veux m'entendre dire ?

— Je sais déjà que tu es une merde. Je n'ai pas besoin que tu me le dises, répliqua Caroline.

Elle chassa ses cheveux de son visage et secoua la tête au souvenir de leur dernière nuit ensemble.

— Quand je pense comment je t'ai supplié, comment j'ai négocié avec toi pour que tu restes, promis que les choses seraient différentes si tu me donnais juste une autre chance…

— Ce n'est pas ce que tu voulais. Pas vraiment. Nous le savons tous les deux. Nous savions tous les deux que c'était fini, que c'était fini depuis deux ans.

Il se frotta le front.

— Je ne comprends pas ce qui peut sortir de bénéfique de parler de tout ça maintenant.

— Tu ne vois vraiment pas ?

257

– Si tu attends des excuses…

– Je ne veux pas de tes putains d'excuses.

– Alors, qu'est-ce que tu veux ?

Caroline ignora la question.

– Tu couchais avec Brume, répéta-t-elle.

Encore une fois, Hunter leva les mains en signe de reddition.

– Oui. Je crois que ce fait a déjà été mentionné.

– Et tu couchais avec elle *pendant* que nous étions à Rosarito.

– Oui.

– La nuit de notre dixième anniversaire de mariage.

– Oui, putain de merde !

– Pas de gros mots, s'il te plaît, dit Caroline parce qu'elle ne pouvait pas s'en empêcher. Et tu couchais avec elle quand tu étais censé aller voir nos enfants.

– Toi et moi y allions à tour de rôle toutes les demi-heures, nom de Dieu. Tu venais d'y aller. Tu as dit qu'elles allaient bien.

– Elles *allaient bien*, dit Caroline, enragée.

Sous-entendait-il autre chose ?

– Je ne sais pas ce que tu veux que je dise.

Hunter regarda les poutres en bois blanchi qui apparaissaient sous le haut plafond, comme s'il espérait à moitié qu'une réponse se trouve nichée dans les aspérités.

– Je veux que tu me dises pourquoi tu as gardé ça secret pendant quinze ans, pourquoi tu n'as rien dit quand la police t'a demandé…

– Qu'est-ce que j'allais leur dire, Caroline ? Que je n'étais pas vraiment allé voir mes filles parce que je baisais la femme de mon ami ?

– Oui, dit Caroline. C'est exactement ce que tu aurais dû leur dire.

— En quoi ça aurait pu aider ? Réfléchis. Notre bébé avait disparu. Tu étais en crise. La dernière chose que tu avais besoin d'entendre était que j'étais infidèle. Je ne pouvais pas te le dire. Je ne pouvais pas te faire mal comme ça…

— N'espère même pas me faire avaler ces conneries. Pas maintenant. Je n'y crois plus. Tu ne pensais pas à mes sentiments, ni à ce dont j'avais besoin. Ce dont j'avais besoin, c'était la vérité. Ce n'était pas pour moi. Tout ça, c'était pour toi.

— OK. Si tu veux le voir comme ça, c'était pour moi. Je ne comprends simplement pas quelle différence ça fait de ressasser ça maintenant. Ça ne change rien à ce qui est arrivé *à l'époque*.

— Ça aurait pu ne pas arriver du tout, dit Caroline. Si tu avais été là où tu étais censé être, Samantha serait peut-être toujours avec nous.

— Tu crois que je ne le sais pas ? Tu crois que je ne porte pas cette culpabilité depuis quinze ans ?

Hunter enfouit son visage dans ses mains.

— Tu ne crois pas que je me tiens pour responsable de ce qui est arrivé ? Que je ne regrette pas mes choix, mes actions, tout ce que j'ai fait, tout ce que je n'ai pas fait, à chaque instant tous les jours ? Je n'aurais pas dû insister pour qu'on sorte ce soir-là. Je n'aurais pas dû continuer avec Brume. Je n'aurais pas dû mentir, ni à toi ni à la police. Et je suis tellement désolé, Caroline. Plus désolé que tu ne le sauras jamais.

Caroline lutta contre un élan de compassion. Sa culpabilité, ses excuses, aussi sincères qu'elles soient, n'avaient pas de poids, pas d'importance. Tout ce qui comptait, c'étaient les faits.

— Je suis allée voir les enfants à neuf heures, dit-elle sans faiblir. Tu as dit à la police que tu y étais allé à neuf heures et demie. Nous sommes revenus dans la chambre un peu après dix heures, donc la police, comme nous tous, a considéré que celui qui avait enlevé Samantha l'avait fait pendant cette fenêtre de trente à quarante minutes, alors qu'en fait ça a pu arriver plus tôt. Celui ou celle qui l'a enlevée a pu le faire et disparaître dès neuf heures, pas neuf heures et demie.

— Et même…

— Ça change tout le déroulement des événements. Trente minutes, Hunter. Trente minutes que la police n'a pas explorées, trente minutes pendant lesquelles l'emploi du temps des employés de l'hôtel et des clients n'a pas été vérifié, trente minutes qui ont été ignorées par les agents de la frontière mexicaine, trente minutes de plus pour son kidnappeur pour disparaître sans laisser de traces.

— On n'en sait rien.

— Non, concéda Caroline en se levant. Et grâce à toi, nous ne le saurons jamais. Trop de temps a passé. Il est bien trop tard.

Elle passa de la salle de séjour au grand vestibule circulaire.

Diana se tenait au pied de l'escalier, son bébé dans les bras, son fils de deux ans accroché à sa jambe.

— Papa ! glapit le garçon en fonçant vers son père.

Hunter se baissa et prit son fils dans ses bras. Le garçon regarda timidement Caroline, qui vit Samantha se matérialiser derrière le sourire qui se dessinait doucement sur le visage de l'enfant.

— Oh ! mon Dieu.

Elle fondit en larmes.

— Je suis tellement désolé, dit Hunter.

— Tu as une famille magnifique, murmura Caroline en ouvrant la porte avant de quitter la maison.

20

Cinq ans plus tôt

Il s'appelait Arthur Wainwright et il était consultant, expliqua-t-il devant un café au *Starbucks*. Quelque chose en rapport avec les banques, le genre de métier que Caroline n'avait jamais tout à fait compris, malgré ses efforts pour en saisir les concepts.

– Et vous vous appelez ?

– Caroline.

– Caroline ?…

– Caroline Tillman, dit-elle.

Son nom de jeune fille lui était venu aux lèvres avant même qu'elle s'en rende compte. Elle envisagea de se reprendre, puis y renonça. De toute évidence il ne savait pas qui elle était et elle ne le reverrait certainement jamais. Alors, pourquoi gâcher une si plaisante rencontre en révélant sa véritable identité ?

– Caroline, c'est un joli prénom, dit-il. Pas comme Arthur. Dieu seul sait ce que ma mère avait en tête.

– Vous n'aimez pas Arthur ?

– Ça va. C'est seulement démodé.

– C'est vrai qu'on ne rencontre plus beaucoup d'Arthur de nos jours, approuva Caroline en se demandant ce qu'elle faisait ici avec cet homme, cet Arthur

Wainwright. Mais c'est un prénom fort. Ça devait avoir du sens pour elle.

— La seule chose qui avait du sens pour ma mère, c'était de savoir d'où viendrait son prochain verre.

— Elle était alcoolique ?

— Et mesquine, avec ça.

Caroline se mit presque à rire.

— La mienne est une narcissique mesquine.

— Aux mères, dit Arthur, trinquant avec sa tasse en carton contre celle de Caroline.

Caroline se rendit compte qu'elle passait un bon moment. Ça faisait longtemps qu'elle n'avait pas apprécié la compagnie d'un homme, longtemps qu'elle ne s'était pas autorisé ce genre de détente.

— Alors, que faites-vous dans la vie ? demanda-t-il. Quand vous ne tâtez pas des melons, je veux dire.

— Enseignante en lycée. Mathématiques.

— Des mathématiques ? C'est vrai ? Je trouve ça fascinant.

— Ah bon… Pourquoi ?

— Parce qu'il y a pas tant de femmes que ça qui enseignent les maths. Du moins pour ce que j'en sais. Et pour ce que j'ai pu constater. Les femmes sont profs de langues et d'histoire, pas d'algèbre et de géométrie.

Caroline repensa à ses propres profs de maths au lycée. Il avait raison. Aucun n'avait été une femme.

— Mon père était prof de maths. Ceci explique peut-être cela.

— Peut-être. Mais je pense qu'il y a plus que ça.

— Comme ?

— Je ne sais pas. Vous me donnez l'impression d'être quelqu'un de très profond, donc ça a peut-être un rapport avec une envie de donner du sens au monde.

– Vous pensez que je suis profonde ?

Caroline ne put s'empêcher de se sentir flattée.

– Pas vous ?

– J'essaie d'éviter, dit-elle.

Elle lui fut reconnaissante d'en rire.

– Il y a quelque chose de magnifiquement absolu dans les mathématiques, continua-t-il. C'est tellement évident. Tellement vrai. Que disait Keats ? « Beauté c'est vérité, vérité c'est beauté / Voilà tout ce que vous savez sur terre, tout ce qu'il vous faut savoir. » (Il haussa les épaules, gêné.) Quelque chose comme ça, en tout cas.

– Un consultant en banque qui cite les poètes romantiques, dit Caroline. Intéressant.

– Ma femme avait une maîtrise de lettres.

Caroline posa sa tasse de café sur la petite table ronde qui se trouvait entre eux.

– Vous êtes marié ?

Il hésita.

– Veuf. (Il s'éclaircit la gorge.) Ça fait cinq ans, et j'ai toujours du mal à prononcer ce mot.

– Mes condoléances. Elle était malade ?

– Pas un jour de sa vie. Une santé de fer jusqu'au moment où un connard bourré l'a percutée alors qu'elle emmenait notre petite fille de six ans à l'école.

– Votre fille…

– Tuée sur le coup.

– Mon Dieu, quelle horreur !

– Huit heures du matin, et le type était déjà bourré comme un coing. Il n'avait même pas compris qu'il avait renversé quelqu'un, jusqu'à ce que la police arrive pour l'arrêter. Mon Dieu, je hais les alcooliques. Enfin, dit-il en revenant au présent, j'imaginais ce premier rendez-vous un peu plus enjoué.

– C'est un premier rendez-vous ?

– Je l'espérais, en quelque sorte.

– Je n'ai pas eu de rendez-vous depuis longtemps, reconnut-elle en portant sa tasse de café à ses lèvres. Je suis divorcée, admit-elle entre deux gorgées. Ça fait à peu près huit ans.

– Des enfants ?

– Une fille. Michelle. Une adolescente. Pas vraiment du genre facile.

Caroline ressentit une pointe de culpabilité. La fille d'Arthur était morte, écrasée par un conducteur ivre en allant à l'école avec sa femme. Qui était-elle pour se plaindre d'une ado difficile ? Elle lutta contre l'envie de lui parler de Samantha.

– Vous vous entendez bien avec votre ex ? demanda-t-il, ce qui l'arrêta juste à temps.

– Pas vraiment. Enfin, si, d'une certaine façon, je pense, corrigea-t-elle. Nous ne sommes pas des ennemis ou quoi que ce soit de ce genre.

– C'est une bonne chose.

– Pas vraiment amis non plus, cependant.

– Je suppose que vous n'auriez pas divorcé si vous vous entendiez bien.

– Il va se remarier en juin, lui confia Caroline. Un grand mariage, avec tout le tralala.

Arthur baissa la tête et releva les yeux, visiblement soulagé de ne plus être le sujet de la conversation.

– Et qu'est-ce que ça vous fait ?

– Pas grand-chose, ni dans un sens ni dans l'autre. Non, ce n'est pas vrai, dit-elle dans la foulée. Pour être honnête, ça m'irrite un peu.

– Parce que vous l'aimez toujours ?

– Parce que sa fiancée est bien plus jeune que moi.

264

Il rit.

– Vous pensez toujours que je suis profonde ?

– Je pense que votre ex est un idiot de vous avoir laissée partir.

Caroline secoua la tête.

– Ouais, bon, vous ne me connaissez pas vraiment.

– J'aimerais.

Elle se pencha en avant et posa ses coudes sur la table.

– Pourquoi ?

– Pourquoi ? répéta-t-il. Eh bien, pour commencer, vous êtes magnifique, intelligente et plutôt mystérieuse. C'est une combinaison qui est toujours intrigante.

– Vous me trouvez mystérieuse ?

– Gente dame, je crois qu'il y a plein de choses qui se passent dans cette tête adorable.

À son tour à elle de rire.

– Et si elle était vide ?

– Aucun risque, dit-il.

– Vous n'êtes pas de Californie, non ? demanda-t-elle.

Elle se sentait rougir et s'accrocha à la discrète trace d'accent de la côte Est qu'elle avait entendue dans sa façon de prononcer les voyelles.

– Utica, État de New York, dit-il. Je me suis installé ici après… Ça fait quatre ans que je suis là.

– J'en déduis que vous vous plaisez ici.

– Comment pourrait-il en être autrement ? Du soleil presque tous les jours, une température qui ne s'éloigne jamais de plus de cinq degrés de la douceur, l'océan Pacifique, le Mexique sur le pas de ma porte.

Caroline sentit le gobelet de café glisser entre ses doigts à l'évocation du Mexique. La main d'Arthur se déplaça très vite pour le rattraper avant qu'il tombe.

– Il s'en est fallu de peu, dit-il en essuyant les

éclaboussures de liquide sombre sur son avant-bras musclé.

— Désolée.

— C'est quelque chose que j'ai dit ?

— Non. Mais vous savez y faire avec les mots.

— Vraiment ?

— « Une température qui ne s'éloigne jamais de plus de cinq degrés de la douceur, l'océan Pacifique, le Mexique sur le pas de ma porte », cita-t-elle en ayant du mal à prononcer le mot *Mexique*, qu'elle sentit trembler sur sa langue.

— J'ai dit ça ?

— Vous avez dit ça.

— Eh bien, c'est vrai. À mon humble avis, la Californie du Sud est ce qui se rapproche le plus du paradis sur terre.

— Il me semble.

— Alors, dites-m'en plus sur Caroline Tillman, dit-il. Est-ce qu'elle aime le sport, le cinéma, voyager ?

— Elle aime le base-ball. Je sais que beaucoup de gens trouvent ça ennuyeux et il me semble que ça peut être le cas. Mais j'adore toutes ces statistiques. Suivre les frappes, les points, les fautes, combien de retraits, tout ça. C'est un peu… je ne sais pas…

— Poétiquement mathématique ? proposa-t-il.

Caroline rit de nouveau, elle trouvait Arthur Wainwright plus séduisant de minute en minute.

— Et les voyages ?

— Je n'ai pas vraiment eu d'occasions depuis mon divorce.

— Je suppose que ce n'est pas facile en étant parent célibataire.

Caroline haussa les épaules.

– Peut-être est-ce juste que je ne suis pas très téméraire. Et vous ? demanda-t-elle avant qu'il puisse la contredire.

– Un peu de tout ça. Le sport, le cinéma, les voyages.

– Quel est l'endroit que vous avez préféré parmi ceux où vous êtes allé ?

– Barcelone, dit-il aussitôt. C'est une ville superbe. Et je suis fou de tout ce qui est espagnol. C'est sûrement pour ça que j'aime tant le Mexique. Vous aimez manger mexicain ?

– Pas vraiment. Désolée.

– Pas besoin d'être désolée. Quel genre de nourriture vous aimez ?

– J'aime les pâtes.

– J'aime les pâtes, répondit-il en écho. Et il se trouve que je connais ce petit restaurant italien formidable sur Harbor Drive. On pourrait aller y déjeuner. Vous avez faim ?

– Je suis affamée, dit Caroline.

Il se leva.

– On y va ?

Et de nouveau, Caroline suivit Arthur Wainwright sans un mot dans la rue.

– Comment ça, tu ne rentres pas déjeuner, demanda Michelle au téléphone une demi-heure plus tard. Qu'est-ce que je suis censée faire ?

Caroline regarda son reflet dans le miroir des petites toilettes pour femmes du restaurant. Elle replaça une mèche de cheveux derrière son oreille en tenant son téléphone contre l'autre.

– Je ne sais pas. Fais-toi une omelette.

– Je ne mange pas d'œufs.

– Alors un sandwich.

– Je ne mange pas de pain.

– Depuis quand ne manges-tu plus ni œufs ni pain ?

– Depuis au moins un an. Quand est-ce que tu rentres ?

– Je ne sais pas. Plus tard.

Caroline plongea la main dans son sac pour en sortir son rouge à lèvres.

– Quand, plus tard ?

– Je ne sais pas.

– Où es-tu ?

– Dans ce petit restaurant italien sur Harbor Drive.

– Quel petit restaurant italien ?

– Qu'est-ce que ça peut faire ?

– Avec qui es-tu ?

– Un ami que j'ai rencontré.

– Tu n'as pas d'amis.

– Si, j'en ai.

Non, je n'en ai pas, pensa Caroline. À part Peggy. Tous ses autres amis s'étaient volatilisés après la disparition de Samantha. Et que dirait Peggy de ce qu'elle faisait là ? Pas seulement aller boire un café avec un homme rencontré au rayon fruits et légumes, mais aussi aller déjeuner avec lui ? Dirait-elle que Caroline réagissait juste à l'annonce du projet de mariage de Hunter ou à ses soucis croissants avec Michelle ? Ou encore au fait qu'elle n'avait pas couché avec quelqu'un depuis la dernière fois qu'elle et Hunter avaient fait l'amour, ce qui était, comme par hasard, la nuit où il lui avait dit qu'il partait ? Peut-être une combinaison des trois ? Et même si Arthur n'était pas le premier homme qu'elle trouvait attirant depuis le départ de Hunter, c'était le premier qui semblait la comprendre. Bien sûr, le fait qu'il n'ait aucune idée de qui elle était aidait bien. *Il trouve que je suis mystérieuse*, pensa-t-elle.

— Je dois y aller, ma chérie.

— Attends…

— Je rentre plus tard.

— Comment ça, tu ne rentres pas dîner ? gémit Michelle. Et où as-tu passé l'après-midi ? Je t'ai appelée encore et encore. À quoi ça sert d'avoir un portable, si c'est pour ne pas l'allumer ?

— Je suis désolée ma chérie. C'est juste que j'ai rencontré quelques amis que je n'avais pas vus depuis longtemps…

— Encore des amis ? demanda Michelle. Qui sont tous ces amis, tout à coup ?

— Tu ne les connais pas.

Caroline se pencha vers le miroir au-dessus de la vasque blanche en porcelaine de la salle de bains dans le studio d'Arthur Wainwright, pour voir si son premier rapport sexuel depuis huit ans changeait de façon notable quelque chose dans son apparence.

— Écoute, je ne vais pas tarder. Commande-toi juste une pizza ou un truc.

— Je ne mange pas de pizza.

Caroline se passa les mains dans les cheveux et sur le visage et les glissa sur ses seins nus, suivant le chemin que les mains d'Arthur avaient tracé plus tôt.

— Et du chinois ?

— Et pourquoi pas trois litres de saindoux ?

— Nom de Dieu, Michelle. Commande ce que tu veux. Désolée, s'excusa-t-elle immédiatement en essayant de ne pas perdre la superbe sérénité qu'elle avait ressentie en quittant le lit d'Arthur pour appeler sa fille. Pourquoi ne pas appeler mamie Mary ? Je suis sûre qu'elle serait ravie de dîner avec toi.

— Tu veux que j'appelle mamie Mary ? Là, je sais qu'il se passe quelque chose.

— Oui, quelque chose se passe. Je suis juste sortie avec de vieux amis.

— Très bien. Garde ton téléphone allumé.

— Pourquoi ?

— Au cas où j'aurais besoin de te contacter.

— Tu n'auras pas besoin de me contacter.

— Qu'est-ce que tu en sais ? Quelque chose pourrait arriver…

— Je garderai mon téléphone allumé, dit Caroline, un spasme de culpabilité trop familier lui serrant la gorge.

Elle regarda de nouveau dans le miroir et essaya de retrouver le bonheur qu'elle avait ressenti, la sensation des mains d'Arthur caressant doucement sa chair, l'humidité de sa langue glissant sur sa peau nue avant de disparaître entre ses jambes, sa façon experte de la faire grimper au sommet avant même d'entrer en elle.

— Tout va bien chez toi ? demanda-t-il quand elle revint dans la chambre.

Il était couché nu sur le lit king-size, enveloppé de draps blancs.

Caroline éteignit son téléphone, le lança sur le tas de vêtements qui jonchaient le sol et se glissa contre lui.

— Tout va bien, dit-elle.

21

Aujourd'hui

– Quel est le problème ? demanda Peggy quand elle ouvrit la porte de son grand bungalow dans le quartier calme entre bohème et banlieue de Hillcrest.

– Je peux entrer ? demanda Caroline sur le pas de la porte.

Peggy recula pour la laisser entrer.

– Qui est-ce ? demanda Fletcher de quelque part dans la maison.

– C'est Caroline, répondit Peggy. Que s'est-il passé ? Tu as un air affreux. Tu es malade ?

– Ça a été une drôle de journée.

Caroline suivit Peggy dans le salon et s'assit dans le confortable canapé marron placé face à deux fauteuils dépareillés. L'un en tweed gris, l'autre à motifs fleuris roses et bleus. Les murs étaient jaunes, la moquette bleu marine, la table basse était faite d'une sorte de bois patiné. Rien n'était coordonné, et pourtant, curieusement, ça fonctionnait. Comme le mariage de Peggy et Fletcher, le seul couple toujours intact de ce maudit séjour à Rosarito.

– Que se passe-t-il ?

– J'ai vu Jerrod Bolton ce matin.

– Jerrod Bolton ? Comme dans Jerrod et Brume ?

– Il m'a appelée, a demandé à me voir. Vous saviez que Brume et Hunter avaient eu une liaison ?

– Quoi ? Quand ?

Fletcher arriva dans le salon, l'air étonnamment apprêté pour un dimanche après-midi de détente. Il portait un pantalon noir habillé et une chemise à rayures blanches et bleues.

– Salut Caroline. Je ne savais pas que tu passais.

– Hunter et Brume ont eu une liaison, lui dit sa femme.

– Quoi ?

– Il y a quinze ans, précisa Caroline. Ils couchaient ensemble quand nous étions au Mexique.

– Je pensais que Hunter n'appréciait même pas Brume, dit Fletcher.

– Et Jerrod t'a appelée comme ça pour te le dire ? demanda Peggy.

– Apparemment Brume a avoué que non seulement elle et Hunter avaient eu une liaison mais qu'en plus ils couchaient ensemble quand on était à Rosarito, juste sous notre nez. Il dit qu'il a hésité pendant des mois à se décider à m'en parler. Et puis, avec tout ce qui est sorti récemment à l'occasion du quinzième anniversaire… Vous ne le saviez vraiment pas ?

Peggy et Fletcher secouèrent la tête à l'unisson. Les expressions de leurs visages persuadèrent Caroline qu'ils disaient la vérité.

– Je ne suis pas sûr de comprendre l'intérêt de te le dire maintenant, dit Fletcher. Ça s'est passé il y a tellement longtemps, toi et Hunter êtes divorcés depuis des années…

– Ils étaient ensemble la nuit de la disparition de Samantha.

– Quoi ? dit Peggy.

– Quoi ? dit Fletcher en écho.

– À notre dîner d'anniversaire de mariage, dit Caroline, comme si elle ne pouvait toujours pas y croire vraiment. Quand elle est allée chercher un châle et qu'il était censé aller voir les filles.

– Ils étaient ensemble ? dit Peggy en répétant la question avec la voix de Caroline.

– Il n'est pas allé voir les filles, dit Caroline. Ça veut dire que personne n'est allé les voir pendant plus d'une heure.

– Ça veut dire que Samantha a pu être enlevée jusqu'à une demi-heure plus tôt que ce que tout le monde croyait…, continua Peggy.

– Tu en es sûre ? demanda Fletcher. Peut-être que tu devrais en parler à Hunter.

– Je reviens de chez lui. Il me l'a confirmé.

– Merde ! dit Fletcher en s'asseyant dans le fauteuil à fleurs roses et bleues.

– Merde ! dit Peggy, imitant son mari en s'installant dans celui en tweed gris.

Ils restèrent ainsi plusieurs minutes, comme les trois sommets d'un triangle invisible. Caroline regarda les visages compatissants de ses amis et remarqua pour la première fois que Peggy était maquillée, que ses cheveux venaient d'être lavés et frisés et qu'elle portait cette robe turquoise en soie qu'elle gardait pour les grandes occasions.

– Oh, mon Dieu ! Vous vous apprêtiez à sortir ?

– Nous allons à un mariage, dit Fletcher en s'excusant presque.

– Je suis tellement désolée, dit Caroline, se levant et se précipitant vers la porte.

– Caroline, attends, dit Peggy en se précipitant derrière elle. On a encore le temps…

– Non, lui dit Caroline. C'est un mariage, vous ne pouvez pas être en retard. Ça porte malheur.

— Ça, tu viens juste de l'inventer.

— Allez au mariage, lui dit Caroline. Ça va aller pour moi.

Elle courut jusqu'à sa voiture et reprit la route. Elle attendit de tourner à l'angle suivant pour se garer et fondre en larmes. Elle n'était pas sûre de savoir pourquoi elle pleurait. Si c'étaient les larmes qu'elle avait retenues en apprenant la liaison de Hunter et Brume, ou si c'était parce que cette découverte arrivait bien trop tard pour changer quelque chose. Savoir à l'époque que Brume et lui étaient ensemble quand il était supposé aller voir les enfants aurait-il changé quoi que ce soit ? La police mexicaine aurait-elle pu découvrir la vérité sur la disparition de Samantha s'ils avaient su qu'elle avait pu être enlevée une demi-heure plus tôt que l'heure qu'ils avaient prise en compte ? Ou aurait-ce été aussi vain ?

Ses sanglots gagnèrent en force et en volume jusqu'à ce que tout son corps en tremble. Et elle réalisa qu'elle ne pleurait pas à cause de la trahison de Hunter, ni même parce que la vérité était arrivée trop tard pour faire une différence.

Quinze ans après que sa fille avait été enlevée de son petit lit, Caroline pleurait parce qu'une seule vérité lui importait vraiment : Samantha avait disparu.

— Mais où tu étais encore ? demanda Michelle dès que Caroline passa la porte.

Caroline jeta son sac par terre et marcha vers le salon. Chaque pas était un supplice, comme si elle pataugeait dans des sables mouvants.

— S'il te plaît, Michelle. On ne peut pas continuer comme ça. Je n'en ai plus la force.

Sa fille était juste derrière elle.

— Tu disparais pendant des heures… Tu n'appelles pas…

– Comment pourrais-je appeler ? Tu m'as pris mon putain de téléphone.

– Bien joué, mère. Où étais-tu ?

Autant régler ça tout de suite, décida Caroline, qui comprit que sa fille ne la lâcherait pas.

– Je suis allée voir ton père.

– C'était il y a des heures.

– Comment ça ? Comment le sais-tu ?

– Papa a téléphoné. Il était inquiet, il a dit que quand tu es partie tu avais l'air très en colère...

– Comme il est perspicace... T'a-t-il dit pourquoi j'étais allée le voir ?

– Il a dit qu'il te laissait t'en charger.

– Perspicace et prévenant.

– Peut-on zapper les sarcasmes ? Vas-tu me le dire ou pas ?

– Pourquoi je suis allée le voir ? Non. Je crois que je vais lui renvoyer cette balle-là.

– Non, où tu étais pendant les trois dernières heures, corrigea Michelle.

– Je suis allée voir Peggy.

– C'était il y a deux heures... Je l'ai appelée, expliqua Michelle avant que sa mère puisse demander.

– Tu n'aurais pas dû. Ils avaient un mariage...

– Elle a dit que tu étais passée les voir et que tu devais être en route pour rentrer. Mais tu ne l'as pas fait, n'est-ce pas ? Alors je te le demande encore une fois, où étais-tu ?

– Ce n'est pas un grand mystère, Michelle.

– Alors pourquoi fais-tu comme si c'en était un ?

– J'ai tourné en voiture pendant un moment. J'ai fini à Balboa Park.

– Balboa Park ? Un dimanche après-midi ? Avec tous les touristes ?

– Oui. J'aime y aller. J'y allais souvent.

– Quand ?

– Il y a des années. Après… Ça n'a pas d'importance, je suis rentrée maintenant.

– Il était temps, dit sa mère qui entra dans le salon en frôlant Caroline pour s'asseoir dans le canapé, une tasse de thé à la main. J'ai fait du thé, si quelqu'un en veut.

– Mère ! s'exclama Caroline. Que fais-tu là ?

– Je l'ai appelée, dit Michelle.

– Pourquoi ?

– Parce que je m'inquiétais pour toi.

– Tu t'inquiétais pour moi, alors tu as appelé *ma mère* ?

– Elle m'a dit que tu te comportais de façon plutôt irrationnelle ces derniers temps, dit Mary.

– Je ne me comporte pas de façon irrationnelle…

– Tu discutes avec une cinglée qui se fait passer pour Samantha, tu t'envoles pour Calgary…

Caroline se tourna vers Michelle avec colère.

– Ne t'avise pas de t'en prendre à Micki, dit sa mère. Elle s'est confiée à moi parce qu'elle s'inquiète pour toi, comme la plupart des filles s'inquiètent pour leur mère.

Caroline balaya la réflexion de sa mère d'un mouvement de la tête.

– Et maintenant, tu disparais pendant la moitié de la journée sans dire à personne où tu vas. Après ce qui est arrivé la dernière fois que tu as disparu comme ça, je ne crois pas que tu puisses nous reprocher de nous inquiéter, dit Mary. En tout cas, j'espère que nous ne lirons pas tes exploits du jour dans les journaux de demain.

Caroline se vit traverser la pièce et envoyer sa mère au tapis d'un crochet bien placé à la mâchoire.

– C'est bas, mère. Même de ta part. Maintenant, si

vous voulez bien m'excuser, je crois que je vais me servir un peu de thé.

Elle traversa le salon et le hall la tête haute et les épaules droites, en priant pour ne pas offrir à sa mère la satisfaction de la voir trébucher.

— Tu n'aurais pas dû dire ça, entendit-elle Michelle dire à sa grand-mère.

— Elle a besoin d'une piqûre de rappel. Tu as bien fait de m'appeler, lui répondit Mary. Tu es une bonne fille, ma chérie. Ne laisse personne te dire le contraire.

Diviser pour mieux régner, pensa Caroline. La technique préférée de sa mère, sa manière d'asseoir sa domination, de garder le contrôle. Pourquoi s'en priver ? Ça avait toujours marché pour elle.

Caroline trouva son frère dans la cuisine, assis sur le comptoir à côté de l'évier, l'air légèrement négligé dans son jean déchiré et une chemise à manches courtes couleur citron vert. Ses cheveux trop longs tombaient plus bas que son col et donnaient l'impression qu'il venait de sortir du lit, ce qui était peut-être le cas.

— Tu es déjà servie, dit Steve en lui tendant une tasse en porcelaine. Un peu de lait et pas de sucre. C'est ça ?

— Elle t'a appelé en renfort ?

— J'ai laissé la camisole dans la voiture. Prends un biscuit. Ils sont délicieux.

Il montra du doigt l'assiette de biscotti sur la table de la cuisine.

— Je vois qu'elle les a faits maison.

— Fidèle à elle-même. Alors, c'est vrai ?

— Qu'est-ce qui est vrai ?

— Que tu es en plein milieu d'un genre de dépression ?

Caroline but une longue gorgée de thé.

— Je ne fais pas de dépression.

– Mais tu as *vraiment* parlé à une cinglée qui prétend être Samantha.

– Et si ce n'était pas une cinglée ?

– Ça n'en fait quand même pas Samantha.

– Comment peux-tu en être si sûr ?

– Réfléchis, Caroline. Quelle probabilité y a-t-il ?

– Qu'est-ce que ça change, la probabilité qu'il y a ?

– C'est moi, le joueur dans la famille, lui rappela-t-il. On ne parie pas contre la banque ; la banque, dans notre cas, c'est le bon sens.

– Et depuis quand en es-tu pourvu ?

Steve glissa du comptoir.

– N'en faisons pas une histoire personnelle. Je ne suis pas ton ennemi, là.

– Non, concéda Caroline. L'ennemi est là-bas.

Elle regarda en direction du salon.

– Tu ne crois pas que tu es trop dure avec elle ? Elle a été là pour toi, tu sais. Après la disparition de Samantha. Tu étais au plus mal au Mexique. Elle est venue, elle a veillé sur Michelle. Et après ton retour du Mexique, tu étais un cas désespéré. Elle a été à peu de chose près la seule mère que cette enfant ait eue.

– Et regarde comme ça lui a réussi.

– Les quinze dernières années n'ont pas été faciles. Pour aucun d'entre nous.

– Tu le savais ? demanda Caroline.

– Savoir quoi ?

– Que Hunter et Brume avaient une liaison.

Son frère regarda ses chaussures marron en mauvais état.

– Tu le *savais*.

Il hésita.

– Je m'en doutais.

– Comment ? Pourquoi ?

– Je ne sais pas pourquoi. Je l'ai senti dans mes tripes, je crois. J'ai remarqué la façon dont elle le regardait quand ils pensaient que personne ne les voyait. Plus la façon qu'il avait de toujours la rabaisser quand elle n'était pas là. Comme s'il essayait de cacher ce qu'il ressentait vraiment. Ça m'a juste fait me poser des questions. Et puis, la nuit où Samantha a disparu…

Caroline sentit l'air se bloquer dans sa poitrine.

– Quoi, la nuit où Samantha a disparu… Quoi ?

Un autre moment d'hésitation.

– Je les ai vus.

– Comment ça, tu les as vus ? Tu les as vus ensemble ? Quand ?

– Attends. Attends, prévint Steve, je n'ai pas dit que je les avais vus ensemble.

– Qu'est-ce que tu as dit ?

– C'était après être revenu de ma chambre pour essayer de raisonner Becky, tu sais, lui dire de revenir à table. Mais bien sûr, elle ne m'avait pas écouté et j'allais sortir de la chambre. J'ai ouvert la porte, et c'est là que j'ai cru voir Hunter qui marchait dans le couloir. Et je me souviens m'être demandé ce qu'il faisait dans notre aile. Et puis, quand j'ai croisé Brume dans le hall de réception, j'ai juste additionné deux et deux…

– Et gardé la réponse pour toi.

– Qu'est-ce que j'allais dire, Caroline ? « Joyeux anniversaire de mariage, je crois que ton mari a une maîtresse ! » Je n'étais sûr de rien, ce n'était peut-être même pas Hunter que j'avais vu. Lui et Brume n'étaient peut-être pas ensemble. Et même s'ils l'avaient été, c'était peut-être tout à fait innocent.

– Eh bien ils *étaient* ensemble, et je peux t'assurer que ça n'avait rien d'innocent. Au lieu de surveiller les petites, mon cher mari baisait une femme censée être une amie, et si tu n'as pas dit à la police ce que tu avais vu…

— Je leur ai dit ce que je savais, ce qui, malheureusement, n'était rien. Même si l'homme que j'avais vu était Hunter, même si lui et Brume étaient ensemble, je n'avais aucune raison de penser qu'il n'était pas allé voir les filles quand il a dit qu'il l'avait fait.

Il avait raison. Pourtant, Caroline n'était pas prête à laisser son frère s'en sortir si facilement.

— Tu aurais dû me le dire.

Sa réponse fut directe et meurtrière comme une flèche en plein cœur.

— Tu n'aurais pas dû laisser tes filles toutes seules.

Cette simple affirmation lui coupa le souffle. Elle se plia en deux en suffoquant, la tasse de thé glissa de ses mains et tomba sur le carrelage pour exploser en une myriade de petits morceaux. Elle entendit le bruit de pas se précipitant vers elle.

— Que se passe-t-il par ici ? demanda Michelle par-dessus le sifflement dans les oreilles de Caroline.

— Mon Dieu, qu'as-tu fait ? dit sa mère, qui se précipita pour ramasser les éclats de porcelaine.

— Je suis désolé, Caroline, dit son frère. Je n'aurais pas dû dire ça. Tu sais que ce n'est pas ce que je voulais dire.

Ne sois pas désolé, pensa Caroline qui sentait ses genoux sur le point de lâcher. C'était la vérité, après tout. Il n'avait fait que dire ce qu'elle se répétait depuis quinze ans.

— J'y vais, dit Steve en se précipitant vers la porte d'entrée comme s'il avait été littéralement sauvé par le gong.

Il revint alors que Michelle aidait Caroline à s'asseoir sur une des chaises disposées autour de la table de la cuisine.

— Il y a une certaine Lili qui est là pour te voir, dit-il à sa sœur. Elle a dit que tu l'attendais.

22

Cinq ans plus tôt

Le téléphone sonnait.

Caroline tendit la main vers la table de chevet à côté de son lit et le porta à son oreille en remarquant qu'il était à peine six heures et demie du matin. Était-ce Arthur ? Appelait-il si tôt pour lui parler avant qu'elle parte travailler, pour lui dire à quel point elle lui manquait, même si ça faisait moins de vingt-quatre heures qu'ils s'étaient quittés ?

Mais à la place de la voix apaisante de baryton d'Arthur, elle entendit l'alto rauque de Peggy.

– Tu as vu les journaux ce matin ? demanda-t-elle avant que Caroline ait pu dire « allô ».

– Non. Pourquoi ?

– J'arrive, lui dit Peggy. Ne regarde pas les journaux. Ne réponds pas au téléphone. Ne touche pas ton ordinateur tant que je ne suis pas là.

– De quoi tu parles ? Que se passe-t-il ?

– Je suis là dans dix minutes.

– Attends… Quoi ?

La ligne fut coupée. Caroline s'assit pour fixer le téléphone pendant plusieurs minutes. « Que vient-il de se passer ? » murmura-t-elle. Elle se dirigeait vers la salle de bains quand le téléphone sonna de nouveau.

« Ne réponds pas au téléphone, entendit-elle dire Peggy. Ne touche pas ton ordinateur. Ne regarde pas les journaux. »

— Pourquoi je ne pourrais pas ? demanda-t-elle à haute voix.

Elle ignora la sonnerie du téléphone pendant qu'elle se lavait le visage et se brossait les dents. Puis elle enfila une robe de chambre et traversa le couloir.

Michelle s'assit sur son lit juste quand Caroline passait devant sa chambre. Elle se frotta les yeux et jeta un regard accusateur à sa mère.

— C'est quoi, tous ces appels ?

— Juste un mauvais plaisant. Rendors-toi. Tu n'as pas besoin de te lever avant une demi-heure.

— Comme si je pouvais me rendormir, gémit Michelle en tirant un oreiller sur sa tête alors que Caroline fermait la porte de sa chambre.

« Ne regarde pas les journaux », l'exhortait encore Peggy pendant que Caroline descendait les marches devant la porte de la maison. Elle ramassa le journal en ouvrant la porte.

« TOUT EST MA FAUTE », disait le titre en gras et en lettres noires au-dessus d'une photo de son visage souriant. Caroline n'avait jamais vu cette photo, mais elle savait exactement quand elle avait été prise, parce qu'elle reconnut le logo *Starbucks* dans la vitre qui se trouvait derrière elle.

— Non, pitié, non.

Elle emporta le journal dans la cuisine et ouvrit le premier cahier en travers de la table. L'atroce sonnerie du téléphone se remit à hurler pendant que ses yeux volaient d'un affreux paragraphe à l'autre, d'une assertion accablante à l'autre. Tout était là. Tous les mots intimes qu'elle avait confiés ; toutes les confessions qu'elle avait faites du fond du cœur. Ses plus profonds secrets couchés noir sur blanc à la merci du monde, la culpabilité d'avoir laissé ses enfants seules, son désespoir continu d'avoir perdu sa plus jeune fille, ses complaintes au sujet de sa mère narcissique et de sa difficile fille aînée, le mariage de Hunter avec une femme considérablement plus jeune qui approchait et la rendait furieuse, même les détails sur sa dernière nuit avec son ex-mari, quand il lui avait dit qu'il partait et qu'elle avait abandonné toute raison et toute fierté pour le supplier de rester. « Je l'ai imploré de ne pas me quitter. »

Elle alla jusqu'à la page dix, où l'histoire continuait pour couvrir sa reprise de l'enseignement et le suicide d'un de ses élèves qui avait suivi. « Je me sens tellement coupable », la citait-on sous une autre photo innocente où elle riait. « Tout ce qui est arrivé. C'est ma faute. Tout est ma faute. »

– Ça n'est pas possible, dit-elle en voyant les mots sur le papier se troubler et se dissoudre pour se regrouper et revenir plus gros, plus grands encore. Pitié, faites que ce ne soit qu'un horrible cauchemar.

Dix minutes après, Peggy était sur le pas de sa porte. Elle jeta un coup d'œil à la mine abattue de Caroline et la serra dans ses bras.

– Raconte-moi tout.

– Tout va bien chez toi ? demanda-t-il quand elle revint dans la chambre, le téléphone à la main.

– Tout va bien.

Elle éteignit son téléphone et le lança sur le tas de vêtements qui jonchaient le sol. Puis elle grimpa sur le lit pour se blottir contre lui et permettre à ses grands bras de l'enlacer. Ça faisait longtemps qu'elle ne s'était pas retrouvée au lit avec un homme, et plus longtemps encore qu'elle ne s'était pas sentie en sécurité.

– Enfin, aussi bien que possible quand ça concerne ma fille, continua-t-elle. Comme je te l'ai dit, elle peut se montrer difficile.

– Ça ne doit pas être facile d'être fille unique.

Les yeux de Caroline se remplirent soudain de larmes. Elle essaya de détourner le regard. La main d'Arthur lui tenait tendrement le menton et l'en empêcha. Il la regarda dans les yeux.

– Qu'est-ce qui ne va pas ?

Caroline hésita.

– Elle n'a pas toujours été fille unique.

– Je ne te suis pas.

– Je ne t'ai pas dit toute la vérité.

Il attendit sans rien dire.

– Je ne suis pas sûre de savoir par où commencer.

Il attendit encore, son silence l'incitant à continuer.

– Mon nom de femme mariée n'est pas Tillman, avoua-t-elle. C'est Shipley.

– Caroline Shipley, dit-il, un léger sourire se dessinant sur son visage. Je devrais connaître ce nom ? Tu es célèbre ?

– Pas pour de bonnes raisons.

– Caroline Shipley, répéta-t-il en plissant les yeux avant de les ouvrir grands quand il comprit. Oh ! mon Dieu. La femme dont la fille a disparu…

– Oui, « Oh ! mon Dieu » est mon deuxième prénom.

Elle attendit qu'il la repousse, saisi d'horreur, mais

au lieu de ça il la serra plus fort encore, dans un geste rassurant.

— Merci, murmura-t-elle en s'accrochant à lui.

— Pour ?

— Parce que je ne te dégoûte pas.

— Pourquoi diable serais-je dégoûté ? J'ai perdu un enfant, moi aussi, tu te souviens ? Je peux à peine imaginer ce que tu as traversé. Ce que tu traverses…

Elle pleurait toutes les larmes de son corps maintenant.

— Ça fera dix ans la semaine prochaine. Je n'arrive pas à y croire. Dix ans.

— Tu as envie d'en parler ?

Elle secoua la tête. Pas parce qu'elle n'avait pas envie d'en parler, mais parce qu'elle craignait en commençant de ne pas parvenir à s'arrêter.

— Je me souviens comme je me suis senti coupable après la mort de Jenny et Lara, dit-il en s'adressant moins à elle qu'à lui-même. La culpabilité du survivant, je crois que c'est comme ça qu'on appelle ça. Je n'arrêtais pas de me dire que si j'avais été là, si j'avais emmené Lara à l'école en voiture ce jour-là, si j'avais marché à côté d'elles, j'aurais pu les sauver. Ou peut-être ne serait-ce pas arrivé du tout. Elles seraient toujours en vie.

— Ou alors, tu aurais été tué toi aussi.

— Ça m'était égal. J'avais envie de mourir. Je suis sûr que tu as ressenti la même chose. Tu t'accuses, tu te dis que c'est ta faute…

— C'*était* ma faute, dit Caroline, encouragée par son ouverture, sa compréhension de sa douleur. Tout est ma faute.

— Non, ce n'est pas vrai.

— J'ai laissé mes enfants seules dans une chambre d'hôtel. *Pour pouvoir aller dîner avec des amis.*

Les mots commencèrent à jaillir de sa bouche comme elle savait qu'ils le feraient, après une décennie de rage et de culpabilité réprimées. Elle lui raconta tout. Elle approfondit les faits qu'il connaissait déjà, elle partagea les sentiments de honte et de désespoir qu'elle avait gardés secrets pendant dix ans. Elle parla de la façon dont la police mexicaine l'avait traitée, leurs soupçons quant à leur culpabilité, d'elle et de Hunter, dans ce qui avait pu arriver à Samantha. Elle s'accusa de la détérioration de son mariage, de ses rapports tendus avec Michelle.

— On dit que ça devient plus facile avec le temps, dit-elle. Mais c'est faux. C'est même plutôt l'inverse qui serait vrai. Ça empire. La vie continue juste à empiler encore et encore des raisons de se sentir coupable.

— Comme quoi ?

Ce fut à ce moment qu'elle lui parla d'Errol, le garçon de sa classe qui s'était suicidé, et de la façon dont son proviseur lui avait en conséquence demandé de démissionner.

— Il n'avait pas le droit de faire ça.

— Je savais que quelque chose n'allait pas, tu sais. Avec Errol. Je pouvais le voir dans ses yeux. J'ai essayé de lui parler, de l'amener à s'ouvrir. Je crois que j'y étais presque arrivée, et puis j'ai vu l'heure. Michelle avait un rendez-vous chez le dentiste et je savais qu'elle serait fâchée si j'arrivais en retard. Et il l'a remarqué. C'était un garçon tellement sensible. Il s'est immédiatement refermé, il a répété qu'il allait bien et m'a dit qu'on se verrait le lendemain. Alors je l'ai laissé partir. Je suis allée chercher Michelle. Il est rentré chez lui et s'est pendu.

— Tu n'avais aucun moyen de savoir ce qu'il allait faire.

286

– Je savais qu'il était vulnérable. Errol est mort à cause de moi, parce que je n'ai pas été là pour lui. Tout comme Samantha a disparu parce que je n'ai pas été là pour elle. Je suis le dénominateur commun dans cette équation. C'est ma faute. Tout est ma faute.

Il secoua la tête.

– Je suis désolé.

– De quoi ? Tu n'as aucune raison d'être désolé. Pas en ce qui me concerne, en tout cas.

Il l'embrassa sur la tête et enfouit son visage dans ses cheveux. Aucun d'eux ne dit plus un mot jusqu'à ce que Caroline annonce qu'il était l'heure pour elle de rentrer. Michelle l'attendait et il y avait cours le lendemain.

– Est-ce que j'aurai de tes nouvelles ? demanda-t-elle en quittant son appartement.

– Tu peux compter là-dessus, dit-il.

– Je suis tellement stupide, dit-elle à Peggy en griffant de ses ongles la signature d'Arthur.

Sauf qu'il ne s'appelait pas Arthur. Il s'appelait Aidan. Un prénom beaucoup plus moderne. Elle faillit en rire.

Elles étaient assises à la table de la cuisine. Peggy avait fait du café et décroché le téléphone.

– Tu ne pouvais pas savoir.

– J'aurais dû être plus méfiante. C'est si évident, avec le recul.

– En quoi est-ce évident ?

– La façon dont nous nous sommes rencontrés, pour commencer. Une de ces rencontres qu'on ne voit qu'au cinéma. Il a sûrement tout manigancé en faisant confiance à son charme pour m'avoir.

– Il ne pouvait pas savoir que ça fonctionnerait.

– Pourquoi pas ? Ça a peut-être déjà fonctionné avant. Je suis sûre que je ne suis pas sa première cible.

Caroline secoua la tête en se souvenant.

– Et si ça n'avait pas été le cas, je suis sûre qu'il aurait essayé autre chose plus tard. Il a eu de la chance, j'ai été si facile à séduire. J'aurais dû deviner, répéta-t-elle. Sa façon de citer Keats. Quel genre de consultant dans la banque fait un truc pareil ? Quel genre de consultant dit « le Mexique sur le pas de ma porte » et « une température qui ne s'éloigne jamais de plus de cinq degrés de la douceur » ? Il a sûrement sorti ces trucs-là d'une brochure de voyage. Et qu'est-ce que c'est, un consultant dans la banque, de toute manière ? Est-ce qu'un métier pareil existe au moins ?

Elle se leva d'un bond.

– Il a dit que sa femme et sa fille avaient été tuées par un chauffard en état d'ivresse. Ça aussi, il l'a inventé ? Il a vraiment inventé le décès d'un enfant pour se frayer un chemin vers ma confiance ? Et tout ça n'était qu'un stratagème pour m'amener à me confier à lui en faisant semblant de se confier à moi ?

Peggy secoua la tête.

– Je crois que nous ne le saurons jamais.

– Il s'est joué de moi. Oh ! comme il s'est joué de moi. Il a joué avec mes sentiments, avec ma compassion. Sans parler du fait qu'il m'a flattée en me disant que j'étais mystérieuse, que j'étais profonde.

– Tu es mystérieuse. Et tu es vraiment profonde.

– Toi aussi, tu vas écrire un article sur moi ? demanda Caroline.

– Et drôle, avec ça, ajouta Peggy en prenant la main de son amie.

– Comment a-t-il pu me trahir comme ça ?

– C'est un journaliste. Ça fait partie du métier.

– Ils couchent tous avec le sujet de leurs articles ?

– C'est intéressant qu'il ait omis de mentionner ça. Et au risque de te sembler lubrique, est-ce qu'il était bon au moins ?

– Il était fantastique, confirma Caroline. Quel dommage ! (Elle se servit une autre tasse de café et retourna sur sa chaise.) Qu'est-ce qui se dit en ligne ?

– Toujours la même chose. Encore et toujours la même chose. Ne va pas voir.

– Pourquoi pas ? Tout le monde va le faire.

Elles entendirent les pas de Michelle qui descendait l'escalier. L'instant d'après, elle se tenait dans l'encadrement de la porte, toujours vêtue de son pyjama en flanelle.

– Il me semblait avoir entendu des voix, dit-elle en regardant Peggy. Tu es là affreusement tôt. Quelque chose ne va pas ? Pourquoi le téléphone est-il décroché ?

Elle remit le combiné en place. Le téléphone se mit immédiatement à sonner.

– Vous plaisantez ? Que se passe-t-il ? (Ses yeux tombèrent sur le journal ouvert sur la table.) C'est une photo de toi ? demanda-t-elle à sa mère en tirant le journal vers elle. Merde. Qu'est-ce que c'est ?

Caroline alla décrocher le téléphone. C'était sa mère.

– Qu'as-tu fait ? demanda Mary.

– As-tu perdu la tête ? criait son frère derrière elle. Tu t'es confiée à un journaliste ?

Leur appel fut suivi par un autre, plus enragé encore, de Hunter.

– Mais qu'est-ce qui déconne, chez toi ?

Puis vint une rapide succession d'une douzaine d'appels de plusieurs journaux et magazines du pays entier ;

une requête des producteurs de *60 Minutes* pour une interview télévisée, un appel de Howard Stern pour passer dans sa célèbre émission de radio. Barbara Walters et Diane Sawyer voulaient toutes les deux une interview en face à face ; Oprah voulait lui parler, tout comme Katie Couric, et même quelqu'un au nom improbable de Maury Povich. Elle leur raccrocha au nez à tous.

— Mais qui donc est Maury Povich ? demanda-t-elle à Peggy.

Puis, à Michelle :

— Tu devrais t'habiller. Tu n'as pas envie d'être en retard au collège.

— Ouais, bien sûr. Comme s'il était question que je m'approche du collège aujourd'hui.

— Michelle…

— Désolée, ma chère mère. Je me montre *difficile*, là ?

— C'est moi qui suis désolée, dit Caroline. Je n'aurais jamais dû dire ces choses.

— Et pourquoi donc ? C'est ce que tu penses, n'est-ce pas ? Que je suis un poids, un boulet dans ta vie…

— Je n'ai jamais dit ça.

— Tu aurais aussi bien pu. De toute façon, ce n'est pas grave.

— Si, c'est grave. Je t'aime, ma chérie. Tu le sais.

— Oui, c'est ça, dit Michelle. De toute manière, je ne vais pas en cours aujourd'hui. Je crois que je vais aller chez mamie Mary. Elle est toujours heureuse de me voir, elle.

— Michelle, s'il te plaît…, commença Caroline alors que sa fille quittait la pièce.

Le téléphone sonna de nouveau. Cette fois, c'était le lycée où travaillait Caroline qui l'informait qu'ils pensaient qu'il était préférable qu'elle prenne quelques jours de congé, que ses cours pourraient être assurés par un professeur remplaçant et que le proviseur aimerait s'entretenir avec elle un peu plus tard dans la semaine.

— Je vais perdre mon boulot, dit-elle en raccrochant le téléphone.

— Ils ne peuvent pas te virer comme ça, dit Peggy.

— Ils peuvent. Mais ils n'auront pas besoin de le faire. Je vais partir gentiment.

— Non. Tu ne peux pas baisser les bras sans te battre.

— Je n'ai plus la force de me battre, dit Caroline.

Peggy écrasa la une du journal en une boule compacte et la jeta par terre.

— Ce connard. Est-ce que tu vas le poursuivre ?

— Sur quelles bases ? Ce sont quasiment des citations directes. Je suis sûre qu'il a tout enregistré.

Elle grimaça en pensant à chacun des mots, chacun des soupirs, chacun des gémissements enregistrés à son insu.

— Fils de pute. Tu ne veux pas l'appeler et lui rentrer dans le chou ?

— Je crois que j'en ai assez dit.

— Tu pourrais au moins lui dire d'aller se faire foutre.

— Et lire ça dans le journal de demain ?

— Ça peut valoir le coup.

Le téléphone sonna. Sans un mot, Caroline l'attrapa et arracha le câble du mur.

23

Aujourd'hui

Quoi que Caroline ait pu espérer, ça ne se passa pas comme ça.

Depuis quinze ans, elle avait rêvé de ce que seraient ses retrouvailles avec Samantha et comment elles se dérouleraient. Au début, elle imaginait la petite fille de deux ans tout en joues et en collants courir vers elle en toute confiance, les bras tendus devant elle, les joyeux cris de « maman ! » jaillissant de ses lèvres ourlées alors qu'elle se jetterait dans les bras avides de sa mère. Avec le passage des années, les joues grasses et le petit buste dodu s'étaient affinés et allongés, jusqu'à ce que, au moment où elle aurait eu dix ans, la Samantha qu'imaginait Caroline se soit transformée en une poupée Disney en chair et en os, avec ses cheveux blonds et ses yeux bleus pétillants, mais toujours avec le visage qu'elle possédait enfant, un visage que Caroline aurait immédiatement reconnu. Et après qu'elles se seraient brièvement évaluées à distance, Samantha aurait souri et se serait jetée dans les bras de Caroline pour laisser sa mère l'embrasser, et l'embrasser en retour.

Les années d'adolescence s'étaient révélées plus difficiles à imaginer. Il devint plus dur d'anticiper ou de prédire les changements que la puberté amènerait. Samantha serait-elle grande ou petite, grosse ou mince, plate ou plantureuse ? Ses cheveux seraient-ils bruns ou blonds, longs ou courts ? Il y avait les portraits dans les journaux, bien sûr, des approximations mises à jour par des experts, basées sur des éléments concrets comme la structure osseuse et la forme des yeux. Mais comment imaginer l'abstrait, les choses qui ne pouvaient être mesurées ? Caroline avait toujours détesté l'abstrait.

Il n'y avait qu'à voir Michelle. Elle avait tellement changé au fil des années. La petite fille replète qui adorait les confiseries était devenue une jeune femme mince pour qui le mot sucre était une insulte à la diététique. Il n'y avait que peu de rapport entre la personne qu'elle était aujourd'hui et l'enfant qu'elle avait été hier. Seul son regard était resté le même, exigeant, plein de colère et d'attentes. *Regardez-moi !* criaient ces yeux année après année.

Mais Caroline était certaine d'une chose : peu importaient les changements que le temps avait apportés ces quinze dernières années, elle aurait reconnu Samantha au premier regard. Et Samantha l'aurait reconnue. La mère et la fille tomberaient en pleurs dans les bras l'une de l'autre. Un regard, et toutes ces années se seraient instantanément envolées.

Rien de tout ça n'arriva.

– Il y a une certaine Lili qui est là pour te voir dit son frère. Elle dit que tu l'attends.

– Dis-moi que c'est une blague ! s'exclama Michelle alors que Caroline sortait de la pièce en courant.

Et maintenant, voilà qu'elles se tenaient l'une en face de l'autre, de chaque côté du seuil. Et il n'y avait pas d'éclair déchirant le ciel parce qu'elles se reconnaissaient, pas de cris de « maman ! » entonnés, ni d'embrassades enthousiastes. Juste deux étrangères se jaugeant, essayant de trouver des traces de l'une chez l'autre, de faire revenir des souvenirs oubliés. Mais au lieu de réponses et de certitudes, il n'y avait que des questions, et plus d'incertitude.

– Caroline ? demanda la jeune fille.

Caroline hocha la tête et sentit les autres s'assembler derrière elle, quatre paires d'yeux braqués sur une jeune femme, essayant de déterminer si elle était des leurs.

La fille était grande et mince, même si c'était difficile à dire à cause de son grand manteau d'hiver. Ses cheveux étaient blond foncé, les pointes colorées du même bleu marine que ses yeux, avec de larges boucles qui s'arrêtaient juste au-dessus de ses épaules. Elle n'était pas maquillée et sa peau était aussi pâle et laiteuse que le ciel d'hiver de Calgary. Une jolie fille sur le point de devenir une beauté, comme Caroline au même âge. Et elle avait la mâchoire de Hunter, comme les dessins publiés l'avaient suggéré. En fait, elle ressemblait plus aux portraits des journaux qu'à Hunter ou Caroline. Et elle ne ressemblait pas du tout à Michelle. Il n'y avait rien dans le visage des filles qui laissait à penser qu'elles étaient liées, encore moins qu'elles pouvaient être sœurs.

– Tu es Lili, dit Caroline d'une voix plus forte qu'elle ne s'y attendait.

– J'aurais sûrement dû appeler avant.

– Non, ça va.

– J'avais peur de le faire, au cas où je me serais encore dégonflée.

– Tu es là. C'est ce qui compte. Entre.

Caroline recula pour laisser entrer Lili et écrasa un orteil de Michelle au passage. Elle entendit Michelle lâcher un juron.

— Vous pourriez peut-être nous laisser seules un moment, suggéra-t-elle à sa fille, sa mère et son frère.

— Même pas en rêve, dit Michelle, parlant pour eux trois.

Caroline conduisit la jeune fille au salon, se résignant à leur présence. Peut-être était-ce une bonne chose qu'ils soient là. Peut-être que ça l'obligerait à être plus objective, moins dans l'émotion. Peut-être que ça empêcherait son envie d'une fin de conte de fées de prendre le pas sur le bon sens.

— Donne-moi ton manteau, dit Steve. Je ne crois pas que tu en auras besoin à l'intérieur.

Lili ôta son manteau et le fit glisser de ses épaules avant de le tendre à Steve.

— Je suis le frère de Caroline, au fait, dit-il en pliant le manteau sur la rampe et en lui prenant son petit sac de voyage des mains avant de suivre les autres dans le salon. Et voici la mère de Caroline, Mary, et sa fille, Michelle.

Lili salua chacun d'un signe de tête alors qu'ils s'installaient en un pentagone approximatif autour de la table basse. Mary et Steve dans les deux fauteuils, Lili et Caroline côte à côte dans le canapé, Michelle à l'écart, bras croisés, observant Lili comme si c'était une extra-terrestre.

Caroline aussi regardait Lili, à l'affût du détail génétique qui prouverait définitivement que c'était sa fille. Mais il n'y avait rien qu'elle puisse considérer comme définitif. Elle chercha un geste, un tic nerveux, une posture en commun avec la famille, mais il n'y avait rien. Rien qu'une jolie fille avec la mâchoire de Hunter. Était-ce suffisant ?

— Ton vol s'est bien passé ? lui demanda Caroline.

— Plutôt, oui. Un peu agité.

Sa voix était plus grave qu'au téléphone, plus proche de celle de Caroline. Cela signifiait-il quelque chose ?

– Tu as faim ? Je te sers quelque chose à manger ?

– Je n'ai pas faim. Merci.

Pendant un moment, personne ne parla.

– Alors, dit Steve pour rompre le silence, tu crois vraiment être la fille disparue de Caroline ?

Caroline retint son souffle en attendant la réponse de Lili.

– Je ne serais pas venue si je ne pensais pas qu'il y ait une chance.

– Et maintenant que tu es là ? insista-t-il. Ça te plaît ?

Il indiqua la pièce bien décorée.

– Steve, s'il te plaît…

– Je ne veux rien de tout ça, dit Lili.

– Elle n'a rien demandé, dit Caroline à son frère.

– Pas encore, dit Steve.

– Comment as-tu payé le billet d'avion ? demanda Michelle. Je croyais que tu n'avais pas d'argent.

Lili baissa les yeux sur ses genoux.

– Je me suis servie de la carte de crédit de ma mère.

– Quelle veinarde, toutes ces mères parmi lesquelles choisir ! dit Michelle.

– Sait-elle que tu es là ? demanda Caroline.

– Je lui ai laissé un mot disant que je partais quelques jours, pour lui dire de ne pas s'inquiéter.

– Elle va devenir folle, lui dit Caroline, qui revivait la panique qu'elle avait ressentie en réalisant que sa fille avait disparu. Tu devrais l'appeler.

– Je le ferai. Plus tard. Quand nous serons sûrs.

– Et ça sera quand ? demanda Steve.

– Quand elles auront le résultat du test d'ADN qu'elles ont l'intention de faire, dit Michelle, qui s'éloigna du mur pour se diriger vers le couloir. Si vous voulez bien m'excuser un instant…

– Où vas-tu ? demanda Caroline, mais Michelle ne répondit pas.

– Comment on procède pour faire un test ADN ?

– Je n'en suis pas sûre, dit Caroline. Je vais demander à Peggy. Elle saura.

– Peggy ? demanda Lili.

– Une amie de Caroline, répondit Steve. Elle était là la nuit où ma nièce a disparu. Dis-moi… Te rappelles-tu quoi que ce soit de cette nuit-là ?

Lili secoua la tête.

– Elle avait deux ans, lui rappela Caroline.

– J'aimerais pouvoir me remémorer quelque chose, dit Lili. J'ai essayé. Mais je n'y arrive pas. Dans mon premier souvenir, je joue avec mes poupées, et l'une d'elles a une jambe cassée. Je devais avoir trois ou quatre ans.

– Te souviens-tu où tu vivais à cette époque ? demanda Caroline, se rappelant que Lili lui avait dit qu'ils avaient souvent déménagé.

– Rome, je crois. Mon père avait une affaire d'import-export, avec des bureaux dans le monde entier. Nous voyagions tout le temps.

– Et quand t'es-tu dit pour la première fois que tu n'étais peut-être pas qui tu croyais ? demanda Steve.

En fait, Caroline était reconnaissante à son frère de prendre en main l'interrogatoire de Lili. Elle craignait que sa voix ne la trahisse, et de plus elle pouvait observer les réactions de la jeune fille pendant ce temps.

– Comme je l'ai dit au téléphone, dit Lili en jetant un coup d'œil rapide à Caroline, je me suis toujours sentie un peu à part. Je ne ressemble à personne dans la famille et nos centres d'intérêts sont très différents.

– Comment ça ? demanda Michelle depuis le pas de la porte.

– Eh bien, mes frères sont de vrais athlètes, et moi pas du tout.

– Ça n'a rien de choquant, dit Steve.

– Ils ne s'intéressent pas vraiment à l'école, et moi j'adore ça. Surtout les maths.

Un léger gémissement s'échappa des lèvres de Caroline.

– Comme c'est pratique, dit Steve.

– Pratique ?

– Tu as évidemment lu que ma sœur était prof de maths.

– Oui. C'est une des choses qui m'ont fait suspecter…

– Et les autres choses ?

– J'en ai déjà parlé à Caroline.

– Tu peux m'en parler, à moi.

Lili déglutit et tortilla ses mains sur ses genoux.

– Eh bien, la chose la plus évidente, bien sûr, ce sont les portraits sur Internet.

– Elle ressemble aux portraits sur le Net, dit Caroline.

– La moitié des adolescentes américaines ressemble à ces portraits.

– Elle a la mâchoire de Hunter.

Ils entendirent le hurlement des pneus d'une voiture qui s'arrêtait devant la maison.

– Quand on parle du loup…, dit Michelle.

Caroline bondit du fauteuil et courut à la fenêtre de devant.

– Que fait-il ici ?

– Je l'ai appelé.

– Quoi ? Quand ?

– Il y a quelques minutes. Je l'ai eu au moment où

il allait partir au sport et je lui ai dit de venir aussi vite que possible. On dirait bien qu'il a passé le mur du son.

– Tu n'aurais pas dû l'appeler.

– Pourquoi pas ? Ne crois-tu pas qu'il a le droit de rencontrer sa chair et son sang ? Tu es stressée de rencontrer ton père, non, Lili ? Ou préfères-tu qu'on t'appelle Samantha ?

– Je préfère qu'on attende de savoir la vérité, dit Lili.

– Ça va sûrement prendre au moins quelques jours, calcula Michelle. Dis-moi, où comptes-tu rester entre-temps ? Excusez-moi, dit-elle en se dirigeant vers la porte d'entrée sans attendre de réponse.

– Bienvenue à la maison, dit Steve avec un sourire.

Alors qu'il entrait dans le vestibule, Caroline entendit Michelle demander à son père :

– Comment es-tu arrivé si vite ?

– Tu as dit que c'était urgent. Que se passe-t-il ? répondit Hunter.

– Regarde par toi-même.

Hunter entra dans le salon et regarda autour de lui.

– Steve, lança Hunter pour le saluer. Mary.

Caroline regarda sa mère. Elle était tellement silencieuse depuis l'arrivée théâtrale de Lili que Caroline avait presque oublié qu'elle était là.

– Que se passe-t-il ? demanda Hunter à Caroline, son regard allant vers la jeune fille assise sur le canapé. Qui est-ce ? demanda-t-il, même si ses yeux disaient qu'il connaissait déjà la réponse.

– C'est Lili, dit Caroline.

Puis, à Lili :

– C'est Hunter, mon ex-mari.

– Et vraisemblablement ton père, avança Michelle.

Son ton indiquait qu'elle ne croyait pas une seconde que ce fût possible.

— C'est la fille qui t'a appelée ? Celle que tu es allée voir à Calgary ?

Hunter s'avança prudemment dans la pièce.

— Lève-toi, ordonna-t-il à Lili.

Lili se redressa. Hunter s'approcha à quelques centimètres, tourna lentement autour d'elle, étudia son visage sous tous les angles, sous le regard de Caroline qui retenait son souffle.

— Alors ? demanda Steve, quand Hunter recula de quelques pas. Quel est votre verdict, maître ?

Hunter secoua la tête.

— Je ne sais pas. Je ne sais vraiment pas. (Il regarda Michelle, puis de nouveau Lili.) Vous ne vous ressemblez pas du tout toutes les deux.

— Elles ne se sont jamais ressemblé, lui rappela Caroline. Elle a ta mâchoire.

— Bien, je crois que ça règle le problème, dit Michelle. Elle a la mâchoire de papa. Une preuve plutôt irréfutable, si vous voulez mon avis. Je pense qu'on n'a même pas besoin de s'embêter avec un sale petit test ADN. La fille prodigue est revenue. Que la fête commence !

— Tu as l'air tellement en colère ! dit Caroline.

— Je *suis* en colère. Une fille sortie de nulle part appelle et se fait passer pour Samantha, et vous deux êtes tellement aveuglés par vos fantasmes et votre culpabilité que vous balancez toute raison par la fenêtre et l'accueillez à bras ouverts...

— Personne ne fait une chose pareille, contesta Hunter.

— Elle a fait tout ce chemin, commença Caroline. Quel mal y aurait-il à faire ce test ?

— Quel mal ? demanda Michelle. Combien de fois

devrons-nous en passer par là ? Tu crois que ça me fait plaisir de voir ma mère prise pour une imbécile, *encore une fois* ? N'as-tu pas souffert d'assez d'humiliations ? As-tu oublié ce qui s'est passé il y a cinq ans, quand ce journaliste… (Elle s'interrompit.) À quoi ça sert, tu ne m'écoutes jamais.

— Qui es-tu vraiment ? demanda Steve à Lili en reprenant là où Michelle s'était arrêtée. Qu'est-ce que tu veux ? De l'argent ? De la notoriété ?

— Non.

— Tu crois qu'en débarquant ici, en jouant sur la fragilité de ma sœur, son besoin désespéré d'en finir avec tout ça, tu vas te faire un nom, peut-être même être interviewée à la télé ? Avoir ton quart d'heure de gloire ?

— Ce n'est pas pour ça qu'elle est là, dit Caroline. N'est-ce pas ?

— Je ne veux pas la gloire. Je ne veux pas la notoriété, dit Lili. Je veux juste connaître la vérité. Nous allons faire ce test ADN. S'il est négatif, je prendrai le premier avion pour rentrer.

— On a tous besoin de se calmer un peu, dit Caroline aux autres. Elle a pris un grand risque. Quitter sa famille, prendre l'avion toute seule, c'est plutôt incroyable quand on y pense.

— Ce qui est incroyable, c'est à quel point tu es toujours aussi naïve, dit Michelle. Et elle n'a toujours pas répondu à ma question : où as-tu l'intention de rester jusqu'à ce qu'on ait le résultat du test ?

Lili haussa les épaules.

— Je ne sais pas. Je crois que je me suis dit…

— Que tu resterais ici ? demanda Michelle.

— Bien sûr qu'elle reste ici, dit Caroline.

— Mère, pour l'amour du ciel…

– Tu vas rester ici, dit Caroline à Lili.

– Je ne peux pas. Pas si ça doit créer des ennuis.

– Un peu tard pour ça, tu ne crois pas ? demanda Michelle.

Hunter se tourna vers Caroline, les yeux pleins d'espoir et de souffrance à la fois.

– Tu crois vraiment qu'il y a une petite chance qu'elle puisse être Samantha ?

– Oh, s'il te plaît…, dit Michelle en brandissant les poings. Tu es aussi atteint qu'elle ?

– Qu'est-ce que tu en dis, mère ? demanda Steve. Tu as été étrangement silencieuse depuis le début. Ce n'est pas ton genre de te retenir.

– Maman ? dit Caroline, commençant à paniquer. Tout va bien ?

– C'est elle, dit Mary doucement.

– Qu'est-ce que tu racontes ? protesta Steve.

– Elle te ressemble quand tu avais cet âge-là, dit Mary à Caroline.

– Tu es folle, dit Steve. Elle ne ressemble pas du tout à Caroline adolescente.

Mary se leva de son fauteuil et s'approcha de Lili, lui attrapa le menton et tourna sa tête de droite à gauche.

– Je ne sais pas ce que c'est exactement, dit-elle. Tu as raison, les traits ne sont pas les mêmes. Mais c'est Samantha. Je le vois.

– Tu es sûre ? demanda Caroline.

– C'est elle, dit fermement Mary. C'est Samantha.

24

Aujourd'hui

— Alors, qu'est-ce qu'on fait maintenant ? demanda Steve après plusieurs secondes de silence assourdissant, formulant la question qui était sur les lèvres de tout le monde.

— Je vais appeler Peggy à la première heure demain matin, dit Caroline, qui se souvint que Peggy et Fletcher étaient à un mariage et ne seraient probablement de retour que bien plus tard. Nous verrons si elle sait où aller faire un test ADN.

— Oh, pitié ! dit Michelle. Quelqu'un a déjà entendu parler d'Internet ?

Elle sortit de la pièce. Quelques secondes plus tard, on entendit le bruit de ses pas dans l'escalier.

— Je suis vraiment désolée, s'excusa Lili auprès de Caroline. Elle a l'air tellement en colère.

— Peut-on le lui reprocher ? demanda Steve. Ce n'est pas tous les jours que ta sœur revient d'entre les morts.

— Ne nous égarons pas, s'il vous plaît, lança Hunter en plein dans son rôle de juriste.

Il regarda Lili, assise sur le bord du canapé, sa main reposant sur les genoux de Mary.

— On ne saura rien avant que le test ADN et les

résultats ne confirment ou démentent. Donc, je suggère qu'on en reste là pour le moment, qu'on prenne une bonne nuit de sommeil. Caroline parlera à Peggy demain matin, et nous verrons à partir de là. Il n'y a pas grand intérêt à continuer à spéculer ou discuter. Et *aucun* intérêt à parler de tout ceci à qui que ce soit d'autre. La dernière chose dont on ait besoin, c'est que la presse ait vent de tout ça. On est d'accord ? Tout est clair ?

— Clair, dit Steve, même si la question avait été adressée à Caroline.

— Je n'en parlerai à personne, dit Lili.

— Tu dois appeler Calgary, lui dit Caroline. Ta mère...

Elle s'arrêta, les mots coincés dans la gorge, comme le morceau d'un bonbon.

— Je l'avais oubliée, dit Hunter. Elle ne sait pas que tu es là ?

Lili secoua la tête.

— Caroline a raison, dit Hunter. Tu vas devoir l'appeler.

— Qu'est-ce que je dois lui dire ?

— La vérité.

— Vous croyez vraiment que c'est une bonne idée ? lui demanda Steve. Et si elle appelle la police ?

— Je suppose que c'est un risque que nous devons prendre.

— Elle ne fera pas ça, dit Lili.

— Surtout si elle a des choses à cacher, dit Mary en murmurant presque.

— Y a-t-il quelque chose que tu pourrais nous dire qui donnerait du poids à tes soupçons ? demanda Steve à Lili, la moindre chose dont tu te souviendrais de cette nuit-là ?

Lili secoua la tête.

— Elle n'avait que deux ans, rappela Caroline à son frère.

Un téléphone sonna, un duo de Beyoncé et Jay-Z étouffé dans la poche de Hunter. Il haussa les épaules d'un air penaud et tourna le dos à Caroline pour parler.

– Salut, bébé.

Caroline sentit un pincement inattendu et indésirable dans le ventre à l'affichage de tant d'intimité. Il ne l'avait jamais appelée *bébé*.

– Oui, tout va bien. Désolé de ne pas avoir appelé. Je suis chez Caroline. Un truc inattendu est arrivé. Je t'en parle dès que je suis à la maison.

– Je croyais qu'on ne devait en parler à personne, lui rappela Steve.

– Tu ne peux pas me demander de ne pas le dire à Diana, répliqua Hunter en remettant le téléphone dans sa poche. Ça la concerne aussi.

– Il a raison, dit Caroline, les yeux plantés dans ceux de Hunter. Il ne faut pas avoir de secrets pour sa femme.

Hunter eut la décence d'avoir l'air gêné.

– Je dois y aller.

– Tu ne veux pas savoir ce que j'ai trouvé ? demanda Michelle, de retour dans la pièce avec une feuille de papier à la main. On dirait bien qu'il y a un bon paquet d'endroits où faire un test ADN à San Diego, y compris une clinique ici, à Mission Hills. Malheureusement, les résultats prennent trois à cinq jours ouvrés, ce qui veut dire qu'on est coincés tous ensemble pour encore un petit moment.

– Parles-en avec Peggy, dit Hunter à Caroline. Vois si elle peut accélérer les choses.

Il se tourna pour partir, puis s'arrêta.

– Tu veux venir chez moi, pendant ce temps-là ? demanda-t-il à Michelle.

– Nan. J'crois que je vais rester ici, dit-elle en regardant Caroline. Ça ne te gêne pas si je reste ici, m'man ?

– Bien sûr que non, ça ne me gêne pas, dit Caroline, même si en vérité ça *gênait* une partie d'elle-même.

Une partie d'elle qui espérait que Michelle passerait la nuit, peut-être même les prochains jours chez son père, pour laisser Caroline se concentrer sur Lili, mieux la connaître, sans l'énergie négative que dégageait sa fille aînée.

– Je ne suis pas encore tout à fait prête à laisser ma chambre, dit Michelle.

– Personne ne te demande une chose pareille.

– Oh, très bien. Elle peut dormir dans son ancienne chambre.

– Michelle…

– C'était ta chambre de bébé. M'man a tenu à ce qu'on garde le lit à barreaux et tout pendant des années, mais maintenant c'est la chambre d'amis, expliqua-t-elle à Lili. Il y a un canapé convertible. Pas très confortable, mais comme je doute que tu restes très longtemps…

– Je crois que ça suffit, Michelle, dit fermement Mary en serrant fort la main de Lili.

– Mamie Mary ?

La blessure dans la voix de Michelle était flagrante.

Mary lâcha la main de Lili et se leva.

– Ton père a raison. Il est inutile de continuer à discuter. Nous devons nous reposer et reprendre demain matin. Steve, mon chéri, je crois qu'il est temps pour nous de rentrer.

Steve fut immédiatement debout.

– Tes désirs, comme toujours, sont des ordres.

Mary se pencha pour embrasser Lili sur la joue.

– Bonne nuit, ma chérie.

– Ma chérie ? répéta Michelle, ébahie. Carrément ?

– Bonne nuit, Micki, lui dit sa grand-mère. Essaie de bien te tenir.

– Mais c'était quoi, ça ? demanda Michelle quand ils furent repartis.

– C'était ta grand-mère, lui dit Caroline.

Elle avait reconnu l'inébranlable habitude de Mary de monter un membre de la famille contre un autre. Cette femme ne pouvait tout simplement pas s'en empêcher.

– Bienvenue dans mon monde.

– Qu'est-ce qu'elle a dit ? demanda Caroline à Lili quand elle raccrocha le téléphone.

– Elle est plutôt énervée.

Lili s'assit en face de Caroline à la table de la cuisine. Les restes de l'omelette au fromage que Caroline avait préparée pour le dîner se figeaient dans leurs assiettes. Michelle, bien sûr, avait refusé de manger. Elle s'était enfermée dans sa chambre depuis que les autres étaient partis.

– Elle veut que je rentre.

– Tu lui as dit non ? dit Caroline en rejouant la fin de la conversation dans sa tête.

Je suis en Californie. Tout va bien. Je ne veux pas que tu t'inquiètes.

Je suis avec Caroline Shipley. Tu sais, la femme dont la petite fille a été enlevée dans son sommeil au Mexique il y a quinze ans ? Je sais que tu penses que je suis folle, mais je crois que je suis peut-être cette fille.

– Dis-moi ce qu'elle a dit.

– Elle a dit que j'étais ridicule, qu'elle était ma mère.

Il faut que je sache, d'une façon ou d'une autre. Il faut que je sache avec certitude.

— Elle a dit qu'elle voulait que je rentre immédiatement ou elle appellerait les autorités.

*Nous allons faire un test ADN dans la matinée. J'aurai
les résultats d'ici la fin de la semaine.*

— Tu crois qu'elle va le faire ? Appeler les autorités,
je veux dire ? demanda Caroline.

— Je ne sais pas.

*Je t'appellerai demain. S'il te plaît, essaie de comprendre.
Je dois le faire.*

— Au moins, elle sait que tu vas bien.

Je t'aime.

— Elle pleurait.

Au revoir, maman.

— Ça ne doit être facile pour aucune de vous deux,
dit Caroline, le mot *maman* résonnant à ses oreilles, un
mot adressé à une autre femme, un mot qu'il lui avait
été interdit d'entendre de la bouche de Samantha depuis
quinze ans.

Maman, maman, maman.

— Qu'est-ce qui ne doit pas être facile ? demanda
Michelle en apparaissant sur le pas de la porte.

Caroline sursauta.

— Tu m'as fait peur…

— Tu as oublié que j'étais là, n'est-ce pas ?

— Tu veux manger quelque chose ? dit Caroline, qui
refusait de mordre à l'hameçon.

— Laisse-moi réfléchir, dit Michelle en regardant les
restes d'omelette dans leurs assiettes. Des œufs bien gras
frits et étouffés de fromage industriel. Comment résis-
ter ? (Elle ouvrit le frigo, en sortit une pomme verte et
mordit dedans.) Qu'est-ce qui ne doit pas être facile ?
répéta-t-elle.

— J'ai téléphoné à Calgary, lui dit Lili.

310

– Ta mère t'a donné du fil à retordre ?

– Je crois. Elle ne comprend pas pourquoi je fais ça.

– Elle n'est pas la seule.

Michelle tira une chaise entre Caroline et Lili et l'enfourcha en croquant dans sa pomme.

– Alors, comment est-elle ? Ta mère ? demanda-t-elle d'une façon directe.

– Elle est très gentille, répondit facilement Lili. Calme. Un peu timide. Elle aime les mots croisés et les émissions de cuisine à la télé. Elle est très bonne cuisinière.

– Elle travaille ?

– Non. C'est à peu près tout. Elle nous a scolarisés à la maison, mes frères et moi, s'est occupée de mon père quand il a été malade.

– Ça a l'air horrible, lâcha durement Michelle. Pas étonnant que tu tiennes tant à partir.

– Michelle…

– Alors, vous voulez savoir ce que j'ai trouvé au sujet de toute cette histoire d'ADN ?

Caroline soupira, soulagée du répit.

– S'il te plaît.

Michelle lutta pour déchiffrer son écriture.

– Bon, il semblerait que vous ayez deux choix, un test privé et un test légal.

– Quelle est la différence ?

– Pour le test légal, la collecte de l'échantillon se fait devant témoin, ce qui, je suppose, est ce que vous voulez. C'est celui qui fait foi devant un tribunal.

Caroline regarda Lili. Elles hochèrent la tête à l'unisson.

– OK. Donc vous allez à la clinique, et ils font un prélèvement d'échantillon buccal – je ne sais pas si le terme est correct, c'est une manière pompeuse de parler d'un prélèvement dans la bouche de chacune de vous.

Sans douleur, pas intrusif, ça prend quelques secondes, vous l'avez vu des millions de fois à la télé. Cet échantillon contient des cellules, et la plupart des cellules de votre corps contiennent l'ensemble des informations génétiques sous la forme d'ADN. C'est l'abréviation pour acide dés... oxy... ribo... nucléique, dit-elle en se débattant avec ce long mot. Je suis sûre de ne pas l'avoir bien prononcé, celui-là. Enfin (elle continua de lire ses notes), l'ADN, comme une empreinte digitale, est essentiellement une empreinte génétique et propre à chaque individu. Vous le savez déjà, n'est-ce pas ?

Une fois encore, Caroline et Lili hochèrent la tête ensemble.

— Autre chose ? demanda Caroline.

— Oh ! oui, bien plus. Au laboratoire, l'ADN est extrait d'une cellule, et des zones spécifiques de l'ADN sont multipliées par un procédé appelé PCR, le sigle anglais pour « réaction en chaîne par polymérase » – pas facile non plus, celui-là ! – et sont ensuite analysées. La séquence ADN de l'enfant est comparée à celle de la mère *supposée*, continua-t-elle en insistant sur le mot *supposée*. Puisque les gènes d'un enfant sont hérités de ses parents biologiques, l'examen de l'ADN de l'enfant déterminera si la mère supposée est vraiment la mère biologique dudit enfant.

Elle mordit avec exagération dans la pomme qu'elle tenait.

— C'est tout pour ma pomme.

— Très intéressant.

— Je me suis dit que vous aimeriez savoir ce qui vous attend.

— Merci.

— Ouais, pas de problème. À ton service.

Elle se pencha en avant et posa son menton sur le dossier de la chaise sur laquelle elle était assise à califourchon.

— Alors, chère sœur potentielle, est-ce que le retour dans l'ancien foyer a ravivé de nouveaux souvenirs ?

— Michelle…

— Quoi ? C'est une question tout à fait naturelle. Je suis simplement curieuse de savoir si être ici, dans cette maison, a réveillé sa mémoire.

— J'aurais aimé, dit Lili. En fait, j'espérais que ce serait le cas.

— Ouais ? Bah, pas de chance. Je veux dire, tu n'étais qu'un bébé, non ? Je n'ai aucun souvenir de quand j'avais deux ans non plus. Tu veux savoir quel est mon premier souvenir ?

La question était de toute évidence rhétorique, puisqu'elle continua sans attendre de réponse.

— On était à Disneyland. Nous étions au Royaume enchanté, et je voulais aller sur l'un des manèges – je crois que c'était celui des Pirates des Caraïbes – mais m'man a dit que la queue était trop longue et qu'elle ne pouvait pas rester debout pendant des heures à attendre.

— Bon sang, Michelle, j'étais enceinte.

— Ah ouais… J'avais oublié. Enfin, bref, j'ai piqué une crise énorme. J'ai tellement hurlé que nous avons dû partir. Et voilà mon premier souvenir.

Et sa première rancœur, pensa Caroline. Une rancœur qu'elle avait nourrie depuis. Mon Dieu, sa liste de reproches s'était-elle jamais terminée ?

— Vous voulez savoir ce dont je me souviens d'autre ?

Une autre question rhétorique. Une autre vieille rancœur sur le point d'être révélée. Un autre exemple de l'échec de Caroline dans son rôle de mère.

— Je me souviens du jour où elle est rentrée avec toi

– enfin, peut-être toi, peut-être pas – de l'hôpital, et tu étais si petite et si jolie que je voulais te tenir dans mes bras, mais elle ne m'a pas laissée faire.

– Je ne t'ai pas laissée la tenir parce que tu avais dit que tu voulais la jeter à la poubelle, l'interrompit Caroline, désormais en colère.

– Vraiment ? J'ai dit ça ?

Étonnamment, Michelle se fendit d'un grand sourire.

– Sans aucun doute. « Donne-la-moi. Je vais la mettre à la poubelle. »

Et soudain, Caroline éclata de rire au souvenir du petit visage froissé de colère de Michelle, et Michelle rit avec elle. Et bientôt, même Lili riait. Et les trois femmes assises à table rirent jusqu'aux larmes.

25

Aujourd'hui

– Comment se fait-il que tu n'aies jamais déménagé ?
demanda Lili.

Elle et Caroline étaient assises chacune à un bout du
canapé convertible, qui avait été déplié en lit, bordé de
draps blancs propres et d'une fine et légère couverture
rose.

Lili serrait l'un des deux oreillers de plumes contre
sa poitrine. Son regard parcourait sans cesse les murs
blancs, montant et redescendant le long de l'un puis de
l'autre, glissant sur des lithographies abstraites, comme
une araignée.

Caroline haussa les épaules. C'était une question
qu'elle s'était souvent posée au cours des années.

– Je ne sais pas. J'y ai beaucoup pensé, et j'ai même
failli vendre il y a quelques années. Mais quelque chose
m'a toujours arrêtée. Il faut croire que je me suis simplement habituée à être ici.

*Et si Samantha revenait ? Si elle revenait me chercher,
et que je n'étais plus là ?*

– Je crois que Michelle me hait, dit Lili.

– Non. Elle *me* hait.

– Elle ne te hait pas. Elle t'aime.

– Disons qu'elle a une drôle de manière de le montrer parfois.

– Je crois qu'elle essaie juste de te protéger.

– Et je crois que tu devrais sûrement te coucher. La journée a été longue. Et demain sera plus long encore.

Caroline se leva à contrecœur. Alors qu'une partie d'elle avait désespérément envie de rester, une autre avait conscience du risque de trop s'attacher. Pouvait-elle vraiment se permettre de perdre une autre fille, même une qui n'aurait jamais vraiment été la sienne ?

– Aurais-tu de vieilles photos ? lui demanda Lili avant qu'elle passe la porte.

En guise de réponse, Caroline revint sur ses pas et entra dans le dressing en face du convertible. Elle alluma la lumière, ouvrit le tiroir du bas de la commode encastrée et en sortit trois vieux albums photos, dont deux qu'elle avait sauvés de la poubelle chez sa mère, juste après la mort de son père. Elle les apporta à Lili, qui repoussa immédiatement l'oreiller qu'elle serrait, plaça les albums sur ses cuisses et ouvrit le premier. Son bras frotta celui de Caroline, provoquant chez cette dernière des frissons qui se propagèrent dans tout son corps comme une décharge électrique.

Sur la première page de l'album, un jeune homme et une jeune femme les regardaient, les bras passés de façon inconfortable autour de la taille l'un de l'autre, le visage inexpressif.

– Ce sont tes parents ? demanda Lili.

– Un couple épanoui n'est-ce pas ?

– Ton père est vraiment beau.

– Oui, il l'était.

Revoir son père fit monter des larmes aux yeux de Caroline. Ou peut-être était-ce la sensation de l'épaule de Lili appuyée contre la sienne. Elle caressa délicatement du doigt le superbe visage de son père.

– Il est décédé ?

– Il y a longtemps.

– Ta mère ne s'est jamais remariée ?

Caroline secoua la tête et se pressa encore plus près de Lili en tournant la page.

– Ça fait des années que je n'ai pas regardé ces albums.

Une grande photographie de sa mère, un bébé dans les bras, occupait le milieu de la page. Mary portait une robe d'été à rayures roses et blanches et ses cheveux étaient coiffés en un casque serré de boucles, le même qu'elle portait encore aujourd'hui. Le bébé dans ses bras avait peut-être trois mois et était quasiment chauve.

– C'est toi ?

– C'est moi. Apparemment je n'ai pas eu de cheveux pendant presque un an. Ma mère m'a même emmenée chez le docteur pour s'assurer que je n'étais pas… handicapée capillaire.

Lili se tourna vers Caroline et sourit.

– Difficile de croire que tu n'avais pas de cheveux. Ils sont tellement magnifiques, aujourd'hui.

– Merci. Les tiens aussi.

Elle lutta contre l'irrépressible envie de passer la main dans les cheveux méchés mi-longs de Lili.

– Ils sont vraiment très différents de ceux de ma mère… de ceux de Beth, corrigea Lili. Ses cheveux sont tellement plus épais que les miens, plus frisés. Plus frisés que ceux de ta mère, même. Et plus foncés.

– Et ton père ?

– Il était comme toi… handicapé capillaire. Même avant sa chimio.

Elle resta silencieuse et regarda les pages suivantes avec

désinvolture. Des photos de Caroline nourrisson dans les bras de son père, puis toute petite marchant avec lui le long de l'océan, puis fièrement assise derrière lui alors qu'il tenait son fils nouveau-né.

— Et là, c'est donc ton frère.

— Ouais. C'était un bébé magnifique. Beaucoup de cheveux.

— Ce sont toutes des photos de lui ?

Lili feuilleta les pages jusqu'à la fin de l'album.

— Où es-tu ?

Caroline pointa du doigt la photo de la toute dernière page.

— Je crois que c'est mon bras.

Lili gloussa et ouvrit le deuxième album. Il était plein de photos de Steve. Steve avec sa mère, avec son père, avec ses parents. Il y avait même quelques photos de toute la famille, bien que Steve en fût toujours le sujet principal. Même quand Caroline était là, elle était en quelque sorte à part – *raide comme un piquet derrière eux, distante et à l'écart*, ne put-elle s'empêcher de penser.

Lili ouvrit le dernier album, celui que Caroline avait composé elle-même.

— Te voilà, dit Lili en montrant une photo de Caroline en robe longue vert menthe, à côté d'un garçon à l'air empoté dans un costume bleu foncé.

— Oh ! mon Dieu. Le bal de promo. Michael Horowitz et moi. J'avais à peu près ton âge.

Elle regarda la photo, puis Lili, puis de nouveau la photo, espérant trouver la ressemblance dont sa mère avait été si sûre.

— Qu'est-ce que tu en penses ? demanda Lili, qui réfléchissait clairement à la même chose.

— Difficile à dire.

– Je ne vois pas vraiment.

– Disons que ce n'est pas vraiment la meilleure photo. Le vert ne me va pas très bien.

Les photos suivantes étaient celles du mariage de Caroline.

– Oh, Hunter et toi formiez un couple superbe.

– Je crois qu'on l'était, accorda Caroline.

– Avez-vous divorcé à cause de moi ? À cause de ce qui est arrivé à Samantha, je veux dire ?

Une autre question que Caroline s'était maintes fois posée. Elle et Hunter auraient-ils divorcé si Samantha ne leur avait jamais été enlevée ? Ou ce qui était arrivé avait-il juste accéléré le processus ?

– Je crois que ça aurait fini par arriver tôt ou tard.

– Parce que Hunter te trompait ?

– Tu es au courant de ça ?

– C'était sur Internet.

– Eh bien, je suppose que son infidélité y est pour quelque chose, dit Caroline en réponse à la question de Lili. Ajouté à ce qui s'est passé au Mexique, eh bien… Chacun gère son chagrin à sa manière, et ces manières ne sont pas toujours compatibles. Et la culpabilité et le reproche sont deux armes très puissantes. Des armes de destruction intimes, dit-elle avec un sourire ironique.

– Mais vous êtes amis, maintenant ?

– Je ne dirais pas exactement que nous sommes amis, non. Mais nous ne nous détestons pas. C'est déjà ça. Et bien sûr, nous avons un enfant – des enfants – ensemble.

– Est-ce Michelle ? dit-elle en montrant la photo d'une enfant endormie, les bras levés au-dessus de la tête, la même position que celle de Samantha la dernière fois que Caroline l'avait vue.

Elle était enveloppée dans une couverture et portait

un bonnet de laine rose siglé GAP en gros caractères. Sa bouche formait une moue naturelle.

– C'est le jour où nous l'avons ramenée de l'hôpital à la maison.

Suivirent des pages de photos de Michelle qui grandissait, du bébé renfrogné à l'enfant à l'air maussade. Bientôt, la petite fille au visage sérieux fut rejointe par une petite sœur au doux visage et aux cheveux d'or.

– Samantha, dit Lili, ses yeux examinant attentivement une photo après l'autre.

Samantha, cliché après cliché, réalisa Caroline, avec seulement de temps à autre une photo de Michelle intercalée. Elle essaya de se dire que c'était parce que Michelle ne restait jamais assise assez longtemps pour qu'on la photographie, ou parce qu'elle se sauvait dès qu'un appareil photo se matérialisait dans les mains de sa mère, ou parce qu'elle grimaçait comme une idiote ou qu'elle faisait toujours quelque chose pour faire pleurer Samantha. Mais était-ce vraiment les raisons pour lesquelles les photos représentaient majoritairement Samantha ?

– Je n'ai aucune photo de moi bébé, dit Lili, interrompant les réflexions de Caroline.

– Pas une seule ?

– Ma mère… Beth dit qu'elles ont été perdues dans un des déménagements.

– J'imagine que c'est possible. Tu as dit que vous aviez beaucoup déménagé.

– Les photos de mes frères bébés ne se sont pas perdues. Uniquement les miennes, dit Lili en tendant le bras en travers du lit pour attraper son sac. Rien, jusqu'à ce que j'aie à peu près six ans. Ma mère, Beth, a toujours prétendu qu'elle était nulle avec un appareil photo.

Elle tira la fermeture Éclair de son sac et en sortit une demi-douzaine de photos d'un compartiment latéral.

— Laisse-moi te présenter la famille Hollister, dit-elle en lançant la première photo dans les mains tremblantes de Caroline.

Lili, petite fille aux cheveux clairs, était assise à côté de deux garçons plus petits aux cheveux plus foncés.

— C'est moi et mes frères. Tu vois ? On ne se ressemble pas du tout. Et voici mon père, Tim. Avant qu'il soit malade, bien sûr. Je ne lui ressemble pas du tout. Et c'est ma… C'est Beth. (Elle tendit à Caroline la photo d'une belle femme aux cheveux foncés et crépus, aux yeux écartés, avec un sourire charmant mais quelque peu retenu.) Mes frères lui ressemblent, tu ne trouves pas ?

Caroline fouilla sa mémoire pour savoir si elle avait déjà croisé Beth ou Tim Hollister par le passé. Elle essaya de les visualiser au bord de la piscine du *Grand Laguna Hotel* à Rosarito ou assis à une table à côté de la leur au restaurant. Peut-être leur avait-elle souri en les croisant dans le hall de l'hôtel l'après-midi. Mais elle n'en avait aucun souvenir.

Les deux dernières photos que lui tendit Lili montraient toute la famille. Lili avait raison, sa différence se voyait comme le nez au milieu de la figure. La mère, le père et les deux fils formaient un petit groupe uni, alors que Lili se tenait timidement à part sur le côté.

Raide comme un piquet derrière eux, distante et à l'écart.

— C'est une jolie famille, dit Caroline en rendant les photos à Lili.

— Tu sais ce qu'elle m'a dit ? Beth, je veux dire ? Au téléphone, tout à l'heure, avant que je raccroche.

— Qu'a-t-elle dit ?

– Qu'elle était soulagée que mon père ne soit plus là pour voir ce que je faisais. Que ça lui aurait brisé le cœur.

Caroline ne dit rien. Qu'aurait-elle pu dire ? Elle s'y connaissait en cœurs brisés. Les mots ne pouvaient pas les soigner.

– Alors, comment se passe la réunion de famille ? demanda Michelle, passant la tête dans la chambre. Ça vous plaît, cette promenade sur l'avenue des Souvenirs ?

– Lili me montrait des photos de sa famille à Calgary, dit Caroline.

– Tu veux les voir ?

Lili les tendit à Michelle.

Michelle prit les photos et les examina une à une.

– Tes frères sont vraiment mignons.

– Ouais. Je ne leur ressemble pas vraiment…

– Non, c'est vrai, acquiesça Michelle. Bon, il est tard. Je vais me coucher.

– Dors bien, mon cœur, dit Caroline.

– Tu ne viens pas ?

– Si, il faut.

À contrecœur, Caroline se releva.

– Tu as besoin de quelque chose ? demanda-t-elle à Lili.

– Non, ça va.

– Si tu as faim…

– Elle sait où est la cuisine, dit Michelle.

– Tout ira bien, dit Lili. Merci pour tout. J'apprécie vraiment.

– Dors bien, dit Caroline.

– On se voit demain matin, lui dit Michelle avant de fermer la porte.

Elle se pressa pour dépasser Caroline, dans le couloir menant à la chambre de sa mère.

– Où vas-tu ? demanda Caroline en entrant dans sa chambre, dans la foulée de sa fille.

– Je dors avec toi ce soir.

– Quoi ? Non.

– Quoi ? Si.

Michelle déplia la chemise de nuit qu'elle tenait sous le bras.

– Ne discute pas.

– Mais pourquoi ?

– Pourquoi ? répéta Michelle. Pour la même raison qui fait que je dors avec ça.

Elle tira un grand couteau de sous le matelas.

Caroline eut un hoquet de surprise.

– Que fais-tu avec ça ? Où l'as-tu trouvé ?

– Dans la cuisine. Où voulais-tu que ce soit ? Je l'ai mis là tout à l'heure.

– Eh bien remets-le à sa place.

– Pas question. Il reste là.

Elle le glissa sous le matelas.

– C'est tout simplement absurde. Tu ne crois pas que tu en fais un tout petit peu trop ?

– Je préfère en faire trop que mourir.

– Tu ne crois pas vraiment que Lili a l'intention de nous faire du mal ?

– Je ne sais pas quoi croire et toi non plus. Elle a l'air très gentille, je te l'accorde, mais on ne sait jamais. Nous n'avons aucune idée de qui elle est. Et si elle nous cambriolait pour disparaître dans la nuit ?

– Alors je dirais que tu avais raison à son sujet.

Michelle secoua la tête.

– Ça ne t'a jamais effleurée que je pourrais préférer me tromper ? Qu'une grande partie de moi espère qu'elle *est* vraiment Samantha ? Que je donnerais tout pour retrouver ma sœur ?

Caroline prit une profonde inspiration. En vérité, ça ne l'avait pas effleurée. Elle avait été tellement prise dans ses propres sentiments qu'elle n'avait même pas envisagé ce que pouvait traverser Michelle.

— Je suis désolée, dit-elle doucement.

— Excuses acceptées, dit Michelle en tirant les couvertures. Maintenant, est-ce qu'on peut dormir un peu ?

26

Aujourd'hui

Quand elles se réveillèrent le lendemain, juste après sept heures, Lili était partie.

– Eh bien, au moins on est en vie, dit Michelle qui se tenait derrière sa mère sur le pas de la porte de la chambre d'amis. Je crois qu'on devrait jeter un coup d'œil à l'argenterie.

– Lili ? appela Caroline qui essayait de refouler le sentiment de panique trop familier qui montait dans ses tripes. Lili ? Où es-tu ? (Elle se précipita dans les escaliers, puis dans les pièces du bas.) Lili ?

– Calme-toi, lui dit Michelle qui dévalait les escaliers derrière elle, le sac de voyage de Lili à la main. Je doute qu'elle aille quelque part sans ça.

– Lili ? appela encore Caroline, en retournant d'un pas vif dans la cuisine. (Elle fouilla le jardin des yeux.) Où est-elle, bon sang ? Où a-t-elle pu aller ?

– Je devrais peut-être vérifier qu'il n'y a pas d'explosifs là-dedans. (Michelle commença à regarder dans le sac.) Voilà son passeport. (Elle l'ouvrit à la page où se trouvait la photo.) Ouais, c'est bien elle. Lili Hollister. Née le 12 août 1998. Corrige-moi si je me trompe, mais je suis à peu près sûre que Samantha est née en octobre.

On sonna à la porte.

Caroline se figea. Elle imagina un policier qui se tiendrait devant la porte d'entrée. *Je suis désolé de devoir vous l'apprendre, mais il y a eu un accident...*

— La fille prodigue est encore de retour, dit Michelle, passant devant sa mère pour aller ouvrir la porte.

— Désolée, dit Lili, penaude. (Elle portait le même jean que la veille et un tee-shirt imprimé d'un portrait de Kate Moss.) Je voulais sentir la douceur de l'air. Je n'avais pas pensé que la porte se fermerait automatiquement.

— Ça fait combien de temps que tu es là, dehors ? demanda Caroline, qui fit vite entrer Lili et regarda attentivement la rue de haut en bas avant de refermer la porte.

— Pas longtemps. Je me suis réveillée tôt, vers cinq heures... impossible de me rendormir. Alors je me suis habillée et je suis descendue. J'ai attendu que le soleil se lève, et puis je suis sortie et je me suis retrouvée à la porte. Je ne voulais pas vous réveiller si tôt, alors je suis allée marcher.

— Marcher ? Où ?

— Dans le coin. C'est vraiment un joli quartier.

— As-tu croisé quelqu'un ?

— Un couple de coureurs.

— Génial, dit Michelle. L'un d'eux avait un appareil photo ?

— Je ne comprends pas. J'ai fait quelque chose de mal ?

— Bien sûr que non, dit Caroline. C'est juste qu'il est déjà arrivé qu'on ait des journalistes qui traînent dans les parages...

— Ils traînent dans la rue... derrière les buissons... dans les épiceries, ajouta Michelle.

— Sans parler des voisins, dit Caroline, lui coupant la parole. Ce n'est pas qu'ils veuillent fouiner, mais...

— Il est sûrement préférable que tu ne fasses plus de petites promenades matinales, conseilla Michelle.

— On aurait droit au grand cirque médiatique, si ça venait à se savoir, dit Caroline.

— Je suis désolée. Je n'y ai pas réfléchi.

— Tu en es sûre ? demanda Michelle.

— Michelle, s'il te plaît, dit Caroline.

— Je t'ai déjà dit que je n'étais pas intéressée par la publicité. Est-ce que c'est mon sac ?

— Et ton passeport.

Michelle les tendit tous deux à Lili.

— Nous ne savions pas où tu étais partie…, commença à expliquer Caroline.

— Je suis vraiment désolée si je vous ai inquiétées.

Le téléphone sonna.

— Et ainsi commence une nouvelle journée pleine d'amusement, dit Michelle en retournant à la cuisine pour répondre au téléphone au milieu de la deuxième sonnerie. Maison Shipley pour jeunes filles imprévisibles, Michelle à l'appareil, comment puis-je vous aider ? (Elle tendit l'appareil à sa mère.) C'est papa.

— Hé ! dit Caroline en guise de salut.

— As-tu eu Peggy ?

— Pas encore.

— Appelle-moi quand tu lui auras parlé.

Il raccrocha.

Caroline regarda le téléphone, effarée.

— Oui, chef. Je m'en occupe tout de suite.

— Tu ne crois pas qu'il est un peu tôt pour appeler qui que ce soit ? demanda Michelle alors que Caroline composait le numéro de Peggy.

— Pourquoi ne nous ferais-tu pas du café ? suggéra Caroline.

– Je peux m'en occuper, proposa Lili.

– Je vais le faire, dit Michelle.

Peggy répondit immédiatement.

– Qu'est-ce qui ne va pas ? demanda-t-elle, sans même dire allô.

Caroline lui fit immédiatement le récit des événements des dernières vingt-quatre heures.

– Putain de merde ! dit Peggy. Comment puis-je aider ?

– Connais-tu quelqu'un à la clinique médicale ADN San Diego, à Mission Hills ?

– Je ne crois pas. Mais laisse-moi me renseigner et revenir vers toi. À quelle heure pensais-tu y aller ?

– Dès l'ouverture. Sûrement vers neuf heures.

– Plutôt dix heures. Ça me laissera plus de temps pour passer quelques appels. Je te retrouve là-bas.

– Tu n'es pas obligée de faire ça.

– Tu ne pourrais pas m'arrêter même si tu l'essayais. De plus, tu as besoin d'un témoin, non ?

– Oui.

– On se voit à dix heures.

La clinique occupait le rez-de-chaussée d'un immeuble moderne de deux étages en stuc blanc, au 40, Upas Street. Hunter attendait déjà sous le porche extérieur, quand Caroline, Michelle et Lili arrivèrent.

– Tu n'avais vraiment pas besoin de venir, lui dit Caroline, la même chose qu'elle lui avait dite au téléphone après avoir parlé à Peggy. Alors que tous les laboratoires qui proposaient des tests ADN pratiquaient des tests de paternité, la clinique de Mission Hills était une des seules de l'État à faire aussi des tests de maternité.

Les mères, semblait-il, étaient en général censées savoir qui étaient leurs propres enfants.

— Je veux faire le test aussi, dit Hunter.

— Ils n'ont pas besoin…

— Je veux faire le test aussi, répéta-t-il comme si elle n'avait rien dit.

— OK. Si tu crois que c'est nécessaire.

— Je le crois.

— Pourquoi ne nous testeraient-ils pas tous ? dit Michelle. Peut-être que je ne suis pas votre fille non plus.

— Michelle…, dirent en chœur Caroline et Hunter.

— Désolée, piètre tentative de légèreté. Mais hé, vous deux, une médaille pour votre front uni. Je crois que c'est une première.

Hunter porta son attention sur Lili.

— Comment vas-tu ce matin, Lili ? Tu as bien dormi ?

— Oui, merci.

— Elle était debout très tôt et elle a exploré le quartier, dit Michelle.

— Tu l'as laissée sortir dans la rue ? demanda Hunter à Caroline.

— Je…

— Ce n'est sûrement pas une très bonne idée, dit-il à Lili. Si la presse avait vent de ça… Je crois que le mieux, c'est que tu restes à la maison jusqu'à ce qu'on ait le résultat du test.

La porte d'entrée s'ouvrit et Peggy les rejoignit sous le porche. Elle portait un pantalon à pinces gris et un chemisier rose nacré. Elle était de toute évidence habillée pour aller travailler. Elle marcha droit sur Caroline et la serra dans ses bras.

— Tu tiens le coup ?

— Ça va.

— Et vous autres ?

— En pleine forme, merci, dit Michelle.

Le regard de Peggy dépassa Hunter et Michelle pour se poser sur la jeune fille à côté d'eux.

— Ça doit être Lili.

— Lili, dit Caroline, voici mon amie Peggy.

— Enchantée de vous rencontrer, Peggy, dit Lili.

— Qu'en penses-tu ? demanda Hunter. Tu connaissais Caroline quand elle avait dix-sept ans. Tu trouves qu'elles se ressemblent ?

— Je ne sais pas, dit Peggy qui dévorait quasiment le visage de Lili des yeux. Elles sont différentes mais similaires à la fois, il y a quelque chose de familier… Je ne sais vraiment pas.

— Excusez-moi, mais ce n'est pas pour le savoir qu'on est ici ? demanda Michelle.

— Micki a raison, dit Hunter en basculant à nouveau en mode juriste. Ça ne sert à rien de spéculer. Allons-y. Tu as pu parler à quelqu'un ?

— J'ai passé quelques coups de fil, dit Peggy, et j'ai finalement réussi à nous mettre en rapport avec un responsable. Il a dit qu'il allait tout faire pour qu'on ait les résultats le plus vite possible.

— Il a compris notre souci de discrétion ?

— Oui. Il m'a donné le nom de son technicien le plus digne de confiance, il a dit qu'il travaillait à la clinique depuis son ouverture.

— Alors, pourrions-nous nous y mettre ? demanda Hunter en ouvrant la porte de la réception.

— Prête ? demanda Caroline à Lili.

— Prête ou pas… dit Michelle.

Le test se déroula exactement comme les notes de Michelle l'avaient décrit. Après que Hunter eut payé tous les frais d'avance, ils furent reçus dans un des bureaux où une femme entre deux âges et guère souriante fit des prélèvements buccaux de Caroline, Hunter et Lili. Si elle reconnut l'un d'entre eux, elle ne le montra pas, même si la réceptionniste ne cessait de regarder dans leur direction. Peggy signa ensuite le formulaire de témoignage et on leur dit qu'ils auraient les résultats sous trois à cinq jours ouvrés.

— Tout ça pour ça, dit Michelle alors qu'ils quittaient la clinique.

— Je suppose que nous aurons les résultats à la fin de la semaine, dit Hunter en les pressant vers la porte de sortie.

— Ne suppose jamais, dit Michelle sur un ton solennel. Ne m'as-tu pas dit un jour que c'était la première règle du droit ?

— Ça fait plaisir de voir que tu écoutes parfois ton vieux père, dit Hunter en déposant un baiser sur son front. Quoi qu'il en soit, je dois y aller. Appelez-moi s'il y a du nouveau. Immédiatement, ajouta-t-il inutilement.

— Bien sûr.

Caroline regarda son ex-mari marcher vers sa voiture. *Il quitte une vie pour en rejoindre une autre*, pensa-t-elle, trouvant sa capacité à tout compartimenter absolument formidable.

— Je ferais mieux de me bouger aussi, dit Peggy. Les lundis sont toujours vicieux. Tu viens aujourd'hui ? demanda-t-elle à Michelle.

— De quatre à huit.

— Bien. On se voit plus tard.

Peggy prit Caroline dans ses bras.

— Tu vas au lycée ?

— Non. J'ai appelé pour dire que j'étais malade. Je leur ai dit que je couvais sûrement quelque chose.

– Tu n'as pas très bonne mine, *vraiment*.

– Je vais bien, dit Caroline, bien qu'à la vérité elle se sentît plutôt ballonnée.

Même si le test ADN avait été aussi rapide et indolore que prévu, ce simple prélèvement l'avait plus éprouvée qu'elle l'avait imaginé.

– Et toi, dit Peggy en se tournant vers Lili, tu m'as l'air d'être une fille bien. Quels que soient les résultats du test, j'espère vraiment que tu avais de bonnes intentions. Parce que mon amie a traversé un bon paquet d'épreuves, et s'il se révélait que tout ça n'était qu'un genre d'arnaque, eh bien… (Elle adressa à Lili son plus beau sourire…) Je serais probablement obligée de mettre fin à tes jours…

– Elle plaisante, évidemment, dit rapidement Caroline.

– N'en sois pas si sûre, dit Peggy.

Ce fut au tour de Michelle de sourire.

– On verra bien sous trois à cinq jours ouvrés.

27

Aujourd'hui

– Besoin d'aide ? demanda Lili en entrant dans le salon.

Elle y trouva Caroline, qui bataillait pour assembler l'arbre de Noël artificiel de 1,80 mètre. Il avait été jusque-là emballé dans un carton à la cave depuis cinq ans, tel le comte Dracula dans son cercueil.

– Je crois que j'y suis presque, dit Caroline. Plus que la partie du haut, là.

Elle se dressa sur la pointe des pieds pour accrocher les dernières branches en plastique, puis recula pour admirer son ouvrage.

– Voilà. De quoi ça a l'air ?

– Un peu écrabouillé.

– Ouais, bon, il est resté enfermé dans une boîte pendant longtemps, donc…

Elle commença à tirer sur quelques branches, en tournant certaines vers le haut, d'autres vers le bas, les tourna dans un sens puis dans l'autre, jusqu'à ce qu'elles tombent avec plus de naturel.

– Voilà. C'est mieux. Qu'en penses-tu ?

– Ça commence à avoir de l'allure.

– Heureusement que les lumières sont déjà en place, dit Caroline en branchant le fil dans la prise murale.

Elle regarda les centaines de petites ampoules blanches qui se mirent à scintiller comme de minuscules étoiles.

— Et voilà ! La magie de Noël.

— C'est magnifique.

— Ça sera encore mieux quand on aura mis toutes les décorations.

Caroline regarda les sacs d'ornements de Noël sur le sol.

— Tu as remonté ça toute seule ?

— Eh bien, Michelle est à l'hospice, tu étais dans ta chambre, et j'ai toute cette énergie…

Lili s'agenouilla et fouilla dans un des sacs pour en tirer une petite boîte qui contenait une douzaine de boules argentées. Elle en prit une et regarda son reflet déformé sur sa surface brillante.

— Vas-y, lui intima Caroline. Pose-la sur l'arbre.

— Je peux ?

— Je t'en prie.

Lili hésita.

— Peut-être qu'on devrait attendre que Michelle rentre.

Caroline secoua la tête.

— Elle n'a jamais été très intéressée par ce genre de choses. C'est une des raisons pour lesquelles j'ai arrêté d'y accorder de l'importance. Tous les ans, je remontais tout ce bazar de la cave, et tous les ans elle trouvait une nouvelle excuse pour ne pas m'aider à le décorer. Elle n'aimait pas les arbres artificiels, elle allait abîmer sa manucure, elle sortait avec des amis… À un moment, je me suis dit, pourquoi je fais ça ? Ce n'était pas comme si Michelle était privée de sapin. Son père en avait un, un vrai. Et ma mère aussi. Le sien était artificiel, mais il était déjà tout décoré, donc…

— Tu n'es pas très proche de ta mère, n'est-ce pas ? l'interrompit Lili.

Elle accrocha une décoration argentée à une branche au milieu de l'arbre, et regarda le rameau ployer délicatement sous son poids.

– Désolée que ce soit si évident.

– Elle a l'air gentille.

Ne te laisse pas avoir, pensa Caroline en se retenant de le dire à haute voix.

– Elle a ses bons côtés.

Elle ouvrit une autre boîte de décoration. À l'intérieur, les boules étaient à rayures blanches et rouges.

– Ton frère et elle ont l'air plutôt proches.

– Je suppose que certaines femmes font de meilleures mères pour leurs fils que pour leurs filles.

– Ma mère dit toujours que les garçons sont beaucoup plus faciles que les filles.

Caroline blêmit quand Lili utilisa le mot *mère*.

– Désolée, s'excusa immédiatement Lili. Je voulais dire Beth.

– Pas besoin de t'excuser. (Caroline déglutit une première fois, puis une seconde.) Elle a été une bonne mère pour toi, n'est-ce pas ?

– Oh oui, dit spontanément Lili. Un peu stricte, peut-être, clairement à l'ancienne, mais je me suis toujours sentie aimée. Je n'ai jamais mis ça en doute. C'est ce qui rend ce que je fais si difficile.

– Si ça peut t'aider, je te trouve très courageuse, lui dit Caroline en toute franchise. Et je tiens à ce que tu saches que peu importe ce qui ressortira du test, que tu sois ma fille ou non, je crois que tu as agi avec honnêteté. Je ne crois pas que tu sois un as de l'escroquerie. Je ne pense pas que tu sois un genre d'arnaqueuse. Je crois que tu es une jeune fille douce, adorable, que n'importe quelle mère serait fière d'avoir…

Les yeux de Lili se remplirent de larmes.

– Merci. Ça a beaucoup d'importance pour moi.

Elles passèrent les minutes suivantes à décorer le sapin en silence.

– Je l'ai rappelée, dit Lili en ouvrant un sac qui contenait une douzaine de Pères Noël en plastique avec des barbes de coton vaporeuses.

– Tu as appelé Beth ? Quand ?

– Après notre retour de la clinique. J'aurais dû te le dire.

– Comment va-t-elle ?

– Elle a paniqué pour à peu près tout. Tout particulièrement lorsque j'ai dit que nous avions fait le test.

– Qu'a-t-elle dit ?

– Elle a insisté pour que je rentre immédiatement.

– Que lui as-tu dit ?

– Qu'on aurait les résultats dans quelques jours, que tu avais une amie qui essayait d'accélérer les choses. C'est le bon terme, non ? Accélérer ?

– C'est le bon terme.

– J'ai omis de lui parler du moment où elle a menacé de me tuer.

Lili sourit pour montrer qu'elle n'avait pas pris la menace de Peggy au sérieux.

– Désolée pour ça.

– Ça va. Elle essaie juste de te protéger. Comme Michelle. Je le comprends.

– Beth a dit autre chose ?

Ce fut au tour de Lili de prendre une grande inspiration.

– Elle a dit que si je ne rentrais pas à la maison, elle viendrait me chercher.

– Quoi ?

– Elle a dit que si je n'étais pas dans le premier avion pour Calgary demain matin, précisa Lili, elle prendrait le premier avion pour San Diego l'après-midi.

– Je ne comprends pas. Elle ne sait même pas où tu es.

– Elle le sait.

– Comment ?

– Je le lui ai dit.

– Tu le lui as dit ?

– J'étais obligée. Elle menaçait de contacter le FBI, la police montée et la police américaine, et tous les gens à qui elle pourrait penser, et si elle le faisait tous les journaux seraient prévenus et l'enfer se déchaînerait.

– Tu crois qu'elle le ferait ? Venir ici, je veux dire ? Beth prendrait-elle ce risque ?

Caroline se le demandait. Et si Beth était capable de venir à San Diego, qu'est-ce que cela signifiait ? Qu'elle était sûre que les résultats du test prouveraient que Lili était exactement ce que son passeport disait qu'elle était, Lili Hollister, née le 12 août 1998, et pas Samantha Ripley, née à la mi-octobre de la même année. Beth Hollister ne prendrait sûrement pas le risque de traverser la frontière et de s'exposer à l'accusation d'un crime s'il y avait la moindre chance que Lili ne soit pas sa fille.

Sauf si elle ne réfléchissait plus de façon rationnelle. Sauf si la peur d'être démasquée, de perdre l'enfant qu'elle avait élevée comme la sienne lui avait littéralement fait perdre la raison.

J'ai été elle, pensa Caroline. *J'ai perdu la raison.*

Beth était-elle aussi désespérée ?

– Je ne sais pas, dit Lili. Je cause tellement de problèmes. Ce serait peut-être mieux si je rentrais à la maison. On a fait le test. On a un témoin. Tu pourrais juste m'appeler quand tu auras les résultats.

— Non, tu ne peux pas partir. S'il te plaît. S'il te plaît, tu ne peux pas partir tant que nous ne sommes pas sûres.

Elle ne pouvait pas permettre que Lili retourne à Calgary avant de connaître la vérité. Si Lili était Samantha, elle ne pouvait pas prendre le risque de la perdre encore une fois. Si Beth était aussi désespérée, qui sait de quoi elle serait capable ?

— Alors, que faisons-nous ?

— Peut-être que je pourrais l'appeler, proposa Caroline, pour essayer de lui faire comprendre…

— Je crois vraiment que ce serait une mauvaise idée.

— Tu as sûrement raison.

— Tu es fâchée contre moi ?

— Pourquoi serais-je fâchée ?

— Et si je vous avais fait traverser tout ça à toutes les deux pour rien ?

Elles s'assirent par terre en silence pendant un moment, la question vacillant entre elles comme une ampoule électrique défaillante.

— Tu as faim ? demanda Caroline quand elle entendit de faibles gargouillements monter de son estomac.

— Je suis affamée.

— Ça te dirait, une pizza ?

— Double fromage, pepperoni et tomates fraîches ?

— Je vais appeler.

Caroline se leva et se dirigea vers la cuisine en chassant toutes ces pensées troublantes.

— Continue de décorer le sapin.

— Ouah ! dit Caroline en reculant de quelques pas pour admirer l'arbre, désormais couvert de décorations. (Elle faillit marcher sur la boîte à pizza, qui contenait deux parts restantes.) C'est superbe. Tu as fait un boulot incroyable.

– Les pommes de pin ont été très pratiques pour remplir les espaces vides.

– Et j'adore ces petits chaussons de verre et ces ballerines. J'avais oublié que nous les avions.

– On a juste besoin d'un ange pour le sommet.

Caroline commença à fouiller d'une main dans les sacs qui restaient, en agitant une part de pizza à demi mangée de l'autre.

– Et voilà un ange.

Elle repéra un ange en carton scintillant, or et argent que Michelle avait fait en primaire, et le tendit vers le sapin.

– Je crois que nous allons avoir besoin d'un escabeau.

– Tu en as un ?

– Dans la cuisine.

– Je vais le chercher.

Lili était à mi-chemin dans le couloir, quand Caroline entendit une clé tourner dans la serrure et la porte d'entrée s'ouvrir. Elle jeta un coup d'œil à sa montre. Il était huit heures et demie, donc c'était Michelle qui revenait de l'hospice.

– Que se passe-t-il ? demanda Michelle de l'entrée du salon.

Elle balaya la pièce du regard et repéra le sapin, les sacs et les cartons qui jonchaient le sol.

– Je me suis dit que ce serait bien d'avoir un sapin cette année, dit Caroline. Tu veux de la pizza ? Il en reste quelques parts.

Michelle ne dit rien et leva les yeux au ciel en guise de réponse. Elle approcha du sapin et toucha une des boules du bout des doigts.

– Un peu tôt pour célébrer, tu ne crois pas ?

– Je me suis juste dit que ce serait sympa, répéta Caroline.

Michelle hocha la tête.

– Et ça ne t'est pas venu à l'idée que j'aimerais peut-être y participer ?

Caroline resta silencieuse. *Un pas en avant. Deux pas en arrière.*

– Tu peux installer l'ange, dit Lili, enjouée, de retour dans le salon avec l'escabeau.

– Oh, merci ! dit Michelle. C'est tellement délicat de ta part.

– Michelle…

– Il reste de la pizza, dit Lili. Je peux te la faire réchauffer.

– Eh bien, n'est-ce pas là la plus adorable, la plus prévenante petite sœur de tout l'univers ?

– S'il te plaît, ne déverse pas ta colère contre moi sur Lili, implora Caroline. C'était mon idée d'installer le sapin. Mon idée de le décorer. Lili a dit que nous devrions attendre que tu sois rentrée. C'est *moi* qui ai dit que ça ne t'intéresserait pas.

– Parce que tu t'es dit que j'aimerais être mise à l'écart ?

– Parce que ça ne t'a jamais intéressée jusque-là.

– Parce que tu as toujours fait en sorte que ça ait l'air d'une corvée, répliqua Michelle, sa colère enflant à chaque mot. Parce que c'était tellement évident que tu n'avais pas le cœur à ça, qu'il n'y avait aucune raison de décorer un sapin débile et de faire semblant d'être heureuse. Parce que, comment aurions-nous pu être heureuses alors que Samantha n'était pas avec nous pour les fêtes ? Dieu sait que, moi, je n'étais pas une raison suffisante. Dieu sait que je ne t'ai jamais rendue heureuse.

Elle arracha l'ange des mains de Lili et le tailla en pièces, avant d'en jeter ce qui restait au sol.

– Et d'ailleurs, Lili ou Samantha, ou quel que soit ton nom, sache que les anges n'existent pas. Parce que le paradis n'existe pas.

Elle se tourna vers le couloir.

– C'est rien que des conneries. Une arnaque, exactement comme toi.

– Micki, attends…

– Que j'attende quoi, exactement ? dit Michelle en se retournant. Que tu reconnaisses que je compte autant que ma sainte sœur, que ma présence réelle est tout aussi importante pour toi que son souvenir ?

– C'est tellement injuste.

– Vraiment ? Que faudra-t-il, m'man ? Il faudrait que je disparaisse pour que tu m'aimes ?

Caroline s'effondra, assise par terre, écrasant ce qui restait de l'ange sous son poids tandis que Michelle quittait la pièce.

28

Aujourd'hui

– C'est moi… Lili. Je peux entrer ?

– Je peux t'en empêcher ?

Caroline entendit leur échange du pas de la porte de sa chambre. Elle allait s'excuser de nouveau auprès de Michelle – combien de leurs conversations au fil des années avaient consisté en de vaines tentatives d'explications et de pardon ? – quand elle avait entendu des bruits de pas dans le couloir. Elle avait jeté un coup d'œil hors de sa chambre pour voir Lili frapper doucement à la porte de la chambre de Michelle.

Elle regarda Lili disparaître dans la chambre et descendit sur la pointe des pieds, avant de s'installer le dos contre le mur. Elle savait qu'elle ne devait pas écouter à la dérobée mais était incapable de bouger.

– Ça va ? entendit-elle Lili demander.

– Bien sûr, répondit Michelle. Pourquoi ça n'irait pas ?

– Tu avais l'air très énervée.

– J'ai surréagi. Ce n'est pas la première fois. Désolée si ça t'a inquiétée.

– Non, je t'en prie. C'est moi qui devrais m'excuser auprès de toi.

– De quoi devrais-tu t'excuser ?

– On aurait dû attendre que tu rentres pour décorer le sapin.

– Ce n'était pas à toi de décider ça.

– S'il te plaît, n'en veux pas à ta mère. Elle ne voulait pas…

– Je sais. Tu n'as pas besoin de m'expliquer.

– Elle t'aime.

– Je le sais aussi. C'est notre pas de deux, c'est tout. Je crois qu'on fait ça depuis tellement longtemps que c'est enraciné en nous.

Silence.

– Qu'est-ce que tu veux, Lili ? C'est ma mère qui t'a demandé de venir ?

– Non. J'espérais juste que… peut-être…

– Peut-être ?

– On pourrait discuter ?

– Tu veux discuter ?

Caroline imagina Lili hochant la tête.

– De quoi veux-tu parler ?

– Je ne sais pas. N'importe quoi. Je crois que j'espérais qu'on pourrait peut-être faire connaissance.

– On ne se connaît pas du tout.

– J'aimerais apprendre à te connaître, dit Lili.

– Pourquoi ? Ça m'étonnerait que tu traînes long-temps dans le coin quand les résultats du test ADN seront là.

– Tu es sûre que je ne suis pas ta sœur ?

– Tu dois bien reconnaître que ce serait un peu gros. Mais qu'importe ? On sera fixé dans quelques jours. Ça ne sert à rien de spéculer.

– Tu te souviens d'elle ? demanda Lili. Samantha, je veux dire.

Un autre silence, plus long que le premier.

– Tu avais cinq ans quand elle a disparu, insista Lili.

– Donc ?

– Donc tu devrais te souvenir d'elle.

– Je devrais ?

– Ce n'est pas le cas ?

– Je crois que si.

– Comment était-elle ?

– Elle avait deux ans.

– Les enfants de deux ans ont une personnalité. Elle était drôle ? Sage ? Elle te faisait rire ? Elle pleurait beaucoup ? C'était un bébé joyeux ?

Caroline imagina l'irritation traverser le visage de Michelle. Elle retint son souffle en attendant une explosion de sarcasmes sortir de la bouche de sa fille. Étonnamment, la voix qui en sortit était calme et sans trace d'acidité.

– Je me souviens de cette fois où elle avait trouvé les bigoudis en Velcro de ma mère et se les était tous accrochés dans les cheveux, et elle courait dans la maison, sans autres vêtements qu'une couche et les énormes pantoufles fourrées roses de ma mère, avec ces rouleaux complètement insensés plantés n'importe comment dans ses cheveux. Elle avait l'air tellement fière, et ma mère riait si fort, et je me souviens avoir souhaité pouvoir la faire rire autant, et puis je me suis mise en colère, je l'ai poussée par terre et j'ai arraché les rouleaux de ses cheveux. Et elle a commencé à pleurer et, bien sûr, ma mère s'est énervée et m'a crié après.

J'avais oublié ça, pensa Caroline. Ses yeux se remplirent de larmes quand elle se souvint de l'auréole de rouleaux accrochés sur la magnifique petite tête de Samantha, et le doux sourire de sa merveilleuse petite bouche alors qu'elle trottinait d'une pièce à l'autre. Elle revit aussi la rage sur le visage de Michelle, qui poussait sa sœur par terre et retirait les bigoudis de ses cheveux.

— Tu étais jalouse, dit Lili. C'est plutôt normal. J'ai deux frères plus jeunes, et jusqu'à leur naissance c'était moi, tout ce qui comptait pour mes parents. Puis sont venus Alex, et ensuite Max, et je n'ai plus été le centre de l'univers. Il faut du temps pour s'y habituer.

— C'est pour ça que tu fais tout ça ? Être de nouveau le centre de l'univers ?

— Que te rappelles-tu d'autre de Samantha ? enchaîna Lili en ignorant la question de Michelle.

— C'est à peu près tout.

— Te souviens-tu de quoi que ce soit de cette nuit au Mexique ?

Un autre silence. Si long que Caroline pensa que Michelle n'avait pas l'intention de répondre.

— J'essaie d'éviter, dit finalement Michelle. Je me souviens de ma mère qui criait.

Caroline sentit l'air se bloquer dans ses poumons, et elle plaça ses mains sur sa bouche pour étouffer le hoquet qui allait s'échapper.

— Ça a dû être terrifiant.

— Ça a dû l'être, répéta Michelle sans intonation.

— Que te rappelles-tu d'autre ?

— Je me souviens avoir essayé de m'accrocher à elle, et qu'elle m'a repoussée.

Caroline repensa aux efforts de Michelle pour l'agripper, et son propre sentiment d'étouffement, la panique de ne pas pouvoir respirer, sa peur irrationnelle que Michelle puisse pomper l'air directement de son corps. Avait-elle vraiment repoussé l'enfant ?

— Je suis sûre qu'elle ne voulait pas…

– Peut-être pas. Ou peut-être que ça ne s'est pas passé comme ça du tout. Peut-être que je n'ai fait que rêver tout ça. J'étais une enfant. Les enfants s'embrouillent. Ils imaginent toutes sortes de choses folles. Écoute, continua-t-elle d'un trait, même si c'est arrivé, je ne lui en veux pas de m'avoir repoussée. Je ne lui en veux même pas de ne pas m'aimer comme elle aimait Samantha. Je lui en ai fait baver pour ça, mais je le comprends. Vraiment, je le comprends. Samantha était une enfant magnifique, très gentille, toujours souriante, toujours contente. Elle était tout simplement… adorable. Et moi, j'étais, comme ma mère le répète, difficile. J'étais grincheuse. Je réclamais. J'étais collante. En un mot, j'étais une merdeuse. (Elle fit une pause, expira longuement et bruyamment.) J'étais une merdeuse avant le Mexique. J'étais une merdeuse après. Je suis une merdeuse aujourd'hui.

– Je ne crois pas que tu sois une merdeuse.

– Bien sûr que si.

– Les merdeuses ne sont pas bénévoles dans les hospices.

– Elles le sont quand elles y sont contraintes par les tribunaux.

– Je ne comprends pas.

– Elle ne t'a pas dit ?

– Pas dit quoi ?

– Mon arrestation pour conduite en état d'ivresse, ma peine de travaux d'intérêt général ?

– Tu as été arrêtée pour conduite en état d'ivresse ?

– Tu peux ajouter ça à ma liste d'échecs. Elle ne te l'a vraiment pas dit ?

– Pas un mot.

– Faut croire qu'elle a honte.

– Peut-être a-t-elle pensé que ce n'était pas à elle de me le dire.

– Peut-être.

– Vas-tu le faire ?

– Quoi ?

– Me dire ce qui s'est passé ?

Une fois encore, Caroline retint son souffle. Michelle ne lui avait jamais confié les détails de cette soirée. Bien qu'elle connaisse les faits autour de l'arrestation de sa fille et les grandes lignes du marché que Hunter avait négocié avec l'assistant du procureur, Michelle avait toujours refusé de raconter ce qui s'était passé, et Caroline doutait qu'elle accepte de le raconter à Lili maintenant. Elle se prépara à entendre un chapelet de jurons et espérait avoir le temps de retourner dans sa chambre sans être vue avant que Michelle ne renvoie Lili, physiquement ou métaphoriquement, dans le couloir.

– Rien de bien grave, dit Michelle en la surprenant. Je veux dire, c'est grave, je suppose. C'est juste qu'il n'y a pas grand-chose à raconter.

Caroline et Lili attendaient toutes les deux qu'elle continue.

– Je suis allée à une soirée chez ce type plus âgé. C'était pas une super soirée parce que tout le monde était défoncé à l'herbe, ce qui est plutôt chiant. Tu sais ce que c'est.

– En fait, non, je n'en sais rien.

– Tu te fous de moi ? Tu n'as jamais fumé d'herbe ?

– Jamais fumé. Jamais bu. Jamais…

– Couché ?

– Qu'est-ce que ça veut dire ? demanda Lili en riant.

– Tu es vierge ?

– Ça a l'air de te surprendre.

– Tu as dix-sept ans.

– Je n'étais même pas autorisée à fréquenter quelqu'un jusqu'à il y a un an.

– Ouah…

– C'est pas que ce soit important. Nous déménagions tout le temps. J'étais scolarisée à domicile. Je ne connaissais personne. Alors, avec qui j'aurais pu sortir ? Ce n'est qu'après la mort de mon père que ma mère a commencé à baisser un peu sa garde. Et un jour, j'étais à la bibliothèque, et ce type n'arrêtait pas de me regarder. Je me suis dit qu'il était plutôt mignon et je me suis mise à le regarder aussi, pour essayer de flirter. Il est venu vers moi, je me suis dit qu'il allait peut-être me demander de sortir avec lui, et au lieu de ça il a dit que je ressemblais vraiment à ces dessins sur le Net, et…

– … On connaît la suite de l'histoire.

– Finis de raconter la tienne, intima Lili.

– Bon, comme je te l'ai dit, il n'y a pas grand-chose à raconter. Tout le monde se défonce en fumant de l'herbe et, je ne sais pas, l'herbe, ça n'a jamais été mon truc, même si je fume, je suis sûre que ça, ma mère te l'a dit.

– Elle n'a pas eu besoin de le faire.

– C'est-à-dire ?

– Je le sens sur tes vêtements.

– Sérieux ? Merde…

– Donc, que s'est-il passé ? À la soirée ?

– Bon, il y avait ce type que je connais, Spencer. On est sortis ensemble quelquefois. Bon, en fait, non. On n'est pas sortis ensemble. On a juste couché ensemble quelquefois.

La mâchoire de Caroline se décrocha. *Mon Dieu !* se dit-elle.

– Enfin, il a dit qu'il savait où notre hôte conservait

son vin. Et puis l'instant d'après, on s'est retrouvés tous les deux dans la cuisine, on avait quasiment fini une bouteille, et notre hôte nous a trouvés et était hors de lui. Il nous a ordonné de partir de chez lui. Apparemment, c'était une bouteille très chère que son père gardait depuis des années. Donc, on a dû partir et Spencer a pris sa voiture et moi la mienne. Dix minutes après, la police m'interpellait, et…

— … On connaît la suite de l'histoire.

— Ce n'est pas comme si j'avais beaucoup bu, continua Michelle. C'est juste que, quoi que je fasse, je foire tout dans les grandes largeurs.

Alors peut-être que tu ne devrais pas boire, pensa Caroline en espérant à moitié entendre ces mots sortir de la bouche de Lili. Mais Lili ne dit rien. *De toute évidence, elle est bien plus maligne que moi.*

— Enfin, j'en ai fini avec l'alcool. J'ai retenu la leçon.

Caroline s'autorisa un petit soupir de soulagement.

— Je suppose qu'il va falloir que je me mette à l'herbe, maintenant.

Merde.

— Et mon père a obtenu un accord avec l'assistant du procureur, et c'est comme ça que j'ai fini à l'hospice. Je t'ai dit qu'il n'y avait rien d'extraordinaire. Ni de glorieux.

— Je pense quand même que c'est incroyable. Je ne crois pas que j'en serais capable.

— C'est vraiment rien. Les gens meurent, pas vrai ? On s'y habitue en quelque sorte. Sauf quelquefois. Comme aujourd'hui.

— Que s'est-il passé aujourd'hui ?

— Nous avons reçu une nouvelle résidente, Kathy.

— Qu'est-ce qui la rend particulière ?

– Elle n'a que vingt-neuf ans. Et elle est seule. Sa mère est morte quand elle était petite, son père s'est remarié, et elle ne s'est jamais très bien entendue avec sa belle-mère. Toute l'histoire de Cendrillon, sauf qu'elle a fini avec un cancer des ovaires au lieu d'un prince charmant. Elle ne verra sûrement pas Noël. Ça m'a touchée, l'injustice qu'il y a là-dedans. Je crois que c'est en partie pour ça que je suis devenue folle de rage quand je suis rentrée, et que je vous ai vues décorer le sapin.

– Je suis vraiment désolée pour ça.

– Arrête de t'excuser. Ce n'était pas ta faute.

– Ce n'était la faute de personne.

– Ce qui nous ramène à peu près à notre point de départ. On a bouclé la boucle. C'est assez pour ce soir.

Caroline sentit Lili se déplacer vers la porte, et s'éloigna du mur en prévision d'une retraite précipitée.

– Merci, entendit-elle dire Lili.

– Pourquoi ?

– De ne pas m'avoir envoyée balader. De t'être confiée à moi. De m'avoir fait sentir, je ne sais pas… presque comme…

– … une sœur ?

– Je crois.

– Tu es vraiment sûre de vouloir faire partie de cette famille ? demanda Michelle.

Caroline arpenta le couloir jusqu'à sa chambre avant d'avoir pu entendre la réponse.

29

Aujourd'hui

Elle était allongée dans son lit, complètement réveillée à tout juste six heures du matin, après s'être agitée et s'être tournée et retournée toute la nuit, ses pensées oscillant entre l'espoir et l'abattement, l'excitation et la peur. Que ferait-elle si le test prouvait que Lili était bien Samantha ? Et s'il prouvait qu'elle ne l'était pas ?

Tu es vraiment sûre de vouloir faire partie de cette famille ?

Les paroles de Michelle résonnaient dans sa tête, de plus en plus fort à chaque répétition, remplissaient son esprit comme une grippe carabinée, l'empêchaient presque de respirer.

Sa fille avait raison. La famille que rejoindrait Lili, si le test ADN révélait qu'elle était vraiment Samantha, était sévèrement endommagée, pour ne pas dire irrémédiablement brisée. Caroline et Hunter étaient divorcés ; Caroline supportait à peine sa mère ; elle avait des rapports tendus avec son frère, des rapports difficiles avec Michelle…

Je suis le dénominateur commun de tout ça, admit-elle en sortant du lit une heure plus tard. Son corps n'était que courbatures et douleurs. *Tout est ma faute.*

Elle enfila une robe de chambre par-dessus son pyjama en coton et descendit après être passée devant les portes fermées de Lili et de Michelle. Elle alla dans la cuisine comme sur pilotage automatique, et se fit du café. Elle s'en servit un grand mug avant que la cafetière n'indique avoir fini.

— Il y en a assez pour moi ? demanda Michelle, qui arrivait en traînant ses pieds nus, et se laissait tomber sur une chaise devant la table de la cuisine.

Sans un mot, Caroline sortit un autre mug du placard et servit à sa fille le café fumant avant de le déposer devant elle.

— Tu es réveillée bien tôt.

— Je n'ai pas beaucoup dormi. Je suppose que tu ne vas pas travailler aujourd'hui ?

— Je leur ai dit que je serais absente pour le reste de la semaine.

Michelle acquiesça.

— Probablement une bonne idée.

Elle but sa tasse sans rien ajouter.

— Je te dois des excuses, dit Caroline.

— Pour ?

— Hier soir. Mon comportement. Tu avais tout à fait raison d'être en colère. (Elle ouvrit la panière au bout du comptoir, en sortit deux tranches de pain aux raisins et les inséra dans le grille-pain.) J'aurais dû attendre que tu sois rentrée pour décorer le sapin, au moins te donner l'opportunité de…

— Dire non ? C'est ce que j'aurais fait, tu sais. Dire non.

— J'aurais quand même dû attendre, te laisser le choix.

— Ouais, bon. Ce qui est fait est fait, pas vrai ? Le sapin est superbe, d'ailleurs.

– Il est beau, n'est-ce pas ?

– Sauf qu'il manque un ange au sommet. À moi de m'excuser. Je sortirai plus tard pour en trouver un.

– Ce serait bien.

– Sauf que je ne crois pas aux anges ni à tous ces trucs-là, alors je vais sûrement prendre une étoile ou un flocon de neige, quelque chose comme ça. Ça ira ?

– Ça m'a l'air bien.

Le pain grillé sauta du toasteur. Caroline posa les tranches sur une assiette, ouvrit le frigo, en sortit du beurre et en tartina les faces brunies.

– Tu en veux ? demanda-t-elle à sa fille sans réfléchir. Désolée, dit-elle aussitôt, j'avais oublié que tu ne mangeais pas de pain.

– Je vais manger les raisins, dit Michelle.

– Tu veux dire, ceux qui sont dans le pain ?

– Tant qu'il n'y a pas de beurre dessus.

Caroline étudia les deux tartines grillées.

– Tu ne peux pas prendre les raisins, c'est ce qu'il y a de meilleur.

Elle vit le sourire de Michelle en s'asseyant à table et commença à tremper sa tartine dans son café.

– C'est dégoûtant, dit Michelle.

– Tu n'as pas toujours pensé ça.

– De quoi tu parles ?

– Quand tu étais petite. Tu me regardais tremper mes tartines dans le café et tu voulais faire pareil.

– Je ne te crois pas.

– Je le jure devant Dieu, c'est la vérité.

– Je ne crois pas en Dieu.

– Ouais, bon. C'est quand même vrai. (Caroline sourit à l'évocation de ce souvenir.) Tu étais toute petite, je crois que tu n'avais même pas deux ans, mais tu étais déjà très sûre de ce que tu voulais, et ce que tu voulais, c'était tremper ta tartine dans du café comme moi. Alors tous les matins je mettais un peu de café dans ta tasse, et on s'asseyait là pour tremper nos tartines ensemble. Et un jour, j'étais occupée à faire autre chose, et tu es arrivée dans la cuisine, l'air indigné, et tu as demandé : « Où est mon café ? »

Michelle ricana.

– Tu inventes !

– Pas du tout. Tu étais un sacré personnage.

Michelle s'avança sur son siège, intriguée.

– Comment ça ?

– Tu as parlé très tôt, et beaucoup. Tu déblatérais tout le temps, tu commentais tout ce que tu faisais, dit Caroline qui s'enthousiasmait pour le sujet, les souvenirs affluant soudain à sa mémoire. Je me souviens qu'une fois, tu avais peut-être dix-huit mois, tu as trébuché sur quelque chose et tu as dit : « Oh, je suis tombée. » Et puis tu as dit : « C'est pas grave, je me relève. » Comme si tu racontais ta propre vie. (Elle s'arrêta, revit la scène se dérouler dans sa tête.) Et il y a eu cet après-midi où je t'ai emmenée au cinéma. Tu avais peut-être deux ans et demi. Je crois que c'était *Le Choc des Titans*, un film dans ce genre. Il y avait peut-être une demi-douzaine de personnes dans la salle, et tu as parlé pendant tout le film, de cette petite voix comme du verre ébréché, décrivant tout ce qui se passait à l'écran. « Oh, regarde, maman. Andromède prend un bain. Elle sort du bain. Elle avance vers la porte. Elle ouvre la porte. » Et encore et encore. Et quand le film s'est terminé, nous étions aux toilettes, et je me suis excusée auprès de cette femme qui était devant le miroir, au cas où tes commentaires l'auraient gênée. Elle a souri, et elle a dit : « Ce n'est rien, c'était très instructif. »

Cette fois, Michelle rejeta la tête en arrière et éclata de rire.

— Et une fois, ton père avait une nouvelle voiture et j'avais très peur de la conduire, parce que tu sais comment il est avec ses voitures.

Michelle acquiesça.

— Mais un jour que je la conduisais, tu étais dans ton siège auto, je devais me garer en créneau dans cette place de parking, et j'étais terriblement nerveuse. Il m'a fallu peut-être dix minutes pour réussir à garer cet engin. J'avançais et je reculais, j'avançais et je reculais en essayant de m'insérer dans cette satanée place. Je dégoulinais de transpiration, j'étais trempée quand j'ai fini par y arriver. Et cette petite voix est venue du siège arrière : « Bien joué, maman ! », et ça a ensoleillé ma journée. Vraiment. (Elle secoua la tête.) Mon Dieu, je n'ai plus pensé à ces choses-là depuis…

— Quinze ans ?

Caroline se leva et se servit une autre tasse de café. Michelle avait raison. Ses souvenirs de Samantha avaient été si omniprésents qu'ils avaient effacé ses souvenirs de la petite enfance de Michelle.

— Tu en veux encore ?

— Oui.

Caroline remplit le mug de sa fille et revint à la table, tiraillée par sa conscience.

— Écoute, il faut que je te dise quelque chose.

— Oh là là. C'est jamais bon quand une phrase commence comme ça.

— Je t'ai entendue parler avec Lili hier soir.

— Tu veux dire que tu as laissé traîner tes oreilles ?

– Oui.

– C'est drôle, comme expression, « laisser traîner ses oreilles ». Je me demande d'où ça vient.

– Tu n'as pas l'air trop fâchée.

Michelle haussa les épaules.

– Ni surprise.

Nouveau haussement d'épaules.

– Je savais que tu étais là.

– Ah bon ?

– Tu respires par la bouche.

– Je fais ça ?

– Chaque fois que tu es nerveuse ou énervée.

– Tu savais que j'écoutais tout du long ?

– Pas tout le temps, non. Mais à un moment, j'ai su que tu étais là.

– Et tu as quand même continué à parler.

– J'étais curieuse de savoir ce que Lili avait à dire.

– C'est toi qui as le plus parlé.

– On dirait bien.

– Tu pensais ce que tu as dit ?

– Je ne sais pas, j'ai dit beaucoup de choses.

– Tu as demandé à Lili si elle voulait vraiment faire partie de cette famille ?

Michelle ouvrit la bouche comme pour parler puis s'arrêta et prit une autre gorgée de café alors que Lili entrait dans la pièce.

– Quand on parle du loup. Même si, techniquement, il n'y a plus de loup en Californie. On ne t'a pas entendue descendre.

Lili baissa les yeux sur les chaussettes en laine rose ornées de lapins qui dépassaient de son pyjama à rayures bleues et blanches, comme si elles expliquaient son approche silencieuse.

– Il y a encore du café pour moi ?

– Je crois qu'il en reste. (Caroline se leva et servit une tasse à Lili.) Du lait ? Du sucre ?

– Noir, c'est bon.

– Je peux faire des œufs. Sinon il y a des céréales, proposa Caroline.

– Peut-être juste une tartine.

Lili tendit le bras au-dessus du comptoir et sortit deux tranches de pain aux raisins du sachet, avant que Caroline ait pu le faire pour elle. Une minute plus tard, elle était assise entre elles à table et beurrait sa tartine.

– As-tu parlé avec Beth ce matin ? demanda Caroline.

Elle réalisa qu'elle respirait par la bouche et toussa dans ses mains.

– J'ai appelé, mais personne n'a répondu. Ni sur le fixe, ni sur son portable. (Lili regarda l'horloge murale.) Ça ne m'étonnerait pas qu'elle soit déjà en route pour l'aéroport. Elle aime être très en avance.

– Pourquoi elle serait en route pour l'aéroport ? demanda Michelle. Ne me dis pas qu'elle vient ici ?

Lili secoua la tête :

– Je ne suis pas sûre.

– Je vais vérifier sur Internet, suggéra Michelle en s'éloignant de la table, quels vols arrivent de Calgary, et quand.

– Je vais devoir appeler ton père, dit Caroline.

– Je suis désolée que ça devienne si compliqué.

L'air absent, Lili commença à tremper son pain grillé dans son café.

– Qu'est-ce que tu fabriques ? demanda Michelle, s'arrêtant sur sa lancée.

– Désolée, dit Lili en retirant immédiatement de son

mug sa tartine qui dégoulinait désormais de café. C'est plutôt dégoûtant.

Des larmes montèrent aux yeux de Caroline, comme si ce simple geste était la preuve génétique qu'elle cherchait, le signe dont elle avait besoin pour confirmer que Lili était bien son enfant.

Le téléphone sonna.

— C'est peut-être elle, dit Michelle.

Caroline se dépêcha de répondre.

— Allô ?

— Caroline. C'est Aidan Wainwright. S'il te plaît, écoute-moi.

Elle raccrocha le combiné avec violence.

— Que s'est-il passé ? demanda Michelle. Tu es pâle comme un linge. Qui était-ce ?

Caroline s'adossa au comptoir et comprit d'instinct qu'Aidan était au courant de l'existence de Lili. Elle se demanda combien de temps il faudrait avant que le reste du monde le soit aussi.

— M'man ? Qui était-ce ? répéta Michelle.

Caroline additionna deux et deux et donna la seule réponse possible, compte tenu des circonstances.

— Des problèmes.

30

Aujourd'hui

— Voilà un taxi.

Caroline s'éloigna de la fenêtre du salon, le cœur battant. Michelle prit immédiatement sa place derrière les rideaux.

— Non. Il ne s'arrête pas. Oh ! merde…

— Que se passe-t-il ?

— J'ai vu un mouvement derrière le gros arbre de l'autre côté de la rue.

— Un autre journaliste ?

Caroline revint immédiatement à la fenêtre.

— Sûrement.

— Merde. On dirait que les vautours sont aux aguets.

— Sérieusement ? demanda Lili du canapé.

— J'en ai bien peur, dit Michelle.

— Je ne comprends pas. Comment peuvent-ils savoir ?

— Quelqu'un a dû les renseigner.

— Tu crois que c'est Beth ? demanda Lili à Caroline.

— Je ne sais pas. Tu as dit qu'elle avait menacé de le faire.

— Je sais, mais…

— Mais quoi ? demanda Michelle.

— Ça n'a aucun sens, dit Lili. Elle sera là d'un instant

à l'autre. La dernière chose qu'elle veuille, c'est qu'une meute de journalistes l'attende.

– Sauf si c'est exactement ce qu'elle veut, dit Michelle.

– Que veux-tu dire ? demandèrent Caroline et Lili en chœur, leurs voix se chevauchant.

Michelle se tourna vers Lili.

– Tu m'as presque convaincue, tu sais. Pas que tu étais vraiment Samantha. Mais que tu croyais vraiment que tu étais elle.

– Mais c'est la vérité.

– Vraiment ? Ou est-ce tout autre chose ? Tu as dit tout à l'heure que ça devenait très compliqué, mais peut-être que ce n'est pas compliqué du tout. Peut-être que c'est ce qu'a suggéré mon oncle Steve, l'opportunité d'entrer en scène, de démarrer une carrière dans le show-business, de faire la couverture de *People* ?

– Non, se défendit Lili.

– Tu sais que c'est faux, dit Caroline.

– Je sais que ce n'est pas une coïncidence si ton petit ami journaliste a appelé ce matin, cinq ans après. Je sais que la presse ne campe pas devant notre porte juste parce que c'est un jour sans grosse actualité. Quelqu'un leur a dit que Lili était là, et pourquoi.

Caroline grimaça aux mots *petit ami*, ils la piquèrent comme si Michelle l'avait physiquement pincée.

– As-tu parlé à quelqu'un ? demanda Michelle à Lili.

– Non. Et toi ?

– Moi ? Tu plaisantes ? Merde ! Voilà un camion de Fox News.

– Et merde, dit Caroline. Appelle ton père.

– Je l'ai déjà appelé trois fois.

– Rappelle-le.

Michelle grogna en sortant son portable de la poche

de son jean et composa le numéro du bureau de Hunter. « Salut Lucy, désolée de te déranger encore, mais… Ouais, je sais qu'il est avec des clients. Il a été avec des clients toute la journée… »

— Donne-moi ça. (Caroline arracha le téléphone de sa main.) Lucy, c'est Caroline. J'ai besoin de parler à Hunter immédiatement.

— Je suis désolée, il est à une réunion très importante, répondit la secrétaire.

— Alors. Allez. Le. Chercher.

— Une minute.

— Ouah ! marmonna Michelle. Impressionnant.

— Que se passe-t-il ? dit Hunter un moment plus tard, d'un ton pressé et impatient. Je suis au milieu d'une négociation cruciale…

— Et moi, j'ai une rue remplie de journalistes.

— Qu'est-ce que tu racontes ?

— Aidan Wainwright m'a appelée ce matin.

— Mais nom de Dieu, qui est Aidan Wain… ? Oh ! merde, dit-il avant que Caroline ait pu répondre. Que voulait ce connard ?

— Je ne lui ai pas laissé le temps de me le dire. Mais je suppose qu'il a appelé parce qu'il a appris pour Lili.

— Tu crois qu'elle l'a appelé ?

— Non. Mais je crois qu'il est possible que Beth…

— Qui est Beth ?

Caroline ne put se résoudre à dire « la mère de Lili ».

— Apparemment, elle arrive de Calgary, dit-elle à la place en espérant stimuler la mémoire de Hunter.

— Nom de Dieu ! Quand est-ce arrivé ? Pourquoi ne m'as-tu pas appelé ?

— On a essayé. Trois fois. Tu es au milieu d'une négociation cruciale, tu te souviens ?

– À quelle heure arrive son avion ?

– Nous n'en sommes pas sûres. Le vol direct de Calgary a été retardé. Apparemment il y a une tempête de neige… Enfin, elle n'a peut-être même pas pris le vol direct. Et elle ne répond pas au téléphone.

– Tu crois que c'est elle qui a alerté les médias ?

– C'est possible.

– OK. Écoute, j'arrive dès que je peux. D'ici là, n'ouvre à personne. Ne réponds pas au téléphone. Ne dis pas un mot à qui que ce soit.

– Bien sûr que je ne vais pas dire un mot, commença Caroline, mais il avait déjà raccroché. Quoi, je suis une idiote ? demanda-t-elle en rendant le téléphone à Michelle.

Elle avait décroché son fixe immédiatement après l'appel d'Aidan.

– Il va venir ?

– Dès que possible. Essaie de joindre Beth encore une fois, ordonna-t-elle à Lili.

Lili utilisa son téléphone pour appeler Beth à nouveau et secoua la tête quand une voix enregistrée annonça que la ligne était temporairement suspendue.

– Elle est probablement toujours en vol.

– Ou juste en train d'attendre que plus de troupes débarquent, dit Michelle en regardant vers la rue. Cette femme sait manifestement préparer son entrée.

– Tu te trompes, insista Lili. La dernière chose qu'elle veuille, c'est que quelqu'un soit au courant de tout ça. Elle veut juste que je rentre à la maison.

Une voiture se gara devant la maison. Une femme aux longues jambes fuselées et à la chevelure blonde ondulée surgit de la banquette arrière, un micro à la main. Un homme barbu se traîna derrière elle, une demi-douzaine d'appareils photo autour du cou.

— Merde ! dit Caroline qui les suivit des yeux jusqu'à son allée.

On sonna à la porte.

— Que fait-on ? demanda Lili.

— Que peut-on faire ?

On sonna de nouveau.

— On se contente de les laisser sonner ?

— Ils finiront peut-être par comprendre.

— C'est comme être retenu en otage, dit Lili alors que la sonnerie continuait pendant cinq minutes.

— Ils savent que nous sommes là, dit Caroline. Ils nous ont probablement vues à la fenêtre.

— Peut-être qu'on devrait fermer les rideaux.

Michelle montra les tentures taupe qui encadraient les voilages.

— Peut-être qu'on devrait appeler la police, dit Lili.

— Excellente idée, lui dit Michelle. Rendons cette histoire encore plus énorme. Peut-être qu'on passera aux infos nationales. (La sonnette retentit encore dix fois en rafale.) Mon Dieu, ils ne vont donc jamais lâcher ?

— Je croyais que tu ne croyais pas en Dieu, dit Lili en souriant.

— La ferme ! dit Michelle.

Caroline se surprit à étouffer un rire.

— Quoi ? Qu'est-ce qu'il y a de drôle ?

— Vous commencez à ressembler à des sœurs.

— OK, ça suffit, dit Michelle en s'éloignant de la fenêtre. Je me tire d'ici.

Elle se dirigea vers la porte d'entrée.

— Attends, Michelle. Tu ne peux pas sortir.

— Alors je vais passer par-derrière.

Elle fit demi-tour et se dirigea vers le fond de la maison.

— Michelle, implora Caroline en la suivant. S'il te plaît…

— Détends-toi, mère. Tu ne t'apercevras même pas que je suis partie.

— Tu fais une bêtise…

— Je fais une bêtise ?

Elle ouvrit la porte de derrière.

Un homme se tenait sur le seuil.

— Mais qui êtes-vous ? demanda Michelle, surprise.

— Mon Dieu ! dit Caroline derrière elle. Ferme la porte, Michelle. Maintenant.

— Caroline, attends, dit l'homme en retenant la porte pour l'empêcher de se fermer. Je sais que tu ne veux pas me parler et je ne peux pas te le reprocher…

— C'est ce putain de journaliste ? demanda Michelle.

— Je suis Aidan Wainwright.

— Le salaud qui a écrit cet article pourri ? Dégage de là, putain !

— Tu dois être Michelle.

— Tu dois être un putain de plaisantin. Lâche cette porte, trou-du-cul.

— Écoutez, je sais que vous me détestez tous, mais je crois que si vous revenez en arrière et que vous relisez cet article, vous verrez qu'il n'est pas si mauvais. Tu t'en tires très bien, dit-il en s'adressant directement à Caroline. Je t'ai dépeinte sous un jour très flatteur.

Caroline fixa l'homme pas tout à fait charmant sur lequel elle n'avait pas posé les yeux depuis cinq ans. L'homme dont l'article, dont la trahison lui avait coûté non seulement son travail mais aussi ce qui lui restait d'amour-propre. Ses cheveux étaient plus courts que la dernière fois qu'elle l'avait vu et grisonnaient légèrement aux tempes ; mais à part ça, il n'avait pas vraiment changé. Elle se sentit mortifiée de se rendre compte qu'elle le trouvait toujours attirant.

— C'est vrai ? demanda-t-il. Est-ce que Samantha est revenue ?

— Je ne sais pas de quoi tu parles.

— Que se passe-t-il ? demanda Lili qui arrivait derrière Caroline.

— C'est elle ? demanda Aidan, qui poussa plus fort sur la porte pour essayer de se glisser à l'intérieur. Parle-moi, ma puce. Qui es-tu ? Quelle est ton histoire ?

— Retourne dans le salon, dit Michelle à Lili. Maintenant.

Lili tourna les talons et se précipita hors de la pièce.

— Tu ferais aussi bien de me le dire, Caroline, dit Aidan. Tu sais que je vais écrire quelque chose, de toute façon.

— Dis-moi d'abord qui t'a rencardé, dit Caroline.

— Tu sais que je ne peux pas trahir une source.

— Vraiment ? Tu n'as pourtant eu aucun problème pour me trahir.

— Ce n'est pas tout à fait vrai. Et si tu réfléchis, je t'ai aussi fait une faveur.

— Une faveur ?

— Je t'ai offert une tribune, un espace pour évacuer…

— Sans que je le sache. Sans ma permission.

— Tu ne m'aurais jamais donné la permission.

— Et ça ne t'a pas mis la puce à l'oreille ?

— Je n'ai jamais eu l'intention de te blesser, Caroline. Je t'aimais bien. Vraiment. J'ai lutté contre moi-même pendant des heures avant de remettre cet article. Je savais qu'il y avait un risque que tu ne comprennes pas.

– Un risque que je ne comprenne pas ? Comprendre quoi, exactement ? Que tu avais abusé de ma confiance ? Que tu m'avais humiliée ? Que tu m'avais utilisée pour servir tes ambitions, pour améliorer ta position grâce à cet article ?

– Tu avais porté cet énorme poids de culpabilité pendant tant d'années que ça te paralysait, protesta-t-il. J'aime à penser qu'en fait j'ai peut-être soulagé ce poids.

Se berçait-il à ce point d'illusions ? se demanda-t-elle.

Pourquoi serait-il différent de n'importe qui d'autre ? Parfois les illusions étaient tout ce qui vous portait dans la vie.

– Ne t'avise même pas d'essayer de me convaincre qu'il y avait quoi que ce soit de noble dans ce que tu as fait, lui dit-elle en chassant une telle idée de sa tête. Je parie que tu as un magnétophone dans la poche à cet instant même, pas vrai ?

Il détourna le regard en se retenant de sourire.

– Une fille débarque à ta porte en prétendant être la fille qu'on t'a enlevée il y a quinze ans. C'est une putain d'histoire, Caroline, même si elle n'est pas Samantha. Laisse-moi l'écrire. Donne-moi une chance de réparer les choses.

– Dis-moi d'abord si tu as vraiment eu une femme et une fille qui ont été tuées par un conducteur ivre.

Son air penaud fut la seule réponse dont elle eut besoin.

– Espèce de petite merde.

– Parle-moi, Caroline. Donne-moi l'exclusivité, et je te jure que tu en sortiras plus sainte que cette putain de Mère Teresa.

Caroline regarda son visage pas tout à fait charmant, soulagée de constater que tout ce qu'elle ressentait était du mépris. Elle lui arracha la porte des mains et la lui claqua au nez.

– Tu aurais dû lui dire d'aller se faire foutre, dit Michelle plus tard.

– Oui, c'est toujours une bonne idée de dire à un journaliste d'aller se faire foutre, dit Hunter.

– Il est parfois préférable d'être prudent, dit Caroline.

Ils étaient réunis dans le salon, attendant que Beth arrive. Son avion avait atterri une demi-heure plus tôt et elle avait appelé Lili dès qu'elle avait passé la douane pour lui dire qu'elle arrivait. Lili lui avait dit à son tour que de plus en plus de journalistes entouraient la maison et lui avait demandé si elle était responsable de leur présence. Beth avait démenti avec véhémence.

– Est-ce vrai que Samantha est revenue ? avait crié un journaliste à Hunter quand il était sorti de sa BMW.

– Quand aurez-vous les résultats du test ADN ? demanda un autre quand Caroline avait ouvert la porte pour le tirer à l'intérieur.

– Est-ce que Wainwright a dit qui avait balancé ? demandait maintenant Hunter.

Caroline persifla.

– Et trahi une source ?

– Il y a un taxi qui descend la rue, annonça Lili depuis la fenêtre.

Caroline, Hunter et Michelle se levèrent immédiatement pour anticiper. Ils prirent une grande inspiration ensemble quand le taxi se gara devant la maison, et qu'une femme en sortit par l'arrière.

Lili se tourna vers Caroline.

– C'est elle, dit la jeune fille.

31

Aujourd'hui

Beth Hollister ressemblait exactement aux photos que Lili lui avait montrées, ce qui signifiait qu'elle ne lui ressemblait pas du tout, comme le constata Caroline en la faisant vite entrer dans le vestibule. Elle portait un épais manteau de laine noir et le même genre de sac de voyage que Lili avait emporté quelques jours plus tôt. Elle avait les cheveux épais et foncés, plus frisés que bouclés, et elle était terriblement pâle. Il était impossible de dire si c'était à cause de l'hiver de Calgary ou de la horde de journalistes beuglants qui lui avait fondu dessus comme une nuée d'abeilles énervées quand elle était sortie de la voiture. Ils l'avaient mitraillée de photos et de questions comme si c'étaient des cailloux. Elle posa son sac par terre et cligna rapidement de ses yeux marron terrifiés, cherchant Lili du regard. Ils se remplirent de larmes quand elle la vit, et elle les ferma, enfin soulagée, quand Lili se jeta dans ses bras.

Caroline sentit un pincement de jalousie en les voyant toutes deux enlacées. Elle lutta contre le réflexe possessif de se précipiter entre elles pour les séparer.

– Tu vas bien ? demanda Beth à Lili.

Elle lui lissa quelques mèches folles qui lui tombaient sur le front et tint son visage entre ses mains.

– Je vais bien. Et toi ?

– Comme tu peux t'y attendre, au vu des circonstances.

– Comment vont Alex et Max ?

– Ils vont bien. Déboussolés, bien sûr. Ils ne comprennent pas comment tu as pu t'envoler juste comme ça.

Caroline s'avança.

– Madame Hollister, dit-elle, sur le point de tendre la main, quand elle réalisa que Beth n'était pas prête à lâcher Lili. Je suis Caroline Shipley. Voici mon ex-mari, Hunter, et notre fille, Michelle. Je suis vraiment désolée pour la scène là-devant.

– Je ne comprends pas. Que font tous ces gens ici ? Pourquoi pensez-vous que j'aie pu les appeler ?

Beth regarda Caroline, puis Hunter, puis Michelle, et revint à Caroline.

– Nous ne savions pas quoi penser, dit Caroline.

– Si vous ne les avez pas appelés, qui l'a fait ? demanda Michelle.

La question resta suspendue en l'air, comme une odeur rance de cuisine.

– Ça n'a pas vraiment d'importance, dit Hunter. C'est une question stérile. Quelqu'un a de toute évidence renseigné les vautours, et ils ne sont pas près de partir.

– C'est un vrai cauchemar, dit Beth.

– Puis-je prendre votre manteau ? proposa Caroline.

– Non, merci, nous n'allons pas rester longtemps.

Caroline regarda Hunter avec inquiétude, stressée par l'utilisation du mot *nous* par Beth.

– Pourquoi ne pas aller dans le salon, où nous pourrons discuter ?

Beth ne bougea pas d'un pouce.

— Viens, maman, exhorta tendrement Lili, et Caroline ressentit une nouvelle pointe d'anxiété. Tu as fait tout ce chemin.

— Je suis venue pour te ramener à la maison.

— S'il vous plaît, dit Caroline. Vous pouvez sûrement rester encore un peu.

— J'ai dit au chauffeur de taxi de revenir dans une demi-heure.

— Ça ne nous laisse pas beaucoup de temps, dit Michelle pendant qu'ils avançaient vers le salon.

— Vous avez mangé ? demanda Caroline. Je peux vous faire un thé ou un café.

— Du thé, ce serait bien, dit Beth en défaisant le premier bouton de son manteau. Si ça ne vous dérange pas.

— Je vais le faire, proposa Lili.

— *Je* vais le faire, dit Michelle. Vous le prenez comment ?

— Du lait et un peu de sucre, merci.

— Quelqu'un d'autre ?

— J'en prendrai aussi, dit Caroline. Juste un trait de lait.

— Je sais comment tu bois ton thé, m'man.

— Et si on s'asseyait ? dit Hunter, comme s'il vivait toujours là.

Caroline et Hunter s'installèrent dans les fauteuils, alors que Lili et Beth, toujours main dans la main, s'assirent dans le canapé.

— Votre maison est adorable, dit Beth.

— Merci.

— Et le sapin magnifique.

Elle pointa le menton dans sa direction.

— Lili a participé à sa décoration, dit Caroline en

regardant les petites lumières blanches scintiller. (Elle avait tiré les rideaux plus tôt dans l'après-midi pour se protéger des regards indiscrets. La pièce, d'ordinaire aérée et claire, semblait de ce fait petite et oppressante. Le sapin la rendait un peu plus vivante.) Vous êtes sûre que vous ne voulez pas que je vous débarrasse de votre manteau ? demanda-t-elle.

— Ça ira, merci.

— Comment s'est passé votre vol ? demanda Hunter.

— Pas si mal, une fois qu'on a atterri.

— Oui, j'ai cru comprendre qu'il y avait eu une tempête.

Vraiment ? pensa Caroline. *On est en train de parler de la météo ?*

— On a dû attendre sur le tarmac pendant plus de deux heures. Ils ont dû dégivrer l'avion sans s'arrêter. On n'a pas su pendant un moment si on allait décoller.

Elle avait une voix profonde, presque rauque, rien de comparable à celle de Lili, et sans ressemblance avec la voix anonyme au téléphone.

Caroline fixa le visage de Beth à la recherche d'un trait qui pourrait la relier à la fille à côté d'elle, mais n'en trouva pas. Leurs yeux n'étaient pas de la même couleur, leurs nez étaient différents. La mâchoire de Beth était ronde et plus nettement dessinée. Caroline jeta un coup d'œil à son ex-mari en se demandant s'il pensait à la même chose.

— La météo ici est toujours si parfaite, dit Lili. Du soleil tous les jours.

— J'imagine que ça doit être assez monotone à la longue, dit Beth.

— Il y a pire, dit Hunter en souriant.

– Oui, acquiesça Beth. Et malheureusement, c'est pour ça que nous sommes là.

Tant pis pour la météo, pensa Caroline.

– Croyez-moi, je comprends comme ce doit être difficile pour vous, dit-elle.

– Pas plus difficile que pour vous, certainement. Devoir revivre un moment si difficile de votre vie, voir vos espoirs exaucés. (Elle prit une profonde inspiration et expira lentement.) Mais ce sont de faux espoirs. Et c'est tellement malheureux. Vous ne méritez pas ça. Vous avez été plus que gentille, plus que compréhensive en écoutant ces absurdités, y compris les fantasmes de Lili…

Caroline regarda Lili.

– Je crois que nous voulons juste découvrir la vérité. Je crois que c'est ce que nous voulons tous.

– La vérité, c'est que Lili n'est pas votre fille, dit fermement Beth. Je sais que ce n'est pas ce que vous voulez entendre. Je sais que ce n'est pas ce que vous voulez croire. Je sais que vous lui donneriez tout si c'était votre fille. Et je sais que vous ressentiriez la même chose si nos situations étaient inversées. Mais je vous le dis, Lili n'est pas Samantha. (Elle tourna le visage de Lili vers le sien en la tenant par le menton. Ce même menton qui était en plein milieu de la mâchoire de Hunter.) Tu es mon enfant, ma chair et mon sang. Et je suis désolée si tu penses que je t'ai déçue de quelque façon…

– Tu ne m'as pas déçue.

Des larmes commencèrent à couler sur les joues de Lili.

– Alors, pourquoi fais-tu ça ? Pourquoi me punis-tu ?

– Je n'essaie pas de te punir.

– As-tu la moindre idée d'à quel point c'est insultant ? Que ma propre fille remette en question ma parole ? Qu'elle me traite quasiment de menteuse ?

— Je ne te traite pas de menteuse.

— Alors arrête cette folie tout de suite, et rentre à la maison avec moi.

— Madame Hollister…, commença Hunter.

— Rentre à Calgary, répéta Beth en l'ignorant. Oublie toute cette folie. Ces gens ne sont pas ta famille. Cet homme n'est pas ton père. Cette femme n'est pas ta mère. Je suis ta mère et je t'aime. Tu dois me croire. Tu es ma fille, et je t'ai aimée dès le premier instant où j'ai posé les yeux sur toi.

— Je t'aime aussi.

Caroline sentit une main invisible pénétrer sa poitrine et déchirer son cœur. La douleur était si forte qu'elle était sur le point de pleurer.

— Alors, rassemble tes affaires et partons d'ici. S'il te plaît. Tes frères sont très inquiets. D'abord leur père meurt, et puis tu t'en vas sans un mot. Ils pensent avoir fait quelque chose de mal. Tu leur manques.

— Ils me manquent aussi.

— Je sais que ç'a été dur pour toi depuis la mort de ton père. Ç'a été dur pour nous tous. Et peut-être n'ai-je pas très bien géré les choses. Je sais que tu as plusieurs fois été impatiente et en colère, que je ne t'ai pas accordé l'attention dont tu avais besoin, l'attention que tu méritais. Je comprends aussi que tu es une grande fille maintenant, que tu veux plus de liberté, et je te donnerai cette liberté. Je te le promets…

— Madame Hollister…

Beth se tourna vers Caroline et Hunter.

— Nous vous avons dérangés assez longtemps. Je ne pourrai jamais assez vous remercier pour votre patience et votre hospitalité. Mais les choses nous ont un peu échappé. Elles sont allées trop loin et ont duré trop longtemps. Et je me dois d'insister, Lili et moi partons immédiatement.

Elle se leva, entraînant Lili.

Caroline se dressa elle aussi.

— Beth, s'il vous plaît. Je sais que tout ça est aussi déstabilisant, aussi surréaliste pour vous que ça l'a été pour nous. Je comprends votre indignation, votre offense, votre désir de rentrer chez vous aussi vite que possible. Mais nous parlons juste de quelques jours de plus. Quand on aura récupéré les résultats ADN du laboratoire, nous serons sûrs…

— Je suis déjà sûre.

— Pas moi, dit Lili en tentant de se dégager de la prise de Beth.

— Lili, nom de Dieu.

— Je suis désolée, dit-elle en pleurant. Je ne peux tout simplement pas rentrer à la maison avec toi. Pas encore.

Caroline entendit des pas approcher et se retourna pour voir Michelle qui se tenait sur le pas de la porte, un plateau avec deux mugs de thé fumant et une assiette de cookies dans les mains. Elle les déposa sur la table basse pendant que tout le monde retrouvait sa place en s'asseyant.

— Merci, ma chérie.

Michelle se tassa dans le fauteuil à côté de sa mère et se tourna vers Beth.

— Pourquoi êtes-vous là, en vérité ?

— Excuse-moi ?

— Que voulez-vous ? demanda-t-elle. Qu'est-ce que vous cherchez ?

— Michelle, à quoi tu joues ? demanda Caroline.

— Je ne comprends pas, dit Beth. Je crois avoir été claire sur ce que je veux et les raisons pour lesquelles je suis là. Je veux que cette absurdité cesse, je suis là pour ramener ma fille à la maison.

– Vous ne voulez pas d'argent ?

– De l'argent ? Non.

– Vous n'espérez pas tirer de tout ça, l'une ou l'autre, un genre de contrat pour un livre ou un film ?

– C'est ridicule.

– Vous n'êtes pas intéressée par la médiatisation, vous ne voulez pas votre quart d'heure de gloire ?

– Bien sûr que non.

– Et cinq minutes ? Vous ne voulez même pas voir votre nom dans les journaux ?

– C'est la dernière chose que je veuille.

– Pourquoi ? Avez-vous quelque chose à cacher ?

– Quoi ?

Caroline regarda Hunter, choquée de voir un sourire sournois se dessiner sur ses lèvres.

Michelle se leva et commença à aller et venir devant le canapé.

– Écoutez. J'étais très sceptique la première fois que Lili a contacté ma mère. J'attendais le revers de la médaille, de découvrir où était l'arnaque…

– Il n'y a pas d'arnaque.

– Je vous crois, dit Michelle à Beth. Je vous crois vraiment. J'ai vu votre visage quand les journalistes se sont rués sur vous, là-dehors. Et je vois l'amour dans vos yeux quand vous regardez Lili. Vous ne trichez pas. Personne n'est aussi bon acteur. Alors, j'accepte que ce ne soit pas un coup monté sophistiqué, et que Lili soit aussi sincère qu'elle en a l'air. Qu'elle croie vraiment qu'il y a une chance qu'elle puisse être Samantha. Et même si je continue de croire que c'est improbable, puisque vous affirmez fermement que ce n'est pas le cas, je me demande pourquoi vous tenez tant à l'emmener avant que les résultats n'arrivent.

Beth se leva immédiatement.

– C'en est trop. J'en ai assez. (Elle fouilla dans la poche de son manteau, en tira une carte et son téléphone portable et composa le numéro qu'elle avait noté.) C'est Beth Hollister, dit-elle d'une voix tremblante. J'ai terminé un peu plus tôt que prévu. Pouvez-vous venir me chercher maintenant ? Je vous retrouve au coin de la rue. Merci.

– S'il vous plaît, ne partez pas, dit Caroline. Il n'y a pas d'avion pour Calgary avant le matin. Vous pouvez rester ici…

– C'est hors de question, lui dit Beth, d'une voix aussi blanche que son teint. (Elle se tourna vers Lili.) Je serai au *Best Western Hacienda* jusqu'à demain matin. Ensuite, je prendrai le premier vol pour rentrer. Je prie de tout mon cœur pour que tu retrouves tes esprits à temps pour monter dans cet avion avec moi.

Elle avança vers l'entrée et saisit son sac de voyage par terre, se dirigeant vers la porte.

– Maman ? appela Lili en courant derrière elle. Attends !

– Dieu merci ! murmura Beth en serrant Lili fort contre elle.

Caroline les regardait en retenant son souffle. Puis elle vit Lili s'extraire lentement des bras serrés de Beth.

– Je t'appelle dès qu'on récupère les résultats, dit-elle calmement.

Le visage de Beth se referma dans un mélange de résignation et d'incrédulité.

– Je t'aime, murmura-t-elle. N'oublie jamais ça.

Puis elle ouvrit la porte, se fraya un chemin à travers le bataillon de journalistes qui attendaient et disparut dans la rue.

32

Aujourd'hui

Peggy téléphona à treize heures le lendemain.

– Je viens de recevoir un appel du directeur de la clinique, dit-elle sans préambule. Il a les résultats du test.

– Les résultats sont arrivés ? demanda Caroline comme si elle avait pu mal entendre. Déjà ?

Son cœur palpita fort, comme si un petit oiseau se débattait dans sa cage thoracique.

– Il veut savoir comment tu veux gérer les choses.

– Je ne comprends pas.

– Apparemment, les médias campent devant la clinique depuis sept heures du matin. Il se sent très mal parce qu'il soupçonne sa réceptionniste d'avoir balancé l'affaire, et il veut être sûr que ta vie privée soit protégée.

– C'est un peu tard pour ça, tu ne crois pas ?

– Ce qui est fait est fait, dit Peggy, aussi pragmatique que d'habitude. La question est : Qu'est-ce que tu veux faire maintenant ? Il peut te les faire parvenir par coursier, ou tu peux aller les chercher en personne…

Caroline avait la tête qui tournait.

– Je ne sais pas quoi faire. Il y a des journalistes partout.

– Et si moi j'y allais ?

— Que veux-tu dire ?

— Je peux aller à la clinique et récupérer les résultats. Personne ne va me reconnaître.

— Tu ne peux pas quitter ton travail comme ça…

— Je suis la patronne, tu te souviens ? J'ai une réunion, mais je peux partir d'ici une heure. Entre-temps, il faudrait que tu appelles la clinique et que tu donnes ton accord à Sid Dormer. Dis à sa réceptionniste que tu t'appelles Angela Peroni.

— Qui ?

— C'est la femme de ménage de son ex-femme. Il saura que c'est toi. Tu lui donneras ton feu vert ; je récupérerai les résultats et te les apporterai directement. Caroline ? Caroline, tu es là ?

— Je suis là. Oh ! mon Dieu. (Elle commença à rire, mais le son qu'elle produisit tenait plutôt du caquètement hystérique.) On se croirait dans un film d'espionnage.

— Tu vas bien ?

— Je ne sais pas. Je ne m'attendais pas à avoir les résultats si vite. Je pensais avoir plus de temps. Un jour de plus, au moins.

— Pour faire quoi ?

— Je ne sais pas. Me préparer, je suppose.

— Tu t'es préparée à ça pendant quinze ans, lui rappela Peggy.

Caroline s'appuya au comptoir de la cuisine, ses jambes menaçant de se dérober sous elle.

— Et si ce n'était pas elle ?

— Alors on fera avec, dit Peggy. Écoute, je vais à cette réunion au plus vite, plus tôt je peux partir et plus tôt nous serons fixés, dans un sens ou dans l'autre. J'ai ton accord pour récupérer les résultats ?

— Bien sûr que tu as mon accord.

– Accord pour ? demanda Michelle, qui entrait dans la cuisine alors que Caroline notait le numéro de Dormer.

Elle était habillée comme si elle allait au sport, en legging noir et débardeur blanc.

– Les résultats du test sont arrivés, lui dit Caroline en composant le numéro de Dormer.

– Déjà ? Ça fait à peine deux jours.

– Puis-je parler à Sid Dormer, s'il vous plaît ? dit Caroline dans le combiné. Angela Peroni à l'appareil.

– Qui ? demanda Michelle.

– Chut. Bonjour monsieur Dormer. Oui, c'est vraiment malheureux, ces médias. Je suis désolée, moi aussi. Peggy vient de m'appeler. Elle m'a dit que vous aviez besoin de ma permission pour qu'elle puisse venir chercher les résultats, donc je vous la donne. Oui, merci. Elle devrait être là dans à peu près une heure.

Elle raccrocha.

– Mon Dieu, on croirait une histoire sortie tout droit d'un *James Bond*.

– Qu'est-ce qu'on croirait sorti d'un *James Bond* ? demanda Lili du pas de la porte.

– Les résultats sont arrivés, dit Caroline à Lili qui virait au blanc livide, sa pâleur contrastant fortement avec le bleu foncé de sa chemise en jean.

– L'instant que nous attendons tous, dit Michelle. Je vais appeler papa. (Elle saisit le téléphone, lui laissa des messages au bureau, chez lui et sur son mobile, qui lui disaient de venir les rejoindre aussi vite qu'il pourrait.) J'appelle mamie Mary ?

– Attendons, dit Caroline. Ça ne sert à rien de mettre tout le monde sur les dents avant qu'on sache, d'une façon ou d'une autre.

– Que fait-on maintenant, alors ? demanda Lili.

Caroline se demanda combien de fois elle avait entendu cette question ces dernières semaines, combien de fois elle se l'était posée.

— Peggy va récupérer les résultats dans à peu près une heure et nous les apporter. Dans l'intervalle, on ne peut pas faire grand-chose. À part attendre.

Michelle haussa ses larges épaules jusqu'à ses oreilles.

— On dirait que le sport est remis à plus tard. Un Scrabble, ça vous dit ?

— Qu'est-ce que c'est comme mot, *ramet* ? demanda Lili en regardant les petits jetons de bois que Michelle venait de déposer sur le plateau de Scrabble.

— C'est un mot, répondit Michelle.

— Qu'est-ce que ça veut dire ?

— Je n'en ai aucune idée. Mais je n'ai pas besoin de savoir ce que ça veut dire. J'ai juste besoin de savoir que c'est un mot.

— Je ne l'ai jamais entendu.

— Tu cherches à me mettre au défi ?

Lili regarda Caroline de l'autre côté de la table, comme pour l'inciter à intervenir en sa faveur.

Caroline se prépara. Ce n'était jamais une bonne idée de défier Michelle. Quel que soit le sujet.

— Et qu'est-ce qui se passe, si je te mets au défi ? demanda Lili.

— On vérifie dans le dictionnaire. Si tu as raison, je saute un tour. Si j'ai raison, tu sautes un tour.

— OK, je te mets au défi.

Caroline attrapa le dictionnaire officiel du Scrabble sur la table à côté d'elle, en notant qu'il était dépassé depuis presque deux décennies. Combien de nouveaux mots étaient nés depuis la dernière fois qu'elle avait joué au Scrabble ? Combien avaient été déclarés obsolètes ?

– Voilà, dit-elle, en repérant le mot *ramet* entre *ramentum* et *rami*. C'est « le clone d'un ortet ».

– Et qu'est-ce que ça veut dire ? demanda Lili.

– Je n'en sais rien.

– J'ai raison. C'est un mot, dit Michelle. Tu passes ton tour, dit-elle avec un sourire de triomphe.

Lili haussa les épaules et Caroline sourit. Jouer au Scrabble avait été une bonne idée, même si Michelle n'avait probablement pas été sérieuse en le proposant.

– À toi, m'man.

Caroline regarda ses lettres – deux E, chacun valant un point, un P qui en valait trois, un Y, dix points, un A et un I, chacun valant un – puis de nouveau le plateau, et jeta un coup d'œil à sa montre en prenant le P de son chevalet. Il était presque trois heures. Elle se demanda ce qui retenait Peggy. Elle aurait dû être arrivée, maintenant.

– M'man ?

– Mmm ?

– Tu regardes tes lettres depuis cinq minutes. Tu vas faire quelque chose ou pas ?

Caroline posa le P sur une case lettre compte triple, à la suite duquel elle posa un I, puis un E de chaque côté du T que Michelle avait utilisé pour *ramet*, le dernier E arrivant aussi sur une case lettre compte triple.

– « Piété », annonça-t-elle. Ça fait neuf points pour le P, un pour le I, le premier E et le T, et trois pour le dernier E.

– Quinze points, dit Lili sans réfléchir, alors que le sourire de Caroline s'élargissait en même temps que celui de Michelle disparaissait.

– Quoi ? demanda Lili avec méfiance.

– Tu es bonne en maths, dit Michelle. Évidemment.

– Pas vraiment.

– Tu n'as pas besoin de te donner tant de mal. (Michelle orienta son froncement de sourcils de Lili à Caroline.) Elle est déjà dans ton camp.

– Je n'essaie pas…

– Et tu ne trompes personne, dit Michelle à sa mère.

– Qu'est-ce que tu veux dire ?

– Je sais ce que tu te dis.

– Qu'est-ce que je me dis ? demanda Caroline, vraiment perplexe.

– Que c'est la première de centaines de parties de jeux de société auxquels nous jouerons toutes les trois si tes prières sont exaucées et que Lili est bien Samantha. Que c'est comme ça, d'être une famille normale. (Elle rejeta la tête en arrière et regarda le plafond.) Eh bien, j'ai horreur d'être le trouble-fête, vraiment, poursuivit Michelle, mais nous ne sommes pas une famille normale. Nous ne sommes plus une famille normale depuis quinze ans. Et on ne peut pas faire tout à coup comme si nous l'étions. Rien de tout ce qui est arrivé n'est normal. (Elle regarda les mots dispersés sur le plateau de Scrabble.) Et c'est un jeu idiot.

Elle balaya les lettres de son chevalet du revers de la main, les envoyant balader sur le sol de la cuisine.

Lili s'agenouilla aussitôt pour les rassembler.

– Laisse, dit Michelle. C'est mon bordel. Je vais ramasser.

– C'est rien.

– J'ai dit que j'allais le faire. (Michelle rassembla vite les lettres restantes et les claqua sur la table.) Je t'ai dit que j'étais une merdeuse, dit-elle en se réinstallant à sa place.

– Non, dit Caroline après un silence de quelques secondes. Tu as raison. Ce n'est pas normal. C'est tout sauf normal. Et nous traversons clairement une période très tendue. Nous sommes un peu à cran…

– Vraiment ? Parce que tu as l'air si calme.

– C'est juste mon visage.

– Je ne suis vraiment pas très bonne en maths, dit doucement Lili.

Les lèvres de Michelle s'étirèrent en un sourire réticent.

– As-tu parlé à Beth depuis qu'elle est rentrée à Calgary ? demanda-t-elle en rangeant les jetons de Scrabble dans leur petite pochette.

Lili acquiesça.

– Comment va-t-elle ?

– Pareil. Bouleversée. En colère. Triste.

Caroline visualisa Beth telle qu'elle l'avait vue la veille au journal du soir, une femme perdue, de toute évidence, cachant son visage dans ses mains alors qu'elle bataillait pour semer la troupe de journalistes qui la poursuivaient.

« Qui êtes-vous ? » lui avaient-ils demandé alors qu'elle pressait le pas vers le taxi qui ralentissait au coin de la rue. « Quels sont vos liens avec Caroline Shipley ? Pouvez-vous nous dire quelque chose sur ce qui se passe dans cette maison ? Est-ce vrai qu'il y a une fille qui prétend être Samantha ? »

– Est-elle toujours traquée par les journalistes ? demanda Caroline.

– Il y a eu un type qui a suivi son taxi jusqu'à l'hôtel. Il l'a même pistée jusqu'à l'aéroport ce matin, mais elle a refusé de lui parler.

Caroline n'avait pas besoin de demander le nom du journaliste. Elle le connaissait déjà.

On sonna à la porte.

– Oh, mon Dieu ! murmura Caroline.

– Oh, mon Dieu ! répéta Lili.

– Mais oui, bien sûr, dit Michelle. Quelqu'un va ouvrir ?

Caroline prit une grande inspiration et alla à la porte, Michelle et Lili sur ses pas.

– Ouvre la porte, nom de Dieu ! criait Hunter de l'autre côté alors qu'elles approchaient.

Caroline ouvrit rapidement et Hunter se précipita à l'intérieur, un concert de déclencheurs d'appareils photo derrière lui.

– Hunter ! appela un reporter. Par ici.

– Pouvez-vous nous dire ce qui se passe ? demanda un autre.

– Avez-vous eu les résultats du laboratoire ?

Hunter claqua la porte sur leurs questions.

– Que se passe-t-il ?

– Où étais-tu ? demanda Michelle. (Leurs questions se chevauchèrent.) Je t'ai appelé il y a des heures.

– Des réunions. Que se passe-t-il ? répéta-t-il.

– Les résultats sont arrivés, dit Caroline.

– Tu as les résultats ?

– Peggy va les apporter.

– Tu sais ce qu'ils disent ?

Caroline secoua la tête.

Une traînée de sueur coula du front de Hunter.

– OK. Il est important de rester calme, quoi que disent les résultats.

Caroline voyait bien qu'il disait ça autant pour lui-même que pour elles.

– On devrait peut-être s'asseoir, dit-elle en indiquant d'un geste le salon à tout le monde.

Ils venaient de s'installer, quand ils entendirent une voiture se garer devant la maison, une porte claquer et des pas se presser dans l'allée.

Caroline courut à la porte et l'ouvrit, tira Peggy par le bras à l'intérieur de la maison, pendant que les journalistes criblaient de questions la porte qui se fermait.

« Pouvez-vous nous dire… ? »

« Est-il vrai… ? »

« Qu'est-ce… ? »

Caroline fit entrer son amie dans le salon. Peggy ne perdit pas de temps en plaisanteries inutiles. Elle tira une enveloppe scellée de son sac en cuir marron et la tendit à Caroline.

Caroline secoua la tête.

— Je ne peux pas. Ouvre-la, toi.

— Tu es sûre ? Hunter ? demanda Peggy.

— Vas-y.

Peggy déchira l'enveloppe et en sortit l'unique feuille de papier. Elle parcourut la page et regarda Caroline, les yeux remplis de larmes.

Caroline sentit tout son corps se plomber. Elle savait que si les journalistes qui attendaient dehors pouvaient la voir maintenant, ils décriraient probablement un calme apparent, une femme en pleine possession de ses moyens avec une posture impeccable et une attitude neutre. Au lieu d'une femme sur le point de s'effondrer, sa raideur due uniquement à la lutte de chacune de ses fibres pour la tenir debout et en un seul morceau. Ils ne comprendraient pas que si elle devait relâcher la respiration qu'elle retenait dans ses poumons, l'air s'échapperait d'elle comme d'un ballon, et qu'elle tourbillonnerait dans l'espace, éviscérée et vide.

Elle regarda Peggy, puis Hunter, puis Michelle, puis la jeune fille qui était ou n'était peut-être pas Samantha. Depuis le tout premier appel de Lili, Caroline s'était efforcée de ne pas s'investir émotionnellement. Elle s'était mise en garde pour que ses désirs ne prennent pas le dessus sur son bon sens. Mais toutes ces résolutions s'étaient envolées au moment où Lili était apparue sur le pas de sa porte, et avaient définitivement disparu durant ces derniers jours. Les faits étaient peut-être les faits, mais le fait est qu'elle était tombée amoureuse. Les sentiments avaient battu le bon sens à plate couture. Un et un ne faisaient plus deux. Même si le test ADN prouvait en définitive que Lili n'était pas sa fille, elle n'était pas sûre de pouvoir survivre à sa perte.

Alors elle resta silencieuse, le corps rigide et raide comme un piquet, un masque placide sur le visage, et elle attendit que Peggy parle.

33

Aujourd'hui

Elles étaient assises sur le lit, dans les bras l'une de l'autre, et regardaient le journal de onze heures. Elles essayaient de digérer tout ce qui était arrivé depuis que Peggy avait déchiré l'enveloppe blanche qui avait changé leurs vies à tout jamais.

– Oh, mon Dieu ! avait dit Peggy, son regard allant de Caroline à Lili, puis de nouveau vers Caroline.

– Quoi ? Dis-moi.

– C'est ta fille. C'est Samantha.

Il s'en était suivi un concert de sanglots, les larmes de soulagement se mélangeant aux cris d'incrédulité. Des voix bouleversées qui se chevauchaient, des corps ballottés, balancés, agrippés les uns aux autres, avant de s'effondrer sous le poids de ces cinq mots.

– Je n'y crois pas.

– Tu es sûre ?

– C'est vraiment la vérité ?

– C'est impossible. Il doit y avoir une erreur.

– C'est écrit là, noir sur blanc. Regardez vous-mêmes. Il n'y a aucun doute.

– Oh, mon Dieu !

– C'est toi. C'est vraiment toi.

– Je n'y crois pas.

– Merci. Merci. Merci.

– Tu es absolument affirmative ?

– Mon bébé. Mon magnifique bébé.

Et puis la voix de la raison. Comme d'habitude, celle de Michelle :

– Qu'est-ce qu'on fait maintenant ?

Ils avaient appelé la police. La police avait rapidement avisé le FBI.

Ils avaient tous débarqué, leur arrivée déclenchant l'hystérie chez les journalistes toujours groupés devant la maison.

– Mon nom est Greg Fisher. Je suis du FBI, annonça l'agent à l'assemblée de journalistes devant chez Caroline plusieurs heures plus tard. Il y a eu de nouveaux développements dans l'affaire de la disparition de la petite Samantha Shipley. S'il vous plaît, soyez patients. Nous tiendrons une conférence de presse demain à midi. D'ici là, nous vous demandons de respecter l'intimité de la famille.

Caroline avait transmis aux autorités les événements des dernières semaines : elle avait reçu un appel d'une jeune fille nommée Lili qui vivait à Calgary avec sa mère veuve et deux petits frères. Que Lili pensait pouvoir être en fait Samantha, que Caroline, dubitative, avait pris un vol pour Calgary pour la rencontrer, mais que Lili ne s'était pas montrée, qu'elle était apparue la semaine dernière sur le pas de la porte de Caroline, qu'elles avaient fait un test ADN, que Beth Hollister était venue de Calgary la veille, mais que Lili avait refusé de partir et que Beth était rentrée au Canada toute seule, que les tests avaient prouvé catégoriquement que Lili était bien Samantha, l'enfant qui avait été enlevée dans son lit au Mexique quelque quinze ans plus tôt.

– C'est ta fille, avait dit Peggy. C'est Samantha.

C'est ma fille, s'était répété Caroline toute la journée en silence. C'est vraiment ma fille.

Le FBI vérifia les résultats du labo, puis prévint la gendarmerie royale du Canada. La GRC avait, à son tour, prévenu la police de Calgary qui avait rapidement interpellé Beth Hollister et l'avait emmenée pour l'interroger.

Elle clamait son innocence depuis, même face à la jeune fille qu'elle prétendait avec véhémence être la sienne. Des heures plus tard, Caroline repensait encore à leur conversation.

– Comment as-tu pu ? avait demandé Lili à Beth quand Greg Fisher les avait finalement autorisées à se parler.

Leur conversation était relayée par haut-parleur dans la cuisine de Caroline pour que celle-ci, Hunter et Michelle puissent écouter.

– Je ne le savais pas, je te le jure, répondit Beth en larmes.

– Tu m'as juré que tu étais ma mère, lui rappela Lili.

– Je suis ta mère.

– Tu m'as juré que tu m'avais mise au monde. Je t'ai demandé, combien de fois te l'ai-je demandé, si j'avais été adoptée. Tu disais que non.

– Parce que ton père avait insisté pour que je te dise cela. Parce qu'il disait que c'était mieux comme ça pour nous tous.

– Parce qu'il connaissait la vérité ?

– Je ne sais pas. Je ne sais pas.

– Si, tu sais. Arrête de me mentir.

Morceau par morceau, la vérité émergea doucement :

Beth et son mari avaient essayé pendant des années d'avoir un enfant. Sans succès. Un jour, Tim était rentré à la maison en annonçant qu'il avait arrangé l'adoption privée d'un bébé, qui pourrait se concrétiser à tout moment. Ils vivaient au Portugal quand l'adoption fut censément conclue. Son mari avait immédiatement pris un vol pour les États-Unis, afin de récupérer leur petite fille, une enfant que sa mère avait prétendument abandonnée.

Lili n'arrivait pas à y croire.

— Tu n'étais même pas un peu suspicieuse ? Une mère qui abandonne comme ça sa fille de deux ans au moment exact où une autre petite fille de deux ans disparaît de son lit au Mexique ? Le timing ne t'a pas donné l'impression d'être plus que commode ? Tu as vraiment pensé que c'était une coïncidence ?

— Je ne savais rien de ce qui était arrivé au Mexique.

— C'était dans tous les médias. Partout dans le monde. Comment pouvais-tu ne pas savoir ?

— Nous vivions au Portugal. Je ne parlais pas portugais. Je ne lisais pas la presse internationale. Nous n'avions même pas de télévision. J'étais plutôt isolée. Ton père a ramené cette magnifique petite fille en m'assurant que tout était légal. Je n'avais aucune raison de douter de lui. Il avait tous les documents nécessaires…

— Mais à un certain moment, vous avez bien dû avoir des soupçons, avait dit Greg Fisher de sa chaise à la table de la cuisine, sa voix s'arrêtant au bord d'un ricanement.

— Je crois que je savais que quelque chose n'allait pas, admit Beth à contrecœur. Mais c'est fou comme on peut se leurrer quand on le veut. Je voulais croire que mon mari ne mentait pas, alors je l'ai cru. Je voulais croire qu'il n'avait pas…

– Kidnappé ta fille dans son petit lit au Mexique ?

– Il n'a pas fait ça, dit Beth avec une véhémence inattendue. Il n'est jamais allé au Mexique.

– Alors il travaillait avec quelqu'un qui y était, dit Greg Fisher de façon pragmatique. Pouvez-vous nous dire qui ça pouvait être ?

Le corps de Caroline se tendit alors que Hunter se penchait en avant sur sa chaise.

– Je n'en ai aucune idée. Tim connaissait beaucoup de monde… par ses affaires. Je ne suis pas fière d'admettre qu'ils n'étaient pas tous très fréquentables.

– Donc, à un certain moment, tu as bien soupçonné que je pouvais être Samantha ? intervint Lili.

– Pas avant bien plus tard. Nous vivions alors en Italie. J'ai vu un bulletin d'information. Je crois que c'était le cinquième anniversaire de l'enlèvement. Ils ont montré des photos de Samantha. C'était complètement évident. J'ai paniqué. J'ai affronté ton père, je l'ai supplié de me dire la vérité. Il m'a dit que j'étais ridicule, et d'arrêter de parler comme une folle, que parler comme ça pourrait susciter des soupçons sans fondement, et que nous pourrions finir par te perdre, même s'il jurait ses grands dieux que tu n'étais pas Samantha. Quel choix avais-je, sinon de le croire ?

– Bien sûr, puisque votre mari est décédé l'an dernier, nous n'avons que votre parole, dit l'agent. Très pratique pour vous, au vu des circonstances, de pouvoir tout mettre sur le dos d'un homme qui n'est plus là pour se défendre.

Un sanglot étouffé se fit entendre à l'autre bout de la ligne.

– Qu'est-ce qui vous a fait revenir aux États-Unis ? demanda Fisher.

– Une combinaison de choses. Les affaires de Tim…
les garçons…

– Vous avez eu deux garçons, ensuite ?

– Oui. Une fois que nous avions eu Lili, je n'ai plus eu
aucun problème pour tomber enceinte. Ironique, non ?

– Je suis sûr que le fait que dix ans se soient écoulés a
aussi compté dans votre décision de revenir. Vous pensiez
que vous étiez à l'abri.

– Je pensais que mon mari me disait la vérité.

– C'est pour ça que vous avez déménagé au Canada ?
les coupa Lili sur un ton accusateur. C'est pour ça que
nous étions scolarisés à domicile ? C'est pour ça que nous
n'avions pas d'ordinateur, que nous n'avions qu'un accès
restreint à la télé, que nous avons déménagé chaque fois
que nous commencions à nous faire des amis ? Parce que
tu pensais que papa te disait la vérité ?

– Nous avons organisé toutes nos vies autour de toi.
Nous avons fait tout ce que nous pouvions pour te protéger.

– Pour vous protéger, tu veux dire.

C'est à ce moment-là que Caroline était intervenue
dans l'interrogatoire.

– Pourquoi être venue à San Diego ? Vous saviez que
nous avions fait un test ADN. Vous saviez ce que les
résultats allaient révéler. Pourquoi avoir persisté ?

– Parce que, croyez-le ou non, je m'accrochais toujours à l'espoir que Lili ne *soit pas* Samantha. Et je pensais que je pourrais l'amener à rentrer avec moi, qu'elle
tirerait un trait sur cette folie, et que même si les tests
disaient qu'elle était votre fille biologique, ça n'aurait
pas d'importance, ça ne suffirait pas à annuler les quinze
années que j'ai passées à l'élever, à l'aimer… Je t'aime
tellement, Lili…

Il y eut une seconde de silence.

– Mon nom est Samantha.

Un cri fusa des lèvres de Beth comme une balle à travers les câbles du téléphone, pour percer le cœur de Caroline. Malgré tout, elle se sentit un instant sincèrement désolée pour Beth. Elle savait ce que ça faisait de perdre un enfant.

– Bien sûr, à l'instant où j'ai vu tes parents et ta sœur, j'ai su qui tu étais, continua Beth. Ça n'a fait que me désespérer encore plus.

– Qu'est-ce qui vous a fait rester à Calgary ? demanda Greg Fisher. Vous auriez pu prendre vos fils et disparaître. Vous avez eu de la pratique et vous deviez savoir que la police viendrait vous chercher…

– Où pouvais-je aller ? Comment pouvais-je partir, s'il y avait même une infime chance que je puisse récupérer ma fille ?

La question resta suspendue même après que la conversation téléphonique fut terminée.

– Que va-t-il lui arriver ? demanda Lili. Elle va aller en prison ?

– Je ne sais pas, dit Greg Fisher. De toute évidence, nous n'en sommes qu'au début de notre enquête, et même si je fais toute confiance aux autorités canadiennes pour totalement coopérer, cela fait quinze ans et nous n'avons aucune preuve qu'elle ment. Nous allons continuer à chercher, évidemment. Peut-être finirons-nous par découvrir toute la vérité sur ce qui est arrivé cette nuit-là. Si ça doit se produire, j'aimerais être là quand ça arrivera.

Hunter secoua la tête.

– Donc nous perdons un enfant, notre fille perd une sœur, notre mariage s'écroule, nos vies sont virtuellement détruites, tout ça parce qu'une femme voulait un bébé et a sciemment ignoré tout ce qui prouvait à qui était vraiment ce bébé. Et elle s'en sort parce que ça fait quinze ans, que son mari est mort et que nous n'avons pas de preuve qu'elle ment.

— Ce qui compte, c'est que Samantha soit revenue, dit simplement Caroline.

Et, soudain, elle et Hunter furent dans les bras l'un de l'autre, et il pleurait contre son épaule.

— Je suis tellement désolé, Caroline. Je suis terriblement, terriblement désolé.

— Je sais.

— Pour tout.

— Je sais. Moi aussi.

Ils pleurèrent ensemble, les larmes de Hunter mouillèrent sa joue. Pendant un instant, les années s'envolèrent. Un miracle leur avait ramené leur fille. Peut-être un autre miracle pourrait-il de nouveau faire d'eux une vraie famille. Elle le serra fort et respira sa fraîche odeur de savon.

Une odeur qu'elle ne connaissait que trop bien.

Caroline s'écarta de ses bras en comprenant qu'il n'était pas en réunion quand elles avaient essayé de le joindre plus tôt. *Certaines choses ne changent jamais*, pensa-t-elle avec tristesse. *Peu importe combien d'années passent.*

— Qu'est-ce qu'on dit aux journalistes ? demanda Michelle.

— Laissez-moi m'en occuper, proposa Fisher. Je vous verrai tous demain. (Il tendit sa carte à Caroline.) N'hésitez pas à me contacter, n'importe quand.

— Merci.

La mère de Caroline et son frère arrivèrent peu de temps après le départ de la police et des agents fédéraux.

— Samantha, ma chérie, pleura Mary, qui dépassa

Michelle et attrapa la jeune fille dans ses bras. Je le savais. N'ai-je pas dit tout de suite que c'était toi ? Bienvenue chez toi, chérie. On a tellement à rattraper.

– Hé ! dit Steve en s'avançant. Et moi ? Je sens le pâté ? Viens là, chérie, dit-il en lui ouvrant les bras. Viens voir ton oncle Stevie.

Un cri étranglé s'échappa des lèvres de Michelle quand Steve étreignit sa nièce, perdue depuis si longtemps.

– Ne sois pas jalouse, Micki, dit sa grand-mère. Ça ne te ressemble pas.

– Mère, bon sang ! dit Caroline. Ce n'est vraiment pas le moment.

– Elle n'est plus fille unique, argumenta Mary. Elle devra s'y faire tôt ou tard.

– Je devrais y aller, dit Hunter. Diana va s'inquiéter.

Elle a bien des raisons de s'inquiéter, pensa Caroline.

– Je viens avec toi, dit Michelle.

– Tu ne veux pas rester ici ? demanda Samantha.

– Nan. C'est ta soirée. Toi et ma mère méritez un peu de temps seules ensemble. Je vais dormir chez papa.

– Je la ramène à la première heure demain matin, dit Hunter. Et si ça ne pose pas de problème, j'aimerais amener Diana et les enfants, présenter Samantha à son demi-frère et sa demi-sœur avant la conférence de presse.

– Il y a une conférence de presse ? demanda Mary.

– À midi, lui dit Caroline.

– Espérons qu'elle se passe mieux que la dernière que vous avez donnée.

Un gloussement désabusé échappa à Caroline.

– Je crois qu'il est temps que tu rentres aussi, mère.

– Quoi ? On vient juste d'arriver.

– Oui. Et maintenant, vous repartez.

Mary se raidit et ouvrit la bouche, comme pour se préparer à protester.

– Caroline a raison, intervint Steve. On devrait y aller. Ça a été une très longue journée, et je suis sûr que Samantha est épuisée.

– Je suis épuisée, confirma Samantha.

– Alors, nous allons débarrasser le plancher et vous laisser vous reposer. Et qui sait, peut-être que maintenant que la pression est retombée, tu vas commencer à retrouver des souvenirs.

Mary embrassa encore Samantha.

– Bonne nuit, ma chérie. Dors bien.

Elle alla jusqu'à la porte, l'ouvrit et sortit.

– Pouvez-vous nous dire ce qui se passe là-dedans ? cria un journaliste.

– Ce n'est pas à moi qu'il faut le demander. Je ne suis que la grand-mère, répondit Mary pendant que Caroline fermait la porte derrière elle.

– Ne la laisse pas t'atteindre, dit-elle à Michelle.

Michelle sourit.

– Bien sûr. Facile à dire.

– On se voit demain.

– Au revoir, m'man.

– Bonne nuit, ma chérie.

– Bonne nuit, Samantha, dit Michelle à sa sœur. Crois-le ou non, je suis vraiment contente que tu sois revenue.

– On se voit demain, dit Samantha.

Caroline les regarda par la fenêtre grimper dans la BMW crème de Hunter et vit la voiture s'éloigner.

– Tu as faim ? demanda-t-elle à Samantha dès qu'elles furent seules toutes les deux.

– Je suis affamée.

– C'est trop tôt pour une autre pizza ?

– Ce n'est jamais trop tôt pour une pizza.

Elles passèrent quasiment toute la soirée à se regarder, comme si elles comprenaient qu'il était à la fois trop tôt et trop tard pour les mots, que quinze ans de paroles avaient été perdus et ne pourraient jamais être rattrapés. Après avoir dîné, elles montèrent et regardèrent la télé sur le lit de Caroline. Elles écoutèrent Greg Fisher au journal de onze heures annoncer qu'il y avait de nouveaux développements dans l'affaire de la disparition de la petite Samantha Shipley, et promettre une conférence de presse pour midi le lendemain.

– On devrait sûrement essayer de dormir un peu, dit Caroline en embrassant le front de Samantha. Demain va être une grosse journée.

– Je peux dormir avec toi ce soir ? demanda Samantha.

Caroline souleva les couvertures en silence et Samantha se glissa dessous. Caroline s'allongea près d'elle et regarda sa fille dormir jusqu'au petit matin.

34

Aujourd'hui

La conférence de presse, diffusée en direct dans le monde entier, commença à midi pile. Elle se tint devant l'enceinte principale du commissariat de police à San Diego.

Sur un podium improvisé, Samantha, entre Caroline et Hunter, était installée comme eux sur des chaises pliantes. Ils faisaient face à une meute d'une centaine de journalistes au moins, et à des photographes représentant tous les médias nationaux et au-delà. Les caméras zoomaient sur le moindre de leurs gestes, des magnétophones tendus saisissaient leur moindre murmure. Des agents du FBI en costume strict se tenaient derrière eux. Des policiers en uniforme les entouraient pour contenir les cameramen trop enthousiastes. Le commandant de police s'approcha du micro installé au beau milieu de la scène et attendit que le bruit de la foule agglutinée cesse pour pouvoir prendre la parole.

Caroline prit la main de Samantha.

– Ça va ?

– Je crois que je vais être malade.

– Je sais ce que tu ressens.

– Vraiment ? Tu as l'air tellement calme.

– Je sais, dit Caroline. Pas moyen de faire autrement.

Samantha sourit et plusieurs photographes s'avancèrent immédiatement pour saisir l'instant, leurs appareils cliquetant furieusement comme les touches d'une vieille machine à écrire.

– S'il vous plaît, reculez d'un pas, prévint un agent.

– Respire profondément, conseilla Caroline, inspirant puis soufflant pour montrer l'exemple.

– Tu t'en tireras très bien, lui dit Hunter.

Caroline baissa les yeux et regarda furtivement la foule. Elle vit sa mère et son frère assis au premier rang d'une douzaine de rangées de huit à dix chaises chacune, dont toutes étaient occupées. À côté de Mary se trouvait Diana, la femme de Hunter, avec ses deux enfants, et derrière eux, Peggy et Fletcher.

Une seule personne brillait par son absence.

– Où est Michelle ? avait demandé Caroline à Hunter, quand sa nouvelle famille était arrivée à la maison plus tôt dans la matinée.

– Elle était déjà partie quand nous nous sommes réveillés, dit Hunter, visiblement peu concerné. Elle a laissé un mot pour dire qu'elle allait au sport, qu'elle reviendrait tout de suite après.

– Eh bien, ce n'est pas le cas.

Elle ne s'était pas montrée à l'heure du départ pour le commissariat. Caroline avait laissé des messages de plus en plus pressants sur son répondeur. Michelle n'avait répondu à aucun.

Une douzaine de scénarios se bousculaient dans le cerveau de Caroline : Michelle, plus bouleversée qu'elle ne l'avait montré, s'était glissée hors de chez Hunter au beau milieu de la nuit et s'était enivrée… Appréhendée par la police après un accident avec une voiture empruntée à un ami, elle était enfermée dans une cellule à l'heure qu'il était. Ou pire, gisait dans un fossé, inconsciente et blessée… Ou peut-être qu'un fou l'avait suivie, décidé à apporter sa touche malsaine au retour de Samantha…

– Je ne la vois pas, murmurait-elle maintenant à Hunter.

– Détends-toi, dit-il, bien qu'un tic discret au-dessus de son œil droit trahît sa propre inquiétude. Sans doute qu'elle a simplement décidé de ne pas venir.

On se voit demain. Au revoir, m'man.

Au revoir, pas bonne nuit.

Où avait-elle pu aller ? Caroline était partagée entre la colère et l'inquiétude. Non qu'elle reprochât à Michelle de ne pas vouloir participer à ce cirque médiatique. Elle-même aurait préféré ne pas être là non plus.

Elle regarda le chef de la police, un homme imposant entre deux âges, en grand uniforme. Il tapota le micro puis s'éclaircit la gorge. L'assemblée se tut. Elle se demanda encore où pouvait être Michelle.

« Mesdames et messieurs, commença le chef de la police, je suis honoré d'être là aujourd'hui pour vous annoncer cette nouvelle extraordinaire. Comme vous le savez déjà, une petite fille de deux ans nommée Samantha Shipley a été enlevée il y a quinze ans dans son lit pendant les vacances de sa famille à Rosarito, au Mexique. »

Pendant que ses parents prenaient du bon temps au restaurant avec des amis, compléta Caroline en silence. Se souvenant des titres de la presse à l'époque, elle pouvait imaginer ceux à venir.

« Ce n'est pas tous les jours que nous pouvons faire l'annonce de dénouements aussi heureux que celui-ci, pour lequel nous avons tous prié. Mais c'est le cas aujourd'hui. Je suis ravi de vous informer que Samantha

Shipley a été retrouvée saine et sauve, et qu'elle se trouve à présent parmi nous. »

Une vague d'excitation balaya la foule. Les journalistes se relevèrent d'un bond, les appareils photo se déclenchèrent furieusement en même temps que les voix fusaient, pressantes comme celles d'adolescents à un concert de rock.

Le chef de la police leva les mains, les exhortant tous à se montrer coopératifs.

« S'il vous plaît, si vous voulez bien patienter… Nous allons répondre à vos questions. » Au bout d'une minute régna un silence forcé. « Les tests ADN ont révélé que la jeune femme derrière moi est Samantha Shipley, la fille disparue de Caroline et Hunter Shipley. »

Élégant et raide, Greg Fisher fit son entrée, revêtu de son costume marine et de sa cravate à rayures bleues et rouges, et leur fournit une revue rapide des quinze années vécues par Samantha sous le nom de Lili Hollister. Il rapporta presque tout ce que Caroline lui avait confié la veille, énuméra les soupçons croissants de Lili sur le fait qu'elle pourrait être Samantha Shipley, sur la foi desquels elle était venue de Calgary en Alberta jusqu'en Californie du Sud, pour des retrouvailles avec ses vrais parents. Il reconnut que le FBI en savait très peu pour le moment sur l'organisation et l'enlèvement lui-même.

Très peu étant un euphémisme pour rien du tout, pensa Caroline. Une fois encore, elle scruta la foule à la recherche de Michelle. Une fois encore, elle n'aperçut que des visages étrangers dans l'enthousiasme ambiant.

« Samantha et ses parents, Caroline Shipley et Hunter Shipley, poursuivit Fisher, glissant discrètement qu'ils ne formaient plus un couple, même s'ils continuaient de partager le même nom, ont aimablement accepté de venir ici aujourd'hui pour répondre à vos questions. Je vous rappelle qu'ils n'ont aucune obligation légale de le faire, et je vous incite à vous montrer aussi polis et respectueux que possible dans vos questions. (Il se tourna vers eux.) S'il vous plaît », dit-il en les invitant à s'avancer.

Caroline, Hunter et Samantha furent salués par un tonnerre d'applaudissements quand ils se levèrent de leurs chaises et s'approchèrent du micro, se tenant fermement par la main.

– Comment vous sentez-vous après avoir retrouvé votre fille ? demanda immédiatement un journaliste.

– Qu'est-ce que ça fait d'être rentrée à la maison, Samantha ? cria un autre en même temps.

Les questions fusèrent en tous sens :

– Quand as-tu commencé à soupçonner que tu étais Samantha ? Comment en es-tu arrivée à contacter Caroline ?

– Caroline, quelles ont été vos premières réactions quand Samantha vous a contactée ?

– Est-ce que vos retrouvailles ont été à la hauteur de ce que vous espériez ? Avez-vous immédiatement su que c'était votre fille ?

– Tu préfères qu'on t'appelle Lili ou Samantha ? Qu'en est-il de ta famille à Calgary ? Projettes-tu de rester à San Diego ?

– Caroline, avez-vous parlé à Beth Hollister ? Prévoyez-vous de la revoir ? Que ressentez-vous pour elle ? Voulez-vous qu'elle aille en prison ?

– Samantha, par ici. Hunter, par là. Un sourire. Est-ce qu'on peut faire une photo de vous trois enlacés ?

– Samantha, vous souvenez-vous de quelque chose lors de la nuit de votre enlèvement ? En voulez-vous

407

à Caroline et Hunter de vous avoir laissée seule cette nuit-là ?

— Vous croyez que vous saurez un jour ce qui s'est passé ?

— Caroline, pensez-vous que vous avez été traitée de manière injuste par la presse ?

— Samantha, on pourrait faire une photo où vous embrassez votre mère ?

— Que pensez-vous du fait que vos parents ont divorcé ? Allez-vous vivre avec votre père ou votre mère ?

Et soudain, une voix de baryton familière s'éleva au-dessus de la foule.

— Je ne vois votre autre fille nulle part. Est-ce que Michelle est là ?

Caroline reconnut immédiatement celui qui avait parlé : Aidan Wainwright.

Le mot *connard* se formait sur ses lèvres, quand Hunter lui pressa la main.

— Michelle est quelqu'un de très discret, répondit calmement Hunter. Elle a choisi de ne pas venir.

— Caroline, par le passé vous avez décrit votre fille aînée comme difficile, ajouta le journaliste. Souffre-t-elle du retour de sa sœur ? Est-ce pour cette raison qu'elle n'est pas là ?

Une autre pression de la main, plus forte que la première.

— Elle n'en souffre pas, dit Hunter. Elle est juste un peu dépassée. Comme nous tous.

— Je pense que ça suffit pour aujourd'hui, dit Greg Fisher en balayant les questions supplémentaires. Je souhaiterais vous rappeler que la famille Shipley a été plus que conciliante et vous demande de lui accorder l'intimité dont

408

elle a besoin et qu'elle mérite. Toute autre requête peut être adressée à la police ou au FBI. Merci.

— J'aimerais ajouter quelque chose, dit Caroline dans le micro en regardant la foule massée.

— Bien sûr, dit Fisher, qui fit un pas en arrière. Allez-y.

Caroline regarda ostensiblement Aidan Wainwright avec un grand sourire empreint de sincérité.

— Va te faire foutre, connard !

Et tout le monde se déchaîna.

Ils arrivèrent chez Caroline pour y trouver au moins une demi-douzaine de journalistes plantés sur le pas de sa porte. « Bien joué, Caroline ! » lui lança une photographe. Les policiers essayèrent de les éloigner, ils firent d'abord appel à leur décence puis, n'obtenant aucun résultat, menacèrent d'arrêter quiconque mettrait un pied sur la propriété et postèrent un agent devant la porte.

— Michelle, appela Caroline en rentrant. Michelle ?

— Elle n'est pas là, dit Mary qui entrait avec Steve derrière Peggy et Fletcher.

— Merde…, marmonna Caroline.

— Je crois qu'on a entendu assez de grossièretés pour aujourd'hui, non ? dit Hunter en dirigeant tout le monde vers le salon.

— J'ai hâte de lire les gros titres, dit Mary.

— Pour ce que ça vaut, dit Peggy, j'ai trouvé que Caroline était fabuleuse.

Ils essayèrent encore une fois d'appeler le portable de Michelle. Ils tombèrent directement sur son répondeur. Hunter appela la ligne fixe de son domicile mais n'obtint pas plus de réponse.

— Peut-être devrions-nous appeler Greg Fisher, suggéra Caroline.

– Sûrement qu'elle a juste besoin de rester seule un moment, dit Hunter. Je crois qu'on devrait lui laisser encore quelques heures avant de commencer à rameuter les renforts.

– Je vais faire du café, proposa Peggy. Ensuite, j'ai bien peur de devoir retourner travailler.

Caroline la suivit dans la cuisine.

– Tu crois que j'en fais trop ?

– Je crois que si quelqu'un a le droit de trop en faire, c'est bien toi.

– Ironique, non ?

– Quoi donc ?

– J'ai passé les quinze dernières années obsédée par Samantha, à me demander où elle était, si elle était toujours en vie, si je la reverrais jamais. Et maintenant que je la retrouve, c'est Michelle qui disparaît.

Il faut que je disparaisse pour que tu m'aimes ?

– Caroline ? demanda une petite voix sur le seuil.

Caroline se tourna vers l'appel.

– Est-ce que c'est ma faute ? demanda Samantha. Michelle est partie à cause de moi ?

– Non, ma chérie. Bien sûr que non.

Hunter avait-il raison ? Michelle avait-elle simplement besoin de plus de temps toute seule, du temps pour digérer ce qui était arrivé ? Ou y avait-il d'autres forces plus sinistres à l'œuvre ?

Caroline s'installa sur une chaise de la cuisine, réprimant un frisson, et s'efforça de ne pas penser au pire.

À cinq heures, Michelle n'était toujours pas rentrée.

– Si on est toujours sans nouvelles à six heures, j'appelle Greg Fisher, dit Caroline à Hunter qui se dirigeait vers la porte de derrière avec sa femme et ses enfants.

– Espérons que ça ne sera pas nécessaire, dit-il.

Elle regarda Diana descendre l'allée, son bébé dans les bras, un petit garçon lui tenant fermement la main.

– Elle est adorable, dit Caroline en respirant les dernières traces de l'odeur fraîche et savonneuse de Hunter.

Il acquiesça.

– J'ai toujours eu des goûts exceptionnels en matière de femmes.

– Oui. Tu es un homme très malin. (Elle regarda un sourire d'autosatisfaction se dessiner sur ses lèvres.) Alors essaie de ne rien faire d'idiot, cette fois.

Le sourire de Hunter se figea avant de s'effacer.

– Je suppose que je dois m'estimer heureux que tu ne m'aies pas traité de connard. (Il se pencha pour l'embrasser sur la joue.) Appelle-moi quand tu as des nouvelles de Michelle.

– Sans faute, dit Caroline, soulagée qu'il utilise le mot *quand* et non *si*.

Elle retourna dans le salon où Samantha était assise, coincée entre Steve et Mary sur le canapé.

– Suis-je la seule à avoir faim ? demanda Mary.

– Chinois ? suggéra Caroline, réalisant qu'elle n'avait pas mangé depuis le petit déjeuner.

Elle allait attraper le portable sur la table, quand il sonna. L'écran annonçait que l'appel provenait de l'hospice Marigold.

– Allô ?

– Elle est ici, dit Peggy.

35

Aujourd'hui

— Je ne sais pas pourquoi je n'y ai pas pensé plus tôt, disait Peggy quand Caroline fit irruption à l'hospice en poussant la porte d'entrée, vingt minutes plus tard. J'oublie sans arrêt qu'elle a échangé ses tours de garde. Les lundis et jeudis de quatre à huit. Bien sûr qu'elle ne risquerait pas de rater ça.

— Lui as-tu parlé ?

— Non. C'est un peu la folie depuis que je suis arrivée. L'état de Kathy, l'une de nos résidentes, s'est gravement dégradé. Il semble qu'elle ait été agitée toute la journée et qu'elle ne se soit calmée qu'en voyant Michelle, qui est avec elle depuis. Je t'ai appelée dès que je l'ai su.

— Où est-elle ?

— Chambre 205.

— Je peux monter ?

— Bien sûr.

Caroline serra son amie dans ses bras puis gravit les marches quatre à quatre. Elle ralentit en arrivant à l'étage et avança précautionneusement dans le couloir, accompagnée d'un air de piano. La chambre 205 était tout au bout du couloir, après la cuisine ouverte, le réfectoire et ce qu'on appelait « la grande salle », où les résidents et leurs familles pouvaient se détendre ou regarder la télévision. À ce moment, un couple entre deux âges discutait sur le canapé de cuir vert foncé devant la cheminée, pendant qu'une femme aux cheveux gris jouait des airs de Noël sur un petit piano à queue près de la fenêtre. Dans le coin, un magnifique sapin décoré s'élançait jusqu'aux poutres apparentes du plafond.

Caroline prit conscience qu'elle n'était pas revenue depuis la mort de Becky.

« Tu veux savoir ce que je crois ? entendit-elle dire Becky en approchant de la porte fermée de la chambre 205. Je crois que Samantha est vivante. Je crois qu'elle est vivante, magnifique et heureuse… Je crois que la personne qui l'a prise avait juste désespérément envie d'un bébé… qu'elle a été aimée et protégée. »

Au moins pouvait-elle lui être reconnaissante pour ça, se dit Caroline en regrettant que Becky n'ait pas vécu assez longtemps pour assister au retour de Samantha.

– Êtes-vous là pour voir Kathy ? demanda une jeune femme.

Elle avait le teint mat et des cheveux frisés orange très courts. Le badge accroché à son uniforme d'infirmière l'identifiait comme Aïsha.

Caroline parla à voix basse.

– J'ai cru comprendre que Michelle était là avec elle.

– Oui. Kathy est au plus mal. Ça pourrait n'être plus qu'une affaire de quelques minutes, maintenant.

– Excusez-moi, infirmière, dit la femme en se levant du canapé. Mon frère et moi nous demandions si nous pourrions vous parler de mon père un instant.

– Si vous voulez bien m'excuser, dit Aïsha à Caroline.

– Bien sûr.

Caroline resta un moment silencieuse puis, après une grande inspiration, ouvrit la porte de la chambre 205.

Michelle était assise près du lit médicalisé, dos au mur, tenant dans sa main les doigts squelettiques d'une jeune femme allongée. La radio, sur la table de nuit, diffusait de la musique classique. Sur les murs, à intervalles irréguliers, étaient scotchées des feuilles de papier blanc marquées des mots JE SUIS BÉNIE, en grandes lettres noires.

Je suis bénie, se répéta Caroline en silence, se disant qu'elle devait partir avant que Michelle ne la voie. Sa fille était en sécurité. C'était tout ce qu'elle avait besoin de savoir.

— Michelle, appela une voix douce.

— Je suis là, répondit Michelle qui tendit sa main libre pour caresser le front de la jeune femme.

— Tu ne vas pas me laisser ?

— Non, je ne vais pas te laisser.

— J'ai peur.

— Je sais. Je suis là.

La jeune femme poussa un soupir. Son souffle était le seul bruit dans la pièce silencieuse.

— Tu as mal ?

— Non.

— Tu as besoin de quelque chose ?

— Non. Ne me laisse pas toute seule, c'est tout.

— Je ne te laisserai pas. Je vais juste rester là.

— Tu le promets ?

— Je le promets.

Des larmes emplirent les yeux de Caroline et brouillèrent sa vue. Elle essaya encore une fois de se retirer. Encore une fois, elle fut arrêtée par la voix de Kathy.

— Michelle…

– Oui ?

– Que crois-tu qu'il arrive après la mort ?

– Je ne sais pas.

– Tu crois au paradis ?

Caroline retint son souffle en attendant la réponse de Michelle.

– Oui, dit finalement Michelle. J'y crois.

Caroline porta la main à sa bouche pour retenir l'exclamation qu'elle sentait monter dans sa gorge.

– Tu crois que je vais y aller ?

– Ça ne fait absolument aucun doute pour moi.

– Je n'ai pas toujours été quelqu'un de bien. J'ai fait des choses qui pourraient ne pas plaire à Dieu.

– Nous avons tous fait certaines choses, dit Michelle. C'est ce qui fait de nous des humains, et de Dieu… Dieu.

– À quoi tu penses que ça ressemble ? Le paradis, je veux dire.

On entendit Michelle prendre une longue inspiration, ses épaules se soulevèrent dans cet effort. Il s'écoula plusieurs secondes avant qu'elle parle.

– Je crois que le paradis est l'endroit où l'ardoise est effacée et où toutes les erreurs passées disparaissent, commença-t-elle, sa voix gagnant en force et en volonté tandis qu'elle parlait. Je crois que le paradis est l'endroit où l'on devient meilleur, où l'on devient ce qu'on a toujours voulu être. (Elle reprit son souffle.) Je crois que le paradis est l'endroit où les rêves se réalisent.

– J'aime ton paradis.

– Moi aussi.

– Michelle…

– Oui ?

– Merci.

Michelle redressa la tête.

– Je vais fermer les yeux, maintenant.

– OK.

– Tu ne vas pas me laisser ?

– Je reste là. Je te le promets.

La pièce retomba dans le silence. Après quelques minutes, Caroline vit sa fille lâcher la main de la jeune femme et s'approcher du bouton rouge sur le côté du lit. Elle le pressa et retourna sur son siège pour reprendre la main de Kathy.

– Que se passe-t-il ? murmura l'infirmière en ouvrant grand la porte.

Michelle se leva, son regard croisa celui de Caroline alors qu'Aïsha s'avançait rapidement pour constater que Kathy n'était plus.

– Merci, dit-elle à Michelle alors qu'une deuxième infirmière entrait dans la chambre. Tu as été formidable. On va s'occuper de tout maintenant.

– Tu as été vraiment formidable, répéta Caroline.

Sa fille avança dans le couloir et ferma la porte derrière elle. Elle portait toujours sa tenue de sport.

– Tu as encore laissé traîner tes oreilles.

– Désolée.

– Ne le sois pas. Tu deviens plutôt bonne.

– Ce que tu lui as dit, c'était magnifique.

Michelle haussa les épaules.

– Je n'en crois pas un mot, tu sais. Ce que j'ai dit sur le paradis…

Caroline sourit.

– Ça n'a pas d'importance.

– Je lui ai juste dit ce qu'elle voulait entendre.

– Peu importe. Je suis si fière de toi.

Michelle remua la tête.

– Pas la peine.

Elle se détourna, pressant le pas dans le couloir, dépassant la grande salle, la cuisine, le réfectoire, et descendit les escaliers.

– Michelle, attends, appela Caroline par-dessus le son du piano qui les suivait dans l'escalier jusqu'au hall d'entrée.

Elles s'arrêtèrent brutalement, saisies toutes deux par le visage de Caroline sur l'écran de télévision au-dessus de la cheminée. Même le son coupé, le message qu'elle adressait à Aidan Wainwright était clair et net.

– Tu en as eu assez d'être prudente, dit Michelle avec un sourire.

Caroline sourit aussi.

– Je dois bien avouer que ça m'a fait un bien fou.

La réceptionniste bénévole, une frêle jeune femme au visage très sérieux encadré d'une coupe à la garçonne, regarda Caroline puis l'écran, puis de nouveau Caroline, avant de virer au rouge cramoisi et de se replonger dans son livre.

– Pourquoi n'étais-tu pas là ?

– Je suis désolée, dit Michelle. J'avais l'intention de venir. Vraiment.

– Où étais-tu ? On t'a appelée, encore et encore.

– Je suis allée au sport, m'entraîner un peu. Je comptais rentrer me changer à la maison pour aller avec vous à la conférence de presse. Mais je ne sais pas, j'ai commencé à marcher et je ne me suis pas arrêtée. J'ai fini à Balboa Park. Je me suis souvenue que tu avais eu l'habitude d'y aller souvent… Enfin, j'étais assise sur un des bancs et j'essayais de mettre de l'ordre dans mes idées. J'imaginais avoir beaucoup de temps devant moi. Quand j'ai enfin regardé l'heure, il était presque midi. Je savais que je n'arriverais jamais à temps à la maison pour me changer et pour être à midi au commissariat, alors je n'ai même pas essayé. Peut-être que mon subconscient a joué tout du long. Je ne sais pas. Au lieu de ça, je suis allée dans un bar et j'ai suivi la retransmission à la télé.

Caroline ne put s'empêcher de paniquer.

– Tu es allée dans un bar ?

– Ne t'en fais pas. J'ai seulement bu un Coca.

– Tu as bu un Coca ? répéta Caroline, encore plus surprise. À quand remontait la dernière fois que Michelle avait bu un soda ?

– Et mangé tout un bol de cacahuètes. Mon Dieu, je suis horrible.

– Tu n'es pas horrible parce que tu as mangé un bol de cacahuètes.

– Ce n'est pas ce que je veux dire.

– Tu n'es pas horrible, de toute façon.

– Je ne suis pas allée à la conférence de presse…

– Qui finalement s'est plutôt bien passée…

– Je n'ai pas répondu au téléphone. Je savais que c'était toi qui appelais, mais j'ai laissé les appels finir sur le répondeur.

– Ça n'est pas grave.

– *C'est* grave. La moindre des choses était de rappeler.

– OK. Tu aurais dû appeler. Tu as été un peu négligente, mais c'est loin d'être horrible.

– Je suis tellement bête…

– Tu n'es pas horrible et tu n'es pas bête.

Michelle se tourna vers la réceptionniste :

– Vous pourriez nous laisser seules une minute, s'il vous plaît ?

Avec un soupir de soulagement, la bénévole bondit immédiatement de son siège et décampa.

– Tu n'es pas bête, répéta Caroline.

419

– Tout est ma faute.

– Qu'est-ce qui est ta faute ?

– Tout.

– Comment quoi que ce soit pourrait être ta faute ?

– J'étais jalouse et envieuse…

– Tu étais juste protectrice. Une fille sortie de nulle part appelle et dit être Samantha. Tu avais raison d'être méfiante.

– Je voulais qu'elle disparaisse.

– C'est naturel. Il va falloir du temps pour s'adapter…

– Je ne parle pas d'aujourd'hui, dit Michelle.

Caroline sentit tout son corps se plomber. Elle détourna son regard vers la télévision, se vit très raide devant le micro juste avant son coup d'éclat. « LA MÈRE S'EN PREND À UN JOURNALISTE » défilait en bas de l'écran.

– Je ne comprends pas. Qu'est-ce que tu veux dire ?

Michelle se laissa tomber dans le plus proche des quatre sièges rembourrés.

– Je ne parle pas de vouloir que Samantha disparaisse aujourd'hui, répéta-t-elle. Je parle de l'avoir voulu il y a quinze ans.

Un Interphone retentit, indiquant que quelqu'un se trouvait devant la porte et voulait entrer. Caroline sentit la panique grandir dans sa poitrine.

– Que veux-tu dire ?

L'Interphone sonna encore.

– Il y a quelqu'un à la porte, dit Michelle. Il faut ouvrir.

Elle se pencha vers le gros bouton rouge près du bureau de réception et le pressa jusqu'à ce que la porte se déverrouille et permette à un couple d'entrer dans

420

le sas vitré. Michelle leur ouvrit la porte intérieure qui donnait sur l'accueil.

— Si vous voulez bien signer ici, dit-elle au couple qui s'exécuta sans faire de commentaire avant de se diriger vers le couloir du rez-de-chaussée.

— Qu'est-ce que tu racontes ? demanda Caroline dès qu'ils furent partis. Tu ne peux en rien avoir un lien avec l'enlèvement de Samantha.

— Je lui en voulais, dit Michelle, les yeux pleins de larmes. Elle était si jolie, si parfaite. Elle ne pleurait jamais. Elle ne faisait jamais rien de mal. Tu avais cet air rêveur chaque fois que tu la voyais. Comme si tu ne pouvais pas te lasser d'elle. Je me souviens avoir voulu que tu me regardes comme ça, m'être dit que ce serait tellement bien qu'elle s'en aille…

— Tu n'étais qu'une enfant. Ce n'est pas parce que tu avais envie qu'elle disparaisse que tu avais le pouvoir de le faire. Tu ne peux pas te reprocher…

— Tu ne comprends pas.

Michelle secoua la tête de frustration.

— Alors, dis-moi. Qu'est-ce qui m'échappe, là ?

— J'étais réveillée.

Caroline vacilla contre le bureau comme si elle avait été frappée.

— Quoi ?

— La nuit où ils ont pris Samantha. J'étais réveillée.

— Tu étais réveillée ? répéta Caroline, son cerveau s'escrimant à formuler ses pensées. Tu sais ce qui est arrivé ? Tu sais qui l'a enlevée ?

La voix de Michelle se fit toute petite, comme si elle avait de nouveau cinq ans.

— Je ne me rappelle pas ce qui m'a réveillée, si je rêvais ou si j'ai entendu la porte s'ouvrir dans la pièce d'à côté, et j'avais peur, parce que quelque part je savais que ce n'était pas toi. Et ils sont entrés dans la chambre et j'ai fermé les yeux, et j'ai fait semblant de dormir. J'ai senti quelqu'un passer près de mon lit, j'ai ouvert les yeux juste un tout petit peu, et je les ai vus sortir Samantha de son lit et la mettre dans une sorte de mallette de transport. Et puis j'ai refermé les yeux et je les ai gardés fermés jusqu'à ce que j'entende la porte se refermer. J'entendais la musique qui venait du restaurant dehors, les gens qui riaient. J'ai attendu qu'ils ramènent Samantha. Je ne comprenais pas ce qui se passait. Et puis je me suis rendormie. Et ce dont je me souviens après ça, c'est de toi qui hurlais.

Caroline s'acharna à donner du sens à ce qu'elle entendait.

– Tu as vu quelqu'un prendre Samantha ? Pourquoi ne nous l'as-tu pas dit ? Pourquoi n'as-tu rien dit du tout ?

– Je l'ai fait.

– Comment ça, tu l'as fait ?

– Pas à toi. Tu étais hystérique. Comme papa. Il hurlait. Tout le monde courait partout, criait que Samantha avait disparu. Et puis la police est arrivée et la chambre a été pleine de monde. Vos amis étaient là, et oncle Steve et Becky, et des gens de l'hôtel. Tout le monde parlait en même temps. J'avais peur. J'étais perdue. Et… et…

La réceptionniste bénévole réapparut soudain, passant doucement sa tête par la porte vitrée, comme une tortue sortant prudemment de sa carapace.

– Dégagez, dit Caroline sans même un regard dans sa direction.

La femme se retira immédiatement.

— Et puis mamie Mary est venue et m'a emmenée à la maison, continua Michelle sans s'arrêter.

— Tu lui as dit, dit Caroline d'un ton égal. Tu as dit à ta grand-mère ce que tu avais vu.

— Elle répétait que ce n'était qu'un rêve, que j'étais traumatisée par ce qui était arrivé, que je confondais ce que j'imaginais avec la réalité, et que je ne devrais rien dire parce que ça bouleverserait davantage tout le monde. Et le temps a passé, et qu'est-ce que je pouvais dire ? J'étais petite. Une partie de moi était en fait contente que Samantha ait disparu. Plus de gentil petit bébé à choyer pour personne. Rien que moi. Quelque part dans mon cerveau tordu de petite fille de cinq ans, je pensais que, Samantha partie, je t'aurais pour moi toute seule. Alors je l'ai chassée de mon esprit, je me suis convaincue que mamie avait raison, que ce que je croyais n'était qu'un rêve, une histoire que j'avais inventée après les événements. Que ce que j'avais vu n'était pas vraiment arrivé. À un certain moment, je crois que j'ai simplement refoulé tout ça. Jusqu'à hier.

— Que s'est-il passé, hier ?

— Tout m'est revenu d'un coup. Ce que j'avais vu cette nuit-là, ce que j'avais entendu. Ce n'était pas un rêve. (Michelle fixa sa mère.) Je sais, dit-elle, ce qui est arrivé ce soir-là, *maman* — un mot qu'elle n'avait pas utilisé depuis qu'elle était petite fille. Je sais qui a enlevé Samantha.

36

Aujourd'hui

Elles arrivèrent à la maison à dix-neuf heures. Elles n'avaient quasiment fait que pleurer pendant les dernières heures, se triturant les méninges pour essayer de donner un sens aux révélations de la soirée, mais leurs idées étaient désormais claires et leurs yeux secs. Il était important qu'elles restent calmes, qu'elles contiennent leur rage.

– Tu es prête ? demanda Caroline.

Elle se tourna vers sa fille assise sur le siège passager en coupant le moteur de la voiture.

Michelle acquiesça.

Caroline lui pressa les mains dans un geste rassurant. Puis mère et fille ouvrirent les portes de la voiture et sortirent du garage en coupant à travers le gazon tondu. Une voiture de police était garée devant l'allée pour maintenir les journalistes importuns à une distance respectable. La BMW de Hunter était garée un peu plus bas, juste derrière la Buick plus datée de Steve.

– Papa est arrivé plutôt vite.

Caroline acquiesça. Elle l'avait appelé de la voiture et lui avait dit de ramener son cul à la maison aussi vite que possible.

« … Ramener mon cul ? » bredouillait-il quand elle raccrocha.

– Caroline, appelait maintenant un journaliste, avez-vous du temps pour quelques questions ?

– Voulez-vous ajouter quelque chose à ce que vous avez dit tout à l'heure ? cria un autre quand elle ouvrit sa porte pour entrer chez elle.

Elle se tourna vers eux.

– Restez dans le coin.

– Rester dans le coin ? répéta Hunter depuis l'entrée. Est-ce que je viens vraiment de t'entendre dire à un journaliste de rester dans le coin ?

– Crois-moi, dit Caroline. Ça vaut le coup de rester dans le coin.

– Te revoilà, dit Samantha en les rejoignant dans l'entrée, visiblement soulagée de les voir revenir sauves.

– On ne se débarrasse pas de moi aussi facilement, dit Michelle en reniflant. Qu'est-ce qui sent si bon ?

– Mamie Mary a commandé chez un traiteur chinois. Il en reste beaucoup si vous en voulez.

– Merde !

– Quelqu'un peut me dire ce qui se passe ? clama Hunter.

– Dans quelques minutes. (Caroline alla dans le salon, remarqua les cartons de nourriture asiatique et plusieurs bouteilles de bière vides sur la table basse.) Dès que tout le monde sera arrivé.

– Qui d'autre doit venir ? demanda Hunter.

– J'ai invité quelques personnes, dit Caroline. Je me suis dit que c'était l'occasion de fêter ça.

– Eh bien, j'aurais apprécié que tu m'appelles et me le dises, dit Mary depuis le canapé où elle tenait une assiette au-dessus de ses genoux en se débattant avec une paire de baguettes en bois. J'aurais commandé plus de nourriture.

– Ça ira. Je crois que personne n'aura très envie de manger.

– Alors, dit Steve à Michelle en se levant de son fauteuil pour rajouter des nouilles chinoises dans son assiette. J'ai cru comprendre que tu étais à l'hospice. On raconte que des gens seraient prêts à mourir pour y entrer.

Michelle se raidit.

– Désolé. Je suppose qu'on doit souvent te la faire, dit-il en riant.

– J'aimerais y aller à un moment ou un autre, dit Samantha. Peut-être pourrais-je t'accompagner un jour.

– Bien sûr.

– Est-ce qu'on est vraiment en train de papoter ? demanda Hunter. C'est pour ça que j'ai foncé jusqu'ici comme un fou ? Mais qu'est-ce qui se passe, merde ?

– Je suis désolée, dit Caroline. Ça ne devrait plus être très long.

– Qui attend-on ?

Une portière de voiture claqua. Hunter regarda par la fenêtre.

– Je me suis précipité ici pour Peggy et Fletcher ?

– Je me suis dit qu'ils méritaient d'être là.

Caroline alla jusqu'à la porte et les invita à entrer.

– Bienvenue, les salua Mary. Servez-vous un peu de chinois.

– Merci, dit Peggy en regardant dans la pièce avec anxiété, mais non, merci.

– Pas pour moi, dit Fletcher.

– Une bière ? (Steve brandit une bouteille qu'il venait d'ouvrir.) Pour je ne sais quelle raison, je sens qu'un petit peu d'alcool serait une bonne idée.

Quand Peggy et Fletcher eurent refusé, il en prit une rasade lui-même.

— Tout le monde est là ? demanda Hunter.

— Pas tout à fait.

— Nom de Dieu, qui doit encore venir ?

À cet instant précis, une autre voiture se gara dehors.

— Restez assis, dit Caroline en se dirigeant vers la porte d'entrée. (Elle revint quelques instants plus tard avec les derniers arrivés derrière elle.) Je crois que vous connaissez quasiment tout le monde, dit-elle.

— C'est une blague, murmura Hunter.

— Eh bien, regardez qui voilà, dit Steve en posant sa bière et son assiette pour se lever.

— Est-ce que je connais ces gens ? demanda Mary.

— Je ne crois pas que vous vous soyez rencontrés, dit Caroline. Mère, voici Jerrod et Brume Bolton. Ils étaient avec nous au Mexique. Je crois qu'ils étaient déjà partis au moment où tu es arrivée.

— Ravi de vous rencontrer, dit Jerrod qui parvint à avoir l'air de le penser.

Il sourit nerveusement à Caroline.

— Et bien sûr, vous vous souvenez de Peggy et Fletcher.

Caroline sourit à Brume. Elle portait un jean et un sweat-shirt mauve trop petits de quelques tailles. Ses cheveux pendaient toujours en vagues blondes qui descendaient plus bas que ses épaules, comme si elle passait une audition pour *Real Housewives*. Mais malgré un lifting, qui avait rendu son visage autrefois si charmant quasiment immobile, sa gêne était évidente. Il y avait une panique dans ses yeux qu'aucune dose de Botox ne pouvait dissimuler.

— Vous ne reconnaissez sûrement pas Michelle, leur dit Caroline.

— Oh, mon Dieu ! dit Jerrod. La petite Michelle.

— Tu as tellement grandi, dit Brume.

— Ça arrive, dit Michelle.

— Et voici Samantha.

— Samantha, mon Dieu ! dit Jerrod. Je t'ai regardée à la télé cet après-midi. Je ne pouvais pas en croire mes yeux.

Brume lâcha un long et profond soupir et ne dit rien.

— J'ai appris que vous deux étiez séparés, dit Hunter.

— Oui. En partie grâce à toi, fit remarquer Jerrod avec un sourire. Mais quand le FBI suggère des retrouvailles, on a du mal à dire non. Particulièrement quand ils envoient une voiture pour vous chercher.

— Le FBI ?

— Ça doit venir de moi, dit Greg Fisher en arrivant de l'entrée, où il attendait.

— Que fait-il ici ? demanda Steve.

— Il a dit qu'il aimerait être là si nous découvrions la vérité sur ce qui s'est passé la nuit où Samantha a disparu, dit Caroline. Je me suis dit qu'il était juste de s'y tenir.

— Qu'est-ce que tu veux dire ? demanda Hunter. Nous ne savons pas ce qui s'est passé.

— Tu t'es souvenu de quelque chose ? demanda Steve à Samantha.

— S'il vous plaît, tout le monde, commanda Caroline. Asseyez-vous.

Brume se serra contre Mary, Peggy et Fletcher sur le canapé, tandis que Jerrod aidait Greg à rapporter quelques chaises de la salle à manger. Steve se rassit dans le fauteuil où il était installé pendant que Hunter prenait l'autre, sur le large bras duquel Samantha était en équilibre. Seules Caroline et Michelle restèrent debout.

– Je ne comprends toujours pas ce que Jerrod et moi faisons là, dit Brume.

– Je me suis dit que ça aiderait à reconstituer cette soirée, lui dit Caroline.

– En quoi est-ce que ça peut aider ? demanda Steve.

– Je crois que nous devrions commencer par une brève récapitulation de cette semaine-là, commença Caroline. Juste pour se rafraîchir la mémoire. Être sûrs que nous sommes d'accord sur les faits de base. Afin que nous comprenions exactement comment tout s'est joué.

– Comment quoi s'est déroulé ? demanda Fletcher.

– L'enlèvement de Samantha.

Il y eut un moment de silence.

– C'est absurde, dit Steve.

– Vous êtes tous arrivés à Rosarito avant nous, dit Caroline en ignorant la réflexion de son frère. Je me souviens avoir été tellement surprise de vous voir. Et un peu déçue, pour être honnête. J'espérais passer plus de temps seule avec Hunter, et j'ai été un petit peu choquée de voir qui il avait choisi d'inviter. Je pouvais comprendre Peggy et Fletcher. Peggy est ma meilleure amie depuis toujours. Mais Jerrod et Brume n'étaient pas, disons, des amis particulièrement proches. Bien sûr, je ne savais pas que tu couchais avec mon mari à ce moment-là, Brume...

– Vraiment ? Est-ce bien nécessaire ?

Brume se tourna vers Hunter qui refusa de croiser son regard.

– Et pour ce qui est de toi et Becky, continua Caroline en regardant son frère, eh bien si j'ai bonne mémoire, Hunter m'a dit que cette surprise était ton idée, que tu t'étais plus ou moins invité. Mais Becky et moi n'étions plus proches depuis un certain temps.

– Elle a toujours été jalouse de toi, dit Mary.

– Mère, s'il te plaît, dit Steve. La pauvre femme est morte. On peut la laisser reposer en paix ?

– Non, répondit Caroline. Je ne crois pas qu'on puisse faire ça.

Un autre moment de silence.

– Qu'est-ce que tu dis ? demanda Steve.

– Que notre mère a raison. Becky était jalouse de moi. Elle enviait mon mariage prétendument stable, ma facilité à avoir des enfants, ma vie censément parfaite. Et quand l'opportunité s'est présentée…

– Tu crois qu'elle a enlevé Samantha ? l'interrompit Peggy. Comment est-ce possible ? Comment aurait-elle pu organiser ça ?

– Réfléchissez. J'ai perdu deux passes cette semaine-là. J'ai cru que je les avais fait tomber ou oubliés quelque part. Mais Becky a pu facilement s'emparer d'au moins l'un des deux. Elle a eu beaucoup d'occasions. Elle était avec nous tout le temps. Et n'oubliez pas, c'est une femme qui a appelé et annulé la baby-sitter le soir où Samantha a disparu.

– C'est fou, protesta Steve. Ce sont des suppositions en l'air. Tu n'as aucune preuve que Becky ait pris ton passe ou annulé la baby-sitter. Franchement, je suis estomaqué de voir les failles dans ta logique. C'est toi la prof de maths. Où sont tes preuves ?

– J'ai des preuves incontestables que Becky était impliquée, dit Caroline.

– Quel genre de preuve pourrais-tu avoir ? (Son regard incrédule se tourna vers Samantha.) Ça veut dire que tu te souviens de quelque chose ?

– Pas Samantha, dit Michelle. Moi.

– Toi ?

– J'ai vu Becky.

431

– Tu l'as vue ? Quand ? Où ?

– Dans notre suite. Dans ma chambre. Je l'ai vue sortir Samantha de son lit.

Il y eut des hoquets dans l'assemblée.

– Comment as-tu pu voir quelque chose ? demanda Brume. Tu dormais.

– Je ne dormais pas.

– Tu étais réveillée ? dit Hunter d'une voix à peine audible.

– J'ai tout vu.

– C'est n'importe quoi, protesta Steve. C'était il y a quinze ans. Tu étais une enfant. Il faisait sombre. Même si tu étais réveillée, qui sait ce que tu as vraiment vu ?

– *Je sais* ce que j'ai vu.

– Et tu n'as rien dit pendant quinze ans ?

Michelle regarda sa grand-mère. Sa grand-mère baissa les yeux.

– J'ai refoulé ça…

– Tu l'as refoulé ? Comme c'est pratique.

– Steve…

– Nom de Dieu, Caroline ! Pour faire une chose pareille, Becky devait avoir plus que du ressentiment. Elle devait te haïr. Tu es allée la voir à l'hospice. Tu as vu comme elle tenait à toi. Crois-tu vraiment qu'elle ait été capable de faire ce dont vous l'accusez ?

– Je ne crois pas qu'elle me haïssait. Je pense qu'elle était désespérée et effrayée.

– Désespérée à quel sujet ? Effrayée de quoi ?

– À l'hospice, elle n'a pas arrêté de s'excuser, continua Caroline en ignorant les questions de Steve, de me dire à quel point elle était désolée. J'ai cru qu'elle parlait de notre éloignement, du fait qu'elle n'avait pas été présente après le Mexique. Mais maintenant, je prends conscience qu'elle parlait de son rôle dans l'enlèvement.

— Son rôle dans… Qu'est-ce que tu… ? (Steve se leva de son siège puis se rassit, lançant ses mains en l'air.) Tu t'entends seulement ? Tu entends ce que tu dis, là ?

— Je sais exactement ce que je dis.

— Que ton ex-belle-sœur, mon ex-femme, a enlevé ta fille. C'est ce que tu crois sincèrement ?

— Elle *savait* que Samantha n'avait pas été enlevée par un pervers. Elle savait qu'elle était vivante. Elle me l'a dit, dit qu'elle était certaine que Samantha était avec des gens qui l'aimaient… Je croyais qu'elle essayait juste de me redonner de l'espoir. Mais je sais maintenant qu'elle essayait de me dire la vérité.

— La vérité ? Elle avait une tumeur au cerveau. Elle ne savait pas ce qu'elle disait la moitié du temps.

— Et tu t'occupais de l'autre moitié, n'est-ce pas ?

Un autre silence. Une autre respiration retenue, tous ensemble.

— Pardon ?

— La garder défoncée, rester près d'elle à tout instant. J'ai toujours pensé que c'était étrange, ton soudain revirement quand Becky est revenue en ville. Vous étiez tellement horribles l'un avec l'autre, quand vous étiez mariés. Vous ne vous parliez plus après votre divorce. Quand je pense à toutes les horreurs que tu as dites sur elle… Et puis elle a une tumeur au cerveau, elle revient à San Diego et est admise à l'hospice de Peggy. Et t'appelle, *toi* entre tous. Tu veux savoir pourquoi je pense qu'elle a fait ça ?

— Absolument, dit Steve. Éclaire-moi.

— Je crois qu'elle allait avouer ce qui s'était passé et voulait te prévenir. Elle m'a dit qu'elle te le devait.

– Pourquoi aurais-je eu besoin d'être prévenu ?

– Parce que tu étais là-bas avec Becky. Parce que l'enlèvement de ma fille était ton idée.

– Oh, mon Dieu ! murmura Peggy.

– Maintenant, tu m'accuses, moi ? (Steve se leva d'un bond.) Tu sais quoi ? J'en ai assez de ces conneries...

– Rasseyez-vous, dit Greg Fisher d'un ton sans équivoque.

– C'est ridicule, bafouilla Mary.

– Tu le savais, dit Caroline en se tournant vers elle.

– Quoi ? Je n'en savais rien.

– Michelle t'a dit ce qu'elle avait vu.

– Une petite fille de cinq ans m'a dit ce qu'elle avait *rêvé*, insista Mary avec tant de véhémence que Caroline la crut presque. Elle était confuse. Elle était hystérique. Ton frère n'avait rien à voir avec ce qui est arrivé cette nuit-là, en aucune manière. Je ne l'ai pas cru à l'époque. Je ne le croirais certainement pas plus aujourd'hui.

– C'était oncle Steve, mamie. Je l'ai vu.

– Tu l'as imaginé.

– Non.

– C'est absurde. Pourquoi aurait-il fait une chose pareille ?

– À ton avis ? demanda Caroline. Il avait besoin d'argent. N'est-ce pas ce qui conduit à faire ce genre de choses en général ? C'est un joueur. Becky avait perdu son travail. Il était sur la paille.

– Tu es folle, dit Steve. Le marché de l'immobilier était en plein boum à cette époque. Je me faisais un pactole en commissions.

– Que tu perdais aussi vite. Que s'est-il passé, Steve ? Tu as parié sur le mauvais cheval ? Tu devais de l'argent aux mauvaises personnes ? Ils t'ont menacé ? Tu leur as offert quelque chose en échange ? Tu as réussi à convaincre Becky de marcher avec toi, sous peine d'être la cible d'un contrat de la mafia ?

— Un contrat de la mafia ? Je crois que tu regardes beaucoup trop la télé.

— Je crois que tu avais préparé ton coup depuis un moment, que tu as pris ton temps en attendant le bon moment.

— Et je crois que tu oublies un petit quelque chose, dit Steve qui tournait en rond désespérément, comme s'il en appelait à la bienveillance de tout le monde. J'étais avec vous tous quand Samantha a été enlevée.

— Non, dit Caroline en secouant la tête. Tu n'étais pas là.

— Si, il était là, dit Brume. Nous étions tous ensemble. À part Becky. Elle était partie dans sa chambre à cause de sa migraine.

— Et puis toi, tu es partie voir les filles, dit Peggy à Caroline.

— Et quand je suis revenue, tu n'étais plus là, dit Caroline à son frère.

— Je suis retourné dans notre chambre pour persuader Becky de revenir à la soirée. Vous tous… vous le savez. Ce n'était pas mon idée de remonter, mais vous m'y avez poussé…

— Oui, nous avons parfaitement marché dans ton jeu, n'est-ce pas ? Sauf que tu n'es pas retourné dans ta chambre, parce que tu savais que Becky n'y était pas. Elle t'attendait dans le hall, ou quel que soit l'endroit où vous deviez vous retrouver. Tout ce que vous aviez à faire était d'attendre que je vérifie que les filles allaient bien, et que je reparte.

— Ta chronologie est complètement fausse, assena

Steve. Tu oublies que j'étais avec vous quand Hunter est revenu après être allé voir les petites à neuf heures et demie.

— Sauf qu'il n'est pas allé les voir, dit Caroline.

— C'est exact, approuva Jerrod. Il était trop occupé à baiser ma femme.

— On est obligé de revenir tout le temps là-dessus ? demanda Brume.

— Tu as vu Hunter avec Brume, rappela Caroline à son frère. Tu me l'as dit toi-même. Tu as compris qu'il n'était pas allé voir les filles.

— Ça prouve seulement que Hunter est un menteur, pas que je sois un kidnappeur.

— Ça prouve que tu avais à la fois le temps et l'occasion d'enlever Samantha.

— Donc, tu dis que Becky et moi avons enlevé Samantha de son lit, et ensuite… quoi ? Qu'est-ce qu'on a fait d'elle, exactement ?

— Vous l'avez mise dans une sorte de malle, dit Michelle. Un homme la tenait. Il se tenait sur le pas de la porte. Je n'ai pas pu voir son visage. Il a refermé le bagage et il est parti.

— Tu dis n'importe quoi.

— Tout a fonctionné exactement comme prévu. Encore mieux, même, poursuivit Caroline. Tu pensais avoir une demi-heure pour enlever Samantha et la sortir du pays. Et finalement, tu as eu le double du temps.

— Comment aurais-je pu être sûr que tu laisserais les enfants seules ?

— Tu ne pouvais pas le savoir. Mais tu connaissais Hunter. Tu savais qu'il avait organisé une surprise pour cette soirée, parce que, encore une fois, cette surprise venait de toi. Tu savais qu'il serait sûrement capable de me convaincre.

– Ça fait un bon paquet d'inconnues. Encore une fois, où sont tes preuves ?

– « Viens voir ton oncle Stevie », dit Michelle d'une toute petite voix.

– Quoi ?

– C'est ce que tu as dit quand tatie Becky a pris Samantha dans son lit et te l'a tendue. Tu as dit « Viens voir ton oncle Stevie ». La même chose que tu as dite hier. C'est là que tout m'est revenu. C'est là que j'ai été sûre que c'était toi.

Un silence s'abattit sur la pièce.

Les yeux de Steve se braquèrent sur Greg Fisher.

– Ce n'est que folle spéculation. Vous ne pouvez évidemment pas croire ces foutaises. Il n'y a rien…

– Il y a un témoin oculaire, dit Fisher en souriant à Michelle. Qui m'a l'air tout à fait crédible. (Il sortit son téléphone portable de sa poche, composa un numéro et parla doucement dedans.) Il y a des agents qui attendent à l'extérieur, dit-il à Steve en le conduisant vers la porte. Vous voudrez peut-être appeler un avocat.

– Vous n'allez pas vraiment l'arrêter ? protesta Mary en les suivant dehors.

– À quoi on vient d'assister, là ? demanda Jerrod alors que la porte se refermait derrière eux.

Caroline se laissa glisser jusqu'au sol à côté du sapin de Noël. Ses yeux allaient de Hunter à Jerrod et Brume, en passant par Peggy et Fletcher. Leurs visages pétrifiés reflétaient leurs efforts pour donner du sens à ce qu'ils venaient d'entendre. Michelle et Samantha s'assirent chacune d'un côté de leur mère et serrèrent ses mains.

– Je vous ai dit que Jerrod a réussi à nous avoir des

places pour *Danser avec le diable* ? entendit-elle Brume demander, sa voix s'étirant par-delà quinze années, transportant Caroline dans le temps.

Caroline ferma les yeux et vit cette soirée se dérouler derrière ses paupières, comme si c'était un film qu'elle avait déjà vu. Sauf que cette fois elle en voyait tous les passages.

37

Quinze ans plus tôt

— Je vous ai dit que Jerrod a réussi à nous avoir des billets pour *Danser avec le diable* ?

— Qu'est-ce que c'est ? demanda Caroline, jetant rapidement un regard en direction de sa suite, puis sur sa montre.

Elle repoussa ce qui restait du homard auquel elle n'avait quasiment pas touché. Elle avait été trop nerveuse pour manger. C'était presque l'heure d'aller jeter un coup d'œil aux enfants.

— Elles allaient bien quand j'ai vérifié il y a une demi-heure, murmura Hunter. Elles vont bien maintenant aussi. Termine ton assiette.

— *Danser avec le diable*, c'est juste le show le plus couru du moment à Broadway. Impossible d'avoir des billets, pire encore pour le week-end de Thanksgiving. Mais Superman nous a arrangé ça.

Brume lança un bras sur les épaules de son mari en un geste possessif et glissa un sourire à l'intention de Hunter.

— Donc vous allez passer Thanksgiving à New York, dit Becky. Veinards.

Brume sourit.

— Et vous, quoi de prévu ?

– Ma mère organise toujours le repas de Thanksgiving chez elle, dit Steve.

Il offrait à Becky l'ouverture parfaite et se demandait si elle la saisirait. Elle avait hésité toute la journée et il l'avait menacée de ne pas exécuter leur plan.

– Tu devines bien à quel point j'ai hâte d'y être, dit Becky en suivant Steve.

Elle savait ce qui était en jeu, que les hommes avec qui traitait son mari n'étaient pas du genre à apprécier un changement d'humeur soudain. Un homme était déjà ici, à Rosarito, arrivé plus tôt dans la journée par un vol privé, qui attendait patiemment dans l'entrée à cet instant même avec la malle spéciale qu'il avait apportée pour dissimuler Samantha.

« On ne se met pas ces gens-là à dos », l'avait prévenue Steve. Pourtant, elle n'était toujours pas sûre qu'elle pourrait le faire. Peu importait à quel point elle essayait de rationaliser ce qu'ils étaient sur le point de faire, peu importait combien de fois elle se disait qu'elle n'avait pas le choix, que les paris inconsidérés de Steve avaient fini par mettre leur vie en danger. Peu importait combien de fois elle se disait que Caroline survivrait à la perte de son enfant – il lui resterait toujours une petite fille en pleine santé ; elle pourrait toujours retomber enceinte ; Samantha irait dans un foyer aimant ; une douche froide de réalité ne ferait pas de mal au parfait conte de fées de Caroline ; elle ignorait si elle était capable d'infliger tant de peine à une femme dont elle avait autrefois été si proche.

Et pourtant, quel choix avait-elle ?

Steve foudroya sa femme du regard, lui intimant en silence de faire simple. Il était important qu'ils démarrent doucement pour avancer. Leur prise de bec devait ressembler à une de leurs interminables disputes, ce qui devrait être facile. C'était comme s'ils ne faisaient que ça, se battre.

– Ne recommençons pas avec ça.

– Arrête de regarder ta montre, dit Hunter à Caroline.

Il regarda la sienne et sentit un tiraillement entre ses jambes à l'idée de ses frasques imminentes avec Brume. Qui fut presque immédiatement suivi d'une pointe de culpabilité malvenue. Pas par rapport à la liaison elle-même. Il avait des aventures sans importance ni engagement depuis des années. Celle-ci n'était guère différente, si ce n'était le frisson supplémentaire parce que ça se passait juste sous le nez de sa femme. Mais c'était leur anniversaire de mariage, bon sang ! Il devait sûrement à Caroline de ne pas la tromper au moins ce soir-là. Cependant, elle avait été sur le point d'annuler le dîner et avait passé la plus grande partie de la soirée à s'inquiéter pour les filles. C'étaient elles, sa priorité, pas lui.

– Vous savez ce que m'a dit ma chère belle-mère au dernier Thanksgiving ? demanda Becky, entrant dans le jeu de son mari. (Elle devait au moins relâcher la pression.) Elle revenait tout juste d'un enterrement, et j'ai fait l'erreur de demander comment ça s'était passé. Elle a dit, et je la cite mot pour mot : « C'était une cérémonie adorable. Sa fille avait choisi un superbe cercueil. Beaucoup plus joli que celui que tu avais choisi pour ta mère. »

Il y eut un hoquet général autour de la table.

Steve se hérissa bien que cela fasse partie du plan. *Fallait-il vraiment qu'elle remette ça sur le tapis ?*

– Je vous jure qu'elle n'a rien dit de tel, contesta Steve.

– C'est exactement ce qu'elle a dit.

– Tu exagères. Comme d'habitude.

– Et tu la défends. Comme d'habitude.

– Alors, de quoi sommes-nous reconnaissants ? interrompit Peggy avec dans sa voix un enthousiasme forcé pour essayer d'empêcher leur dispute de dégénérer. C'était l'anniversaire de mariage de sa meilleure amie. Steve et Becky ne pouvaient-ils pas s'abstenir de se disputer, rien qu'un soir ?

– Allez ! Trois choses en marge de la santé, la famille ou les amis. On va supposer que vous êtes reconnaissants pour ça.

– Ne suppose jamais rien, dit Becky.

Oh ! mon Dieu ! Je vais vraiment pouvoir m'en sortir comme ça ?

– Oh, comme c'est drôle ! dit Brume en tapant dans ses mains. Je peux commencer ?

Peggy, d'un geste, indiqua que la piste était à elle, soudain reconnaissante que Brume soit là.

Peggy était habituellement une personne positive, qui faisait un réel effort pour trouver quelque chose d'admirable en tout un chacun ; mais elle s'était débattue toute la semaine contre la mauvaise impression que lui faisait Brume, une impression qui allait de l'amusement anodin à la vive animosité en passant par l'exaspération. La vérité était qu'elle ne lui faisait pas confiance, tout simplement. Il y avait quelque chose de sournois en elle. Ses compliments semblaient toujours se terminer par un coup de griffes. « Souffler le chaud et le froid », comme disait sa mère. Pourtant, c'était agréable de savoir qu'on pouvait compter sur Brume pour quelque chose. En l'occurrence, s'accrocher à n'importe quoi lui permettant de parler d'elle.

– Eh bien tout d'abord, évidemment, je suis reconnaissante que nous passions Thanksgiving à New York, et pas coincés dans une horrible réunion de famille, je dis ça sans vouloir blesser personne. (Son sourire alla de Becky à Steve avant de s'arrêter sur Caroline.) Deuxièmement, je suis reconnaissante pour ce nouveau collier que Jerrod m'a acheté. (Elle tapota l'impressionnant diamant sur sa gorge.) Et troisièmement, je suis reconnaissante qu'on ne se fasse pas de cheveux blancs dans la famille. À toi, dit-elle à Caroline.

Caroline résista à l'envie de porter ses mains à sa tête. Elle ne s'était jamais trouvé de cheveux blancs, mais en fait elle n'y avait jamais vraiment fait attention.

— Je suis reconnaissante pour cette semaine, dit-elle en penchant la tête vers son mari. Je suis reconnaissante de fêter dix ans de relatif bonheur conjugal, continua-t-elle en se souvenant des mots de son frère.

— Qu'est-ce que tu veux dire par relatif ? demanda Hunter.

Quel genre de pique était-ce là ?

— Je bois au *relatif*, dit Jerrod en levant sa coupe pour porter un toast en se disant que ce serait un miracle si Brume et lui tenaient jusqu'à leur dixième anniversaire de mariage. Il la soupçonnait de déjà s'ennuyer. D'où Thanksgiving à New York. D'où l'éclat du diamant hors de prix autour de son cou.

Tous les autres firent de même, tendant leurs coupes pour porter un toast de félicitations.

— Attention, prévint Brume. On ne croise pas, ça porte malheur.

— C'est vrai ? Je n'ai jamais entendu dire ça, dit Becky.

— Continue, dit Peggy à Caroline. Encore une chose pour laquelle tu es reconnaissante.

— Je suis reconnaissante pour l'océan.

— Sérieux ? demanda Brume.

Tout à fait ce que je me disais, pensa Steve. *L'océan ?*

Exactement le genre de truc mielleux que papa aurait pu sortir. Et quel loser c'était.

— Je suis reconnaissant que l'immobilier se porte si bien à San Diego, dit Steve sans attendre qu'on ne lui demande. (*Mais putain, pas assez bien, figurez-vous.*) Je suis reconnaissant d'avoir pu convaincre Hunter de nous laisser nous joindre à vous en la magnifique Rosarito pour fêter ça… (*J'ai hâte de m'arracher d'ici…*) Je suis tout particulièrement reconnaissant que ma mère soit aussi bonne cuisinière.

— Tu débordes tellement de connerie, dit Becky *obligeamment*.

— Notre mère n'est-elle pas une grande cuisinière ? demanda Steve à Caroline.

— Notre mère est une grande cuisinière, c'est un fait, approuva Caroline. Mais tu débordes quand même de connerie.

Tout le monde rit, même si le rire de Steve était forcé, et ses yeux noisette fixés sur sa femme sans expression et durs comme pierre.

Et, putain, tu es tellement fière de toi ! pensa Steve. Voyons voir à quel point tu seras fière plus tard dans la soirée.

Becky remarqua l'éclat de colère qui traversait les yeux noisette de Steve comme un éclair soudain. Il avait toujours méprisé sa grande sœur, minimisé ses réussites et rabaissé son confortable train de vie, mais elle n'avait compris que récemment combien son hostilité était bien plus profonde.

Il avait toujours été le préféré de sa mère. On lui avait dit toute sa vie qu'il était spécial, que tout ce qu'il aurait à faire était de sourire de son sourire ravageur, et que le monde lui serait offert. Sauf que ça ne s'était pas passé exactement comme ça. Son charme ne l'avait amené que jusqu'où les gens attendaient plus.

Ils voulaient voir une flamme derrière ce sourire ravageur, et étaient invariablement déçus de voir qu'il n'y en avait pas vraiment. Il avait échoué dans tout ce qu'il avait essayé, certainement parce qu'il n'avait jamais essayé avec conviction. Même dans son dernier rôle en tant qu'agent immobilier, quand l'époque était si bonne qu'il suffisait de se montrer pour empocher une commission à six chiffres, il n'avait pas daigné se donner cette peine. Bientôt les vendeurs apportèrent leurs affaires à d'autres agents, les acheteurs s'éloignèrent. Les commissions se réduisirent. Le peu d'argent qu'il gagnait encore, il le perdait au jeu.

Sa mère avait toujours été là pour le renflouer, mais même elle ne pouvait pas l'aider cette fois-ci. Ils étaient endettés jusqu'au cou. Ils devaient de l'argent à tout le monde, des gens qui seraient ravis d'effacer ce sourire ravageur de son visage.

Et il y avait Caroline, sa belle et ennuyeuse sœur, une prof de maths de lycée, bon sang, qui faisait ses petites affaires tranquillement, et qui semblait avoir réponse à tout. Comment en était-on arrivé là ?

Becky se frotta le front. Elle commençait à avoir la migraine. Elle en avait souvent ces temps-ci. Sûrement le stress d'un mariage calamiteux auquel s'ajoutait depuis peu le stress de ce qu'elle était sur le point de faire. Serait-elle vraiment capable de suivre leur plan ? Pourrait-elle vraiment être impliquée dans quelque chose d'aussi horriblement malfaisant ?

– À toi, Becky, dit Brume.

– Je suis désolée, les amis. J'ai une migraine terrible depuis cet après-midi, et ça ne fait qu'empirer. (Des larmes embrumèrent ses yeux et elle ne fit pas un geste pour les cacher ou les chasser. Elle se leva.) Si vous voulez bien m'excuser, dit-elle en repoussant sa chaise pour se lever.

— Oh, rassieds-toi, dit Steve. Tu vas très bien. Ne fais pas ta diva.

— Va te faire foutre.

Becky tourna les talons et s'éloigna d'un pas décidé.

Il y eut un moment de silence médusé.

Bien joué, Becky, pensa Steve en la regardant partir. Il n'aurait pas dû s'inquiéter. Peut-être qu'ils n'étaient pas si mal assortis, finalement.

Le temps d'arriver à l'entrée, les yeux de Becky étaient secs. Elle se tint derrière une grande composition florale, ce qui lui offrait une vue panoramique sur toute la zone. Maintenant, tout ce qu'elle avait à faire, c'était d'attendre.

— Tu ne devrais pas essayer de la rattraper ? demanda Fletcher à Steve en finissant calmement son champagne.

— Quoi, tu crois que je suis aussi dingue qu'elle ?

— Il faudrait que j'aille jeter un coup d'œil aux filles, dit Caroline, aussi pressée de s'éloigner que Becky avant elle.

— Fais vite.

Hunter se leva pour l'embrasser sur la joue.

— Oh ! que c'est mignon ! dit Brume.

C'est à vomir, pensa-t-elle.

Caroline était plus que contente de s'éloigner. Sa fête d'anniversaire de mariage ne se révélait pas tout à fait comme une fête. Brume lui tapait sur les nerfs et Hunter semblait ailleurs. De plus, elle n'était pas seulement inquiète pour ses filles, mais aussi pour son frère et Becky. Qu'ils ne pensent à rien d'autre qu'à se disputer en public n'était pas bon signe. Elle doutait que leur mariage durât une année de plus.

Elle alla jusqu'aux ascenseurs sans se rendre compte que Becky l'observait, cachée par une des nombreuses gigantesques compositions de fleurs fraîches et colorées. Elle sortit de l'ascenseur au cinquième étage et pressa le pas dans le couloir jusqu'à leur suite en imaginant entendre les pleurs de ses filles traverser les murs. Mais quand elle entra dans la suite, il n'y avait qu'un silence rassurant. Une vérification rapide lui confirma que les filles dormaient sagement dans leurs lits. *Hunter avait raison*, se dit-elle. *J'ai été bête de m'inquiéter.*

– Vous croyez vraiment que je devrais courir après Becky ? demanda Steve peu après que sa sœur fut partie.

Il ne pouvait pas se permettre de quitter la table trop tôt. Il ne pouvait pas se permettre de trop attendre non plus. Le timing était essentiel, s'ils voulaient mener leur plan à bien.

– Moi j'irais, si j'étais toi, dit Fletcher.

– Rappelle-lui que nous sommes censés fêter quelque chose, ajouta Peggy.

– Dis-lui juste que tu es désolé et tourne la page, conseilla Jerrod. Souviens-toi, femme heureuse, vie heureuse.

– Très bien.

Steve repoussa sa chaise et se leva.

– Je le fais pour vous, les gars.

Il marcha jusqu'à l'entrée, adressant un signe de tête d'abord à Becky, puis à un homme dégarni en tenue décontractée, discrètement assis dans un fauteuil en osier. L'homme parcourait une brochure, un grand bagage à ses pieds.

Qu'est-ce qui pouvait prendre autant de temps à Caroline ?

se demanda Becky alors que le temps s'écoulait et que Caroline n'était toujours pas revenue. Tout ce qu'elle avait à faire, c'était d'aller voir les filles et partir. Sauf si une des filles était réveillée, et alors les paris seraient fermés. Que feraient-ils alors ?

Mais qu'est-ce qu'elle est en train de foutre là-haut ? pensait aussi Steve en faisant semblant de consulter son téléphone tout en gardant un œil sur les ascenseurs à côté. Il pouvait sentir le regard de l'homme dégarni percer un trou de la taille d'une balle dans le dos de sa chemise en lin. Si elle mettait trop de temps, Hunter était capable de s'inquiéter et de monter là-haut lui-même. Et là, où est-ce qu'ils en seraient ?

Alors les portes de l'ascenseur s'ouvrirent et Caroline en émergea. Regardant droit devant elle, elle coupa à travers l'entrée vers le restaurant. Dès qu'elle fut hors de vue, Steve se dirigea vers les ascenseurs, Becky et l'homme dégarni le suivant d'un pas décontracté. Becky prit le premier ascenseur. Steve et l'homme dégarni celui d'à côté. Ils avancèrent chacun leur tour dans le couloir du cinquième étage, Becky arrivant la première à la suite. Elle sortit le passe qu'elle avait pris dans le sac de Caroline plus tôt dans la semaine, et déverrouilla la porte.

Il faisait sombre à l'intérieur du salon, et Becky faillit trébucher sur la table basse. « Merde ! » marmonna-t-elle.

— Chuut, la mit en garde Steve en portant ses doigts à ses lèvres pour insister.

Chuut toi-même, pensa Becky en suivant son mari jusqu'à la chambre des filles. L'homme avec le bagage à main attendait devant la porte de la chambre.

Becky avança rapidement jusqu'au lit à barreaux, soulagée de voir que Michelle était quasiment noyée sous ses draps, et que Samantha dormait sagement sur le dos.

Elle cueillit précautionneusement le bébé dans ses bras, posant sa tête sous son menton. Samantha émit un gargouillement, mais ne se réveilla pas. *Elle était si tendre, si douce*, pensa Becky en se penchant de nouveau vers le lit. Il n'était pas trop tard. Elle pouvait toujours remettre l'enfant à sa place, et personne ne se rendrait compte de rien.

C'est à ce moment qu'elle entendit le murmure rauque de son mari.

– Viens voir ton oncle Stevie, dit-il en prenant Samantha des bras de sa femme.

Il la porta rapidement à l'homme qui attendait à la porte de la chambre. Il posa l'enfant dans le bagage à main, regarda l'homme fermer la valise et s'éloigner rapidement dans le couloir.

Tout ça avait pris moins de cinq minutes.

– Oh ! mon Dieu, murmura Becky. Qu'avons-nous fait ?

– Ferme-la, lui dit Steve. C'est terminé.

Ils attendirent cinq minutes de plus, jusqu'à être certains que l'homme avait quitté les lieux, puis ils quittèrent la suite, prirent des ascenseurs différents jusqu'au rez-de-chaussée et retournèrent dans leur chambre dans l'autre aile.

– Que fait-on maintenant ? demanda Becky en s'asseyant sur le lit, la tête battante.

Steve regarda sa montre. Ce serait bientôt au tour de Hunter d'aller voir les enfants. Alors, l'enfer se déchaînerait.

– Je devrais aller voir les enfants avant que le dessert soit servi, disait Hunter.

Caroline sourit, reconnaissante de ne pas avoir eu à le lui rappeler.

– Et moi, j'ai besoin d'un pull, annonça Brume, ses mains manucurées apposant sur son impressionnant décolleté. On est frileuses, nous les filles.

Caroline regarda son mari et Brume partir chacun de son côté vers l'entrée du restaurant, Brume vers une aile, Hunter vers l'autre.

Sauf que, évidemment, ils ne partirent pas chacun de son côté du tout. Hunter revint sur ses pas, retrouva Brume aux ascenseurs qui desservaient son aile de l'hôtel. Il irait voir les petites plus tard, s'il avait le temps. Sinon, ainsi soit-il. Ils étaient allés les voir toutes les demi-heures, toute la soirée. Et pour quoi ? Rien n'allait leur arriver. Il avait déjà laissé Samantha seule cet après-midi pendant vingt minutes pendant qu'elle faisait la sieste, et ça s'était très bien passé. Non qu'il l'ait dit à Caroline. Comment l'aurait-il pu d'ailleurs, alors qu'il avait été avec Brume ? Heureusement, il avait eu le temps de prendre une douche avant qu'elle revienne. De plus, elle s'était montrée déraisonnable et surprotectrice. Si elle n'y prenait pas garde, elle finirait par devenir comme sa mère. C'était injuste, il le savait, même en le pensant. Caroline n'avait absolument rien à voir avec sa mère. Mais ça l'aidait à se sentir mieux, un peu moins coupable, de penser du mal d'elle, de prétendre que ses trahisons étaient en partie sa faute à elle.

– Viens là, toi, dit Brume quand les portes de l'ascenseur se refermèrent.

Elle porta aussitôt ses mains à la braguette de son pantalon.

– Ouah, lâcha Hunter, soulagé qu'il n'y ait pas de caméra dans les ascenseurs.

Ni nulle part ailleurs dans l'hôtel, en fait, ce qui permettait de se faufiler partout.

– On doit faire attention. Et si on tombait sur Steve ou Becky ?

Ils avaient mis un grain de sable dans les rouages de son plan, avec leur départ soudain et imprévu.

– Qu'ils aillent se faire foutre ! dit Brume en riant. On trouvera quelque chose. J'ai attendu toute la soirée de poser mes mains sur toi. Je n'attendrai pas une minute de plus.

Hunter rit presque de l'urgence perceptible dans sa voix, mais avait honte de se sentir aussi excité.

Elle lui avait déjà à moitié retiré sa veste quand ils arrivèrent à sa chambre.

– Tu es diablement sexy, lui dit-elle en tirant sur son pantalon avant de tomber à genoux.

Il aurait aimé qu'elle la ferme. *C'était ça, son problème*, pensa-t-il alors qu'elle le guidait vers sa bouche. *Elle parlait foutrement trop.*

– Viens voir maman, dit-elle.

Et puis, Dieu merci, elle ne parla plus.

– Je ne comprends pas, dit Steve en regardant sa montre, puis l'horloge derrière leur lit. Hunter devrait avoir découvert que Samantha a disparu, maintenant.

– C'est peut-être le cas.

– Non. On aurait entendu quelque chose. Je redescends.

– Quoi ? Non.

– Il le faut. Ça aura l'air bizarre, si je ne le fais pas. Tu viens ?

– Tu es fou ?

– Très bien. Je leur dirai que j'ai essayé de te ramener, mais que tu n'as pas voulu entendre raison.

– Tu n'es vraiment qu'un mange-merde.

– Et tu me la sers avec de la crème fouettée.

Il ouvrit la porte… et vit Hunter presser le pas pour traverser le couloir.

— Oh putain !

— Quoi ?

— Je suis quasiment sûr que je viens de voir Hunter.

— Quoi ? C'est impossible. Qu'est-ce qu'il ferait par ici ?

— Je me pose la même question.

— Tu ne crois pas…

— Je crois qu'on vient de gagner trente minutes de plus.

— Regardez qui j'ai trouvé dans le hall, dit Brume en resserrant son nouveau châle sur elle quand Steve et elle rejoignirent les autres.

— J'allais lancer un avis de recherche, dit Jerrod.

— J'avais oublié que j'avais déjà rangé ce truc. J'ai dû défaire toute ma valise pour le trouver.

Ouh ! la menteuse, elle est amoureuse, se dit Steve. Il sourit à Hunter.

Pourquoi est-ce qu'il peut bien sourire ? se demanda Hunter.

— C'est bien la peine d'être aussi organisée, dit Peggy. J'ai même pas commencé à rassembler mes affaires.

— J'en déduis que tu n'as pas pu convaincre Becky de revenir, dit Caroline à son frère.

Steve haussa les épaules en tirant sa chaise et s'assit.

— Les femmes, dit-il aux hommes qui étaient là. On peut pas vivre avec, on peut pas les abattre.

— C'est joli, dit Caroline.

Les serveurs revinrent et commencèrent à préparer les crêpes.

— Les enfants vont bien ? demanda Steve à Hunter.

— Les enfants vont bien, dit Hunter.

38

Aujourd'hui

OK, ça ne s'était peut-être pas passé exactement comme ça, se dit Caroline en se repassant le film une fois de plus dans sa tête. Peut-être ne connaîtrait-elle jamais le déroulement précis des événements de cette nuit-là ou le ton sur lequel chaque mot avait été prononcé. Peut-être ne serait-elle jamais dans le secret des pensées de tous les gens impliqués, ou des sentiments complexes derrière ces pensées. Mais ça ne comptait pas. Elle en savait assez.

– Ça va ? lui demanda Samantha.

Caroline acquiesça, concentrée sur la superbe jeune fille agenouillée devant elle.

– Tu es sûre ?

Elle regarda dans le salon désormais vide, en essayant de se souvenir où ils étaient tous partis. La vaisselle, ainsi que les restes de nourriture chinoise et les bouteilles de bière, avaient été débarrassés, même s'il restait une odeur dans l'air.

– Quelle heure est-il ?

– Presque minuit. Même les journalistes sont rentrés chez eux.

Caroline sourit.

– Où est Michelle ?

– Elle se prépare à aller se coucher. Tu devrais venir aussi.

– J'arrive. (Elle soupira.) Et toi, comment tu vas ?

– Ça va. Quelle drôle de soirée !

– Ça, c'est sûr.

Mon propre frère, pensa Caroline.

Que sa belle-sœur ait pu faire une chose aussi odieuse était déjà bien assez horrible, mais son propre frère. L'avait-il vraiment haïe à ce point ? Ou pire, n'en avait-il jamais rien eu à faire du tout ?

Greg Fisher avait escorté Steve jusqu'à la voiture de police qui attendait, puis il était immédiatement reparti avec Jerrod et Brume, suivis par Mary dans la Buick de Steve.

– C'est notre mode de locomotion, avait remarqué Brume.

Peggy ne put que secouer la tête.

– Au moins elle est cohérente. On doit bien lui reconnaître ça.

Elle avait regardé Hunter.

– Tu es un imbécile, avait-elle dit.

– Il n'y a rien à redire à cela, acquiesça Hunter. Je suis tellement désolé, Caroline, s'excusa-t-il une nouvelle fois.

– Ce n'était pas ta faute, dit Caroline. Il se trouve que même si tu n'avais pas été avec Brume, même si tu avais été voir les filles, il aurait été trop tard. Samantha avait déjà disparu.

– Merci pour ça, dit-il en se retournant vers sa fille perdue. Je ne sais pas quoi dire.

– Il n'y a rien à dire, le rassura Samantha.

– J'espère que tu me donneras une chance de me rattraper auprès de toi.

Elle hocha la tête et lui permit de la prendre dans ses bras.

Il l'embrassa sur le front.

— Je t'appelle demain.

Peggy et Fletcher avaient aidé Michelle à débarrasser avant de partir.

— Essaye de dormir un peu, recommanda Peggy. Un nouveau cirque médiatique va commencer demain.

Elle avait raison, Caroline le savait. L'arrestation de son frère impliquait encore plus de questions, plus de gros titres, plus d'exposition publique. C'était très bien. Elle avait quinze ans de pratique. Elle pourrait le gérer.

Le téléphone sonna.

— Qui peut bien appeler à cette heure-ci ? demanda Samantha alors que Caroline saisissait le téléphone.

— Salut, mère, dit-elle sans même daigner vérifier l'identité du correspondant.

— Comment as-tu pu ? demanda Mary.

— Comment *ai-je* pu ?

— Ils l'ont arrêté. Accusé de kidnapping. Tu sais qu'il n'y a pas de délai de prescription pour les kidnappings ? Que c'est un crime fédéral ? Qu'il pourrait passer le reste de sa vie en prison ?

— C'est la moindre des choses.

— Tu dois aller les voir, les convaincre que c'est une tragique méprise. Michelle ne sait pas ce qu'elle dit. Elle ne sait pas ce qu'elle a vu.

— Elle sait *exactement* ce qu'elle dit. Elle sait *exactement* ce qu'elle a vu.

— Même si c'était vrai, et je ne dis pas que ça l'est, ça s'est passé il y a si longtemps, chérie. Quinze ans !

— Je m'en foutrais même si ça s'était passé il y a cinquante ans !

– Je comprends que tu sois en colère. Je comprends vraiment. Mais qu'est-ce que tu gagnes à faire mettre ton frère en prison ? Samantha est rentrée à la maison. Tu as retrouvé ton enfant. S'il te plaît, ne me prends pas le mien.

Caroline pouvait à peine en croire ses oreilles. Même de la part de sa mère, c'était trop.

– Ce n'est plus un enfant, mère. C'est un adulte qui a commis un acte inqualifiable…

– Il était aux abois. S'il était bien impliqué avec des malfrats, comme tu l'as toi-même suggéré, ils l'auraient tué. Peut-être toi aussi. Il ne savait pas quoi faire d'autre.

– Tu suggères sérieusement qu'il a fait ça pour me protéger ? Qu'il n'avait aucune autre alternative que de kidnapper mon bébé ?

– Je dis qu'il ne savait pas quoi faire d'autre. Il est faible, chérie. Il a toujours été faible. Pas comme toi. Tu es si forte. Tu as toujours été si sûre de toi. Il y a la bonne réponse et il y a la mauvaise réponse. Ça a toujours été ta devise.

– Et la bonne réponse, dans notre cas, serait de le laisser s'en tirer ?

– Ce qui est arrivé est un drame, ma chérie. Il n'y a aucun doute là-dessus. Mais ça s'est bien terminé. La bonne chose à faire, maintenant, serait de laisser tout ça derrière nous et d'avancer.

– Je ne crois pas que je puisse faire ça.

– Alors, pense à l'horrible publicité que ça va nous faire, l'outrage d'un procès…

Caroline éclata presque de rire.

– Je t'assure que je suis bien loin de m'inquiéter des outrages.

– Je te supplie de ne pas le faire.

– Tu m'en demandes trop.

Un silence plein de colère fut suivi par le râle sourd de sa mère.

– Il ne sera jamais condamné, dit-elle. C'est la parole de Michelle contre la sienne. La parole d'une jeune femme dérangée et venimeuse qui ferait n'importe quoi pour attirer l'attention…

– Au revoir, mère.

– Réfléchis juste à ce que tu fais… C'est ton frère, nom de Dieu !

– Non, dit Caroline. Plus maintenant. Mais c'est clairement ton fils.

Elle pressa le bouton pour couper l'appel.

– Ouah ! dit Samantha. C'était génial.

Caroline sourit.

– Allons nous coucher.

Les chaînes d'informations étaient pleines de reportages haletants sur l'arrestation de son frère. Caroline les regarda depuis son lit, passant d'une chaîne à l'autre en permanence, comme si elle allait trouver sur l'une d'elles quelque chose qu'elle ne savait pas déjà. Samantha termina dans la salle de bains, puis vint se glisser près d'elle dans le lit en regardant à la télé l'image de Greg Fisher accompagnant Steve de la maison à la voiture de police.

– Crois-tu qu'il va être inculpé ?

– Je n'en ai aucune idée.

– Peut-être qu'il passera un marché.

– Peut-être.

– Crois-tu que Beth était au courant ?

– Je ne sais pas, lui dit honnêtement Caroline. Mais je suis sûre que le FBI voudra lui parler encore un peu. Au minimum, elle pourra nous en dire plus sur les hommes avec qui son mari était impliqué.

Elles remontèrent leurs couvertures.

– Tu veux l'appeler ?

– Non.

– Il n'y a aucun problème si tu en as envie.

– Je ne veux plus jamais lui parler. Je la hais.

– Non, tu ne la hais pas. Tu l'aimes. Et c'est normal.

– Comment l'aimer, alors qu'elle m'a menti pendant quinze ans ?

– Parce que c'est comme ça, dit simplement Caroline. Parce que pendant quinze ans, elle était la seule mère que tu connaissais. Parce qu'elle t'a aimée et qu'elle a veillé sur toi. Et quoi qu'elle ait fait d'autre, quoi qu'elle ait su ou non, je lui suis reconnaissante pour ça.

Samantha se blottit contre Caroline.

– Peut-être que je finirai par l'appeler, je ne sais pas.

– Tu n'es pas obligée de te décider ce soir.

– Ça va faire drôle de passer Noël sans mes frères.

– Eh bien, peut-être qu'ils pourront nous rendre visite.

Caroline leva les yeux et vit Michelle qui se tenait dans l'encadrement de la porte.

– C'est une soirée privée ? demanda Michelle.

– Bien sûr que c'en est une, dit Caroline en souriant. Les mères et les filles uniquement.

Michelle approcha du lit, un grand sac en papier à la main. Elle le tendit à Caroline.

– Qu'est-ce que c'est ?

– C'est pour le sapin. Je l'ai acheté ce matin. Quand je suis sortie marcher. J'ai essayé de trouver une étoile ou un flocon de neige géant, mais il ne leur restait que des anges. C'est pas que je croie à ces trucs-là. C'est juste tout ce qu'ils avaient.

– Il est adorable, dit Caroline. (Elle retira l'ange pailleté en plastique blanc du sac et le posa sur la table de nuit près du lit.) Tu pourras le poser sur le sapin demain matin.

Elle éteignit la télévision, repoussa les couvertures et fit signe à Michelle de les rejoindre.

– Viens. Dors ici ce soir, il y a plein de place.

– Nan. Ça va.

– S'il te plaît, dirent d'une seule voix Caroline et Samantha.

Michelle hésita. Mais juste un court instant.

– Très bien. Mais je vous préviens, dit-elle en grimpant dans le lit à côté de sa mère. Je bouge beaucoup.

– Tu peux même danser si tu veux.

– C'est peut-être bien ce que je vais faire.

Michelle tendit le bras pour éteindre la lampe de chevet, blottissant son dos contre le ventre de Caroline.

– Bonne nuit, Micki, dit Caroline en lui embrassant l'épaule.

– En fait, je préfère Michelle.

– Bonne nuit, Michelle, dit Samantha dans la foulée.

– Bonne nuit, Samantha.

Caroline sourit en sentant la main de Samantha autour de sa taille. Un jour, il serait sûrement bon pour eux tous de consulter un conseiller familial, mais elle s'en occuperait plus tard. Pour le moment, tout ce qu'elle voulait, c'était profiter de l'instant, couchée dans son lit, les battements des cœurs de ses filles en rythme avec le sien. Les larmes lui montèrent aux yeux et elle étouffa un sanglot.

– Tu ne vas pas tremper l'oreiller, non ? dit Michelle.

– C'est peut-être bien ce que je vais faire, dit Caroline.

– Très bien, mais essaie de faire le moins de bruit possible, OK ?

– Je vais essayer.

– Bonne nuit maman, dit Michelle.

– Bonne nuit maman, répéta Samantha en écho.

Des larmes de reconnaissance coulèrent sur les joues de Caroline.

– Bonne nuit, mes merveilleuses, merveilleuses petites filles.

Remerciements

On pourrait croire que je suis fatiguée d'écrire toujours la même chose. Mais non.

Comme toujours, un remerciement pour l'immense dette que j'ai à l'égard de mes formidables amis Larry Mirkin et Beverly Slopen, qui lisent les premiers jets de tous mes manuscrits et m'offrent leurs commentaires et leurs éclairages, dont la plupart se retrouvent dans le résultat final d'une façon ou d'une autre. Je veux aussi remercier mon mari, Warren, et ma fille, Shannon, pour leur aide à cet égard. Il n'est jamais facile d'accepter la critique d'un membre de sa famille, mais soit je me ramollis, soit ils s'améliorent. En tout cas, j'ai pris leurs commentaires en compte et ce roman n'en est que meilleur. Merci aussi à mon merveilleux agent, Tracy Fisher, de WME Entertainment, qui s'est révélée un soutien brillant et inépuisable autant qu'une critique juste et fiable, ainsi qu'à son ancien assistant James Munro, et le nouveau, Alli Dwyer, pour leur dur travail à mes côtés. Et puis il y a ma terrible éditrice, Linda Marrow, qui est capable rien qu'en regardant la matière que je lui fournis de pointer les endroits exacts qui ont besoin de plus d'attention. Tout aussi important, elle est capable de dire pourquoi. Un

461

coup de chapeau aussi à Dana Isaacson pour sa vigilance à l'égard des détails et les corrections qu'elle a suggérées pour les dialogues.

Merci à Lindsey Kennedy et Allison Schuster qui travaillent pour la publicité et le marketing, pour tous les efforts qu'elles ont déployés en faveur de la sortie du livre. Et à Scott Biel pour sa magnifique couverture. Vous êtes formidables.

Un remerciement particulier à tous les gens de Penguin Random House au Canada, même si j'aurais vraiment aimé que la nouvelle société choisisse pour sa fusion le nom de Random Penguin, simplement parce que c'est une image magnifique. Je remercie Brad Martin, Kristin Cochrane, Adria Iwasutiak, Val Gow, Constance McKenzie, Martha Leonard, Amy Black ainsi que toutes les personnes impliquées dans la publication de mes livres, de leur soutien permanent et de leur travail assidu. Vous aviez une vision pour faire de mes romans des succès, et ça a marché, et pour tout ça je vous suis bien plus que reconnaissante. Je suis aussi reconnaissante envers Nita Ponovost. Même si elle ne fait plus partie de PRH, j'ai senti sa main guider la mienne alors que je coupais et rognais le manuscrit pour débarrasser le texte de ses confusions et répétitions inutiles. Je lui souhaite le meilleur dans son nouveau poste.

Un sincère remerciement à Corinne Assayag, chez World Exposure, la société qu'elle a créée pendant ses études de droit, et qui s'est révélée une telle réussite qu'elle n'a jamais eu à devenir juriste. Elle a dernièrement refondu mon site Web (joyfielding.com) pour le rendre plus interactif, plus à la pointe, et je crois qu'elle a brillamment réussi. Dites-moi si vous êtes d'accord.

Encore une fois, merci à mes différents éditeurs et à leurs merveilleux traducteurs. S'il vous plaît, continuez sur la même lancée que depuis toutes ces années. Quoi que vous fassiez, et quelle que soit la manière dont mes mots sont retranscrits et exprimés, de toute évidence ça marche.

Une dédicace particulière à Helga Mahmoud-Trainer, en Allemagne, que j'adjure de bien se porter.

À mes éditeurs qui ont rejoint l'équipe récemment, bienvenue à bord. J'espère que vous apprécierez la balade.

Merci à Annie, Courtney, Renee et Aurora pour tout l'amour et l'aide que vous m'apportez quotidiennement. Je vous aime aussi. Et à vous, mes magnifiques petits-enfants à qui j'ai dédié ce livre, je vous souhaite autant de joie dans la vie que vous en avez apporté à la mienne. Vous êtes les meilleurs.

Ces remerciements seraient incomplets si je ne mentionnais pas ma propre grand-mère, Mary, disparue depuis long-temps – la mère de mon père et la femme la plus horrible ayant jamais marché sur cette terre. Elle m'a inspiré mamie Mary, et bien que ce roman soit sans équivoque une œuvre de fiction, nombre de ses dialogues viennent de la bouche de ma grand-mère. Comme le dit Caroline à un moment, « Ça ne s'invente pas. »

Composition et mise en pages
Nord Compo à Villeneuve-d'Ascq

MARQUIS

Québec, Canada

Imprimé au Canada
Dépôt légal : mars 2019
ISBN : 979-1-02-240283-5
POC : 0189